Ortwin Ramadan

Glück ist was für Anfänger

MIX
Papier aus verantwortungsvollen Quellen
FSC® C083411
FSC www.fsc.org

5 4 3 2 1

ISBN: 978-3-649-61765-5

Text: Ortwin Ramadan
Umschlaggestaltung: Formlabor, Hamburg, unter Verwendung von Motiven von © GlebStock und © ONiONA_studio / www.shutterstock.com
Lektorat: Sara Mehring
Satz: Da-TeX Gerd Blumenstein, Leipzig
Printed in Germany

www.coppenrath.de
Das @book erscheint unter der ISBN: 978-3-649-62516-2.

Ortwin Ramadan

GLÜCK IST WAS FÜR ANFÄNGER

COPPENRATH

1

Der Kopf klatschte auf den Boden, kullerte über die Fliesen, auf denen er eine blutige Spur hinterließ, und knallte gegen den Putzeimer.

Oleg fluchte. Als er sich bückte, starrten ihn die leeren Augenhöhlen an. Er schüttelte sich, dann packte er den Schafskopf und beförderte ihn mit Schwung in den großen Trichter, wo er zusammen mit den anderen Schlachtabfällen zu einem undefinierbaren Brei zerquetscht wurde. Angewidert wischte Oleg sich die Hände an seiner Plastikschürze ab. Dabei waren diese Köpfe nicht einmal das Schlimmste, wie er inzwischen herausgefunden hatte. Die Innereien waren noch viel schlimmer. Vor allem die Kuhmägen waren so ziemlich das Übelste, was seiner Nase jemals untergekommen war.

Oleg atmete tief durch und schob den geleerten Rollcontainer an die Wand. Als er sich gerade davonstehlen wollte, pfiff ihn eine dröhnende Stimme zurück:

„Hey, wo willst du hin?"

Oleg fuhr in den quietschenden Gummistiefeln herum. Die rotierende Knochenmühle röchelte inzwischen laut nach Nachschub und so hatte er den Produktionsleiter nicht kommen hören.

„Du sollst zum Chef!", brüllte ihn dieser an. „Und setz bloß deine Haube richtig auf!"

Eigentlich hieß der Produktionsleiter mit richtigem Namen Petermann, aber alle nannten ihn nur den „Feldwebel". Weil er früher angeblich einmal Ausbilder beim Militär gewesen war. Äußerlich erinnerte er Oleg eher an einen Orang-Utan. Kleiner Kopf, massige Statur und der rechte Arm, der fast bis zum Boden reichte. Der andere war ihm bei einem Auslandseinsatz abhandengekommen. Das wusste Oleg von dem Polen, der seit dreißig Jahren den Kocher bediente, in dem die meisten Schlachthofabfälle vor ihrer weiteren Verwendung erhitzt wurden.

Trotzdem war es ratsam, sich vor diesem Chef-Choleriker in Acht zu nehmen. Ein Orang-Utan-Arm war schließlich gefährlich genug.

„Ich sage es dir nicht noch einmal!", brüllte der Produktionsleiter. „Setz die Kopfbedeckung richtig auf! Die Hygiene-Vorschriften gelten auch für dich!"

Oleg stopfte sich die schwarze Haarsträhne betont langsam unter die Arbeitshaube. Er hasste diese muffigen Stoffdinger. Man sah nicht nur beknackt darin aus, sie ruinierten einem zudem die Frisur.

„Kriege ich endlich meine Kohle?", fragte er, während er in seinen Gummistiefeln hinter dem Produktionsleiter herwatschelte. Er wusste, was jetzt kommen würde. Und er wurde nicht enttäuscht: Sein Begleiter blieb wie vom Blitz getroffen stehen.

„Vorsicht, Bürschchen!", schnaufte er. Sein einer Zeigefinger schoss wie ein Rammbock auf Olegs Herz zu. „Du kannst froh sein, dass der Chef einem Nichtsnutz wie dir überhaupt eine Chance gegeben hat! Wenn es nach mir gegangen wäre, ich hätte so etwas wie dich niemals eingestellt. Auch nicht zur Probe!"

Oleg hätte kotzen können. So wie an seinem ersten Tag, als einer der Container ausgelaufen war und er knöcheltief in glitschigen

Hühnerdärmen gestanden hatte. Wenn da nicht diese blöde Sache mit dem Jugendamt wäre, hätte er diesen Job bereits am ersten Tag wieder hingeschmissen. Er wäre einfach gegangen.

Während er dem Produktionsleiter weiter durch die große Halle folgte, bemerkte er, dass ihm die rumänischen Arbeiter an den Fließbändern verstohlene Blicke zuwarfen. Einige begannen sogar zu tuscheln, als er an ihnen vorbeikam, und je länger das so ging, desto beunruhigter wurde Oleg. Was war hier los? Als er im Schlepptau des einarmigen Orang-Utans die Treppe am Ende der Fabrikhalle hinaufstieg und sie vor dem Büro des Direktors haltmachten, befand er sich endgültig im Alarmmodus.

Der Produktionsleiter klopfte, öffnete die verglaste Tür und platzierte ihn vor dem monströsen Glasschreibtisch des Direktors. Der trug wie immer einen piekfeinen Anzug, während an seinem Handgelenk eine goldene Uhr funkelte. Schon bei ihrer ersten Begegnung hatte Oleg sich gewundert, wie jung dieser Typ war – bis er erfahren hatte, dass er der Sohn des Firmengründers war. Alles in den Arsch geschoben also. Dementsprechend war auch sein Büro eingerichtet. Teure Designermöbel und -lampen, die ein ganzes Monatsgehalt kosteten. Mit der Schürze, den Gummistiefeln und der Sklavenkappe auf dem Kopf fühlte sich Oleg wie ein Vollidiot.

Der Direktor beugte sich über seine Papiere und deutete, ohne aufzublicken, auf einen durchsichtigen Designerstuhl.

„Nimm Platz!“

Als Oleg nicht sofort reagierte, senkte sich eine riesige Affenpranke auf seine Schulter und drückte ihn auf den Stuhl. Auf der anderen Seite des Tisches lehnte sich der Direktor zurück. Er legte die manikürten Fingerspitzen aneinander und musterte Oleg.

„Wie alt bist du?“, fragte er schließlich.

Oleg rutschte auf der Stuhlkante hin und her. Was sollte das? Der Typ kannte sein Alter doch aus seiner Bewerbung und dem Vorstellungsgespräch.

„Äh, sechzehn“, erwiderte er. „Glaube ich jedenfalls. Am besten, Sie fragen den Jesus vom Jugendamt. Mit dem sind Sie doch so gut befreundet.“

Der Direktor warf seinem Produktionsleiter einen irritierten Blick zu.

„Er macht sich über uns lustig!“, versicherte dieser eilig. „Ich habe Sie ja gewarnt!“

Der junge Direktor ruckelte an seinem Krawattenknoten und räusperte sich. Oleg ging jede Wette ein, dass die Bonzeneltern dieser Made nicht nur den roten Porsche draußen auf dem Hof bezahlt hatten. Bestimmt hatten sie ihren Sprössling auf ein Super-Internat geschickt, damit er auf einer Super-Universität studieren und nun jede Menge Kohle fürs Rumsitzen kassieren konnte. Und währenddessen schufteten sich die Rumänen, Bulgaren und all die anderen Sklaven unten in der Produktionshalle zu Tode.

Schließlich seufzte der Direktor, als liege alles Elend dieser Welt auf seinen Schultern.

„Leider habe ich mich in dir getäuscht“, sagte er. „Ich wollte dir eine Chance geben, aber offensichtlich bist du nicht bereit, Verantwortung zu übernehmen. “

Was für eine Chance?, dachte Oleg grimmig. Und welche Verantwortung? Er hatte den Job nie gewollt. Er war nur hier, weil ihm ein fester Job vielleicht das Jugendheim ersparen konnte. Sein Blick schweifte durch das blitzsaubere Büro.

„Warum bin ich eigentlich hier?“, fragte er. „Kriege ich endlich ’ne Gehaltserhöhung?“

Hinter ihm holte der Orang-Utan hörbar Luft, während sein Chef ein verkniffenes Gesicht machte. Er beugte sich über den Tisch, klappte einen Laptop auf und tippte auf der Tastatur herum. Anschließend drehte er den Rechner wortlos in Olegs Richtung.

Zuerst blieb der Bildschirm schwarz, und Oleg fragte sich bereits, was der Quatsch sollte. Bis die Aufzeichnung einer Überwachungskamera startete und er sich selbst ins Bild laufen sah. In diesem Moment wusste er, dass er ein Problem hatte. Eine lange Minute geschah nicht viel. Man konnte lediglich sehen, wie er unaufhörlich Knochenabfälle in die Zerkleinerungsmaschine stopfte. Aber dann konnte man erkennen, wie er innehielt und sich verstohlen umblickte. Dann sah man, wie er die blutverschmierte Plastikschürze hob, den Reißverschluss seiner Hose öffnete und im hohen Bogen in den großen Metalltrichter pinkelte. Sogar das Abschütteln war perfekt im Bild festgehalten.

„Kannst du mir das erklären?", fragte ihn der Direktor scharf und klappte den Laptop zu. „Ich bin auf deine Antwort gespannt!"

Oleg zuckte mit den Achseln. Er hatte die Kameras gar nicht bemerkt.

„Wie soll man die Arbeit sonst schaffen?", fragte er. „Die Toilette ist endlos weit weg. Und die Viecher, die das ganze Zeug am Ende fressen, wird es schon nicht umbringen."

Jetzt schnappte auch der Direktor hörbar nach Luft. Währenddessen rechnete Oleg jeden Moment damit, dass ihm der Orang-Utan den Hals umdrehte. Aber nichts dergleichen geschah. Statt eines Genickbruchs verpasste man ihm lediglich einen Abgang erster Klasse.

„Es ist besser, du packst auf der Stelle deine Sachen!", entschied der Direktor, nachdem er sich wieder gefangen hatte. „Ich fürchte, du bist ein hoffnungsloser Fall."

„Das sind sie alle!", mischte sich sein Produktionsleiter ein. „Sie hätten …"

Sein Chef schnitt ihm mit einer wirschen Geste das Wort ab.

„Ich weiß selbst, was ich hätte tun sollen!", sagte er. Dann zog er ein vorbereitetes Papier hervor und reichte es über die Tischplatte.

„Was soll ich damit?" Oleg nahm das Schriftstück zögernd entgegen.

„Das ist dein Arbeitszeugnis", erklärte der Direktor. „Du hast ein Recht darauf, und ich will sichergehen, dass ich dich nie wiedersehe!" Er wandte sich an seinen einarmigen Produktionsleiter. „Sorgen Sie dafür, dass er seinen ausstehenden Lohn ausgezahlt bekommt. Und danach begleiten Sie ihn nach draußen! Persönlich!"

Die Affenpranke senkte sich erneut auf Olegs Schulter, und für einen kurzen Moment war er versucht, sich zu wehren. Er konnte es nicht ausstehen, wenn man ihn anfasste. Aber dann fiel ihm das Geld ein. Also steckte er den bescheuerten Wisch ein und ließ sich wie ein Schwerverbrecher zu seinem Spind führen. Nachdem er sich umgezogen hatte und sich wieder wie ein Mensch fühlen durfte, führte ihn der Orang-Utan zur Rechnungsstelle, wo ihm die Sekretärin mit gerümpfter Nase hundert Euro in kleinen Scheinen aus einer Stahlkassette abzählte. Anschließend führte ihn der Orang-Utan über den Hof, auf dem die Kühl-Lkws unaufhörlich ihre widerliche Fracht anlieferten. Als sie das mannshohe Firmentor erreicht hatten, baute sich sein Aufpasser vor ihm auf: „Lass dich nie wieder hier blicken!", drohte er. „Drückeberger wie du haben in dieser Firma nichts verloren! Merk dir das!"

Der Menschenschinder gab dem Pförtner in dem Glaskasten ein Zeichen und das Stahltor setzte sich mit einem erbärmlichen Kreischen in Bewegung. Oleg zog die Nase hoch.

„Bevor ich gehe, müssen Sie mir unbedingt noch eine Frage beantworten", sagte er. „Das beschäftigt mich schon eine ganze Weile …"

Der einarmige Produktionsleiter musterte ihn verdutzt von oben herab. Er war misstrauisch.

Oleg grinste. „Ich frage mich die ganze Zeit: Was machen Sie eigentlich, wenn Sie sich in der Nase bohren und gleichzeitig juckt es Sie am Sack?"

Die Adern auf der Schläfe des Mannes schwollen von einer Sekunde zur anderen bedenklich an, was für Oleg wiederum das Zeichen war, sich schleunigst abzusetzen. Er huschte vom Firmengelände, und als sich das Tor hinter ihm schloss, ohne dass etwas passiert war, atmete er erleichtert auf.

Irgendwie erinnerte ihn der Moment an seine Entlassung aus dem Jugendarrest. Obwohl sie ihm wegen der Führerscheinsache nur zwei Wochen aufgebrummt hatten, hatte er sich wie ein zum Tode Verurteilter gefühlt, dessen Strafe im letzten Moment aufgehoben worden war. Jetzt war es nicht anders. Die Frage war nur, was unerträglicher war: der Knast oder die Kuhmägen?

Er blinzelte in die Sonne und überlegte, was er jetzt tun sollte. Nach Hause konnte er nicht. Dafür war es zu früh. Es war erst Mittag und um diese Uhrzeit war sein Vater noch zu Hause. Also blieb ihm nur eine Möglichkeit. Er überquerte die vierspurige Ausfallstraße, an der die Fabrik zur Tierkörperverwertung lag, danach machte er sich zu Fuß auf den Weg in Richtung Innenstadt.

2

Mark fuhr sich mit einem Schraubenschlüssel in der Hand über die ölverschmierte Stirn.

„Was willst du denn hier?“, brummte er genervt. „Ich habe keine Zeit zum Babysitten!“

Dann tauchte er wieder in den Motorraum ab. Die Sonne brannte durch das Glasdach, wodurch es in der Werkstatt unerträglich heiß war.

„Ich muss mit dir reden“, sagte Oleg. „Kannst du nicht ’ne Pause machen?“

„Nicht jetzt …“ Die Antwort kam irgendwo aus der Tiefe des Motors. „Wir sehen uns nachher, okay? Bei Digger.“

„Geht ihr heute Nacht etwa wieder auf Tour? Ich meine, Digger und du?“

Ein metallisches Klirren, gefolgt von einem Schmerzensschrei. Mark tauchte mit einem gequetschten Finger im Mund aus dem Motorraum auf und blickte sich hastig um.

„Bis du bescheuert?“, zischte er Oleg an, der einen halben Kopf kleiner war als er. „Ahmed läuft hier irgendwo rum, also halt gefälligst deine Klappe! Du weißt, dass er überall seine Nase reinsteckt!“

Abu Ahmed bin Salah El Mansour war gebürtiger Libanese. Niemand kannte sein genaues Alter oder wusste, was er früher gemacht hatte. Ihm gehörte nicht nur der Schrottplatz draußen, sondern auch die überaus lukrative Autowerkstatt, die er auf dem Gelände betrieb. Schwarz, versteht sich. Wollte man eine lästige Karosserienummer verschwinden lassen oder auch nur seinen Tacho manipulieren – für Dienstleistungen dieser Art war Abu Ahmed stets die richtige Adresse.

„Komm schon! Ahmed ist taub wie eine Nuss!", verteidigte sich Oleg. „Und die Illegalen verstehen kein Wort." Er deutete auf die beiden Männer, die ein paar Meter weiter an einem Ford herumwerkelten.

Oleg trat von einem Fuß auf den anderen. Schließlich gab er sich einen Ruck.

„Sie haben mich rausgeschmissen", sagte er.

„Was meinst du damit?"

„Sie haben mir einen Tritt in den Arsch verpasst – das meine ich!"

Mark starrte seinen Bruder an, dann verdrehte er die Augen.

„Was hast du diesmal gemacht?", stöhnte er.

„Nichts."

„Wegen *nichts* fliegt man nicht raus! Und schon gar nicht nach einer Woche!"

„Ich musste nur mal pinkeln, ehrlich! Das ist alles!"

Sein Bruder sah ihn prüfend an. Plötzlich hallte eine schrille Stimme durch die Werkstatt. Sie klang wie das heisere Krächzen eines Raubvogels: *„Was gibt es da zu besprechen?"*

Abu Ahmed stand auf seinen Stock gestützt in dem offenen Werkstatttor und reckte neugierig seinen haarlosen Schrumpfkopf.

„Nichts, was dich interessieren könnte!", rief ihm Mark zu. Dann wandte er sich wieder an seinen Bruder. „Willst du, dass sie Papa das Sorgerecht entziehen? Du weißt, dass sie dich dann in ein

Heim sperren!“ Er fluchte. „Mann, du hättest doch nur bis zu dem Gerichtstermin durchhalten müssen!“

Oleg ballte die Fäuste.

„Das ist doch ätzend“, stieß er wütend hervor. „Wenn ich achtzehn wäre, könnten die mich mal! Dieser fette Arsch vom Jugendamt soll mich einfach in Ruhe lassen!“

„Tut er aber nicht!“, entgegnete Mark verärgert. „Und jetzt hau endlich ab! Wir treffen uns nachher!“

Nachdem sein Bruder wieder unter der Motorhaube verschwunden war, verließ Oleg schweren Herzens die Werkstatt. Als er den Schrottplatz überquerte, musste er unweigerlich an Abu Ahmed vorbei, der wieder vor der Bürobaracke auf seiner mit Teppichen belegten Holzbank Platz genommen hatte. Wahrscheinlich würde er auf der Bank irgendwann auch abkratzen, dachte Oleg. Dann konnte man die Teppiche gleich zum Einwickeln benutzen.

„Hallo, Abu Ahmed!“, grüßte er, als er an dem Alten vorbeikam. „Alles klar?“

„Salam aleikum, du Taugenichts!“, erwiderte der Greis. „Die Hölle wartet auf dich!“

Seine hinter einem milchigen Schleier verborgenen Augen schienen durch Oleg hindurchzusehen.

„Wenn das so ist, kannst du mir ja einen Platz freihalten!“, gab Oleg zurück. Bei dem verrückten Alten drehte sich alles um Himmel und Hölle. Es sei denn, es ging um ein gutes Geschäft. In dem Fall zählte weder das eine noch das andere.

In diesem Moment entdeckte Oleg ein schrottreifes Fahrrad, das an der Wand der schäbigen Baracke lehnte.

„Hey, das leihe ich mir!“, sagte er, während er sich das Rad schnappte. Es hatte tatsächlich noch Luft in den Reifen.

„Hundert Euro!“, murmelte der Alte, ohne eine Miene zu verziehen.

„Dieser Schrotthaufen ist nicht mal fünf wert!“, protestierte Oleg. „Außerdem bekommst du ihn morgen wieder zurück. Also entspann dich!“

Das Rad war zwar absolut peinlich, aber es war immer noch besser, als zu Fuß zu gehen. Also schwang er sich auf den quietschenden Sattel und strampelte los. Bis sein Bruder Feierabend machte, musste er irgendwie die Zeit totschlagen. Und er wusste auch schon, wie. Schließlich hatte er sich letzte Woche schwer verliebt.

Oleg bog in die kleine Sackgasse. Als er sicher war, dass ihn niemand beobachtete, schmiss er das schrottreife Fahrrad über einen Bauzaun und ging zu Fuß weiter. In der Fußgängerzone brauchte ihn niemand mit dem peinlichen Drahtesel zu sehen. Als er das Geschäft betrat, in dem er die Jacke vor einer Woche zufällig entdeckt hatte, warf ihm die Verkäuferin an der Kasse sofort einen misstrauischen Blick zu. Oleg beachtete sie nicht weiter. Wenn man in seinem Viertel aufwuchs, war man diese besondere Art von Aufmerksamkeit gewohnt. Stattdessen steuerte er zielstrebig auf den Ständer zu. Und tatsächlich, da war sie: die ultimative Jacke!

Die richtige Farbe, der richtige Schnitt, die richtige Größe – nur leider der falsche Preis. Das Teil kostete glatte dreihundertfünfzig Euro, und er besaß gerade einmal den Hunderter, den er für seinen Sklavenjob in der Ekelfabrik bekommen hatte. Er nahm die Jacke vom Bügel, zog sie über sein schwarzes Spider-T-Shirt und trat vor den Spiegel. Sie passte wie angegossen. Für einen kurzen Moment war er versucht, einfach aus dem Laden zu rennen. Aber als er sich unauffällig umblickte, bemerkte er, dass ihn die Verkäuferin an der

Kasse nicht aus den Augen ließ. Während sie die Kundenschlange weiter abkassierte, winkte sie unauffällig eine Kollegin zu sich.

Plötzlich kam ein pickeliger Typ in Begleitung seiner Mutter auf ihn zu. Quer durch den Laden. Klamotten und Haarschnitt ließen keinen Zweifel daran, dass er zu der Art von Made gehörte, die sich von Mama alles kaufen ließ – und auch noch stolz darauf war.

„Die Jacke da gefällt mir!" Der Typ deutete genau auf Olegs Herz.

„Kommt nicht infrage!", befand seine Bonzenmutter, nachdem sie die Wahl ihres Sohnes mit hochgezogenen Augenbrauen begutachtet hatte. „Die sieht billig aus!"

Oleg schien für die beiden gar nicht zu existieren.

„Sieh doch mal: Die hier ist viel schöner!" Lackierte Finger fuhren in den Kleiderständer, schoben die Bügel geübt auseinander. „Die steht dir bestimmt!"

„Eine andere will ich nicht." Der Scheißer grinste Oleg mit verschränkten Armen an. Der spürte, wie ihm das Blut in den Kopf stieg, doch bevor er noch etwas sagen konnte, grapschte die Alte tatsächlich nach dem Preisschild an seinem Kragen. „Was kostet dieses Ding denn?"

„Ey …", protestierte Oleg, aber er schien weiterhin aus Luft zu bestehen.

„Ach, nur dreihundertfünzig!", stellte die Frau erleichtert fest. „Also schön, wenn du dieses scheußliche Etwas unbedingt haben möchtest … Aber ich warne dich: Wenn du dieses Ding nicht anziehst, wandert es sofort in den Kleidercontainer!"

Dann wandte sie sich an Oleg. Es war, als würde sie ihn zum ersten Mal wahrnehmen.

„Mein Sohn hätte gerne diese Jacke“, sagte sie. „Würdest du sie bitte ausziehen?“

Oleg war sprachlos. Die großflächige Narbe, die sich von seiner linken Achsel bis hinunter auf die Hüfte zog, juckte und brannte wie verrückt. Das tat sie immer, wenn er wütend wurde. Wenn nicht in diesem Moment eine Verkäuferin auf sie zugehuscht wäre, hätte er dem dauergrinsenden Streuselbrötchen unter Garantie ein blaues Auge verpasst.

„Kann ich vielleicht helfen?“, erkundigte sich die Verkäuferin spitz. Sie war nicht gerade freundlich.

„Wie schön, dass Sie sich endlich um Ihre Kunden kümmern. Wir hätten gerne diese Jacke da!“ Die Mutter nickte in Olegs Richtung. „Es ist die einzige in Größe M. Und wie Sie sehen, benötigt mein Sohn Größe M.“

Die Verkäuferin wandte sich mit einem falschen Lächeln an Oleg: „Willst du diese Jacke kaufen?“

„Ja. Äh, nein.“

„Was denn nun?“

„Nein.“

Oleg kochte. Die Tussi wusste bestimmt, dass er sich die Jacke nicht leisten konnte.

„Sehen Sie, Sie haben es selbst gehört!“, mischte sich die Madenmutter ein. „Also sorgen Sie gefälligst dafür, dass dieser, äh, *junge Mann* die Jacke auszieht. Wir haben nicht ewig Zeit!“

Oleg zog die Schultern hoch und spannte seine Muskeln an. Doch in der Sekunde, in der er losrennen wollte, versperrte ihm ein uniformierter Sicherheitsmann den Fluchtweg. Wusste der Teufel, wie der Schrank so plötzlich auf der Bildfläche erschienen war. Oleg blieb nichts anderes übrig, als zähneknirschend die Jacke auszuziehen.

„Na also, es geht doch!“, sagte der Junge und nahm die Jacke in Empfang.

Als Oleg das triumphierende Gesicht sah, machte es Peng. Ihm knallte die Sicherung durch. Ohne nachzudenken, trat er der kleinen Made so fest gegen das Schienbein, dass die laut aufheulte. Danach stürmte er los. Hinter ihm schrien die Mutter und die Verkäuferin im Duett nach der Polizei, und als ihn der Sicherheitsmann an der Tür zu packen versuchte, flutschte er unter seinen Armen hindurch ins Freie. Kaum war er aus dem Geschäft, tauchte er in der Menschenmenge unter, die sich wie ein stetiger Strom die Fußgängerzone entlangschob. Erst als er sicher war, dass ihn niemand verfolgte, wurde er langsamer.

Sein Herzschlag beruhigte sich wieder und auch seine vernarbte Körperseite hörte auf zu brennen. Warum konnte so eine kleine Memme sich alles erlauben, nur weil seine Mami mit ein paar Scheinchen winkte. Er spuckte im Gehen auf den Asphalt und verfehlte dabei nur knapp ein Paar Sandalen. Der Mann, offenbar ein Tourist, blieb stehen und schickte ihm irgendwelche ausländischen Schimpfwörter hinterher, was Oleg allerdings nicht weiter kümmerte. Stattdessen hockte er sich schlecht gelaunt auf den Rand eines Pflanzenkübels, der vermutlich dazu gedacht war, der Betonwüste ringsherum ein wenig Natur einzuhauchen. Bei genauerem Hinsehen waren die kümmerlichen Blumen jedoch längst verwelkt und in dem Kübel sammelten sich die Zigarettenkippen.

Während Oleg nur so dasaß und die Leute beobachtete, die sich mit prallvollen Einkaufstüten an ihm vorbeischoben, fiel ihm auf, dass einige einen unauffälligen Bogen um ihn machten. So, als wollten sie ihm auf keinen Fall zu nahe kommen. Oleg zog die Beine an und schlang die nackten Armen darum. Im Schatten der

Bürotürme und Kaufhäuser war es unangenehm kalt. Während er weiter die vorbeiziehenden Gesichter betrachtete, fragte er sich, warum die Leute ihn immer wie einen Aussätzigen behandelten. Oleg riss eine der verdorrten Blumen aus, die neben ihm über den Betonrand hing, und schmiss sie wütend von sich.

Diese Welt war nicht gerecht.

3

Die letzten Stufen der Rolltreppe nahm Oleg mit einem großen Satz. Der rumänische Bettler am Ausgang der U-Bahn-Station schob offenbar mal wieder eine Spätschicht. Oleg überquerte die Straße, ohne auf die rote Ampel zu achten, dann nahm er die Abkürzung durch die Grünanlage, wobei er versuchte, in der Dämmerung nicht in einen der Millionen Hundehaufen zu treten.

Nachdem er den Spielplatz hinter sich gelassen hatte, auf dem sich trotz der einbrechenden Dunkelheit noch immer lauter Kanakenzwerge unter der Aufsicht ihrer Kopftuchmuttis tummelten, schwenkte er in Richtung Kanal. Kurz darauf kam er an dem zehnstöckigen Wohnblock vorbei, in dem er zusammen mit seinem Vater und seinem Bruder lebte. Er blickte an der mit Satellitenschüsseln bestückten Fassade hinauf in den siebten Stock.

Für einen kurzen Moment war er versucht, hinaufzugehen und nachzusehen, ob vielleicht etwas im Kühlschrank war, denn sein leerer Magen rumorte inzwischen gewaltig. Seit dem Frühstück in der Fabrikkantine hatte er nichts mehr zwischen die Zähne bekommen. Auf der anderen Seite war die Wahrscheinlichkeit, dass sein Vater eingekauft hatte, gleich null. Vermutlich wurde er gerade erst nüchtern, um seine Nachtschicht anzutreten, und in dieser Phase war er besonders unerträglich. Also verwarf Oleg den Gedanken wieder.

Er durchquerte die Siedlung mit ihren kasernenartigen Wohnblöcken, und als er den alten Kanal erreicht hatte, trottete er so lange am Ufer entlang, bis ihm ein Maschendrahtzaun den Weg versperrte. Oleg stemmte sich, ohne zu zögern, gegen das Drahttor, und kaum quietschte es in den Angeln, schossen sechzig Kilo geballte Muskeln aus dem Halbdunkel auf ihn zu.

Oleg blieb keine Zeit zur Gegenwehr. Das Kraftpaket sprang schwanzwedelnd an ihm hoch und schleckte ihm quer durch das Gesicht.

„Hey!", lachte Oleg. „Nicht so stürmisch!"

Er versuchte, die sabbernde Zunge abzuwehren und dabei sein Gleichgewicht nicht zu verlieren. „Ich freue mich ja auch, dich zu sehen! Mach Sitz! Aus!"

Als der Bullmastiff endlich von ihm abließ, tätschelte er ihm den riesenhaften, kantigen Schädel. Der Hund knurrte vor Wonne, während von seinen Lefzen eine dicke Speichelspur tropfte.

„Das machst du sehr gut!", lobte Oleg ihn überschwänglich. „Und jetzt pass weiter auf! Vielleicht spielen wir nachher noch 'ne Runde."

Spielen war vielleicht das falsche Wort, denn die Lieblingsbeschäftigung des Hundes bestand darin, alles Mögliche in seine Einzelteile zu zerlegen. Vorzugsweise Puppen oder Kaninchen. Und Letztere gab es auf dem verwilderten Grundstück genug.

Oleg wandte sich dem Backsteingebäude zu, in dem einst der Schleusenwärter seinen Dienst verrichtet hatte. Die Schiffsschleuse selbst war schon lange nicht mehr in Betrieb. Ihre offen stehenden Holztore waren verfault, und das Stahlgerüst, das den Kanal überspannte und die beiden Ufer miteinander verband, überzog eine rostige Patina. Vor Jahrzehnten hatte der Wasserstand in dem angrenzenden See aus unerfindlichen Gründen zu sinken begonnen und darum war die gesamte Anlage aufgegeben worden. Sie war schlichtweg überflüssig, und als am Ende auch noch die Frachtschiffe verschwanden, geriet sie endgültig in Vergessenheit. Jetzt standen die technische Anlage und das ehemalige Wärterhaus unter Denkmalschutz.

Oleg hatte sich schon oft gefragt, warum sich Diggers Vater diese Ruine überhaupt gekauft hatte. Industriedenkmal hin oder her – kaputt war kaputt. Jedenfalls hatte er sich die Bruchbude als „Investition in die Zukunft“ aufschwatzen lassen, wie Digger einmal erklärt hatte. Kein Wunder, dass sich sein Vater irgendwann umgebracht hatte, dachte Oleg. Nun gehörte das Ganze Digger, dem Glückpilz. Das Dumme war nur, dass er mit am Küchentisch gesessen hatte, als sich sein Vater die Kugel verpasst hatte. Seitdem war er manchmal ein bisschen komisch.

Oleg erklomm die Metalltreppe, die sich an der Außenmauer des turmartigen Gebäudes emporwand, und hämmerte das vereinbarte Klopfzeichen an die Stahltür. Endlich hörte er, wie der Riegel von innen beiseitegeschoben wurde.

„Ey, Kleiner!“, begrüßte ihn Digger. „Alles klar?“

Er trug ein ärmelloses T-Shirt und seine strähnigen, aschblonden Haare standen wie immer in alle Richtungen. Bei seinem spindeldürren Körper drängte sich einem unweigerlich der Vergleich mit einem tätowierten Streichholz auf. Diggers Arme waren mit Tattoos übersät, wobei er sich die meisten im Jugendknast eingefangen hatte, was wiederum erklärte, warum sie nicht besonders gelungen waren. Oleg wusste, dass man ihn besser nicht darauf ansprach. Weder auf die Zeit im Knast noch auf die misslungenen Tattoos.

„Nenn mich nicht Kleiner!“, brummte Oleg. „Ist Mark da?“

Er hörte seinen Bruder im Hintergrund.

„Wer ist da?“, rief Mark.

„Nur der Zwerg!“, erwiderte Digger über seine Schulter. Dann, an Oleg gewandt: „Komm rein, wir essen gerade! Wie ich dich kenne, hast du garantiert Hunger.“

Oleg ließ sich nicht zweimal bitten. Nachdem Digger die schwere Tür wieder verriegelt hatte, folgte er ihm in den einstigen Kontrollraum des Schleusenwärters. Abgesehen von der zertrümmerten Schalttafel und der großen, über Eck laufenden Fensterfront, von der aus man auf den Kanal und die Schleusenkammern hinuntersehen konnte, war jedoch nicht mehr viel von dem ursprünglichen Inventar übrig. Stattdessen hatte Digger sich hier häuslich eingerichtet. Zumindest war es das, was er unter Einrichten und häuslich verstand. Er hatte ein ausgeleiertes Sofa angeschleppt, dazu einen uralten Sessel, in dem für gewöhnlich der Mastiff nächtigte. Ein niedriger Tisch und ein abschließbarer Metallschrank, von dem niemand wusste, was drin war, vervollständigten die Sperrmüllsammlung. Das Einzige im Raum, das wirklich Wert besaß, war der gigantische Flachbildschirm an der unverputzten Ziegelwand.

Wenn er Diggers privates Reich betrat, wurde Oleg stets ein wenig neidisch. In dem heruntergekommenen Gemäuer mochte es nicht besonders gemütlich sein, aber hier fühlte man sich irgendwie sicher. Hier konnte man tun und lassen, was man wollte. Nicht einmal die Bullen konnten einem hier reinreden. Sorry, Privatbesitz! Nicht übel, wenn man bedachte, dass Digger gerade erst zwanzig Jahre alt geworden war.

„Hey, alles klar?“, schmatzte Mark. Er hockte auf dem Sofa und hielt seinem Bruder ein Stück Pizza hin: „Hier, nimm! Sonst ist es weg!“

Oleg griff nach dem labberigen Teigstück, dann ließ er sich in den Hundesessel fallen und biss hinein. Es tat echt gut, endlich etwas zwischen die Zähne zu bekommen.

„Willst du auch ein Kaltgetränk?", rief Digger aus der Küche. Obwohl ‚Küche' nicht wirklich zutraf, denn bis auf ein Waschbecken mit fließendem, kaltem Wasser und einem wackelnden Kühlschrank war der Raum leer.

„Ein Bier nehme ich immer!", rief Oleg zurück und leckte sich die Finger. Leider waren die Pizzakartons auf dem Tisch bereits abgegrast. Er war definitiv zu spät gekommen.

„Kommst du von zu Hause?", fragte sein Bruder.

Oleg schüttelte den Kopf und schob sich den letzten Bissen in den Mund. Digger reichte ihm eine Dose von hinten über die hohe Sessellehne.

„Hier, dein Bier!"

Danach ließ er sich mit zwei weiteren Dosen auf das Sofa fallen. Nachdem er eine davon an Mark weitergereicht hatte, riss er den Verschluss seiner eigenen Dose auf und prostete in die Luft: „Auf heute Nacht!"

Dann nahm er einen tiefen Schluck.

„Auf heute Nacht!", erwiderte Mark und tat es ihm gleich.

„Was ist denn heute Nacht?", erkundigte sich Oleg, während er die Kohlensäure mit einem Zischen aus seiner Bierdose entweichen ließ.

Er bemühte sich, nicht allzu neugierig zu klingen.

Digger rülpste genüsslich und wischte sich über den Mund.

„Heute Nacht werden wir schweinereich!", sagte er.

„Und ich fliege morgen zum Mars!", lästerte Oleg. Er nahm einen Schluck.

„Nein, im Ernst“, erwiderte Digger. „Diesmal knacken wir den Jackpot. Frag Mark!“

„Etwa so wie letzte Woche?“ Oleg konnte sich den Spott nicht verkneifen, denn die letzte, angeblich ‚todsichere' Aktion war in einem Desaster geendet.

Zum Schluss hatten die beiden nicht einmal ihr Taxigeld wieder rausbekommen.

„Digger hat ausnahmsweise mal recht“, mischte sich Mark ein. „Diesmal sind wir ganz nah dran am Hauptgewinn! Du kennst doch Sascha?“

„Der Bruder von dieser Brünetten ... Jana?“ Oleg versuchte, beiläufig zu klingen, aber Digger hatte ihn gleich durchschaut.

„Jetzt sieh einer an!“, feixte Digger. „Ich wusste gar nicht, dass sich der Kleine schon für Muschis interessiert.“

Oleg lief rot an. Er hatte schon seit Wochen ein Auge auf Jana geworfen, aber um sie anzusprechen, fehlte ihm bislang einfach der Mut. Wenn Digger und sein Bruder jetzt Wind davon bekamen, würden sie ihn garantiert bis in alle Ewigkeit damit aufziehen.

„Ihr könnt mich mal!“, schimpfte er. „Alle beide! Sagt mir lieber, was heute Nacht abgeht!“

Mark zuckte mit seinen Schultern und wurde ernst, obwohl das Grinsen nicht wirklich aus seinem Gesicht verschwand. „Also schön, aber du behältst die Sache für dich. Okay!?“

Als Oleg genervt nickte, fuhr er fort. „Also, wie du vielleicht schon mitbekommen hast, arbeitet Sascha bei so 'ner Firma, die macht Gärten.“

„Und Pools!“, warf Digger ein. „Vergiss die verdammten Pools nicht!“

Er bekräftigte seinen Geistesblitz mit einem Schluck aus der Bierdose.

Mark nickte. „Und Pools. Und um genau die geht's."

Oleg verstand nur Bahnhof.

Als sein Bruder sein dummes Gesicht sah, lachte er: „Die Sache ist ganz einfach: Wer sich einen Pool leisten kann, hat mindestens 'ne Million. Also gibt es da, wo Swimmingpools sind, auch jede Menge für uns zu holen."

„Und es kommt noch besser!", ergänzte Digger. „Seit Neuestem putzt Sascha einmal die Woche den Pool von einer riesigen Villa. Angeblich wohnt da nur ein alter Knacker. Und der soll schon so gut wie unter der Erde sein."

Digger zerknüllte seine inzwischen geleerte Bierdose und schmiss sie auf den Müllhaufen, der sich unter der kaputten Steuertafel der stillgelegten Schleuse türmte.

„Und sonst wohnt niemand dort?", wunderte sich Oleg. „Nur ein alter Opa?"

„Bis jetzt hat Sascha nie jemand anderen gesehen", erklärte sein Bruder. „Das behauptet er zumindest."

„Und wo ist diese Villa?"

„Wir haben die Adresse", wich Mark plötzlich aus. „Mehr brauchst du nicht zu wissen."

Oleg hasste es, wenn ihn sein Bruder wie ein Kleinkind behandelte.

„Und was ist mit der Alarmanlage?", wollte er wissen. „Diese Bonzen haben immer eine Alarmanlage."

„Das genau ist der Punkt!", erwiderte Mark triumphierend. „Es gibt keine!"

„Keine Alarmanlage?", fragte Oleg ungläubig.

„Sascha schwört beim Leben seiner Großmutter, dass er nie eine gesehen hat. Und er hat extra danach gesucht. Die Sache ist also todsicher."

Mark zerknüllte seine Bierdose und schmiss sie ebenfalls auf den Haufen unter dem Pult. Danach entstand eine Pause, in der Oleg den Eindruck hatte, als würden sich Digger und sein Bruder bereits in Australien wähnen. Das war nämlich ihr gemeinsamer großer Traum. Sie hatten sich geschworen, irgendwann abzuhauen. Und zwar möglichst weit weg.

„Wisst ihr, was ich komisch finde?", durchbrach Oleg das Schweigen.

„Was denn?"

„Wozu braucht ein alter Knacker überhaupt einen Pool? Ich meine, wenn sonst keiner da wohnt?"

„Ach, was weiß ich!", winkte Mark ab. „Uns kann es jedenfalls egal sein."

„Und was will Sascha dafür?", erkundigte sich Oleg. „Die Adresse hat er doch nicht umsonst rausgerückt."

„Vierzig Prozent. Von allem."

„Das ist Beschiss!"

„Ohne seine Info hätten wir gar nichts", hielt Mark verärgert dagegen.

Digger nickte wichtigtuerisch. „Isso! Außerdem bleiben uns immer noch sechzig. Also dreißig für jeden!", rechnete er an seinen beringten Fingern vor.

„Zwanzig!", widersprach Oleg. „Du hast dich verrechnet – ich komme nämlich mit."

„No way!" Mark machte mal wieder einen auf großen Bruder. „Der Typ vom Jugendamt wartet doch nur darauf, Papa etwas anzuhängen, damit sie ihm das Sorgerecht für dich wegnehmen können. Und was dann? Willst du etwa in ein Heim oder in irgendeine beknackte Pflegefamilie?“ Mark fluchte. „Scheiße, du hättest wenigstens bis nach dem Gerichtstermin diesen verdammten Job machen können!“

Mark war mit einem Mal richtig sauer.

„Vergiss es, das war ein Fuckjob!“, gab Oleg wütend zurück. „Außerdem will ich heute Nacht mitkommen!“

„Auf keinen Fall!“ Mark schüttelte erneut den Kopf. „Frag Digger: Das ist 'ne Zwei-Mann-Sache!“

Oleg brauchte Diggers Kommentar gar nicht abzuwarten. Es war klüger, ein wenig Dampf abzulassen, sonst würde er gar nichts erfahren.

„Entspannt euch, okay?“, sagte er. „Erzählt mir lieber, wie ihr es machen wollt. Wie wollt ihr den Alten in der Villa ausschalten?“

„Gar nicht“, erwiderte sein Bruder. „Wenn der Typ wirklich so alt ist, wie Sascha behauptet, ist er garantiert schwerhörig. Er wird gar nicht erst mitbekommen, wenn wir ihm die Bude leer räumen.“

„Yepp“, ergänzte Digger. „Wir werden wie die Ninjas sein, Kleiner! Unsichtbar wie die schwarze Nacht!“

Er vollführte ein paar Pseudo-Karate-Schläge, wobei er Mark, der neben ihm auf den Sofa hockte, beinahe eine aufs Ohr verpasst hätte.

„Nenn mich nicht Kleiner!“, ärgerte sich Oleg. „Warum lasst ihr mich nicht mitkommen? Ich brauche die Kohle genauso wie ihr. Ich kann ja Schmiere stehen!“

„Eigentlich ist das mit dem Schmierestehen gar nicht so blöd …“, setzte Digger an, aber Mark schnitt ihm sofort das Wort ab.

„Was ich sage, meine ich auch – der Kleine bleibt hier! Übertragung beendet!“

Oleg hätte kotzen können. Aber mit einem winzigen Stück lauwarmer Pizza im Magen ging nicht einmal das.

„Und was soll ich währenddessen machen?“, beschwerte er sich. „Ich habe keinen Bock, nach Hause zu gehen!“

„Du kannst ja hierbleiben und ein bisschen aufräumen“, schlug Digger vor. Er zeigte auf den Müll und die zerknüllten Dosen. „Und danach ziehst du dir einfach einen heißen Film von der Festplatte rein. Aber mach mir ja keine Flecken auf das Polster!“

Er tätschelte grinsend sein Sofa.

„Haha …“, gab Oleg zurück. „Ich piss mir vor Lachen in die Hose!“

Er schnellte aus dem Sessel und kickte wütend die leeren Pizzakartons von dem niedrigen Tisch.

„Ihr könnt mich mal!“, erregte er sich. „Und wisst ihr was: Ihr seid genauso feige Arschlöcher wie alle anderen! Ohne euch komme ich viel besser klar!“

Was natürlich nicht stimmte, aber im Moment hatte er die Nase gestrichen voll. Es machte ihn rasend, wenn ihn die beiden ausschlossen und wie einen Anfänger behandelten. Was machten schon drei Jahre Altersunterschied? Was sollte dieser Bullshit? Oleg hätte vor Wut laut schreien können. Er stapfte zur Tür, schob den schweren Riegel beiseite und trat in die Nacht hinaus. Dann knallte er die Metalltür, so fest er konnte, hinter sich ins Schloss. Als er die letzte Stufe der Außentreppe hinunterstieg, kam der Hund bereits schwanzwedelnd auf ihn zugeschossen. Diesmal trug der Mastiff etwas zwischen seinen Kiefern, das vermutlich einmal eine Babypuppe gewesen war. Weiß der Teufel, woher er das Ding hatte.

Oleg entwand dem Tier den Plastikkadaver und schleuderte ihn in die Dunkelheit. Der Hund fuhr auf seinen Hinterläufen herum und sprintete los.

Oleg trat an das Kanalufer und setzte sich auf einen der Polder, an denen früher die Schiffe festgemacht hatten. Das Wasser in der Schleusenkammer war tiefschwarz und völlig unbewegt, und als sich eine Lücke zwischen den Wolken auftat, spiegelte sich auf ihm der Mond. Das zerfressene Holz der Schleusentore, die rostigen Stahlträger, das bröckelnde Mauerwerk der Halterungen – im fahlen Licht der Sterne fühlte sich Oleg wie in einem dieser coolen Science-Fiction-Filme, in denen die Zukunft vor allem eins war: düster, dreckig und irgendwie immer kaputt.

Als der Hund mit der zerkauten Puppe im Maul neben ihm Platz nahm, kraulte Oleg ihm ausgiebig das Fell. Eigentlich war so ein Hundeleben gar nicht so übel, überlegte er. Wenn man erst einmal jemanden hatte, der einem das Futter besorgte, brauchte man sich nicht mehr besonders viele Gedanken zu machen. Er nahm die zerbissene Puppe und schleuderte sie erneut in die Dunkelheit. Dabei fiel sein Blick auf Diggers Lieferwagen. An dessen Seite war noch immer der Schriftzug der Großwäscherei zu erkennen, die sein Vater einmal besessen hatte. *Dyginsky wäscht wie Mutti – sauber & rein!*

Während er den Kastenwagen mit dem bescheuerten Slogan betrachtete, kam ihm plötzlich eine Idee. Sein Bruder und Digger würden den Wagen vielleicht für ihre Tour heute Nacht benutzen. Also ging er hinüber und öffnete die Heckklappe. Ohne Licht konnte er kaum etwas erkennen, aber die Ladefläche schien leer zu sein, was Oleg wiederum überraschte, denn für gewöhnlich fuhr Digger jede Menge Schrott spazieren. Er und sein Bruder hatten ohne Zweifel etwas Großes vor.

Ein grober Schubser gegen das Knie riss Oleg aus seinen Gedanken. Der Hund hatte ihm die vollgesabberte Puppenleiche vor die Füße geschmissen und forderte ihn erneut zum Spielen auf.

„Jetzt nicht!", zischte Oleg. „Geh auf deinen Platz! Wir spielen morgen!"

Nachdem der Mastiff enttäuscht abgezogen war, kletterte Oleg in den Lieferwagen. Dann zog er die Hecktür leise hinter sich zu und tastete in der Finsternis umher. Als er etwas Weiches spürte, offenbar eine muffige Decke, machte er es sich darauf halbwegs bequem. Jetzt konnte er nur darauf hoffen, dass Digger und sein Bruder nicht den ganzen Abend verquatschten.

4

Oleg schlug die Augen auf und streckte sich. Um ihn herum war es stockfinster und jeder Knochen tat ihm weh. Wie lange er geschlafen hatte, wusste er nicht, aber er fühlte sich, als sei er mitten in eine Schlägerei geraten.

Er befreite sich von der Wolldecke und richtete sich tastend auf. Offenbar hatte sich der Lieferwagen nicht von der Stelle bewegt, was bedeutete, dass sein Bruder und Digger es tatsächlich geschafft hatten, ihren großen Coup zu verpennen. Vermutlich hatten sie mal wieder den Mund zu voll genommen. Es wäre nicht das erste Mal. Oleg tastete nach der Verriegelung, und als er sie gefunden hatte, öffnete er die Hecktür und sprang hinaus. Er stutzte sofort. Was ihn innehalten ließ, war weniger der Umstand, dass es tiefste Nacht war. Aber der Kanal und die Schleusenanlage waren nicht mehr da, wo sie sein sollten. Stattdessen war er von Bäumen umgeben, deren Umrisse sich bedrohlich gegen den schwarzen Himmel abhoben.

Oleg lauschte, aber bis auf das Rauschen in den Baumkronen war es vollkommen still. Er fragte sich ernsthaft, ob er vielleicht noch schlief und irgendeinen Unsinn träumte, als der Waldboden unter seinen Füßen plötzlich zu vibrieren begann. Das sanfte Grummeln schwoll zu einem ohrenbetäubenden Orkan an und kurz darauf donnerte nur wenige Meter von ihm entfernt ein Zug vorbei. Der Fahrtwind fegte durch die Sträucher entlang der Schienen, Scheinwerfer tauchten die Bäume ringsum in ein gleißendes Licht. Danach wurde es wieder finster, und nachdem sich das ratternde Schienengewitter endgültig in der Nacht verloren hatte, kehrte auch die Stille zurück. Doch jetzt war sie anders. Sie schien in Olegs Ohren zu dröhnen. Er beeilte sich, von den Bahngleisen wegzukommen, doch als er das Wäldchen verlassen wollte, stutzte er erneut. Da waren Stimmen! Eigentlich war es nur ein Flüstern, das sich in das Rauschen der Blätter mischte, aber es gab keinen Zweifel. Da redete jemand. Oleg folgte den Stimmen und nach wenigen Metern stieß er auf Digger und seinen Bruder. Im fahlen Mondlicht konnte er erkennen, dass sie gerade im Begriff waren, über eine mit Efeu bewachsene Mauer zu klettern.

Oleg ging hinter einem Strauch in Deckung.

„Nun mach schon!", hörte er seinen Bruder schimpfen. Mark stand mit dem Rücken zur Mauer und formte mit den Händen eine Räuberleiter, während Digger versuchte, auf der mit Efeu überwucherten Mauerkrone irgendwie Halt zu finden.

„Jetzt hetz mich nicht!", maulte er. „Du weißt, dass mein Knie kaputt ist!"

„Scheiß auf dein Knie! Bist du endlich oben?"

Digger griff nach einer dicken Ranke und zog sich daran hoch, wobei er Marks Schulter und Kopf als Trittstufen benutzte. Oleg hörte seinen Bruder fluchen, dann war Digger endlich oben. Nachdem er die Mauerkrone im Dunkeln, so gut es ging, von dem Grünzeug befreit hatte, beugte er sich hinab: „Worauf wartest du? Du kannst loslegen!"

Oleg beobachtete aus seinem Versteck heraus, wie sein Bruder ein paar Schritte zurücktrat, um mit Anlauf an der Mauer hochzuspringen. Einige vergebliche Anläufe und etliche Schrammen später bekam Digger seine Hand endlich zu fassen. Es folgte ein wildes Gestrampel und nach einer gefühlten Ewigkeit schaffte es Mark ebenfalls auf die Mauer. Dann waren sie weg.

Oleg hatte überlegt, ob er sich zu erkennen geben sollte, aber am Ende hatte er sich dagegen entschieden. Wenn sein Bruder mitbekam, dass er hier war, würde er toben und ihn unter Garantie dazu verdonnern, beim Wagen zu bleiben. Und sich die Beine in den Bauch zu stehen, während sein Bruder und Digger fette Beute machten, kam nicht infrage. Er brauchte ebenfalls Kohle, wenn er mit nach Australien abhauen wollte. Auf keinen Fall würde er allein zurückbleiben.

Oleg krabbelte hinter dem Busch hervor und begutachtete die Mauer. Sie war zu hoch für ihn, also musste er einen anderen Weg finden, um auf die gegenüberliegende Seite zu gelangen. Und tatsächlich musste er nicht lange suchen. Als er im Mondlicht an der Mauer entlangstolperte, entdeckte er schon nach wenigen Metern eine schmale Pforte. Sie war unverschlossen. Oleg musste unwillkürlich grinsen. Wenn Digger und sein Bruder sich die Mühe gemacht hätten, sich bei Tageslicht umzusehen, hätten sie sich die Kletternummer sparen können. Er drückte die kalte Klinke und stemmte sich mit der Schulter gegen das morsche Holz. Nachdem sich die vergammelte Tür einen Spalt weit geöffnet hatte, schlüpfte er hindurch.

Oleg blickte sich um. Soweit er es in der Dunkelheit erkennen konnte, stand er auf einer perfekt geschnittenen Rasenfläche. Etwa hundert Schritte von ihm entfernt, konnte er erneut die Umrisse von Bäumen erkennen. Durch die Äste hindurch blitzte etwas im Mondlicht. Oleg vermutete, dass es ein mit Metall verkleideter Kamin war. Sein Herz pochte. Er drückte sich mit dem Rücken an die Mauer, holte tief Luft, dann spurtete er los. Nachdem er die offene Rasenfläche überquert hatte, ohne Großalarm auszulösen oder erschossen zu werden, stieß er auf einen Kiesweg, der sich zwischen den Baumriesen hindurchschlängelte. Die hellen Steine waren im Dunkeln deutlich zu erkennen. Oleg folgte dem Pfad, doch aus Angst, das Geräusch könnte ihn verraten, vermied er es, einen Fuß auf die Kiesel zu setzen. Als der Weg schließlich eine Biegung machte, traute Oleg seinen Augen nicht.

Das alte Haus, vor dem der Kiesweg in einem Rondell endete, war nicht nur gigantisch groß, es sah auch aus wie in einem Horrorfilm. Pechschwarze Fenster, jede Menge Türmchen auf dem Dach und im Hintergrund strahlte der Mond wie ein Scheinwerfer. Eigentlich fehlten nur noch die Fledermäuse und irgendein schräger Psychotyp, der seine Opfer unter den geometrisch angelegten Blumenbeeten verbuddelte. Obwohl Oleg wusste, dass seine Fantasie soeben mit ihm durchging, durchlief ihn unwillkürlich ein Schauer. Das riesige Haus schien irgendwie aus der Zeit gefallen zu sein. Es musste uralt sein und dennoch strahlte es noch immer eines aus: Geld und Macht.

Oleg spähte angestrengt in die Dunkelheit. Wo waren Digger und sein Bruder? Weder zwischen den Blumenbeeten noch auf der breiten Kiesauffahrt war etwas von ihnen zu sehen. Wahrscheinlich befanden sie sich bereits auf der Rückseite, vermutete Oleg. Also umrundete er ebenfalls den düsteren Palast. Aus der Nähe wirkte die Hütte noch imposanter und einschüchternder als aus der Ferne, und er fragte sich, wie das wohl erst bei Tageslicht sein musste. Auf der Rückseite der Villa entdeckte er den Swimmingpool. Er besaß geradezu olympische Ausmaße. Als Oleg ein Geräusch hörte, verbarg er sich blitzschnell hinter einer Steinfigur, die einen halb nackten Typen mit einem fiesen Dreizack darstellte. Mit klopfendem Herzen lugte er dahinter hervor, aber alles war ruhig. Die uralte Villa machte nicht einmal den Eindruck, als sei sie bewohnt. Dafür schob sich eine Wolke vor den Mond, und mit einem Schlag wurde es stockfinster, sodass man die Hand kaum vor Augen sehen konnte. Oleg fröstelte. Irgendetwas ging von diesem alten Haus aus, das ihm ganz und gar nicht gefiel. Vielleicht war das mit dem Psychokiller doch nicht so abwegig.

Zu seinem Entsetzen spürte er plötzlich, wie sich eine kalte Hand auf seine Schulter legte. Er stieß einen Schrei aus und sprang auf die Beine, bereit, bis zum Letzten zu kämpfen.

„Bist du total bescheuert!?“, fauchte ihn Mark leise an. Er zog seinen Bruder hastig zurück hinter die Steinfigur.

Oleg rang nach Luft. Beinahe hätte er sich in die Hose gemacht.

„Was machst du denn hier?“, flüsterte Digger und hockte sich neben sie.

„Das würde ich auch gerne wissen!“, herrschte Mark Oleg an. „Ich dachte, ich hätte eine klare Ansage gemacht!“

„Ich bin nur eingeschlafen“, erwiderte Oleg. Sein Herz klopfte noch immer.

„*Eingeschlafen*!? Willst du mich verarschen?“

„Nein“, stammelte Oleg. „Ehrlich! Ich wollte mich nur kurz ablegen. In Diggers Wagen. Dann bin ich blöderweise eingeschlafen. Mehr war nicht.“

Sein Bruder war echt sauer.

„Ich will, dass du sofort zum Wagen zurückgehst und dort auf uns wartest!“, zischelte Mark, ohne das Haus und die Umgebung aus den Augen zu lassen.

„Ich bin alt genug, um zu wissen, was ich tue!", gab Oleg zurück. „Du kannst mir gar nichts befehlen!"

„Aber ich kann dir das Hirn rausprügeln!"

„Versuchs doch!" Oleg versteifte sich.

Digger wurde das Ganze zu bunt.

„Shit, habt ihr vergessen, warum wir hier sind?", mischte er sich mit gesenkter Stimme ein. „Das könnt ihr auch später klären!" Er zog geräuschvoll die Nase hoch. „Also, was jetzt? Gehen wir rein oder nicht?"

Mark schaltete auf stur. „Ich will nicht, dass er mitkommt. Für ihn steht zu viel auf dem Spiel."

„Ach, für uns etwa nicht?", erwiderte Digger ungeduldig. „Außerdem kann sich der Kleine ja nützlich machen."

Trotz der Dunkelheit konnte Oleg sehen, wie sich sein Bruder auf die Lippe biss. Schließlich fluchte er leise. Dann beugte er sich vor und zischte Oleg ins Ohr: „Wenn du glaubst, du kriegst irgendeinen Anteil, hast du dich geschnitten!"

Damit war das Thema für ihn erledigt. Vorerst, denn Oleg konnte spüren, dass es seinen Bruder jede Menge Überwindung kostete, nicht auszuflippen. Und wenn er ausflippte, machte man besser einen verdammt großen Bogen um ihn. Es war schon vorgekommen, dass er Leute ins Krankenhaus geprügelt hatte, die mehr als einen Kopf größer waren als er.

Mark spähte hinter der Steinfigur hervor, dann gab er das Kommando. „Okay! Wir gehen!"

Ohne eine Reaktion abzuwarten, lief er los. Er überquerte die weitläufige Steinterrasse und drückte sich in den Schatten der Hauswand. Als Digger ihm folgen wollte, hielt Oleg ihn zurück.

„Danke!", sagte er leise. „Aber nenn mich nie wieder Kleiner, okay?" Dann lief er als Erster los.

5

Nachdem sie an den vergitterten Fenstern vorbeigehuscht waren, die zum Garten hinausgingen, gelangten sie zu einer ausgetretenen Steintreppe. Sie führte in den Keller.

„Hier ist es!", flüsterte Mark, der die Führung übernommen hatte.

„Hier ist was?", fragte Oleg leise.

„Laut Sascha ist die Tür da unten nie abgeschlossen. Das Schloss ist kaputt."

Oleg wunderte sich. „Keine Alarmanlage, eine unverschlossene Tür – und das bei so einer Angeberhütte?"

„Es hat dich keiner gebeten mitzukommen", fuhr ihn sein Bruder an. Er war noch immer stinkwütend.

„Und warum macht Sascha den Bruch dann nicht selbst?", flüsterte Oleg.

„Weil er ein Weichei ist! Genauso wie du!"

„Fangt ihr schon wieder an?", stöhnte Digger genervt. „Mann, das ist jetzt echt der falsche Zeitpunkt!"

Er überraschte Oleg immer wieder, denn für gewöhnlich war Digger etwas wirr im Kopf. Und das war noch vorsichtig ausgedrückt.

Aber wenn es hart auf hart kam, behielt er meist den Überblick. So als wirke das Adrenalin in seinen Adern wie ein Beruhigungsmittel.

„Ich verspür echt keinen Drang, wegen euch wieder in den Knast zu gehen!“, schimpfte er leise. „Also reißt euch endlich zusammen!“

Er kratzte sich den verwaschenen Schlangenkopf auf seinem Unterarm.

Mark brummte verächtlich, erwiderte aber nichts. Stattdessen begann er damit, sich vorsichtig die glitschigen Steinstufen hinabzutasten. Die Tür an ihrem Ende wirkte massiv und abweisend, aber sie war tatsächlich unverschlossen.

„Wo bleibt ihr?“, rief Mark leise nach oben.

Nachdem Oleg und Digger zu ihm aufgeschlossen hatten, schlüpften sie in den Keller. Mark zückte eine Taschenlampe und knipste sie an.

Der Lichtstrahl fiel auf verstaubte Regale voller Gerümpel und jede Menge Flaschen, die so dicht mit Spinnweben überzogen waren, dass sie kaum noch zu erkennen waren. Diesen Keller schien seit Jahrhunderten niemand mehr betreten zu haben. Hier unten konnte man sicher noch besser Leichen verschwinden lassen als unter den Blumenbeeten oben in dem großen Garten, schoss es Oleg durch den Kopf.

„Okay, da geht's raus!“, sagte Mark. Der tanzende Lichtstrahl hatte eine zweite Tür erfasst.

„Shit, hast du die vielen Flaschen gesehen?“, flüsterte Digger aufgeregt. „Die sind bestimmt ein Vermögen wert!“

„Und wie willst du die Dinger transportieren?“ Mark leuchtete Digger ins Gesicht. „Außerdem gibt es hier garantiert mehr zu holen als vergammelte Flaschen!“

„Alter, du hast doch keine Ahnung“, widersprach Digger energisch. „Wein gammelt nicht. Mein Vater …“

„Okay, okay!", unterbrach ihn Mark. Wenn Digger von seinem Vater anfing, brachte man ihn besser schnell auf andere Gedanken. „Wir nehmen auf dem Rückweg ein paar Flaschen mit – zufrieden? Und jetzt lass uns endlich weitermachen! Ich wette, hier gibt's noch ganz andere Sachen. Also los!"

Wie sich herausstellte, war auch die zweite Tür unverschlossen. Dahinter befand sich allerdings nur ein weiterer Kellerraum mit noch mehr Gerümpel. Wer so viel zum Wegschmeißen hatte, musste wirklich schweinereich sein, dachte Oleg. Und so einer hatte es nicht anders verdient, als dass man ihm ein bisschen was von seinem Reichtum wegnahm. Das war nur gerecht. Wer nichts besaß, dem wurde auch nichts geklaut – das hatte Mark ihm früher schon gepredigt.

Gemeinsam mit Digger tapste Oleg hinter seinem Bruder her. Wieder ein neuer Kellerraum. Und noch einer. Dieses uralte Gewölbe schien überhaupt keinen Ausgang zu besitzen. Oleg fühlte sich mehr und mehr wie eine Ratte in einem Labyrinth. Endlich öffnete Mark eine Tür, hinter der eine schmale Stiege nach oben führte.

„Wurde auch Zeit!", sagte er mit gesenkter Stimme und leuchtete die Stufen hinauf. „Ich dachte schon, wir setzen hier unten Spinnweben an …"

„Immerhin wären wir nicht verdurstet!", kicherte Digger.

In diesem Moment hallte ein gellender Schrei durch das Kellergewölbe, gefolgt von einem hysterischen Lachen. Oleg tastete nach seinem Handy und schaltete es hastig aus. Anschließend ließ er es schnell wieder in seiner Hosentasche verschwinden.

„Sorry", sagte er leise. „Der Akku ist leer."

Mark leuchtete ihn an: *„Bist du irre?!"*

„Mann, ich hab fast einen Herzinfarkt bekommen!", stöhnte Digger.

Oleg schirmte seine Augen gegen die Lampe ab.

„Hör auf damit!", beschwerte er sich. „Du blendest mich!"

Mark zögerte, so als wolle er etwas darauf entgegnen, aber dann schaltete er die Lampe aus und stieg die Stufen hinauf. Kurz darauf standen sie in einer riesigen Halle. Das Mondlicht, das durch die meterhohen Fenster fiel, tauchte den Raum in bleiches Zwielicht, wodurch er nur noch unheimlicher wirkte. Als Oleg den Kopf in den Nacken legte, erkannte er im Halbdunkel das geschnitzte Geländer einer Empore, die über ihren Köpfen zu schweben schien. Und nicht nur das: Von überall her glotzten Tierköpfe auf sie herab, die Furcht einflößend Schatten an die Wände warfen. Dazwischen hingen jede Menge Gemälde mit schweren goldenen Rahmen. Soweit er es in dem diffusen Licht erkennen konnte, waren auf den meisten Bildern komisch kostümierte Männer mit tuntigen Perücken abgebildet.

Plötzlich rempelte ihn Digger an: „Dahinten steht jemand!", flüsterte er. Er klang angespannt.

„Wo?", erkundigte sich Mark leise.

„Na, dahinten, Mann!"

Mark knipste die Lampe an und wieder aus.

„Das ist nur eine bescheuerte Ritterrüstung", sagte er mit gesenkter Stimme. „Also bleib locker!"

Dann übernahm er wieder die Führung.

„Ey, seht mal!", raunte Digger nach wenigen Metern.

„Was ist jetzt schon wieder?"

„Leuchte mal!", zischte Digger. „Da liegt ein Laptop. Das Teil schnapp ich mir!"

Mark schaltete die Lampe ein. Auf dem Tischchen lag tatsächlich ein Notebook, ein ziemlich neues Modell.

„Ich dachte, hier wohnt nur so ein alter Knacker", flüsterte Oleg. „Was macht der mit so einem nagelneuen Computer?"

„Vielleicht surft er ja auf irgendwelchen Pornoseiten", feixte Digger, während er sich den Laptop unter den Arm klemmte. „Ein alter Knacker braucht schließlich auch mal seinen Spaß!"

Oleg und Mark wechselten kurz vielsagende Blicke. Manchmal nervte Diggers Pornomacke gewaltig.

„Also weiter!", entschied Mark. „Irgendwo muss es Geld geben. Oder Schmuck. Ich wette, hier gibt es jede Menge uralten Schmuck! Und zwar echten, nicht diesen Pseudokram wie beim letzten Mal!"

Die Erinnerung an diesen Reinfall wurmte Mark noch immer. Ahmed, dem er den billigen Plunder hatte andrehen wollen, hatte ihn lauthals ausgelacht. Und der alte Libanese lachte nicht oft.

„Okay", sagte Mark. „Schlage vor, wir fangen mit diesem Zimmer hier an!"

Oleg stellte sich dicht hinter seinen Bruder. Noch bevor er jedoch die Tür öffnen konnte, erklang hinter ihnen ein ohrenbetäubendes Scheppern.

Mark fuhr herum und knipste die Taschenlampe an. Digger war im Dunkeln gegen die Ritterrüstung geprallt; jetzt saß er auf seinem Hintern und hob zur Entschuldigung stumm die Schultern. Dann passierte es. Sie alle sahen es sofort: Im oberen Stockwerk ging ein Licht an. Es brannte nur für Sekunden, dann war es wieder erloschen.

Oleg war der Erste, der wieder zu atmen wagte.

„Vielleicht ist der Alte wach geworden!", flüsterte er heiser.

„Und wenn schon", erwiderte Digger. „Mit dem werden wir fertig!"

„Vielleicht hat der Typ eine Knarre!", raunte Oleg. „Seht euch nur die Tierkadaver an der Wand an! Vielleicht sollten wir besser den Rückzug antreten!"

Aber es war zu spät. Die Schritte waren deutlich zu hören. Jemand kam die Treppe herunter!

„Los, wir verstecken uns!", zischte Mark. „Der Opa geht sicher gleich wieder ins Bett!"

Da sie nicht mehr in den Keller zurückkonnten, versuchten sie ihr Glück in der anderen Richtung. In dem Haus war es stockfinster und niemand wusste so recht, wohin. Der Flur schien überhaupt kein Ende zu nehmen und dann waren Digger und Mark mit einem Mal weg. Oleg rief leise ihre Namen, aber er erhielt keine Antwort. Und dann ging plötzlich das Licht an. Oleg blickte sich panisch nach einem Versteck um, aber außer den bodenlangen Vorhängen vor dem Fenster gab es nichts. Also schlüpfte er blitzschnell dahinter und hielt den Atem an.

Hinter dem bleischweren Stoffvorhang roch es wie in der Kleiderkammer der Caritas. Feucht und irgendwie schimmelig. Als sie noch klein gewesen waren, hatte ihre Mutter ihn und seinen Bruder häufig dort eingekleidet. Oleg lauschte. Geräusche drangen nur gedämpft durch den muffigen Stoff, dennoch vernahm er ein merkwürdiges Surren. Es klang wie ein Schwarm Bienen im Angriffsmodus. Sekunden später hörte er, wie sich nur ein paar Meter den Flur runter Schritte näherten. Olegs Puls raste. Bildete er sich das ein oder stand jetzt tatsächlich jemand direkt vor ihm auf der anderen Seite des Vorhangs?

Vorsichtshalber spannte er seine Muskeln an. Notfalls würde er den Opa einfach über den Haufen rennen. Auf keinen Fall würde er sich von einem alten Knacker erwischen lassen, so viel stand fest!

Plötzlich entfernten sich die Schritte wieder. Zuerst glaubte Oleg, er würde sich täuschen, aber bald war er sich sicher. Er ließ die angehaltene Luft langsam entweichen und konnte sein Glück kaum fassen, da hörte er mit einem Mal Geschrei. Durch den dicken Vorhangstoff klang zwar alles gedämpft, aber es war eindeutig Diggers Stimme. Glas klirrte, gefolgt von dumpfem Gepolter. Oleg zwang sich, ruhig zu bleiben. Er musste schnellstens einen Weg finden, um aus diesem verfluchten Horrorhaus rauszukommen. Vorsichtig schob er den Vorhang ein winziges Stück zur Seite und lugte durch den Spalt. Der Flur war noch immer hell beleuchtet, aber er war leer. Oleg ließ den Vorhang an seinen Platz zurückgleiten und holte mehrmals tief Luft. Als er endlich bereit war, sich aus seinem Versteck zu wagen, fuhr direkt vor seinem Gesicht eine leichenblasse Hand durch den Stoff und riss den Vorhang mit einem Ruck zur Seite.

6

Wenn es eine Sache gab, die Oleg von seinem Bruder gelernt hatte, dann war es diese: Schlag zu, bevor es der andere tut! Also holte er blitzschnell aus. Aber dummerweise hatte er sich irgendwie verschätzt, denn sein Schlag ging ins Leere. Der Schwung riss ihn nach vorn und gleichzeitig wurde er von unsichtbaren Händen durch die Luft gewirbelt. Dann knallte er mit der Stirn gegen etwas sehr Hartes und alles begann sich zu drehen.

Als die Sterne vor seinen Augen allmählich wieder erloschen, stellte Oleg verblüfft fest, dass seine Handgelenke auf dem Rücken zusammengebunden waren. Neben ihm kniete ein alter Mann mit schlohweißen Haaren. Sein Gesicht schien nur aus Falten zu bestehen und sein hagerer Körper versank in einem viel zu weiten Bademantel.

Und das war noch nicht alles: Noch mehr irritierte Oleg der Junge in dem elektrischen Rollstuhl. Er trug einen Seidenpyjama und starrte ihn an, als sei er ein gefährliches, exotisches Tier.

„Er lebt noch", stellte der Alte lapidar fest. Als er sich erhob, hörte Oleg seine Gelenke knacken.

„Gedenken Sie, die Polizei zu benachrichtigen?"

Sie? Oleg glaubte, sich verhört zu haben. Außer dem Krüppel im Rollstuhl war niemand anwesend. Und der schmächtige Typ war höchstens so alt wie er. Vorsichtig betastete er mit der Zungenspitze seine geschwollene Lippe. Er schmeckte Blut.

„Scheiße, Mann! Ich blute!“, beschwerte er sich.

Nachdem es ihm mit Mühe gelungen war, mit gefesselten Händen aufzustehen, funkelte er den Opa wütend an.

„An deiner Stelle würde ich nicht einmal daran denken!“, sagte der Junge im Rollstuhl. „Maurice mag zwar etwas eingerostet sein, aber er war einmal Judo-Champion. Ich kann dir versichern, dass er nichts von seinen Fertigkeiten eingebüßt hat.“

„Welche Fertigkeiten?“, schnaufte Oleg verächtlich. „Leute zusammenschlagen oder was?“

Er befühlte erneut seine geschwollene Lippe.

„Maurice weiß eben, wie man mit Kriminellen umgeht!“, konterte der Junge gelassen. „Und genau aus diesem Grund arbeitet er für mich. Ich hoffe, deine wenigen Hirnzellen reichen aus, um die Aussichtslosigkeit deiner Lage zu erfassen. Also erspare uns bitte weitere Unannehmlichkeiten!“

Er vollführte mit seinem elektrischen Stuhl eine abrupte Drehung. „Maurice, ich denke, es ist an der Zeit, die Polizei zu benachrichtigen!“

„Arschloch!“, fauchte Oleg. Er spürte, wie die Narbe unter seiner linken Achsel zu jucken begann.

Der arrogante Schnösel in dem Rollstuhl gab sich unbeeindruckt. Er lächelte kalt.

Seine blonden, perfekt gestylten Haare wirkten wie angeklebt, und Oleg fragte sich ernsthaft, ob er vielleicht im Sitzen schlief. Immerhin war es mitten in der Nacht. Er warf einen Blick in Richtung Tür, woraufhin ihm der weißhaarige Opa warnend den Weg versperrte.

„Schon gut, Alter! Entspann dich, okay?“, zischte Oleg. In dem Blick des Alten lag etwas, das ihm nicht gefiel.

„Ich würde vorschlagen, wir begeben uns jetzt am besten alle in den Salon“, entschied der Junge. „Dort können wir auf die Polizei warten.“

Der Alte in dem Bademantel gab den Weg frei und ließ Oleg den Vortritt: „Wenn ich bitten darf!“

Oleg kickte gegen die Stehlampe, die er bei seiner unfreiwilligen Luftnummer umgerissen hatte, und ging widerstrebend voraus. Sobald er wusste, wie man aus dem verfluchten Horrorhaus herauskam, würde er sich aus dem Staub machen. Dieser Maurice mochte zwar noch immer ein Nahkampfcrack sein, rennen konnte er bestimmt nicht mehr. Dann konnte der Krüppel in seinem Rollstuhl so laut nach den Bullen schreien, wie er wollte. Das Dumme an seinem Plan war nur, dass sich keine Möglichkeit zur Flucht auftat, weil ihn die beiden schon nach wenigen Metern in ein angrenzendes Zimmer dirigierten.

„Setz dich!“, befahl ihm der Junge, nachdem sein Sklave das Licht angeknipst hatte. Er zeigte auf einen antiken Stuhl mit dünnen Beinchen und gedrechselter Rückenlehne. Oleg ignorierte die Aufforderung und sah sich um. Die Wände des Zimmers waren bis zur Decke mit Bücherregalen bedeckt. So viele Bücher auf einem Haufen gab es selbst in der Schulbibliothek nicht. Es mussten Tausende sein.

Über dem gemauerten Kamin, dem einzigen bücherfreien Platz, hing ein Ölgemälde. Es war das Porträt eines stiernackigen Mannes mit Frack, Zylinder und Gehstock. Er blickte streng und mit argwöhnischer Miene auf den Betrachter herab, ein Eindruck, der durch die buschigen Augenbrauen nur noch verstärkt wurde. Wer auch immer dieser Furcht einflößende Kerl war, Oleg fand ihn auf Anhieb unsympathisch.

„Wenn es Ihnen recht ist, werde ich jetzt die Polizei informieren", sagte der Alte im Bademantel.

„Tun Sie das, Maurice!", nickte der Junge. „Und machen Sie den Herren bitte deutlich, dass sie sich beeilen sollen. Ich möchte nämlich zurück ins Bett."

Während der Alte zum Telefon griff, überlegte Oleg fieberhaft, welche Möglichkeiten ihm jetzt noch blieben. Wenn er nicht gefesselt gewesen wäre, wäre er einfach durch das Fenster gesprungen. Blieb also nur der Weg durch die Tür, um aus diesem Bücherfriedhof rauszukommen, aber da musste er zuerst an diesem unberechenbaren Judo-Opa vorbei. Und der ließ ihn auch während des Telefonats keinen Moment aus den Augen. Oleg musste sich zähneknirschend eingestehen, dass er in der Falle saß.

Was wohl aus seinem Bruder und Digger geworden war?

„Der Beamte am Telefon hat mir zugesichert, so bald wie möglich einen Streifenwagen zu schicken", sagte der Alte, nachdem er aufgelegt hatte. „Wie ich seinen Worten entnehmen konnte, wird dies allerdings ein wenig Zeit in Anspruch nehmen. Außerdem hat er Ihnen geraten, endlich eine neue Alarmanlage installieren zu lassen."

„Damit mich wieder jede Nacht ein Fehlalarm aus dem Schlaf reißt? Nein, danke!"

Der Schnösel in dem Rollstuhl zog pikiert die Augenbrauen hoch. Plötzlich sah er dem Kerl auf dem Ölgemälde über dem Kamin verdammt ähnlich, wie Oleg erstaunt feststellte. Zugleich fragte er sich, wieso nicht längst weitere Erwachsene auf der Bildfläche erschienen waren. In diesem Palast konnte man eine ganze Fußballmannschaft unterbringen, aber niemand ließ sich blicken. Wahrscheinlich waren die Bonzeneltern des Jungen verreist und hatten ihren missratenen Sprössling in der Obhut des Butlers zurückgelassen.

„Wo ist mein Laptop?“

Die Frage riss Oleg aus seinen Gedanken. Erst jetzt wurde ihm bewusst, dass ihn der Krüppel offenbar die ganze Zeit beobachtet hatte.

„Stell dich nicht blöder an, als du bist“, sagte der Junge kalt. „Einer deiner Komplizen hat meinen Laptop gestohlen. Ich will ihn zurückhaben!“

„Ich habe keine Komplizen. Leck mich!“

Der reiche Lackaffe ging Oleg mit seinem arroganten Getue allmählich auf die Nerven. Wer redete denn bitte so? War der Typ noch nie aus seinem Schlösschen herausgerollt, um sich mit normalen Leuten zu unterhalten? Der einzige Trost war, dass sein Bruder und Digger unerkannt entkommen waren.

Er setzte sich mit gefesselten Händen auf den Stuhl. Keine Frage, er steckte bis zum Hals in Schwierigkeiten. So wie es aussah, war ihm nicht nur der Jugendknast sicher, zu allem Unglück würde er auch noch zum Gespött des Viertels werden. Wenn erst einmal herauskam, dass er sich von einem gebrechlichen Opa und einem Krüppel im Rollstuhl hatte einkassieren lassen, konnte er sich nirgendwo mehr blicken lassen. Was Jana wohl von ihm denken würde, wenn sie von seinem peinlichen Auftritt erfuhr, wollte er sich gar nicht erst ausmalen.

Irgendwie musste er sich da noch rauswinden. „Okay“, stieß er darum hervor. Einen Versuch war es immerhin wert. „Der Opa da hat mich erwischt. Na und? Ich mach dir einen Vorschlag: Du lässt mich gehen und wir vergessen das Ganze. Was hältst du davon?“

„Was ich davon halte?“ Der Junge lachte gekünstelt. „Erst brichst du mitten in der Nacht in mein Haus ein und bestiehlst mich und ich soll dich gehen lassen? Offensichtlich besitzt du noch weniger Verstand, als ich vermutet habe!"

Urplötzlich schlug er mit der flachen Hand auf die lederbezogene Armlehne seines Rollstuhls.

„Der Laptop gehört mir!", schrie er Oleg an. „Und ich will ihn zurückhaben! Geht das in dein primitives Spatzenhirn!?"

Oleg versuchte, cool zu bleiben, obwohl ihn der Wutausbruch überraschte. Er wünschte sich, Digger hätte den verfluchten Computer auf seiner Flucht fallen gelassen, denn jetzt versuchte der Krüppel offenbar, ihm daraus einen Strick zu drehen.

„Bist du blind oder was?", verteidigte er sich. „Oder siehst du vielleicht irgendwo einen Computer? Verdammt, ich habe dein blödes Teil nicht!"

„Dein Komplize hat ihn!"

„Und wenn schon!" Oleg verzog verächtlich sein Gesicht. „Wenn deine Eltern zurückkommen, kaufen sie dir bestimmt einen Neuen. Jede Wette, dass sie einem Krüppel wie dir sowieso alles in den Arsch schieben!"

Der Junge stierte ihn fassungslos an. Seine Finger umklammerten die Armlehne seines chromblitzenden Rollstuhls so fest, dass sich die Knöchel an seinen Händen weiß verfärbten. Der Alte im Bademantel warf ihm einen fragenden Blick zu, aber der Junge hob nur die Hand und wandte sich dann wieder an Oleg.

„Der *Krüppel* muss dich leider enttäuschen", sagte er ruhig. „Es gibt niemanden, der mir einen neuen Computer kauft. Ich wohne allein hier."

Darauf war Oleg nicht gefasst.

„Dann … dann gehört das alles dir?", stammelte er. Er ließ seinen Blick umherschweifen. „Ich meine, der ganze Kram hier?"

Sein Gegenüber im Rollstuhl musterte ihn, ohne etwas zu erwidern. Schließlich nickte er. Was für eine Verschwendung!, schoss es Oleg durch den Kopf.

Der Junge räusperte sich umständlich. „Wie dem auch sei, ich denke, an diesem Punkt überlassen wir alles Weitere der Polizei. Die Namen deiner stümperhaften Komplizen lassen sich sicher im Handumdrehen feststellen."

„Das glaubst auch nur du!", entgegnete Oleg wütend. „Dein Scheißlaptop ist eh längst woanders!"

„Was meinst du damit?", erkundigte sich der Junge.

Da war es wieder. Das gleiche argwöhnische Gesicht wie auf dem Ölgemälde über dem Kamin.

„Na, was wohl?", ätzte Oleg. „Das Ding ist bereits verkauft! Oder denkst du, jemand steigt zum Spaß in dieses Museum hier ein?"

Auf einmal wurden die Fenster der Bibliothek von Scheinwerfern erhellt. Ein Auto kam die Kiesauffahrt hinaufgefahren und stoppte vor dem Eingang. Der Motor erstarb, Autotüren wurden zugeschlagen, dann vernahm Oleg Schritte auf dem knirschenden Kies. Die Bullen waren im Anmarsch!

7

Oleg schwitzte Blut und Wasser. Er saß in der Falle. Wenn die Bullen ihn erst einmal in die Finger bekamen, wanderte er vermutlich auf unbestimmte Zeit in den Jugendknast. Abgesehen davon würde der Richter seinem Vater bei der für nächste Woche anberaumten Gerichtsverhandlung endgültig das Sorgerecht entziehen.

Womit er selbst – Oleg Beck – Eigentum der Bundesrepublik Deutschland wurde.

„Ich glaube, die Polizei ist soeben eingetroffen", wandte sich der Opa nun an den Jungen.

„Wie schön!", entgegnete dieser. „Je schneller wir diese unerfreuliche Angelegenheit hinter uns haben, desto besser!" Er stieß mit seinem Rollstuhl zurück, strich sich durch seine Schleimbeutelfrisur und überprüfte die Knöpfe seines Pyjamas. „Wie sehe ich aus?"

Maurice lupfte eine Augenbraue. „Wenn ich mir diese Bemerkung erlauben darf, würde ich behaupten, den Umständen entsprechend."

Diese aufgeblasene Art zu reden machte Oleg rasend. In diesem Moment hallte die Türglocke durch das Haus. In seinen Ohren klang sie wie das Geläut zu seiner eigenen Beerdigung. Der Butler verließ den Raum, und als ihm der Junge folgen wollte, sprang Oleg von seinem Stuhl auf: „Halt! Warte!"

Der Junge nahm den Finger von dem Joystick an der Armlehne und der Rollstuhl blieb mit einem Ruck stehen.

„Was möchtest du?", fragte er, ohne sich umzudrehen. „Wenn du denkst, ich habe Mitleid mit dir, muss ich dich leider enttäuschen. Mit Kriminellen und Schmarotzern habe ich nämlich grundsätzlich kein Mitleid!"

„Ich schlage dir ein Geschäft vor!", sagte Oleg schnell. Er bemühte sich, cool zu klingen.

Jetzt drehte sich der Junge über die Schulter. Er wirkte amüsiert: *„Ein Geschäft?* Willst du dich über mich lustig machen?"

„Nein, im Ernst! Vielleicht können wir uns einigen!"

In diesem Moment dröhnte die Türglocke erneut.

Oleg schluckte und fuhr hastig fort. „Pass auf: Wenn dir dieser verdammte Laptop wirklich so wichtig ist, besorg ich dir das Teil. Kannst dich drauf verlassen!"

Jetzt vollführte der Junge mit seinem Rollstuhl eine komplette Drehung, sodass er Oleg ins Gesicht sehen konnte.

„Ich brauche deine Hilfe nicht", sagte er spöttisch. „Die Polizei wird mir meinen Computer schon zurückbringen."

„Vielleicht", erwiderte Oleg ungeduldig. „Vielleicht aber auch nicht! *Ich* kann dir das Ding auf jeden Fall wiederbeschaffen. Also denk drüber nach!"

Er setzte ein Pokerface auf, in der Hoffnung, dass der eingebildete Schnösel nicht merkte, dass er ihm in diesem Moment am liebsten die Fresse poliert hätte.

„Und was verlangst du als Gegenleistung?", erkundigte sich der Junge vorsichtig.

„Du schickst die Bullen weg und lässt mich gehen!", stieß Oleg hervor. „Ist doch 'n sauberer Deal!"

„Ein *sauberer Deal*?" Der Junge lachte herablassend. Er schien sich über Olegs Notlage zu amüsieren, aber dann wurde er plötzlich wieder ernst. „Und welche Sicherheiten habe ich, dass du nicht auf Nimmerwiedersehen verschwindest?"

„Ich gebe dir mein Wort!", erwiderte Oleg hastig. Natürlich dachte er nicht im Traum daran, sich jemals wieder blicken zu lassen.

Inzwischen waren draußen auf dem Flur Männerstimmen zu hören. Vor lauter Anspannung biss sich Oleg auf die geschwollene Lippe. Der Junge schien tatsächlich über seinen Vorschlag nachzudenken, und für einen kurzen Moment glaubte Oleg, er habe den Köder geschluckt. Aber dann legte er den Finger auf den kleinen Joystick und surrte ohne ein weiteres Wort aus dem Zimmer. Nachdem die Tür hinter ihm ins Schloss gefallen war, hätte Oleg laut schreien können. Er war erledigt. Hinzu kam, dass Mark und Digger ihn nach dieser Pleite bestimmt nicht mit nach Australien nehmen würden. Und er konnte es ihnen nicht einmal verübeln.

Oleg war verzweifelt, und allein seine gefesselten Hände und die Ausweglosigkeit der Situation hielten ihn davon ab, völlig auszuflippen. Stattdessen tigerte er in Erwartung dessen, was kommen würde, auf und ab. Irgendwann begann er sich jedoch zu wundern, schließlich mussten die Bullen längst da sein. So groß war dieses Horrorhaus nun auch wieder nicht. Er presste sein Ohr gegen die geschlossene Tür und horchte.

„Ich muss Sie darauf hinweisen, dass Sie soeben einen schwerwiegenden Fehler begangen haben!", hörte er den Opa sagen.

„Ich will meinen Laptop zurückhaben", erwiderte der Krüppel daraufhin. Er klang trotzig. „Das ist mir wichtiger!"

„Wenn Sie möchten, fahre ich gleich morgen in die Stadt und besorge Ihnen einen neuen!“

„Ich brauche keinen neuen Computer. Ich will das zurück, was auf der Festplatte gespeichert ist!“

„Bei allem Respekt: Darf ich fragen, was so wichtig sein könnte, dass Sie einen auf frischer Tat ertappten Einbrecher nicht der Polizei ausliefern?“

„Nein. Dürfen Sie nicht!“

Als der Alte weitersprach, meinte Oleg zu hören, wie er um Fassung rang.

„Ich glaube, ich muss Sie daran erinnern, dass dieser junge Mann ein gefährlicher Gangster ist!“

„Bislang ist niemand verletzt worden. Außerdem habe ich die Sache im Griff! Vertrauen Sie mir!“

„Sie können solchen Subjekten unmöglich vertrauen, Sir! Wenn Ihr Vater …“

„Mein Vater ist nun einmal nicht hier!“, unterbrach ihn der Junge barsch. „Also lassen Sie das ruhig meine Sorge sein! Ich weiß, was ich tue! Tun *Sie* lieber, worum ich Sie gebeten habe!“

Damit war die Unterhaltung offenbar beendet. Oleg trat hastig von der Tür zurück. Gerade noch rechtzeitig, denn schon rollte der Krüppel herein. Von dem Butler fehlte hingegen jede Spur. Oleg fragte sich, was das wohl bedeuten mochte.

Der Junge fuhr auf ihn zu und kam direkt vor seinen Füßen zum Stehen.

„Um es kurz zu machen“, meinte er. „Ich habe die Polizei fortgeschickt.“

„Ach, das nenn ich aber eine Überraschung!“, frotzelte Oleg und bemühte sich um Gelassenheit. Innerlich hätte er laut jubeln können. So wie es aussah, ließ sich der Krüppel allen Ernstes auf seinen Vorschlag ein. Entweder war das, was sich auf dem Laptop befand, extrem wertvoll, oder der Schnösel hatte einen Sprung in der Hirnschale.

Unterdessen fuhr der Junge ungerührt fort. „Ich möchte noch einmal auf deinen …", er machte eine abfällige Pause, „… *Deal* zurückkommen."

„Laptop gegen Freiheit", nickte Oleg sofort. Er konnte sein Glück noch immer nicht fassen.

„Exakt. Ich will meinen Laptop zurück." Der Junge musterte ihn mit zusammengekniffenen Augen. Sie waren von einem beinahe unnatürlichen Blau. „Trotz deiner beschränkten Möglichkeiten wirst du sicher verstehen, dass ich dich nicht einfach gehen lassen kann. Dein Ehrenwort reicht mir nicht. Ich vermute mal, du weißt nicht einmal, was Ehre ist."

„Wichser!"

„Wie dem auch sei", erwiderte der Junge unbeeindruckt. „In jedem Fall sehe ich mich genötigt, gewisse Vorkehrungen zu treffen. Würdest du bitte mitkommen!"

Oleg rührte sich nicht. „Und wenn ich einfach abhaue?"

„Mit gefesselten Händen?", spottete der Junge. „Glaub mir, ich wohne seit meiner Geburt in diesem Haus und ich finde immer noch nicht den Weg nach draußen."

Natürlich war das ein Bluff. Auf der anderen Seite wusste Oleg nicht, wo sich der Alte befand und ob die Polizisten tatsächlich weg waren. Vielleicht war das Ganze nur eine miese Falle, um ihn noch tiefer reinzureiten. Wenn er sich recht erinnerte, hatte er den Streifenwagen nicht wieder wegfahren hören. Deshalb beschloss er, auf der Hut zu sein, während er dem Jungen aus dem Bücherzimmer folgte. Er war überrascht, wie geschickt der Junge mit dem Rollstuhl durch die düsteren, engen Gänge und Flure der alten Villa manövrierte, und als sie am Ende ihrer Odyssee schließlich in einer ultramodernen Küche landeten, war er gelinde gesagt von den Socken. So viel Design und blitzsaubere Technik hätte er in diesem Mausoleum nicht erwartet. Die Wände glänzten in einem edlen Weiß und neben einem tiefer gelegten Hightech-Herd gab es sogar eine rollstuhlgerechte Bar.

„Ich koche gern", erklärte der Junge lapidar, als er Olegs verdutztes Gesicht bemerkte. „Am besten, du setzt dich dort an den Tisch!"

Er deutete mit dem Kinn auf den ausladenden Glastisch, der den Mittelpunkt der Küche bildete. Auf ihm lag ein Handy, und als Oleg näher hinsah, erkannte er mit Schrecken, dass es sein eigenes war. Er hatte ganz vergessen, dass er es dabeigehabt hatte. Daneben lagen sein Lohn und die Arbeitsbescheinigung aus der Fleischfabrik. Offenkundig hatte der Butler seine kurze Benommenheit ausgenutzt und seine Hosentaschen gefilzt. Oleg wurde abwechselnd heiß und kalt. Auf dem Papier stand mit Sicherheit sein Name samt seiner Adresse, und wenn nicht, ließ sich das problemlos über sein Handy herausfinden. Ebenso wie die Nummern und Namen von seinem Bruder und sämtlichen Freunden.

Er war erledigt.

„Setz dich!"

„Ich bleibe lieber stehen", erwiderte Oleg trotzig. „Außerdem schnürt mir das Kabel das Blut ab. Meine Hände sind ganz taub!"

Und das war nicht einmal gelogen. Zuerst war es nur ein Kribbeln gewesen, doch jetzt spürte er seine Hände kaum noch.

„Keine Sorge, wir haben es gleich hinter uns." Der Junge holte eine Brille mit Goldrand hervor und begann, sie mit dem Zipfel seines Seidenpyjamas zu putzen. „Also nimm bitte Platz! Das macht es für alle angenehmer. Ich habe keine Lust, einen steifen Nacken zu bekommen."

Oleg musste sich gewaltig zusammenreißen, seine Narbe juckte wie verrückt. Andererseits war es angesichts seiner Lage ratsam, diesen Giftzwerg nicht zu reizen, und so blieb ihm am Ende nichts anderes übrig, als zu gehorchen.

„Und jetzt?", wollte Oleg wissen, nachdem er sich widerwillig an den Tisch gesetzt hatte.

„Wir warten."

Bevor Oleg fragen konnte, worauf sie warteten, erschien Maurice. Auf den ersten Blick war der alte Mann nicht wiederzuerkennen, denn er hatte seinen unsäglichen Bademantel gegen einen dunklen Anzug getauscht, der ihm entschieden mehr Würde verlieh. Noch irritierender war allerdings der Umstand, dass er eine Videokamera samt Stativ hereinschleppte und wortlos anfing, beides direkt vor Olegs Nase aufzubauen. Als er damit fertig war, gab er dem Jungen ein Zeichen, woraufhin dieser in ein breites Grinsen verfiel. „Prima! Dann können wir ja anfangen!"

Er rollte ebenfalls an den langen Tisch, sodass er seinem Gefangenen genau gegenübersaß.

„Was soll das Ganze werden?", fragte Oleg verächtlich. „Ein Verhör?"

„Nein, natürlich nicht! Wir wissen ja, wer der Schuldige ist. Nenne es lieber eine Rückversicherung." Er drehte sich zu dem Alten. „Läuft die Kamera?"

Als der nickte, setzte der Junge seine Brille auf. Nachdem er sich umständlich geräuspert hatte, begann er, übertrieben laut zu reden: „Also, äh, heute ist Freitag, der, äh, …"

Er sah sich Hilfe suchend um.

„... der 14.", warf ihm der Alte zu, ohne die Augen vom Kameradisplay zu nehmen.

„... Freitag, der 14. August", nahm der Junge den Faden wieder auf. Er schielte über den Rand seiner Brille auf das Display des Monster-Kühlschanks in der protzigen Küchenzeile. „Die aktuelle Uhrzeit beträgt exakt ein Uhr fünfzig. Anwesend sind meine Wenigkeit, Maximilian Friedrich von Steinberg, und mein Angestellter, Herr Maurice Denhardt."

Er hielt inne und blickte Oleg auffordernd an. Als dieser nur dumm zurückglotzte, half er ihm auf die Sprünge.

„Deinen Namen!", stöhnte er. „Nenn uns einfach nur deinen Namen! Ist das so schwer?" Er griff nach der Arbeitsbescheinigung und entfaltete sie langsam. „Oder soll ich ihn dir vorlesen? Mmh, nur vier Tage – das war wohl eine ziemlich befristete Anstellung ..."

Oleg sprang auf. „Du kannst mich mal! Ich will wissen, was das Ganze soll!"

Der Junge lehnte sich in seinem Rollstuhl zurück.

„Offenkundig bist du noch schwerer von Begriff, als ich befürchtet habe", seufzte er. „Glaubst du allen Ernstes, ich lasse dich ohne ein Pfand gehen? Auch wenn ich vielleicht nicht mehr laufen kann – ein Idiot bin ich deswegen noch lange nicht!"

„Was für ein *Pfand*?", erkundigte sich Oleg misstrauisch.

„Nun, unser kleiner Film hier." Der Junge deutete auf die laufende Kamera, die neben ihnen auf Kopfhöhe aufgebaut war. „Zusammen mit deinem Handy und der Bescheinigung hier wird dein freiwilliges Geständnis jeden Richter davon überzeugen, dass du und deine Komplizen tatsächlich bei mir eingebrochen seid. Nur für den Fall, dass du beabsichtigst, dich nicht an unsere Abmachung zu halten."

„Und wenn ich mich weigere?"

„In diesem Fall werden wir die netten Polizeibeamten wohl bitten müssen, noch einmal wiederzukommen ..."

„Dann kannst du deinen Laptop vergessen!", giftete Oleg.

„Wenn das so ist, brauche ich wohl einen neuen." Der Junge im Rollstuhl reckte herausfordernd das Kinn vor.

Oleg musste zugeben, dass sein Gegenüber ein überraschend guter Pokerspieler war. Leider wusste er nicht, wie wichtig ihm der Laptop wirklich war, und deshalb setzte er sich zähneknirschend zurück an den Tisch.

Über das blasse, schmale Gesicht des Jungen huschte ein eisiges Lächeln.

„Ich freue mich, dass du zu der Einsicht gelangt bist, dass dir keine andere Wahl bleibt", stellte er trocken fest. „Also, bring mir meinen Laptop zurück, und ich händige dir deine Sachen und das Video aus. So einfach ist das. Können wir jetzt endlich weitermachen?"

Oleg rutschte auf der Stuhlkante hin und her. Seine gefesselten Hände waren mittlerweile komplett ohne Gefühl, dafür rasten seine Gedanken. Wenn er erst einmal vor laufender Kamera den Einbruch gestand, hatte ihn der Krüppel endgültig in der Hand. Aber wie er es auch drehte und wendete, im Moment blieb ihm kein anderer Ausweg, als das zu tun, was von ihm verlangt wurde. Es war immer noch besser, als direkt in die Zelle zu wandern. Vielleicht konnte er sich sein Handy und das verfluchte Video ja noch im Nachhinein besorgen. Zusammen mit seinem Bruder und Digger würde er schon einen Weg finden.

„Bist du endlich so weit?" Sein Gegenüber trommelte ungeduldig mit den Fingern auf der gläsernen Tischplatte.

„Sag einfach deinen Namen und deine Adresse. Den Rest kannst du getrost mir überlassen!"

„Ich werde niemanden verraten!", stieß Oleg wütend hervor. „Lieber sterbe ich!"

„Das ist allein deine Entscheidung! Also, bitte!"

Oleg schluckte. Die Worte kamen ihm nicht über die Lippen.

„Ich … ich heiße Oleg …"

„Lauter!", warf Maurice hinter der Kamera ein.

Oleg versteifte sich.

„Mein Name ist Oleg", sagte er tonlos. „Oleg Beck."

Damit nahm das Unheil seinen Lauf. Der Junge brachte ihn mit seinen Fragen dazu, den Einbruch vor laufender Kamera zu gestehen. Über Digger und seinen Bruder verlor er jedoch kein einziges Wort. Auch als der Krüppel ihm mehr über seine „Komplizen" aus der Nase ziehen wollte – zu diesem Thema schwieg Oleg eisern.

„Ich glaube, das reicht!", befand der Junge schließlich.

Er schien zufrieden und wartete, bis sein Butler die Kamera ausgeschaltet hatte. Dann sah er Oleg herausfordernd an und sagte: „Maurice, würdest du diesen Abschaum jetzt bitte hinausbegleiten!"

Ohne eine Antwort abzuwarten, vollführte er mit seinem Rollstuhl eine Drehung um hundertachtzig Grad und rollte voraus. Oleg blieb demonstrativ sitzen, bis ihn der Alte unmissverständlich dazu aufforderte, ihm zu folgen. An der Haustür – sie kam Oleg so hoch und breit wie ein Scheunentor vor – bremste der Junge.

„Du hast bis heute Mittag zwölf Uhr Zeit", sagte er kühl. „Sollte ich bis dahin meinen Laptop nicht zurückhaben, geht unser aufschlussreiches Interview an die Polizei. Zusammen mit einer Anzeige. Und ich kann dir versichern: Meine Anwälte fressen asoziale Typen wie dich zum Frühstück! Und jetzt verlass auf der Stelle mein Haus!“

„Und was ist damit?“ Oleg drehte sich um und hielt ihm seine gefesselten Hände unter die Nase.

„Das ist nicht mein Problem!“, erwiderte der Junge spitz und stopfte ihm die Geldscheine aus der Küche in die Hosentasche.

Oleg spuckte verächtlich auf den Marmorboden der Eingangshalle. Das hätte er besser nicht getan, denn der Alte legte daraufhin zwei Finger auf seine linke Schulter. Dann drückte er auf die Nervenpunkte, nur ganz leicht, dennoch schrie Oleg vor Schmerz laut auf. Er versuchte, sich aus dem Griff zu befreien, aber er hatte keine Chance. Ohne eine Miene zu verziehen, beförderte ihn der Opa vor die Tür. Dort stieß er ihn die Steinstufen hinunter, sodass Oleg kopfüber im Kiesbett der Auffahrt landete.

„An deiner Stelle würde ich nicht herumtrödeln!“, rief ihm der Junge vom Treppenabsatz aus zu. „Du hast nur bis Mittag Zeit!“

8

Oleg wühlte sich aus dem Kies und kämpfte sich mühsam auf die Füße. Das Licht hinter den Fenstern erlosch, und das Haus, dessen Fassade sich wie ein schwarzes Gebirge über ihm in den Sternenhimmel erhob, versank erneut in abgrundtiefer Finsternis. Oleg zerrte an seiner Fessel und fluchte. Wenigstens hatte er sich bei dem Sturz nichts gebrochen. Mit einem Mal bemerkte er, dass sich das Kabel etwas gelockert hatte. Er zerrte und zog erneut und tatsächlich bekam er seine Handgelenke endlich wieder frei. Erleichtert rieb er sich seine schmerzenden Finger, bis das Blut wieder zirkulierte und der Schmerz nachließ. Dann beeilte er sich, von dem Grundstück herunterzukommen. Als er die Einfahrt gefunden hatte und noch überlegte, wie er über das schmiedeeiserne Tor kommen sollte, flammten plötzlich Scheinwerfer auf, und es glitt wie von Geisterhand zur Seite. Offenbar gab es verborgene Bewegungsmelder und, wie Oleg annahm, waren in den Bäumen rechts und links der Einfahrt Kameras installiert. Er hielt seinen Stinkefinger in die Richtung, in der er die Kameras vermutete, danach trat er auf die Straße.

Schnell wurde ihm bewusst, dass er nicht die geringste Ahnung hatte, wo er sich befand. Auf der nur spärlich beleuchteten Straße waren weder Leute noch Autos zu sehen, nicht einmal geparkte, und abgesehen von ein paar Mülltonnen am Bordsteinrand gab es kein Anzeichen von menschlichem Leben. Soweit er im Licht der Straßenlaternen erkennen konnte, wurden die Mauern und turmhohen Hecken entlang der Straße lediglich in großen Abständen durch festungsartige Toreinfahrten unterbrochen. Die Grundstücke dahinter mussten allesamt riesig sein. Verglichen mit seinem Viertel war das hier ein unbewohnter Planet.

Für einen Moment war Oleg unschlüssig, was er jetzt tun sollte. Nach dem Lieferwagen zu suchen, war sinnlos. Auch wenn sein Bruder und Digger auf ihn gewartet hatten, spätestens beim Eintreffen der Bullen dürften sie das Weite gesucht haben. Demnach war er jetzt auf sich allein gestellt. Oleg fühlte sich hundeelend. Man konnte es drehen und wenden, wie man wollte: Er hatte Scheiße gebaut und jetzt hatte ihn dieser stinkreiche Krüppel in der Hand. Am liebsten hätte er einfach drauflosgeheult, aber etwas in ihm verhinderte, dass er mitten auf der nächtlichen Straße in Tränen ausbrach. Stattdessen vergrub er seine Fäuste in den Taschen seiner abgetragenen Jeans. Vielleicht hatte sein ehemaliger Schuldirektor ja recht mit der Behauptung, dass er stets alles zerstörte, was er anfasste.

Voller Wut trat Oleg im Vorbeigehen gegen eine der leeren Mülltonnen, sodass sie mit einem lauten Scheppern im Rinnstein landete. Erschrocken sah er die Straße entlang. Niemand schien den Krach gehört zu haben, nichts rührte sich. Erleichtert setzte er seinen Weg fort, in die Richtung, in der er die Innenstadt vermutete. Obwohl es noch Sommer war, waren die frühen Morgenstunden vor Sonnenaufgang bereits empfindlich kühl, und da er lediglich mit einem T-Shirt bekleidet war, sehnte er sich nach einer heißen Dusche. Und noch mehr sehnte er sich nach einem Frühstück.

Endlich entdeckte er Menschen. Blinklichter tauchten die Straße vor ihm in orangefarbenes Licht. Ein Müllwagen! Oleg legte einen Schritt zu, und als der afrikanische Müllmann, der gerade eine Tonne hochwuchtete, ihn kommen sah, runzelte er die Stirn. Offenbar war er um diese frühe Uhrzeit nicht auf größere Lebewesen als Katzen gefasst.

„Hallo", sagte Oleg. „Wissen Sie, wie man in die Stadt kommt?"

Der Mann bediente den Knopf, der die Tonne entleerte, und musterte ihn aus den Augenwinkeln. Oleg war nicht ganz klar, ob er Deutsch verstand.

„Ich war auf einer Party und wollte nur kurz Luft schnappen", schob Oleg nach. „Aber dann habe ich mich in diesem Bonzenviertel hier verlaufen."

Der schwarze Müllmann stellte die entleerte Tonne zurück auf den Gehsteig. Dann wischte er sich die Hände an seinem orangefarbenen Arbeitsoverall ab.

„Du bist nicht von hier", stellte er fest, während er nach der nächsten Tonne griff.

Offenbar war er zu dem Schluss gekommen, dass der übermüdete und verfrorene Jugendliche keine Bedrohung darstellte. Unter einem T-Shirt konnte man schlecht eine Waffe verstecken.

„Wenn ich hier wohnen würde, müsste ich ständig kotzen", sagte Oleg, woraufhin der Müllmann lachte.

„Wenn du mir hilfst, kannst du mitfahren", sagte er. „Wir sind mit unserer Tour ohnehin fast fertig."

Natürlich nahm Oleg das Angebot sofort an. Nicht dass er sich darum gerissen hätte, am frühen Morgen stinkende Mülltonnen durch die Gegend zu wuchten. Aber so musste er wenigstens nicht länger herumirren. Bei seiner Pechsträhne würde er am Ende wahrscheinlich noch einer Polizeistreife über den Weg laufen. Also biss er in den sauren Apfel, und nachdem es definitiv keine volle Mülltonne mehr zu finden gab, hielten der Afrikaner und sein Fahrerkollege wenigstens ihr Versprechen. Sie nahmen ihn mit in die Stadt.

Obwohl die Sonne bereits aufgegangen war, konnte man in dem verdreckten Treppenhaus kaum etwas sehen. Die Deckenlampe war defekt, und wenn Oleg es sich recht überlegte, konnte er sich nicht daran erinnern, dass sie jemals funktioniert hatte. Ebenso wenig wie der Fahrstuhl, dessen eingerostete Türen den Hausbewohnern als Schwarzes Brett und Verkaufsbörse für allen möglichen Schrott dienten. Also blieb nur die Treppe. Wie immer. Dabei waren sieben Stockwerke wirklich keine Kleinigkeit, und als Oleg endlich an dem misslungenen Graffiti vorbei war, das die Gang aus dem Nachbarblock an die Treppenhauswand gesprüht hatte, musste er ziemlich pumpen.

Er trat auf den offenen, balkonartigen Gang hinaus, der die Wohnungstüren miteinander verband, und schloss für einen kurzen Moment die Augen. Er genoss den frischen Wind, der in dieser Höhe herrschte und ihm das Haar zerzauste. Hinter dem nur hüfthohen Geländer ging es schwindelerregend tief hinunter, sieben Stockwerke waren, wie gesagt, keine Kleinigkeit. Man hätte meinen können, die Erbauer der Wohnanlage hätten ihren Bewohnern gleich einen möglichen Ausweg aus ihrer Misere mitliefern wollen.

Oleg suchte nach seinem Wohnungsschlüssel und schloss die Tür auf. Wie immer roch es im Flur nach Zigaretten, vermischt mit Alkohol und Schweiß. Ein Blick auf die Wanduhr verriet ihm, dass sein Vater frühestens in zwei Stunden nach Hause kam. Das hieß, wenn er nach seiner Nachtschicht nicht seine Stammkneipe ansteuerte, was Oleg wiederum nur recht sein würde. Seinem Vater brauchte er jetzt wirklich nicht über den Weg zu laufen. Im Moment hatte er Sorgen genug.

Wie er erwartet hatte, schlief Mark auf der Matratze in seinem Zimmer. Es war das größte in der Dreizimmerwohnung, und als Oleg es betrat, riss er als Erstes die Vorhänge auf. Anschließend berührte er seinen Bruder an der Schulter.

„Schläfst du noch?"

Als sein Bruder nicht reagierte, probierte er es erneut. Diesmal rüttelte er energischer.

„Wach auf! Ich muss mit dir reden!"

„Was …?" Mark wälzte sich auf die andere Seite.

Oleg zog ihm die Bettdecke weg.

„Ey!" Sein Bruder richtete sich verschlafen auf. Als er Oleg erkannte, ließ er sich zurück auf die Matratze fallen.

„Ach, du bist es", brummte er. „Gib mir die Decke …"

„Nur, wenn du nicht wieder einpennst!"

Anstatt zu antworten, gähnte ihn sein Bruder nur an. Er rieb sich die Augen, und es dauerte, bis er sich gefangen hatte. Dann war er allerdings mit einem Schlag hellwach.

„Was ist passiert, Mann?" Er schwang seine nackten Füße von der Matratze. „Digger und ich dachten, sie hätten dich geschnappt!"

„Ich musste mich verstecken und warten, bis die Luft rein ist!", erwiderte Oleg schnell.

„Mann, ich habe mich bepisst vor Sorge!"

„Weißt du, wo der Laptop ist?"

„Was für ein Laptop?", wunderte sich Mark.

„Du weißt schon, das Teil, das Digger hat mitgehen lassen. In dem Haus. Er lag in der Halle mit den Tierköpfen an der Wand."

Mark unterdrückte ein Gähnen und streckte sich. „Keine Ahnung. Wahrscheinlich hat Digger ihn entsorgt, als die Bullen aufgetaucht sind und wir türmen mussten."

Oleg biss sich auf die Unterlippe. Das war eine schlechte Nachricht.

„Bist du sicher?", bohrte er weiter. „Denk nach!"

„Was weiß ich! Warum interessiert dich dieses Scheißding überhaupt? Erzähl mir lieber, wie du es geschafft hast abzuhauen. Verdammt, wir haben auf dich gewartet und dabei unseren Arsch riskiert!"

„Das erzähl ich dir ein anderes Mal! Zuerst muss ich unbedingt mit Digger reden. Weißt du, wo er ist?"

„Woher soll ich das wissen, Mann! Warum rufst du ihn nicht einfach an?"

„Weil ich mein Handy verloren habe!"

„Dann nimm meins. Und jetzt lass mich endlich weiterpennen! Ich muss für Ahmed heute noch einen Wagen fertig machen."

Einen Wagen *fertig machen* hieß, ein geklautes Auto in kürzester Zeit in seine wiederverkaufbaren Einzelteile zu zerlegen, sodass niemand mehr seinen Verbleib nachvollziehen konnte.

Mark streckte sich wieder auf dem Bett aus, zog die Bettdecke unters Kinn und drehte sich zur Seite.

„Jetzt verzieh dich schon aus meinem Zimmer!", knurrte er.

Oleg rührte sich nicht von der Bettkante. Stattdessen knetete er unschlüssig seine Finger. Wenn sein Bruder erfuhr, dass er dem Krüppel im Rollstuhl seinen Namen genannt hatte, würde er durchdrehen. So viel stand fest. Andererseits musste er nur diesen verfluchten Laptop auftreiben, dann war er gerettet. Niemand würde je von der Sache erfahren und demnach konnte auch niemand über ihn herziehen und ihn zur Lachnummer im Viertel machen. Vorausgesetzt, der Krüppel hielt sich an ihren Deal.

Oleg verließ die Wohnung und nur wenig später hämmerte er an die Tür des ehemaligen Schleusenwärterhauses. Endlich hörte er, wie der Riegel beiseitegeschoben wurde.

„Oh, Mann!", stöhnte Digger. „Weißt du, wie spät es ist?"

Er war splitternackt und blinzelte gegen die Helligkeit an.

„Es ist fast Mittag!", log Oleg. „Lass mich rein!"

Er drängte sich vorbei.

„Ich dachte, sie hätten dich geschnappt", meinte Digger schlaftrunken.

Er schob den Riegel an seinen Platz zurück, schlurfte zu dem ausgeleierten Sofa und legte sich wieder hin. Als Oleg die Bierflaschen auf dem Boden und den angerauchten Joint im Aschenbecher sah, wusste er, dass ihm nur ein kleines Zeitfenster blieb, bevor Digger wieder ins Reich der Träume abdriftete. Deshalb kam er besser sofort zur Sache: „Wo ist dieser Laptop?"

Digger schien ihn nicht gehört zu haben. Er drehte ihm den Rücken zu und schnaufte wie ein zufriedenes Baby.

„Komm, reiß dich zusammen!" Oleg schüttelte ihn. „Ich muss das wissen!"

„Du nervst, Kleiner!", grunzte Digger träge. „Ehrlich! Erzähl mir das morgen …"

„Es ist schon morgen! Also: Wo ist dieser Scheißlaptop? Ich brauche ihn!"

Digger drehte sich halb über die Schulter. „Wieso?"

„Darum! Also, wo ist er?"

Digger rollte sich wieder weg. „Ich habe ihn nicht mehr."

„Und wer hat ihn dann?" Oleg verdrehte ungeduldig die Augen.

„Saschas Schwester. Und jetzt zieh endlich Leine!"

Oleg war überrascht. Damit hatte er nicht gerechnet. „Saschas Schwester war hier? Hier bei dir?"

„Nein", hauchte Digger mit geschlossenen Augen. „Sascha ..."

Oleg ließ nicht locker. „Ey, was ist denn jetzt? Wer hat das Teil: Sascha oder seine Schwester?"

Oleg war kurz davor durchzudrehen.

„Sascha ..."

„Und was hat seine Schwester damit zu tun?"

„Der Computer ist für sie."

„Und du hast ihn Sascha einfach so gegeben!?", wunderte sich Oleg.

„Es war sein Anteil." Plötzlich drehte sich Digger erneut über die Schulter: „Sag mal, ist von dem Gras noch was übrig? Guck mal nach!"

Oleg brauchte einige Sekunden, bis er das Tütchen in dem Flaschenchaos auf dem Tisch entdeckte. Es war noch halb voll.

„Nein", sagte er, während er das Tütchen unter einen schmutzigen Pappteller schob.

„Auch gut", grummelte Digger und drehte ihm wieder den Rücken zu.

„Du musst mir helfen!", flehte Oleg ihn an. „Ich muss den Laptop zurückhaben. Unbedingt!"

Die Antwort war ein undefinierbares Grunzen, das nahtlos in das Schnaufen einer Dampflok überging.

„Digger!?"

Oleg musste einsehen, dass alle weiteren Bemühungen zwecklos waren. Es war zum Verzweifeln. Die Uhr tickte, die Zeit lief ihm davon. Bis Mittag blieben nur noch wenige Stunden, und er wusste noch immer nicht, wo genau sich der Computer befand.

9

Normalerweise war der Fast-Food-Laden um diese Zeit mit Schulschwänzern überfüllt, aber jetzt waren Ferien und deshalb hingen nur wenige Jugendliche an den bunten Plastiktischen ab. Oleg marschierte zum Tresen und bemerkte dabei eine Clique, die ganz hinten in der Ecke saß. Drei Jungs von seiner ehemaligen Schule mit gestylten Haaren und ein Mädchen, das so langweilig aussah wie eine Zimmerpflanze. Sie gehörten alle zu der „Papi-kauft-mir-alles"-Fraktion.

Oleg ignorierte die vier und bestellte sich von seinem Schlachtfabrik-Geld das größte Frühstück seines Lebens. Dabei schielte er unentwegt dem uniformierten Pickelgesicht über die Schulter, das ihn mit stoischem Desinteresse bediente. Er wusste, dass Saschas Schwester gelegentlich in diesem Laden jobbte, und er hatte gehofft, sie auch heute Vormittag hier zu treffen. Dummerweise konnte er sie nirgends zwischen den chromglänzenden Fritteusen und Bratmaschinen entdecken. Enttäuscht griff er nach seinem völlig überladenen Tablett. In diesem Moment trat jemand von hinten an ihn heran.

„Bist du nicht Marks kleiner Bruder?"

Beinahe wäre Oleg das Tablett aus der Hand gerutscht. Hinter ihm stand das Mädchen mit den schönsten Augen der Stadt: Jana. Leider war sie fast zwei Jahre älter als er. Sie trug einen ausgewaschenen Angestelltenkittel und hatte ihre dunkelbraunen Haare im Nacken zu einem Pferdeschwanz zusammengebunden. In der einen Hand hielt sie einen Wischmopp, mit der anderen schob sie einen Putzwagen.

Oleg schnappte nach Luft.

„Äh … hallo …“

„Bist du es oder nicht?“

„Bin ich“, erwiderte Oleg hastig. Er bemühte sich um eine feste Stimme.

„Wusste ich's doch!“, sagte Jana. Ihr Pferdeschwanz wippte wie zur Bestätigung auf und ab. „Ihr seht euch ganz schön ähnlich. Übrigens: Du kannst deinem Bruder von mir ausrichten, dass er ein Riesenarsch ist!“

Peng! Oleg war wie vor den Kopf gestoßen, denn er hatte keinen blassen Schimmer, worum es ging. Jedenfalls war das kein guter Einstieg.

„Er hat meine beste Freundin versetzt“, fügte Jana grimmig hinzu. „Also, bestell ihm das von mir!“

„Äh, werde ich!“, beeilte sich Oleg zu versichern. Welche Freundin? Sein Bruder hatte ständig eine neue Tussi am Haken. Am besten, er wechselte das Thema.

„Äh, arbeitest du hier?“, erkundigte er sich.

„Willst du mich verarschen?“ Jana hielt ihm den Wischmopp unter die Nase. „Wonach sieht es denn aus?“

„Sorry, es ist nur …“ Oleg holte tief Luft. „Eigentlich bin ich hier, weil ich dich was fragen wollte.“

Mit dem überquellenden Tablett in der Hand fühlte er sich wie ein Volltrottel. Jana runzelte ihre Stirn auf eine Art, die Oleg einfach hinreißend fand.

„Weißt du, wo ich Sascha finde?“, sagte er rasch.

„Was willst du von ihm?"

„Er hat heute Morgen von Digger einen Laptop bekommen. Den brauche ich zurück. Unbedingt!"

„Ach?" Jana wurde misstrauisch.

„Weißt du, wo dein Bruder ist? Bitte, ich muss mit ihm sprechen!"

„Ich weiß nicht, wo er jetzt ist", erwiderte Jana kühl. „Aber eben war er noch hier. Um genau zu sein, hat er mir vorhin einen Laptop geschenkt. Ich habe heute nämlich Geburtstag."

„Echt!?", platzte es aus Oleg heraus. „Ich meine: herzlichen Glückwunsch!"

Er grinste schief.

„Danke."

Jana schielte rüber zum Tresen. Wahrscheinlich waren Privatgespräche während der Arbeitszeit verboten.

„Und wo ist er jetzt?", erkundigte sich Oleg aufgeregt. „Ich meine, der Laptop?"

„Hinten. In meinem Spind."

„Ich kaufe ihn dir ab!"

Janas Pferdeschwanz flog von rechts nach links, als sie den Kopf schüttelte. „Keine Chance! Vergiss es!"

„Ich …"

Weiter kam Oleg nicht, denn mit einem Mal traf ihn ein heftiger Stoß in die Seite, woraufhin der Schokoshake auf seinem Tablett unaufhaltsam ins Rutschen geriet. Als der Pappbecher auf den Boden aufschlug, zerplatzte er wie eine Bombe und sein Inhalt verteilte sich im Umkreis von zwei Metern auf dem Boden. Dummerweise waren da auch ein Paar Turnschuhe im Weg, die dank der bräunlichen Flecken nun eher nach Military aussahen.

Als Oleg wieder aufblickte, stand einer der Jungs vom Tisch in der Ecke vor ihm. Es war ausgerechnet der, mit dem er schon auf dem Schulhof Zoff gehabt hatte.

„Kannst du nicht aufpassen, du Penner!"

„Selber Penner!", gab Oleg zurück, woraufhin ihm die Made einen fiesen Schubser versetzte, sodass er mit dem Tablett in den Händen beinahe das Gleichgewicht verlor. Jetzt klatschten auch noch die Burger mit einem satten Schmatzen auf den Boden. Das Mega-Frühstück war kompletter Matsch. Oleg spürte, wie das Adrenalin durch seine Adern flutete, doch Jana ging im letzten Moment dazwischen.

„Stopp!" Sie hielt ihnen ihren Wischer drohend unter die Nase. „Nicht hier drin! Sonst könnt *ihr* den Dreck wegmachen, kapiert!?"

Die Made zögerte, dann beugte sie sich zu Oleg hinab, so nah, dass sich ihre Nasenspitzen beinahe berührten.

„Ich warte draußen auf dich!"

Oleg zog eine angewiderte Grimasse.

„Du hast Mundgeruch!", sagte er, ohne auch nur einen Millimeter zurückzuweichen.

Der Kerl starrte ihn zornig an und ballte die Fäuste, aber dann besann er sich eines Besseren. Er kehrte zu seinen Freunden zurück, und nachdem sie die Köpfe zusammengesteckt und ihm einige vernichtende Blicke zugeworfen hatten, verließen sie geschlossen den Laden.

Nach außen hin tat Oleg möglichst lässig, obwohl er das leere Tablett beinahe gegen die Wand gepfeffert hätte. Manchmal hatte er wirklich die Seuche!

„Ich glaube, du verschwindest am besten", entschied Jana. Sie winkte eine Kollegin herbei und übergab ihr den Wischer und den

Putzwagen. Sie deutete auf den verschütteten Shake und die ruinierten Burger. „Übernimm das mal bitte! Ich habe gerade einen Notfall."

Dann nahm sie Oleg das Tablett ab und führte ihn in den Personalraum.

„Du hast Glück, dass der Filialleiter gerade seine private Klo-Sitzung abhält. Das macht er jeden Vormittag, mindestens vierzig Minuten." Sie schüttelte den Kopf. „Weiß der Himmel, was der da drin treibt."

Sie lotste Oleg an den aufgereihten Spinden vorbei und entriegelte eine Tür.

Diese führte in den Hinterhof und wurde ausschließlich von den Angestellten benutzt.

„Vergiss nicht, deinem triebgesteuerten Pavianbruder meine Grüße auszurichten!", sagte sie, während sie die Tür aufhielt.

Oleg rührte sich nicht vom Fleck. Stattdessen flehte er sie an. „Ich brauche den Laptop! Bitte! Sonst stecke ich bis zum Hals in der Scheiße. Ich gebe dir zweihundertfünfzig dafür!"

Er kramte umständlich sein Geld hervor. Abzüglich des verschwendeten Riesenfrühstücks blieben ihm etwas über achtzig Euro. „Hier! Den Rest bekommst du später! Ehrenwort!"

Er hielt ihr das Geld hin, aber nun war es Jana, die sich nicht rührte.

„Dieser Computer scheint dir ja wirklich viel zu bedeuten", bemerkte sie zurückhaltend.

„Er gehört nicht mir", versicherte ihr Oleg. „Ich weiß nicht einmal, warum das Ding so wichtig ist! Ich weiß nur, dass ich ihn bis heute Mittag zurückgeben muss. Sonst bin ich erledigt!"

„Du willst ihn *zurückgeben?*" In Janas Gesicht spiegelte sich Unglauben. Natürlich wusste sie, was ihr Bruder nebenbei so trieb und woher der Computer stammte. Zumindest konnte sie es sich an zwei Fingern ausrechnen.

„Ich kann dir das so schnell jetzt nicht erklären!“, drängte Oleg. „Also, was ist?“

Er trat ungeduldig von einem Fuß auf den anderen. Jana schien noch zu überlegen, aber dann hatte sie eine Entscheidung gefällt.

„Dreihundertfünfzig“, sagte sie.

„Abgemacht!“ Oleg atmete erleichtert auf. Er wusste zwar nicht, wie er das fehlende Geld auftreiben sollte, aber das war im Moment zweitrangig. Er händigte Saschas Schwester die zerknüllten Geldscheine aus, woraufhin diese ihren Spind aufschloss und ihm den Laptop übergab. Als Oleg das Ding endlich in seinen Händen hielt, fiel ihm ein riesiger Stein vom Herzen. Im gleichen Atemzug wurde ihm bewusst, dass Jana ihn für total bescheuert halten musste. Er hatte sie angebettelt, und das alles nur, um einen geklauten Laptop zum Besitzer zurückzubringen! Absolut uncool. Und dann hatte sie ihn auch noch vor diesen pöbelnden Schnöseln retten müssen. Seine Chancen, bei ihr zu landen, waren damit gleich null. Vermutlich lagen sie bei minus zehn.

Als sich Oleg mit dem Computer unter dem Arm von ihr verabschiedete, versuchte er trotzdem ein Lächeln: „Danke. Du hast was gut bei mir!“

„Gib mir das Geld und wir sind quitt“, erwiderte Jana trocken. „Und jetzt hau endlich ab! Ich muss weiterarbeiten!“

10

Am helllichten Tag erschien das ummauerte Anwesen nicht mehr ganz so endlos wie bei Nacht, dafür verwandelten die unzähligen Blumenbeete den weitläufigen Garten in ein leuchtendes Farbenmeer. Oleg staunte nicht schlecht. Inmitten der ausufernden Blütenpracht wirkte das riesige, düstere Haus auf seltsame Weise deplatziert. Während er über den Kiesweg darauf zulief, pfiff in der Ferne ein Zug. Jetzt erkannte er auch die Stelle wieder, an der sein Bruder und Digger über die mit Efeu überwucherte Mauer geklettert waren. Unmittelbar dahinter musste das Wäldchen mit der Bahnstrecke liegen. Oleg dachte mit Grausen an die gestrige Nacht zurück, und mit jedem Schritt machte es ihn wütender, dass er überhaupt in diese demütigende Situation geraten war.

Am liebsten hätte er den Laptop unter seinem Arm einfach in den Zierteich geschmissen, in dem sich Goldfische tummelten. Aber er musste Geduld haben. Vielleicht ergab sich ja noch die Möglichkeit, es diesem hinterhältigen Krüppel heimzuzahlen. Er nahm die breiten Steinstufen, die er am Abend zuvor heruntergepurzelt war, in großen Schritten, dann drückte er auf den goldenen Klingelknopf. Ein Namensschild gab es bei so wichtigen Leuten natürlich nicht, dafür klang das Glockengedröhne, das er ausgelöst hatte, wie bei einer Kathedrale.

Zu seiner Überraschung öffnete sich die Tür beinahe sofort.

„Du hast dich verspätet!“

Der Junge setzte mit seinem Rollstuhl zurück, um den Weg frei zu machen. Da er keinen affigen Pyjama mehr trug, sondern einen Sportanzug, der fast schon cool war, wirkte er in Olegs Augen beinahe menschlich. Als er hinter ihm die Eingangshalle mit den Tiertrophäen betrat, fühlte er sich unweigerlich an den Job in der Fleischfabrik erinnert.

Bei Tag war das ganze Ausmaß des Gemetzels erst richtig zu erkennen. An den Wänden hingen die Köpfe von Löwen, Nashörnern, Antilopen, sogar eine Hyäne mit gefletschtem Gebiss konnte er in luftiger Höhe ausmachen. Hier musste jemand halb Afrika abgeschossen haben.

„Wo ist denn der Schläger-Opa?“, erkundigte er sich.

„Maurice ist in die Stadt gefahren. Der Fahrstuhl ist defekt, und ich will sichergehen, dass der Servicetechniker diesmal umgehend kommt. Und nicht wie letztes Mal erst drei Tage später.“

Erst jetzt bemerkte Oleg den nachträglich eingebauten Fahrstuhl neben dem Treppenaufgang. Bei seinem ersten „Besuch“ war ihm der Lift gar nicht aufgefallen.

„Hast du meinen Laptop?“ Der Junge streckte die Hand aus.

„Das kannst du knicken!“, konterte Oleg. Er hielt den Computer fest umklammert. „Erst den Film und mein Handy!“

„Die Sachen sind oben im Tresor“, erklärte der Junge verärgert.

„Dann schlage ich vor, du holst sie! Ich habe nämlich keinen Bock, hier blöd rumzustehen.“

Der Junge funkelte ihn über den Rand seiner Brille hinweg an. „Solange der Lift defekt ist, komme ich nicht nach oben. Also werden wir warten, bis Maurice mit dem Techniker zurückkehrt.“

„Und wann ist das?“

„Woher soll ich das wissen? Das liegt nicht in meiner Hand."

„Ey, wir hatten einen Deal!", protestierte Oleg. „Heute Mittag – zwölf Uhr. Laptop gegen Handy und den Film! Ich habe mir den Arsch aufgerissen, um rechtzeitig hier zu sein!"

„Deine Sachen sind nun einmal oben im Safe. Ich kann leider nichts tun …"

„Dann gib mir die Kombination und ich hol sie mir!"

Der Junge tippte sich an die Schläfe. „Ich soll einem Einbrecher die Kombination für meinen Tresor geben? Du bist echt noch beschränkter, als ich befürchtet habe!" Er schürzte die Lippen. „Wir werden auf Maurice warten. Am besten, du findest dich damit ab. Eine andere Möglichkeit gibt es nicht. Oder fällt dir eine ein?"

Sie starrten sich schweigend an, plötzlich platzte es gleichzeitig aus ihnen heraus. Offenbar hatten sie den gleichen Gedanken: „Kommt nicht infrage!"

„Nur über meine Leiche!"

Den Krüppel huckepack die Treppe hinaufzuschleppen, kam für Oleg nicht in die Tüte. Und das meinte er ernst. Andererseits konnte er jetzt nicht ewig hier herumstehen und auf die Rückkehr des Opas warten.

Das lief ja mal wieder super!, dachte er, während er in der Halle auf und ab tigerte. Er war mittlerweile hundemüde, und in seinem Frust haute er auf den Fahrstuhlknopf, woraufhin eine Glocke ertönte und die Lifttüren auseinanderglitten.

„Er funktioniert!", stellte Oleg verblüfft fest. Dann fuhr er herum. „Was geht hier ab? Willst du mich verarschen?"

Der Junge legte seinen Zeigefinger auf den Steuerstick und surrte mit dem Rollstuhl näher heran.

„Heute Morgen war er noch defekt“, stellte er verwundert fest. „Ehrenwort!“

„Auf dein Ehrenwort pfeife ich!“ Oleg spürte, wie seine Brandnarbe unter dem T-Shirt zu jucken begann, denn er fühlte sich übel hintergangen. Aber damit war jetzt Schluss!

Er machte eine ausladende Geste in Richtung des offenen Lifts und imitierte die nasale Stimme von Maurice: *„Nach Ihnen – Sir!“*

Der Blick des Jungen sprang unschlüssig zwischen ihm und dem Lift hin und her. Ob Olegs grimmige Miene letztendlich den Ausschlag gab oder der Wunsch, ihn schnell wieder loszuwerden, konnte Oleg nicht sagen. Jedenfalls tippte der Krüppel erneut auf den kleinen Hebel an der Armlehne und rollte mit säuerlicher Miene in die verspiegelte Fahrstuhlkabine.

„Welches Stockwerk – Sir?“

Es machte einen Heidenspaß, diesen Angeber auf den Arm zu nehmen, aber der Krüppel ignorierte ihn einfach. Stattdessen beugte er sich aus seinem Stuhl und drückte den obersten der drei Knöpfe. Erneut ertönte eine Glocke, dann schlossen sich die Türen und der Aufzug setzte sich mit einem kaum wahrnehmbaren Ruck in Bewegung. Nur, um kurz darauf wieder anzuhalten. Diesmal allerdings mit einem Schlag, der Oleg von den Beinen riss und den Rollstuhl samt dem Jungen gegen die Wand knallen ließ. Gleichzeitig breitete sich Brandgeruch aus.

11

Der Fahrstuhl hing fest. Nichts rührte sich mehr.

„Ich wusste es!“, schimpfte der Junge. „*Merde!*“

„*Merde*-was?“

„Das ist Französisch und bedeutet …“ Der Junge unterbrach sich selbst: „Du Vollidiot! Jetzt werden wir bei lebendigem Leib verbrennen!“

Oleg musste einräumen, dass es tatsächlich ziemlich stark nach verbranntem Plastik roch.

Und der dicke schwarze Qualm, der durch die Ritzen in die Fahrstuhlkabine kroch, trug auch nicht gerade zur allgemeinen Beruhigung bei.

„Jetzt bleib mal locker!“, sagte er. „Das ist wahrscheinlich nur 'ne durchgeschmorte Leitung.“

„Noch nie etwas von einem Kabelbrand gehört!?“, erregte sich der Junge mit weit aufgerissenen Augen. „Neulich ist eine ganze Familie verbrannt, weil der Stecker der Kaffeemaschine defekt war! Das stand in der Zeitung!“

„Du liest Zeitung?“, lachte Oleg auf. „Wie alt bist du eigentlich? 150?“

Maximilian starrte ihn ungläubig an.

„Hier, halt mal!“ Oleg drückte ihm den Laptop in den Schoß. Anschließend versuchte er, die auf Hochglanz polierte Metalltür mit Gewalt auseinanderzuziehen. Sie bewegte sich keinen Millimeter. Da konnte er ziehen und zerren, wie er wollte.

„Wir sitzen fest!", jammerte der Junge, ohne den noch immer hereinquellenden Rauch aus den Augen zu lassen. „Wir werden elend ersticken!"

Er hämmerte auf den roten Notrufknopf ein, woraufhin im ganzen Haus ein nervtötendes Signal losschrillte.

„Ich dachte, es ist niemand da", wunderte sich Oleg.

„Es gibt eine Verbindung in die Servicezentrale der Wartungsfirma!", erklärte der Junge, während er den Notruf weiter malträtierte. Schweißperlen traten auf seine Stirn.

„Und wie lange dauert das, ich meine, bis sich diese Servicetypen hier blicken lassen?"

„Was weiß ich!", giftete ihn der Junge an. „Bislang hatte ich in diesem Haus nämlich keine Vollidioten zu Gast! Ich habe es nie ausprobieren müssen!"

Oleg zuckte mit den Schultern. „So oder so – bis diese Penner hier sind, dauert es mir zu lange. Also hör endlich mit dieser nervigen Drückerei auf! Besser, wir helfen uns selbst!"

Er deutete an die Decke, wo sich eine Wartungsklappe befand.

„Tolle Idee!", protestierte sein Mitgefangener. „Wie stellst du dir das vor? Vielleicht ist dir bislang entgangen, dass ich im Rollstuhl sitze!"

„Umso besser!", erwiderte Oleg und stieg auf die Lehnen des Rollstuhls, um an die Deckenklappe zu gelangen.

„Ey! Pass gefälligst auf, wo du hintrittst!", jaulte der Junge auf, als Oleg ihm auf die Finger trat. „Das war Absicht! Ich habe es genau gemerkt!"

„Sorry!", erwiderte Oleg und grinste breit. Während er mit dem Krüppel zwischen seinen Beinen auf der Stuhllehne balancierte, entriegelte er die Klappe und stieß sie auf. Durch die offene Luke konnte er erkennen, dass der Fahrstuhl zwischen Erdgeschoss und erstem Stock hängen geblieben war.

„Und jetzt?", erkundigte sich der Junge unter ihm.

„Ich klettere raus!"

Oleg setzte seinen rechten Turnschuh auf die Schulter des Jungen und drückte sich ab.

„Aua! Bist du verrückt? Du bist viel zu schwer!"

Oleg beachtete ihn nicht. Stattdessen krallte er sich mit den Fingerspitzen am Rand der Luke fest, dann strampelte er sich hoch. Dass er dem stinkreichen Schnösel dabei ein bisschen auf dem Scheitel herumtrampelte, ließ sich natürlich nicht vermeiden. Als er auf dem Dach der Fahrstuhlkabine angelangt war, machte er sich daran, die Tür zum nächsten Stockwerk aufzustemmen.

„Darf man fragen, was du da oben treibst?", rief der Junge durch die offene Klappe zu ihm hinauf.

„Ich mach 'ne Fliege! Was sonst?"

„Und was ist mit mir!?"

„Dein Sklaven-Opa wird dich schon da rausholen!", ächzte Oleg unter der Anstrengung. „Ich hole mir jedenfalls mein Handy und diesen Scheißfilm ein anderes Mal!"

Die Metalltüren ließen sich lediglich einen Spalt weit auseinanderziehen. Irgendetwas hatte sich verhakt.

„Was ist?", erkundigte sich der Junge von unten.

„Nichts!", schnaufte Oleg wütend. „Dieses Mistding geht einfach nicht auf!"

Keuchend stellte er seine Bemühungen ein. Wenigstens war der Spalt groß genug, sodass er hindurchlinsen konnte. Abgesehen von den Tierkadavern an der Wand sah es im ersten Stock nicht viel anders aus als unten. Lange, schummrige Flure mit altmodischen Möbeln und jeder Menge goldgerahmten Bildern.

Oleg hockte sich auf das Dach der Fahrstuhlkabine und fluchte. Er saß tatsächlich mit dem Krüppel zusammen in der Falle. Er war eingesperrt, und unweigerlich stiegen in ihm Bilder auf, die ihn sonst nur nachts in seinen Träumen verfolgten. Er sah die kleine Abstellkammer vor sich, in die er sich immer verkrochen hatte, wenn seine Mutter wieder Stimmen gehört hatte. Es kam ihm so vor, als könne er die Putzlappen und scharfen Reinigungsmittel, die seine Mutter in der winzigen Kammer aufbewahrt hatte, sogar riechen.

„Hast du vielleicht eine Idee, wie man hier rauskommt?", sagte er durch die Luke. „Du bist doch Mr. Klugscheißer!"

Als er keine Antwort erhielt, beugte er sich über die Luke und sah in die Fahrstuhlkabine hinab. Er spürte sofort, dass etwas nicht in Ordnung war. Der Junge saß stocksteif in seinem fahrbaren Untersatz und presste die Lippen zusammen. Seine Finger umklammerten die Lehnen des Rollstuhls so fest, dass sich seine Knöchel weiß zu verfärben begannen.

„Ey, Mann! Alles klar?"

Der Junge zog die Luft lautstark durch die Nase ein. Anschließend atmete er durch seine geschlossenen Lippen wieder aus, was ein komisches, prustendes Geräusch verursachte. Oleg gefiel das ganz und gar nicht.

„Ey, lass diesen Yoga-Scheiß, oder was immer das ist! Das ist psycho, so was können wir jetzt nicht gebrauchen!"

Als der Junge nicht reagierte, ließ er sich zurück in die enge Kabine fallen. Das sah wirklich nicht gut aus: Der Junge klammerte sich zitternd an seinen Rollstuhl und starrte ihn mit aufgerissenen Augen an.

„Komm runter, Mann!“, fuhr ihn Oleg an. „Das war nur ein Kurzschluss! Hier brennt nichts!“

Mit einem Mal riss der Junge den Mund auf. Die Anstrengung, die ihn jedes Wort kostete, war unübersehbar.

„Kei … keine Luft …“

„Na, super!“, stöhnte Oleg. „Gibt es überhaupt etwas an dir, was normal funktioniert?“

Der Junge zitterte am gesamten Körper und sein Atem ratterte wie ein außer Kontrolle geratener Güterzug.

„Me-Medikament …“, presste er hervor.

Allmählich war Oleg mehr als nur beunruhigt. „Ich habe keine Pillen! Oder siehst du hier etwa ’nen Arztkoffer?“

Der Blick des Jungen wanderte an die Decke der Fahrstuhlkabine.

„Schla-Schlafzimmer … “

Offenbar befand sich dort die Medizin, die er brauchte, schloss Oleg.

„Und wie soll ich das machen?“, meinte er gestresst. „Wir sitzen hier fest!“

Der Junge sah ihn flehend an. In seinen Augen spiegelte sich die nackte Angst. Oleg haute vor Wut und Hilflosigkeit mit der flachen Hand gegen die dünne Blechwand der Fahrstuhlkabine. Fuck! Wenn der Junge in seinem Beisein abkratzte, würden die Bullen schon einen Weg finden, um ihm die Schuld zu geben. Früher oder später würden sie sein Handy und das bescheuerte Geständnis finden und dann würden sie ihm ein Strick daraus drehen. Zudem konnte dieser alte Knacker von Butler jederzeit bestätigen, dass er mit dem Jungen verabredet gewesen war.

Jetzt geriet auch Oleg in Panik. Er stieg auf den Rollstuhl und zog sich durch die Luke wieder auf das Kabinendach. Dann versuchte er erneut, die Tür zum ersten Stock aufzustemmen. Diesmal legte er alles rein, was er hatte, und nachdem es ihm tatsächlich gelungen war, den Spalt ein wenig zu verbreitern, quetschte er seine Schulter dazwischen. Die Angst verlieh ihm ungeahnte Kräfte, und so gelang es ihm am Ende, die Tür so weit auseinanderzubekommen, dass er sich hindurchzwängen konnte. Als er sich auf das Stockwerk gezogen hatte und losrennen wollte, fiel ihm ein, dass er überhaupt nicht wusste, wo er nach dem Medikament suchen sollte. Er drehte wieder um.

„Wo ist dieses Scheiß-Schlafzimmer?", brüllte er in den Fahrstuhlschacht hinab. *„Rechts oder links?"*

Als er nur ein Keuchen zur Antwort erhielt, entschied er sich auf gut Glück für rechts. Das erste Zimmer, dessen Tür er aufriss, war eine Abstellkammer. Dann entdeckte er ein Badezimmer und erst nach dem dritten Anlauf fand er endlich das Schlafzimmer. Es erinnerte ihn auf Anhieb an ein Krankenhauszimmer. Außer dem Spezialbett mit den baumelnden Griffen, an denen man sich hochziehen konnte, und dem fahrbaren Nachttisch gab es kaum andere Möbel. Er riss die Schublade des Nachttisches auf und nahm alles heraus, was irgendwie nach Medikament aussah. Danach machte er sich schnellstens auf den Rückweg. Als er den stecken gebliebenen Lift erreichte, sprang er in den Schacht und ließ sich durch die Luke in die Kabine fallen. Er bemerkte sofort, dass es höchste Zeit war. Der Zustand des Jungen hatte sich weiter verschlechtert.

Er klammerte sich mit hochrotem Kopf an den Rollstuhl und seine dick geschwollenen Schläfenadern schienen jeden Moment zu platzen.

„Ey, jetzt halt bloß durch!“, schrie Oleg, während er mit fliegenden Fingern das Handtuchbündel aufschnürte. „Hier! Das ist alles, was ich gefunden habe! Was brauchst du davon?“

Er packte den Jungen und schüttelte ihn. Er brüllte fast.

„Du musst mir sagen, was du davon brauchst!“

Endlich wanderte der glasige Blick zu den mitgebrachten Sachen. Oleg versuchte, ihm zu folgen, und als er meinte, dass er auf einem Inhalator hängen blieb, nahm er ihn hastig an sich.

„Was soll ich damit machen? Du musst mir helfen! Ich weiß nicht, wie so was funktioniert!“

Als der Junge unter großer Anstrengung auf seine Nase tippte, schob Oleg ihm das Plastikding einfach in ein Nasenloch und drückte drauf.

12

Als Oleg auf die kleine Flasche drückte, entwich der Sprühnebel mit einem scharfen Zischen. Der Effekt war enorm. Das Medikament löste beinahe sofort den krampfartigen Zustand des Jungen und auch das Atmen fiel ihm hörbar leichter. Gleichzeitig wich die Todesangst aus seinen Augen. An ihre Stelle trat Erleichterung, aber auch totale Erschöpfung.

Oleg fiel insgeheim ein Stein vom Herzen.

„Danke …“, hauchte der Junge tonlos.

„Vergiss es!“ Oleg machte eine wegwerfende Handbewegung. Dass er vor allem sich selbst gerettet hatte, behielt er für sich. Stattdessen ließ er sich an der Wand heruntergleiten, bis er auf dem Boden der Liftkabine saß.

Sein Puls raste noch immer und er atmete tief durch. Es war, als wäre die hautnah erlebte Todesangst für einen kurzen Moment auch auf ihn übergesprungen. Dieses Gefühl würde er ganz sicher niemals vergessen.

„Ich meine es ernst“, stieß der Junge mühsam hervor. Er kauerte zusammengesunken in seinem fahrbaren Untersatz und seine schweißnassen blonden Haare klebten ihm auf der Stirn. Er zitterte immer noch ein wenig.

„Was ist das für eine Krankheit?“, wollte Oleg wissen. „Hast du das öfter?“

„Das ist keine Krankheit“, erklärte der Junge schwach. „Nur Angst.“

Angst? Oleg umschlang seine Knie und starrte auf die lackierte Wand direkt vor seiner Nase, in der sich sein Gesicht leicht verzerrt spiegelte.

„Ich heiße übrigens Maximilian“, sagte sein Mitgefangener nach einer Pause. Er lächelte unsicher. „Du heißt Oleg, wenn ich mich recht erinnere.“

„Kann schon sein …“ Oleg lehnte seinen Hinterkopf gegen die Blechwand in seinem Rücken. Hoffentlich machte ihm der Krüppel jetzt keinen Heiratsantrag.

„Darf ich dich einmal etwas Persönliches fragen?“, erkundigte sich Maximilian kraftlos. „Also, gewissermaßen von Opfer zu Gangster?“

„Verschon mich mit dem Gelaber! Lass mich einfach in Ruhe, *okay!?*“

„Schon gut, schon gut!“ Maximilian hob beschwichtigend seine blasse Hand. „Ich wollte dir nicht zu nahe treten. War nur eine Frage.“

Oleg spürte, auch ohne aufzublicken, dass ihn der Krüppel musterte. Offenbar brütete er etwas aus. Als nach einer Weile immer noch nichts kam, stand Oleg genervt auf.

„Und jetzt?“, fragte Maximilian verblüfft.

„Ich mach ’ne Fliege, was sonst? Mein Handy hole ich mir morgen.“

„Du kannst mich hier nicht allein lassen!“, sagte der Junge in einem Anflug von Panik. Seine Atemfrequenz erhöhte sich sofort und er sprühte sich hastig erneut das Zeug aus dem Inhalator in die Nase. Danach begann er wieder mit schnaufenden Atemübungen.

„Okay, okay! Bleib cool!“ Oleg machte einen hastigen Schritt vor, wobei er sich das Knie an dem Rollstuhl stieß. „Ich geh nicht weg! Also kein Grund, 'nen Abgang zu machen, hörst du?“

Dieses gepresste Schnaufen jagte ihm gehörig Angst ein, und er war heilfroh, als sich der Krüppel wieder entspannte. Er setzte sich zurück auf den Boden der Fahrstuhlkabine.

„Weshalb tust du das?“, erkundigte sich Maximilian, nachdem er Oleg zu seinen Füßen erneut eine Zeit lang beobachtet hatte.

„*Was* soll ich tun?“

„Weshalb brechen Leute wie du in fremde Häuser ein und bestehlen ehrliche Leute? Früher oder später landet ihr doch sowieso alle im Gefängnis.“

„Ich brauche die Kohle“, brummte Oleg genervt.

Was sonst?

Maximilian fuhr unbeirrt fort. „Und warum gehst du dann nicht arbeiten? So wie jeder andere Mensch auch?“

„Ach, ja? Nennst du das, was du tust, etwa Arbeit? Du hängst den ganzen Tag in deiner Elektrokarre rum und lässt dir von deinem Sklaven-Opa den Arsch nachtragen. Und trotzdem lebst du in einem fetten Palast! Findest du das fair?“

„Das ist etwas anderes!“, zischte Maximilian. „Das Haus habe ich geerbt!“

„Schönen Dank auch!“

„Du bist einfach zu bequem und zu faul! Gib es zu! Das ist das Problem bei euch Schmarotzern: Ihr denkt, ihr könnt euch alles nehmen, ohne etwas dafür zu tun!“

„Leck mich!“

„Genau das meine ich!“

Maximilian beugte sich vor und die beiden starrten sich wütend an. Schließlich lehnte er sich wieder zurück und seufzte. „Wie dem auch sei, du hast mir das Leben gerettet, und darum stehe ich in deiner Schuld. Und wir von Steinbergs haben unsere Schulden bislang noch immer bezahlt. Was schlägst du also vor? “

„Scheiß drauf!“

„Das geht nicht. Es ist mir ernst.“

„Dann nehme ich gerne was von deiner Kohle. Du scheinst ja genug davon zu haben!“

Maximilian verzog pikiert seinen Mund.

„Natürlich könnte ich dich bezahlen. Aber das wäre etwas zu billig, findest du nicht? Deshalb schlage ich dir etwas Besseres vor: Ich gebe dir eine Chance. Verstehst du etwas von Autos, besonders Oldtimern?“

Als Oleg nur verächtlich die Nase hochzog, fuhr Maximilian fort: „Ich werte dein Schweigen als ein Ja. Also, hier ist mein Vorschlag: Du bringst die Oldtimersammlung auf Vordermann, damit ich sie endlich verkaufen kann. Ein bisschen abstauben und polieren, Polsterpflege und so weiter. Die Autos nehmen nur Platz weg und Maurice wird dafür langsam zu alt. Außerdem könntest du dich um den Pool kümmern. Maurice traut dem Kerl, der das bislang für mich erledigt hat, nicht.“

Das würde ich an seiner Stelle auch nicht, dachte sich Oleg. Trotzdem winkte er ab.

„Kein Interesse.“

„Und wenn ich dir sage, dass ich bereit bin, dir in Anbetracht der besonderen Umstände einen höheren Preis zu zahlen? Sagen wir fünfzig Euro die Stunde?“

„Fünfzig Euro? Die Stunde!?“

„Wenn das zu viel ist, bezahle ich dir natürlich gerne auch weniger. Es ist deine Entscheidung."

Oleg war sprachlos. Ohne dass er etwas dagegen tun konnte, überschlug er die Zeit, die er brauchen würde, um sich die sündhaft teure Jacke aus dem Laden in der Fußgängerzone kaufen zu können. Obwohl Rechnen noch nie seine Stärke gewesen war, kam er zu dem Ergebnis, dass er sich bei einem solchen Stundenlohn schnell etliche davon leisten konnte. Gleichzeitig schrillten seine Alarmglocken im Dauermodus. Der stinkreiche Schnösel spielte irgendein Spiel mit ihm, das war klar. In den wasserblauen Augen lag ein Blitzen, das er nicht deuten konnte.

„Also, was hältst du von meinem Angebot?" Maximilian trommelte ungeduldig mit seinen Fingernägeln auf der Rollstuhllehne herum. Er schien Olegs Zerrissenheit zu genießen.

„Wenn du willst, kann ich Maurice auch bitten, dass er dir nach seiner Rückkehr einen Umschlag mit hundert Euro in bar aushändigt. Als kleine Anerkennung für deine Hilfe vorhin. Oder du nutzt die Chance und beweist mir, dass ich unrecht habe. Dass Leute wie du doch zu einer geregelten und ehrlichen Arbeit fähig sind. Es ist allein deine Entscheidung!"

Oleg dachte fieberhaft nach. Was wusste dieser Bonzenkrüppel schon von Ehrlichkeit und richtiger Arbeit? Gleichzeitig spürte er, dass ihm der Junge irgendeine Falle stellte. Die Nummer mit dem Menschenfreund kaufte er ihm jedenfalls nicht ab. Wohltäter sahen anders aus. Auf der anderen Seite bot sich die einmalige Gelegenheit, der Made einen Denkzettel zu verpassen, den sie so schnell nicht vergessen würde.

Wenn er den Job annahm, würde er genügend Zeit haben, um sich genau umzusehen und die Gewohnheiten des Jungen und des Alten auszukundschaften. Und dann würde er mit Mark und Digger wiederkommen und die Bude bis auf den letzten Krümel leer räumen! Vielleicht gelang es ihm sogar, die Kombination für den Safe herauszufinden. Mark wäre sicher stolz auf ihn. Auf jeden Fall würde er darüber hinwegsehen, dass er sich wie ein Anfänger hatte erwischen lassen. Und nicht nur das: Mit etwas Glück lag in dem Tresor des Krüppels genug Geld, um gemeinsam nach Australien abzuhauen!

„Und wann fängt der Job an?" Oleg tat so, als sei er weiterhin unentschlossen. Dabei hatte er seine Entscheidung längst gefällt.

„Sofort, wenn du willst", erwiderte Maximilian. „Das heißt, wenn wir hier raus sind. Maurice wird dir die Autos zeigen und alles Weitere erklären."

Er benutzte seinen Inhalator erneut und sprühte sich den Medikamentennebel in den weit aufgerissenen Rachen.

„Fünfzig die Stunde – bar auf die Hand?", fragte Oleg misstrauisch nach.

„Selbstverständlich bar!", hustete Maximilian, während er den Inhalator wegsteckte. „Denkst du, ich schmeiß dem Finanzamt mein Geld freiwillig hinterher und zahle noch Lohnsteuer für dich? Ich finde, unser Geschäft geht niemanden etwas an."

„Und was ist mit dem Alten?"

„Mit Maurice?"

Oleg nickte. „Ich habe keinen Bock, dem rabiaten Opa irgendwann eine ballern zu müssen."

„Lass das ruhig meine Sorge sein!", erwiderte Maximilian. „Maurice gehört seit Urzeiten zur Familie und die Familie bin ich."

13

Mark wischte sich die Spaghettisoße aus den Mundwinkeln und schob den geleerten Teller von sich. Er sagte noch immer keinen Ton, und je länger er schwieg, desto unwohler fühlte sich Oleg.

„Jetzt sag schon was!", platzte es schließlich aus ihm heraus. „Was hältst du von dem Plan? Das ist doch *die* Gelegenheit, um richtig abzusahnen!"

Mark stemmte die Handballen auf den Rand des Küchentischs.

„Du hast dich schnappen lassen", sagte er betont langsam. „Und dann hast du diesem Jungen deinen Namen genannt und ihm den Laptop zurückgebracht, den Digger erst Sascha gegeben hat und der danach seiner Schwester? Habe ich das richtig verstanden?"

Oleg nickte und rutschte aufgeregt auf dem Küchenstuhl herum.

„Und jetzt hat dir dieser Junge einen Job angeboten?" Sein Bruder machte ein undurchschaubares Gesicht.

„Yeah! Stell dir vor: fünfzig die Stunde! Auf die Hand! Der Typ ist schweinereich, sag ich dir! Wie gesagt, er hat sogar einen Tresor!"

„Und was war da drin?"

„Das weiß ich nicht. Ich habe das Ding noch nicht gesehen, aber ich wette, dass die Made ein Vermögen darin aufbewahrt. Wozu sollte ein Safe sonst da sein?"

„Und jetzt willst du ihn mal eben so knacken …“

„Das ist gar nicht nötig!“, versicherte Oleg triumphierend. „Ich besorge uns nämlich die Kombination. Das Ganze wird ein Kinderspiel, verlass dich drauf!“

Mark sog geräuschvoll die Luft ein. Dann ließ er aus heiterem Himmel seine Faust so fest auf die Tischplatte niederkrachen, dass der leere Porzellanteller vom Tisch flog und auf dem Küchenboden in tausend Stücke zerplatzte.

„Hast du sie noch alle?“, schrie er Oleg an. „Erst lässt du dich erwischen und dann gibst du diesem Bonzenjungen auch deinen Namen und deine Adresse! Denk doch mal nach: Wenn was passiert, kann sich jeder an zwei Fingern abzählen, dass du etwas damit zu tun hast. Und schon landen die Bullen bei mir – du oberschlaues Genie!“

„Nicht, wenn ich ein Alibi habe!“, widersprach Oleg trotzig. „Oder wenn wir längst weg sind, bis jemand etwas merkt!“

„Was meinst du mit *weg*?“

„Na, was schon? Australien natürlich. Ich besorge uns die Kohle, dann hauen wir ab!“

Als sein Bruder erneut lospoltern wollte, kam plötzlich ihr Vater in die Küche. Wie immer um diese Tageszeit trug er einen Schlafanzug. Heute war es der mit den gelben Streifen. Den mit den blau-weißen hatte er schon seit Wochen nicht mehr getragen, fiel Oleg in diesem Moment auf. Mit seinem Vater ging es sichtlich bergab. Bald würde er vermutlich gänzlich aufhören zu existieren.

Seitdem sie ihre Mutter abgeholt hatten und alles ans Licht gekommen war, schien er mit der Welt und sich selbst abgeschlossen zu haben. Er wurde von Tag zu Tag grauer, sein Gesicht immer eingefallener. Im Grunde war es nur eine Frage der Zeit, bis er den

Nachtwächterjob wieder los sein würde, den das Arbeitsamt ihm aufs Auge gedrückt hatte.

Ihr Vater schlurfte zum Kühlschrank und nahm eine Bierflasche heraus. Ob er seine Söhne überhaupt wahrnahm, konnte Oleg nicht wirklich sagen. Er kramte in der Schublade nach dem Flaschenöffner, und als er ihn gefunden hatte, schlurfte er mit der Bierflasche in der Hand zurück ins Wohnzimmer. Mit einem Mal hielt er jedoch inne und drehte sich um. Er musterte erst Oleg, dann seinen Bruder.

„Was geht hier vor?“, fragte er müde. Er rieb sich sein unrasiertes Kinn.

„Nichts, was dich etwas angehen würde!“, herrschte Mark ihn an. „Und überhaupt: Seit wann interessierst du dich dafür, was wir tun?“

Oleg biss sich auf die Zunge. Er mochte es nicht, wenn Mark so hart mit seinem Vater ins Gericht ging. Was konnte er schon dafür, dass ihre Mutter verrückt war und überall kleine grüne Männchen sah?

Die Augenringe seines Vaters schienen noch dunkler zu werden, aber er erwiderte nichts. Stattdessen nickte er unmerklich mit dem Kopf, dann verschwand er.

„Musste das sein?“, meinte Oleg.

„Komm schon, er ist ein erbärmlicher Schwächling!“, erwiderte Mark. Er machte eine verächtliche Handbewegung. „Er lässt uns im Stich – so wie immer. Dass sie ihm das Sorgerecht für dich entziehen wollen, kümmert ihn einen Scheißdreck!“

„Und wenn schon! Wir kommen allein klar. Das sind wir doch immer!“, entgegnete Oleg. „Warst du diese Woche eigentlich bei Mama?“

„Keine Zeit", wich Mark aus. „Auf jeden Fall will ich, dass du nicht wieder irgendeinen Mist baust. Ich kann keinen Ärger gebrauchen. Und du auch nicht!"

Mark zog einen zusammengefalteten Brief aus der Hosentasche und schob ihn über den Tisch. Das Kuvert sah amtlich aus.

„Was ist das?", fragte Oleg, während er den Brief auseinanderfaltete.

„Das war heute in der Post", klärte ihn sein Bruder auf. „Eine Mitteilung vom Gericht. Der Termin nächste Woche ist verschoben worden."

Oleg sprang begeistert auf: „Und wie lange?"

„Das steht nicht drin."

„Yeah!", jubelte Oleg. Er zerknüllte den Brief in der Faust und kickte die Papierkugel durch die Küche.

„Freu dich nicht zu früh!", warnte ihn Mark. „Die werden nicht lockerlassen! Du kennst den Fetten!"

‚Der Fette' war der Sozialarbeiter vom Jugendamt, dem sie nach dem Abgang ihrer Mutter zugeteilt worden waren. Und der Name war beileibe kein Witz, sondern die grausame Realität. Der Mann war nämlich so grotesk dick, dass man sich ständig fragte, wann er platzen würde. Dummerweise war er gleichzeitig ein knallharter Hund, der sich zudem in die Vorstellung verbissen hatte, Oleg ‚retten' zu müssen. Vor was auch immer.

„Also lass die Finger von dem Jungen!", ermahnte Mark seinen Bruder. „Ich wette mit dir, dass er dich nur ausnutzen will. Hundertpro!"

Aber Oleg war nicht zu bremsen. „Mann, warum kapierst du das nicht? Das ist unsere Chance! Was Besseres als der stinkreiche Krüppel hätte uns gar nicht passieren können! Bis die fette Krake einen neuen Gerichtstermin bekommt, sind wir längst über alle Berge. Dann können die uns mal!"

„Ich habe dir gesagt, dass ich damit nichts zu tun haben will!", erwiderte Mark ernst. „Meinst du, dieser Junge ist ein schwachsinniger Idiot, nur weil er im Rollstuhl sitzt? Woher weißt du eigentlich, ob er nicht eine Kopie von deinem verrückten *Geständnis* behalten hat?"

Oleg wich seinem Blick aus. Ehrlich gesagt war ihm das bislang noch nicht in den Sinn gekommen.

„Na, siehst du!", fuhr sein Bruder zornig fort. „Also vergiss das Ganze, bevor du noch mehr verbockst! Wenn Ahmed dahinterkommt, dass du die Bullen anlockst, bin ich den Job in der Werkstatt sofort los. Und dann kommen wir nie aus diesem Loch hier raus! Oder willst du, dass sich ab jetzt der Penner um dich kümmert?"

Er nickte in Richtung Wohnzimmer, aus dem Schlagermusik drang. Helene Fischer.

„Lass ihn endlich in Ruhe!", fauchte Oleg. Er war sauer, weil sein Bruder einfach nicht erkennen wollte, wie genial sein Plan war. „Außerdem hast du mir gar nichts zu befehlen! Wenn du zu feige bist, zieh ich die Sache eben allein durch! Ich brauch dich nicht! Und Digger auch nicht!"

Er stürmte in sein Zimmer und schmiss sich so fest auf die Matratze, dass die Bretter und Kisten, aus denen er sich das Bettgestell gebastelt hatte, bedenklich krachten. Dann verschränkte er die Arme im Nacken und starrte wütend auf die Schimmelflecken an der Decke. Hinter der dünnen Wand dröhnte die Schlagermusik. Er hätte kotzen können.

Plötzlich musste er an den Junkie denken, der in der Wohnung unter ihm vergammelt war, ohne dass jemand etwas davon mitbekommen hatte. Dann überkam ihn wie jedes Mal die diffuse Angst, vielleicht ebenso zu enden. Ohne vorher gelebt oder jemals Glück gehabt zu haben. Auf der anderen Seite war Glück etwas für Schwächlinge und Anfänger, die zu feige waren, ihre Chance zu nutzen. Und im Moment standen die Aussichten für ein anderes Leben besser denn je. Er hatte einen Plan, das war immerhin ein Anfang. In ein Heim würde er sich jedenfalls nicht einsperren lassen.

Oleg schloss die Augen und rief sich die Bilder ins Gedächtnis, die er sich immer wieder angesehen hatte. Australien! Er atmete die Weite des Meeres, tauchte in die türkisfarbene Brandung, durchstreifte die atemberaubende Wildnis, ohne je auf eine Menschenseele zu treffen. Alles fühlte sich so friedlich an, so unendlich frei.

Australien musste ein Paradies sein.

14

In der Nacht hatte es heftig geregnet und in den Pfützen auf dem Asphalt spiegelte sich der graue Morgenhimmel. Oleg fror und schloss den Reißverschluss seiner Jacke. Sie gehörte seinem Bruder und war darum einige Nummern zu groß. Aber das war nicht der Grund, weshalb er sich in den Hauseingang drückte. Der Grund hatte vielmehr lange Haare und wohnte in dem Mietshaus auf der Straßenseite gegenüber.

Oleg klemmte sich die klammen Finger unter die Achseln. Wenn Jana ihn entdeckte, würde sie ihn vermutlich für einen Vollidioten halten – für einen noch größeren, als sie es sowieso schon tat. Aber er konnte nicht anders, er musste sie einfach sehen. Auch wenn es nur von Weitem war. Mitten in der Nacht war ihm nämlich bewusst geworden, dass bald vielleicht schon Tausende Kilometer zwischen ihnen liegen würden. Sie war die Einzige, die er am anderen Ende der Welt vermissen würde. Egal wie cool die Mädchen in Australien auch sein würden, an Jana reichten sie bestimmt nicht heran.

Als sie mit ihrer Schultasche über der Schulter aus dem Haus kam, drückte er sich instinktiv an die Hauswand. Sie trug enge Leggings und einen roten Mantel, der ihr bis zum Knie reichte. Bei jedem Schritt wogten ihre offenen, frisch gekämmten Haare hin und her. Ganz so, als seien sie lebendig. Oleg spürte, dass sich sein

Pulsschlag ohne sein Zutun beschleunigte. Er löste sich aus dem Hauseingang und folgte Jana, die auf der anderen Straßenseite auf die Bushaltestelle zusteuerte. Seine Gedanken überschlugen sich. Was wäre, wenn er sich trauen würde, sie noch mal anzusprechen? Wenn er sie fragen würde, ob sie Lust hätte, mit ihm eine Spritztour im BMW seines Bruders zu unternehmen? Natürlich durfte der niemals dahinterkommen, aber das Risiko war es allemal wert.

In seinem Gehirn spulte sich noch einmal der Moment ab, als er Jana zum ersten Mal begegnet war. Das war vor sechs Wochen gewesen. Auf dem Schulhof. Ihn hatte es regelrecht umgehauen, ganz so, als sei er gegen eine unsichtbare Wand gelaufen. Seitdem ging sie ihm einfach nicht mehr aus dem Kopf. Im Nachhinein war es mehr als Pech, dass er schon zwei Tage später Ärger mit dem Großmaul aus der Neunten bekommen hatte und er endgültig von der Schule geflogen war. Der Direktor hatte dem Angeber im Krankenhaus sogar einen persönlichen Besuch abgestattet. Dass man ihn hochkant rausgeschmissen hatte, stimmte Oleg allerdings nicht sonderlich traurig. Was er brauchte, war keine Bildung, sondern ganz einfach Geld. So viel wie möglich. Und wenn er erst einmal genug davon hatte, konnte er Jana vielleicht dazu überreden, mit ihm nach Australien zu gehen und ein neues Leben zu beginnen. Eins, in dem nicht schon von Beginn an alles festgelegt war.

Oleg äugte vorsichtig hinter einer Litfaßsäule hervor. Auf der anderen Straßenseite tippte Jana mit gesenktem Kopf in ihr Handy und wartete auf den Bus. Hinter dem Vorhang aus Haaren konnte er ihr Gesicht leider nicht erkennen. Dafür warfen ihm die Leute, die verschlafen an der Haltestelle warteten, um zur Arbeit zu fahren, misstrauische Blicke zu. Oleg scherte sich nicht darum, schließlich hatte er in diesem Augenblick andere Sorgen. Sein Magen zog sich zusammen, gleichzeitig hüpfte sein Herz wie ein Gummiball.

Er konnte sich einfach nicht entscheiden, ob er es wagen sollte, die Straße zu überqueren und Jana anzusprechen. Er überlegte, ob er so tun sollte, als warte er ebenfalls auf den Bus. Andererseits hatte er den Bus noch nie benutzt. Und was sollte er überhaupt sagen? Hallo vielleicht? Noch hatte er nicht genug Geld, um Jana den Laptop wie versprochen zu bezahlen.

Oleg hätte durchdrehen können. Er äugte erneut hinter der bunt plakatierten Säule hervor, doch in dem Moment, in dem er sich gegen alle Vernunft dazu entschlossen hatte, über seinen eigenen Schatten zu springen, kam der Bus. Kurz darauf war die Bushaltestelle leer und Jana weg.

Fuck! Oleg fluchte, obwohl er insgeheim auch ein wenig froh darüber war, dass ihm die Entscheidung abgenommen worden war. Vielleicht war er kurz davor gewesen, einen unwiderruflichen Fehler zu begehen, indem er sich in Janas Augen zum Bettnässer machte.

Also brach er lieber zur nächsten U-Bahn-Station auf und eine halbe Stunde später stand er vor dem geschmiedeten Tor des Villengrundstücks. Fast auf Anhieb glitt das Tor lautlos zur Seite, und Oleg nahm sich vor, als Erstes die genauen Positionen der versteckten Kameras herauszufinden. Das durfte er auf keinen Fall vergessen. Dann lief er über den Kiesweg auf das Haus zu. Der Krüppel erwartete ihn bereits vor dem Eingang.

„Hey, wie läuft's?“, sagte Oleg.

„Na ja, das mit dem Laufen ist bei einem Krüppel wie mir so 'ne Sache …“

Oleg stutzte. Es dauerte, bis er begriff, aber dann musste er beinahe lachen. So viel Humor hatte er dem Krüppel gar nicht zugetraut.

Maximilian entblößte demonstrativ die Uhr an seinem Handgelenk. Sie sah teuer aus.

„Ich hätte nicht vermutet, dass du pünktlich bist", bemerkte Maximilian und rollte die kurze Rampe neben den Stufen hinunter.

„Hast du ein Problem damit?", argwöhnte Oleg.

„Nein, nein, so war das nicht gemeint! Es überrascht mich nur. Mehr nicht."

Maximilian ließ seinen Rollstuhl eine Drehung vollführen, sodass der Kies zu allen Seiten spritzte. „Also, können wir jetzt endlich beginnen?"

„Deswegen bin ich hier. Wo sind die Schrottkisten?"

Oleg folgte dem Jungen.

„Wo ist eigentlich der Opa?", fiel ihm plötzlich ein.

„Du meinst Maurice?"

Die Räder des Rollstuhls quälten sich durch den losen Kies. Oleg rechnete jeden Moment damit, dass der Elektromotor wegen Überlastung in die Luft fliegen würde.

„Ich hatte den Eindruck, dass er ein Problem mit mir hat", sagte Oleg.

„Maurice hält mich für verrückt, weil ich mich mit dir einlasse", erwiderte Maximilian laut, um das Jaulen des Motors zu übertönen. „Genau genommen hält er dich für einen gemeingefährlichen Gangster. Auch wenn du mir gestern zufällig das Leben gerettet hast. Darum gebe ich dir die Einführung doch lieber selbst."

Sie hatten einen weiteren, völlig zugewachsenen Weg erreicht. Dem wuchernden Gestrüpp nach zu urteilen, wurde er schon seit geraumer Zeit nicht mehr benutzt, trotzdem waren die betonierten Fahrspuren noch deutlich zu erkennen.

„Und?", erkundigte sich Oleg, nachdem sich sein Begleiter mit dem Rollstuhl aus dem Kies gewühlt hatte.

„Und was?"

„Bist du jetzt verrückt, wie der Alte behauptet, oder nicht?"

Maximilian drehte den Kopf und musterte ihn nachdenklich.

„Vielleicht", murmelte er schließlich.

Dann drückte er den Steuerhebel nach vorn und der Rollstuhl schoss los wie eine Rakete. Oleg hegte den schweren Verdacht, dass das Ding frisiert war. Ohne auf die herabhängenden Äste zu achten, preschte der Junge den überwucherten Weg entlang. Oleg hatte große Mühe, ihm zu folgen, und mehrmals schlugen ihm die Äste übel ins Gesicht. Als der Wahnsinnige endlich bremste, bot sich Oleg ein unerwarteter Anblick.

An die Innenseite der Ziegelsteinmauer, die das parkähnliche Grundstück umschloss, schmiegten sich ein langer Holzschuppen und mehrere kleinere Gebäude. Sie waren von der Auffahrt und dem Haus aus nicht zu sehen, und es wirkte, als sei schon länger niemand mehr hier gewesen. Zwischen den Steinplatten, mit denen der Platz vor den Gebäuden gepflastert war, spross jede Menge Unkraut.

„Das alles war früher einmal die Gärtnerei", erklärte Maximilian ungefragt, während er auf den großen Schuppen zusteuerte. „Aber das ist länger her."

„Und was ist es jetzt?"

„Ein Museum."

Maximilian hielt an und kramte einen Schlüssel aus seiner Hosentasche. „Hier, schließ auf!"

Oleg fing den Schlüssel auf und machte sich an dem altertümlichen Schloss zu schaffen, mit dem die rostige Kette gesichert war. Als er das Tor des Schuppens aufschieben wollte, stellte er fest, dass sich das Holz verzogen hatte. Erst als er sich mit aller Kraft dagegenstemmte, setzte es sich rumpelnd in Bewegung.

„Du hast Glück, dass du in deinem Sessel da festsitzt!“ stöhnte er.

„Ich würde dir auch sonst nicht helfen“, erwiderte Maximilian gelangweilt. „Immerhin bezahle ich dich.“

Diese Made!, dachte Oleg. Dir werde ich es schon noch heimzahlen! Als es ihm gelungen war, das verkantete Tor zu öffnen, strömte ihm ein kellerartiger Geruch entgegen.

„Der Lichtschalter ist rechts von dir!“, wies ihn Maximilian an.

Oleg tastete an der Wand entlang, und nachdem die Neonröhren an der Decke des Schuppens flackernd zum Leben erwacht waren, staunte er nicht schlecht. Noch nie hatte er so viele Oldtimer auf einem Haufen gesehen. Sie mussten ein Vermögen wert sein. Wenn etwas sein Herz vor Begeisterung schneller schlagen ließ, dann waren das coole Autos. Das hatten sein Bruder und er gemeinsam. Während er die Reihe der mit dichten Spinnweben überzogenen Wagen abging, rollte der Junge im Schritttempo neben ihm her.

„Was sind das für Kisten?“, erkundigte sich Oleg.

„Der da vor dir ist ein Citroen 11BL, Baujahr 1956 – das daneben ist ein Bugatti 57 SC von 1938. Und der Grüne da ein DKW F8 aus den 40ern.“

Oleg blieb vor einem knallrot lackierten Wagen mit endlos langer Kühlerhaube stehen. „Krass! Den hier kenne ich! Das ist ein Jaguar, stimmt's?

„Ein Jaguar E-Type“, nickte Maximilian. „Mit einer 3,8-Liter-Maschine; 1963 vom Band gelaufen. Dieser Wagen ist in vielen

Filmen zu sehen. In *Harold & Maud* sogar als umgebauter Leichenwagen. Vielleicht kennst du den Film?"

„Nie gehört."

„Das hätte mich auch überrascht. Ich schätze, der Film würde dir ohnehin nicht gefallen. Zu wenig Ballerei."

Oleg war trotz der Frotzelei schwer beeindruckt. „Woher weißt du so viel über Autos?"

„Von meinem Vater. Ihm haben sie gehört."

„Und jetzt?"

„Jetzt gehören sie mir", erwiderte Maximilian. Er wendete seinen Rollstuhl.

„Kein Wunder, dass du dich auskennst."

„Ich hasse Autos. Aber ich bin der Meinung, was einem gehört, sollte man auch kennen. Auf jeden Fall will ich sie nicht länger hier rumstehen haben. Ich habe vor, die gesamte Sammlung nächsten Monat versteigern zu lassen!"

„Bist du etwa pleite?" Oleg horchte sofort auf.

„Nein, ich will sie in guten Händen wissen. Das Geld ist mir egal."

Oleg atmete beruhigt auf. Es wäre auch zu blöd gewesen, wenn er umsonst den Sklaven spielte.

Er folgte dem Jungen aus dem Schuppen hinaus ins Freie.

„Dort hinten findest du alles, was du zum Saubermachen brauchst." Maximilian drehte seinen Rollstuhl so, dass er in die Richtung der Hütte blickte, die unter den üppig wuchernden Büschen zu verschwinden drohte.

„Und was ist da drin?" Oleg deutete über den Platz hinweg auf das große Gebäude. Es war aus Stein und seine ausladenden Werkstattscheiben waren von innen geschwärzt.

„Dort drin ist nichts!", fuhr ihn Maximilian schroff an. „Jedenfalls nichts, was dich etwas anginge! Also halte dich davon fern!"

Die Heftigkeit überraschte Oleg.

„Ja, ja, schon klar!", ätzte er. „Kein Eintritt für den Pöbel ohne Karte!"

Maximilian überhörte seine Bemerkung. „Wenn du noch Fragen hast, wende dich an Maurice. Er ist drüben im Haus!"

Danach rollte er ohne ein weiteres Wort davon. Oleg sah ihm nach, dann wanderte sein Blick hinüber zu dem Gebäude mit den geschwärzten Scheiben. Was immer sich dort drinnen befand, war zweifellos wertvoll. Jedenfalls schien der Junge an diesem Punkt keinen Spaß zu verstehen, und darum beschloss er, auf die passende Gelegenheit zu warten. Er würde schon herauszufinden, was sich in dem Steingebäude verbarg. Dann machte er sich an die Arbeit.

15

Als er aus dem Nachtbus sprang, konnte Oleg das Wummern der Bässe bereits hören. Er nahm die Abkürzung über den unbeleuchteten Sportplatz, wo er mal für einige Zeit im Verein Fußball gespielt hatte, und lief in das angrenzende Gewerbegebiet. Als er auf dem Parkplatz des Möbelhauses ankam, war die Open-Air-Party bereits im vollen Gange. Aus den Autos dröhnte Musik, überall standen Jugendliche in Trauben zusammen. Die meisten hielten Bierflaschen oder Energydrinks in den Händen, andere rauchten. Oleg brauchte nicht lange, bis er Digger ausgemacht hatte. Er befand sich in einem Grüppchen, das gerade einen aufgemotzten Mitsubishi bestaunte. Offenbar wollte sein Besitzer bei dem ersten Rennen des Abends antreten, sobald ein ebenbürtiger Herausforderer aufkreuzte. Oleg tippte Digger von hinten auf die Schulter.

„Ihr Penner hättet wenigstens auf mich warten können!“, beschwerte er sich. „Jetzt musste ich die Bahn nehmen.“

„Ey, Kleiner!“, begrüßte ihn Digger. „Alles steif?“

Er nahm einen Schluck aus seiner Bierflasche.

„Nenn mich nicht Kleiner!“, erwiderte Oleg. „Weißt du, wo mein Bruder ist?“

„Mark?“

Oleg stöhnte genervt. „Bist du schon besoffen? Ich habe nur einen Bruder!“

Digger deutete mit der Flasche quer über den schwach beleuchteten Parkplatz. Mark stand abseits der Menge und unterhielt sich mit einem Bodybuildertyp in knallweißen Sneakers. Sie schienen sich zu streiten.

„Was geht da ab?", wollte er wissen.

„Was weiß ich? Irgendein Stress, schätze ich. Frag deinen Bruder!"

In diesem Moment erschien unter großem Gejohle ein ebenbürtiger Gegner für den Mitsubishi. Ein gelb lackierter Kleinwagen, dessen Kotflügel derart verbreitert waren, dass das ganze Auto wie ein aufgeblähter Frosch aussah. Sein Fahrer war zur Verblüffung aller Anwesenden ein Mädchen. Ein unverschämt hübsches sogar, wie Oleg gleich bemerkte.

„Wo hast du dich die ganze Zeit rumgetrieben?"

Oleg sah überrascht zur Seite. Mark stand plötzlich neben ihm und machte ein grimmiges Gesicht. Er hatte seinen Streit offenbar beendet, denn der Schlägertyp mit den affigen Schuhen und den gegelten Haaren war nirgends zu entdecken.

„Was wollte der Typ von dir?", hakte Oleg nach.

Sein Bruder war ziemlich übel gelaunt.

„Ich wüsste nicht, was dich das angeht. Halt dich einfach raus, okay?"

„Wenn ich nicht weiß, um was es geht, kann ich mich auch nicht raushalten …"

Mark kniff die Augen zusammen. „Machst du jetzt einen auf oberschlau oder was? Warst etwa wieder bei diesem Bonzenjungen? Ich habe dich gewarnt: Du reitest uns alle in die Scheiße!"

„Ach, nee! Du scheinst ja schon mittendrin zu stecken! Was war das für ein Typ? Gehört der zu Ahmed?"

„Ich habe dir gesagt, halt dich raus!" Sein Bruder hielt ihm die Faust unter die Nase, dann stampfte er wütend davon.

„Was ist denn mit *dem* los?", erkundigte sich Oleg besorgt.

„Kein Kommentar", entgegnete Digger und wechselte das Thema: „Sag mal, stimmt das?"

„Was soll stimmen?"

„Dass die, die dich geschnappt haben, ein alter Sack und ein Krüppel im Rollstuhl waren?"

„Wer sagt so etwas?", wich Oleg aus.

Das war genau das tödliche Gequatsche, das er befürchtet hatte.

„Mark hat mir alles erzählt. Außerdem soll dir dieser Junge einen Job angeboten haben."

Oleg war froh, dass er in dieser Sekunde Jana entdeckte. Sie unterhielt sich mit zwei Freundinnen an der abgesteckten Rennstrecke, die bis zum Ende des Parkplatzes reichte. Vermutlich war sie gerade erst gekommen, denn bei seiner Ankunft hatte er sie nicht bemerkt.

Obwohl er sofort nach ihr Ausschau gehalten hatte.

„Wir sehen uns nachher!", sagte er und ließ Digger kurzerhand stehen.

Jetzt oder nie! Eine ungeahnte Zuversicht packte Oleg. Er konnte es gar nicht erwarten, mit Jana zu reden, doch während er auf die Mädchengruppe zusteuerte, wurde er stetig langsamer. Seine Beine fühlten sich auf einmal so an, als wären sie aus Blei. Gleichzeitig begann das Blut in seinen Ohren zu pochen, und als er die Mädchen fast erreicht hatte, schwenkte er im letzten Moment ab. Er ging an ihnen vorbei und mischte sich ein paar Meter weiter unter die Jugendlichen an der provisorischen Rennstrecke. Dann schielte er verstohlen zu seiner Traumfrau und ihren Begleiterinnen hinüber. Am liebsten hätte er sich selbst rechts und links geohrfeigt, aber er traute sich nicht. Hier kannten ihn einfach zu viele Leute. Und warum mussten diese anderen Tussis auch wie Kletten an Jana hängen?

Alles war viel einfacher gewesen, als sie sich spontan in dem Fast-Food-Laden unterhalten hatten.

Plötzlich winkte Jana in seine Richtung. Sie hatte ihn entdeckt! Ihm wurde schlagartig heiß und kalt. Nun blieb ihm nichts anderes übrig, als extrem lässig zurückzuwinken. Zum Glück lenkten die aufheulenden Motoren die Aufmerksamkeit in diesem Augenblick auf den bevorstehenden Wettkampf. Je lauter die Motoren jaulten, desto lauter wurden die Anfeuerungsrufe der Zuschauer.

Die Fahrer standen unterdessen auf der Bremse und jagten ihre Maschinen in immer höhere Drehzahlen. Die erhitzten Reifen begannen zu qualmen und der Gestank von verbranntem Gummi legte sich über den Parkplatz. Sekunden später rasten die Wagen los. Wer am Ende das Rennen gewann, konnte Oleg nicht einmal sagen, weil er unentwegt zu Jana hinüberschaute. Sie hatte sich wieder von ihm abgewandt und jubelte begeistert mit. Offenbar hatte ihr Favorit gewonnen.

Als sich die Menge wieder zerstreute, holte Oleg tief Luft. So konnte es nicht weitergehen. Wenn er sich ständig ins Hemd machte, sobald er Saschas Schwester auch nur von Weitem sah, würde er nie herausfinden, ob er eine Chance hatte. Aber allein der Gedanke, er könnte vielleicht etwas Falsches sagen, ließ ihn vor Scham im Boden versinken. Wie sein Bruder das anstellte, war ihm ein ewiges Rätsel. Die Mädchen waren verrückt nach ihm, ständig hatte er eine neue Schnitte um den Hals hängen. Das war einfach ungerecht, und je länger Oleg darüber nachdachte, desto mehr ärgerte er sich – über Mark und über sich selbst. Also kratzte er seinen ganzen Mut zusammen und schlenderte mit klopfendem Herzen zu Jana und ihren Freundinnen hinüber.

„Äh … bist du auch hier?"

In der Sekunde, in der ihm die Worte über die Lippen gerutscht waren, wurde ihm bewusst, was für einen Schwachsinn er da von sich gab.

Jana wandte sich verwundert um.

„Ach, hi", lachte sie ihn an. „Hast du mich vorhin nicht erkannt? Ich hab dir zugewunken."

Ihre Freundinnen musterten Marks kleinen Bruder mit unverhohlener Neugier, was die Sache auf der Peinlichkeitsskala endgültig in schwindelnde Höhen trieb.

„Äh, hast du mal Zeit?", fragte Oleg. Seine Ohren glühten.

„Jetzt sofort?" Jana wirkte überrascht. „Kann das nicht warten?"

Oleg knetete seine Finger und schüttelte den Kopf.

„Um was geht's denn?", erkundigte sich Jana.

Die Hälse ihrer Freundinnen wurden länger und länger, ihre Ohren scheinbar immer größer.

Oleg trat von einem Fuß auf den anderen. „Können wir das kurz allein klären?", nuschelte er.

Jana zögerte, aber schließlich nickte sie. „Komm mit", sagte sie, während sie ihren kichernden Freundinnen zuzwinkerte. „Ich bin gespannt, was es sooo Wichtiges gibt!"

Wenn sich die Möglichkeit geboten hätte, Oleg hätte sich auf der Stelle auf einen anderen Planeten gebeamt. So aber schlitterte er unaufhaltsam weiter auf den Abgrund zu. Eigentlich hatte er geplant, Jana zu fragen, ob sie nicht einmal mit ihm ausgehen würde, doch er hatte es voll verbockt. Was sollte er ihr jetzt sagen?

„Das ist hoffentlich weit genug", stellte Jana amüsiert fest, nachdem sie Oleg fast bis ans Parkplatzende gefolgt war. Ihre Freundinnen sahen feixend zu ihnen hinüber. „Also, was gibt's?"

Fuck, gute Frage! „Äh, es ist wegen unserem Geschäft gestern …", improvisierte Oleg.

„Du meinst wegen dem Laptop?"

Oleg nickte schnell.

„Was ist damit?", wollte Jana wissen.

„Äh, ich wollte die Sache nur klarmachen. Ich schulde dir noch was."

Oleg zog das Geld aus der Hosentasche, das er tagsüber verdient hatte.

Jana machte große Augen. „Hast du eine Bank überfallen?"

„Nein, ich habe nur einen neuen Job. Seit heute." Oleg versuchte, so lässig wie möglich zu klingen. Vielleicht ging doch noch was! Betont langsam zählte er die Scheine ab. „Hier sind zweihundert. Fehlen also noch siebzig."

Eigentlich hatte er nur hundert Euro begleichen wollen, damit er nicht sofort wieder pleite war, aber zweihundert fühlten sich entschieden großartiger an.

Jana nahm das Geld immer noch ungläubig in Empfang. „Das scheint ja ein Spitzenjob zu sein, wenn du an einem Tag so viel verdienst."

„Ist ganz okay", winkte Oleg ab. „Aber das ist erst der Anfang."

„Der Anfang?" Janas Blick war jetzt nicht mehr spöttisch, sondern sie musterte ihn aufmerksam. Oleg biss sich auf die Zunge. Es war besser, ihr nichts von dem stinkreichen Jungen und seinem Vorhaben zu erzählen. Vielleicht würde er das tun, wenn die Sache vorbei war.

„Bald bin ich weg", sagte er nur. „Nach Australien."

„Was willst du denn in Australien?", gluckste Jana, während sie das Geld in ihre knallgrüne Handtasche stopfte. „Soweit ich weiß, gibt es da nur Kängurus!"

„Quatsch", erwiderte Oleg beleidigt. „Australien, da bist du frei und kannst machen, was du willst. Weil da nämlich unendlich viel Platz ist und die Leute alle ihr eigenes Ding machen und keiner den anderen mit seinem Kram nervt."

„Ach, und woher weißt du das?", fiel ihm Jana ins Wort.

„Von meinem Bruder."

„Ah, ich verstehe! Dann war dein Bruder also schon mal in Australien …" Ihr Mund hatte jetzt wieder diesen überlegenen Zug. Wie im Restaurant, als sie ihn gefragt hatte, ob er Marks kleiner Bruder sei. Oleg blickte sie irritiert an.

„Nein", erklärte er schnell. „Aber er weiß trotzdem alles über dieses Land. Er hat jede Menge im Internet gelesen. Wenn wir da sind, werden wir vielleicht eine Autowerkstatt aufmachen!"

Das entsprach sogar der Wahrheit. Sein Bruder und Digger hatten sich die Sache mit der Werkstatt oft genug ausgemalt. Allerdings war nie die Rede davon gewesen, dass er mit von der Partie war.

Jana rümpfte die Nase. „Dein Bruder scheint sich wirklich nur für Autos zu interessieren", meinte sie in einem komischen Ton. „Schade eigentlich."

Mist, warum ging es jetzt überhaupt um Mark? Oleg fluchte innerlich. Offenbar sah Jana in ihm noch immer „den kleinen Bruder". Als er gerade ansetzen wollte, ihr mehr von *seinen* genialen Plänen zu erzählen, kreuzte der Bodybuildertyp mit den blendend weißen Sneakers auf. Es war der gleiche Kerl, mit dem sich sein Bruder zuvor gestritten hatte.

Er nahm Jana ungefragt in den Arm. Sein Bizeps war wirklich beeindruckend.

„Hallo, Baby!", dröhnte er. „Ich habe dich vermisst!"

Oleg starrte die beiden nur geschockt an. Jana wehrte sich nicht einmal im Ansatz gegen die unverschämte Umarmung.

„Wer ist das?", wollte der Typ von ihr wissen.

„Das ist Marks kleiner Bruder. Lass ihn!"

Shit! Oleg rutschte das Herz endgültig unter die Gürtellinie. Der Typ fixierte ihn, als sei er ein ekelerregendes Insekt.

„Du kannst deinem Bruder ausrichten, dass er mir nicht in die Quere kommen soll! Sonst breche ich ihm alle Knochen!"

Er rammte Oleg den Zeigefinger auf die Brust, dann wandte er sich an Jana, die er immer noch fest umschlungen hielt: „Ich habe dich überall gesucht."

Es klang irgendwie drohend.

„Oleg und ich mussten kurz was besprechen", verteidigte sich Jana ein wenig zu hastig, wie Oleg fand. „Wir kennen uns schon länger."

„Und was hattet ihr zu besprechen, wenn ich fragen darf?"

Jana zögerte. Es war offensichtlich, dass sie ihm nicht die Wahrheit sagen wollte.

„Ich habe sie nur gefragt, ob sie mir einen Job besorgen kann", sprang ihr Oleg zur Seite. „In dem Laden, in dem sie arbeitet. Ich dachte, sie könnte bei dem Manager vielleicht ein gutes Wort für mich einlegen. Mehr war nicht, okay?"

Oleg staunte über sich selbst, aber Wut und Enttäuschung verliehen ihm ungeahnten Mut.

Der Muskelberg starrte ihn an, als würde er ihm jeden Moment ein Messer ins Herz rammen, aber Oleg hielt dem Blick tapfer stand. Schließlich verlor der Typ von einer Sekunde zur anderen das Interesse.

„Lass uns hier abhauen, Baby!“, sagte er und gab Jana einen Klaps auf den Hintern. „Ich habe noch was vor!“

Dann zog er Jana wie eine willenlose Puppe mit sich fort. Sie verabschiedete sich nicht einmal.

Oleg sah den beiden nach und beobachtete, wie der Kerl sie in einen nagelneuen Sportwagen setzte und mit ihr davonbrauste. Er war völlig durcheinander. Was hatte der Schlägertyp mit seinem Bruder zu schaffen? Und weshalb verheimlichte Jana ihm die Sache mit dem Laptop?

Für einen kurzen Moment war Oleg versucht, nach seinem Bruder zu suchen und ihn einfach zu fragen. Aber vielleicht war das auch keine gute Idee, denn Mark war garantiert noch sauer, weil er den Job bei dem Krüppel angenommen hatte.

Also ging er ihm besser aus dem Weg, bis sein Plan hieb- und stichfest war. Er drängte sich durch die Jugendlichen, die erneut Aufstellung an der improvisierten Rennstrecke nahmen. Dem Motorengeheul nach zu urteilen, stand das nächste Kräftemessen kurz bevor, und als Oleg die Parkplatzparty verließ, begleiteten ihn das Johlen der begeisterten Menge und das Wummern der Bässe noch weit in die Nacht hinaus.

16

Am nächsten Morgen war Oleg früh auf den Beinen. Sein Bruder schlief noch, wie er dem Schnarchen entnehmen konnte, das durch die geschlossene Zimmertür drang. Das Sofa im Wohnzimmer hingegen war leer. Sein Vater war von der Nachtschicht also noch nicht zurück. Oder er war beim Frühschoppen, immerhin war Monatsanfang.

Sofort begann Oleg damit, die Verstecke seines Vaters zu filzen, und wurde schnell fündig. Diesmal steckten die Scheine in den Büchern, die seiner Mutter gehörten und in der Schrankwand verstaubten, als würden sie auf die Heimkehr ihrer Besitzerin warten. Auf eine Heimkehr, die es nie geben würde.

Das nicht besonders originelle Versteck passte zu seinem Vater. Er war eben ein unverbesserlicher Spießer, der es nicht anders verdient hatte. Abgesehen davon schien es ihm ohnehin egal zu sein. Er wusste bestimmt, dass Mark und Oleg ihn abzockten, aber solange er genug zu trinken hatte, um auf dem Sofa in Selbstmitleid zu baden, kümmerte es ihn einen Dreck.

Oleg steckte einen Fünfziger ein, legte die restlichen Scheine zurück zwischen die Buchseiten und verließ eilig die Wohnung. Zwei U-Bahn-Schwarzfahrten später lief er über den Kiesweg auf die alte Villa zu. Diesmal war es der weißhaarige Butler, der ihn auf der Säulentreppe erwartete.

„Ey, Mann!“, grüßte Oleg gut gelaunt. „Wo ist der Krüppel? Pennt er noch oder ist er gerade ’ne Runde joggen?“

Der alte Butler räusperte sich, ohne eine Miene zu verziehen.

„Man hat mir aufgetragen, Sie zu begleiten“, näselte er. Es fiel ihm sichtlich schwer, Haltung zu bewahren.

„Den Autoschuppen finde ich auch allein“, winkte Oleg ab. „Ich brauch keinen Babysitter. Also bis nachher!“

Dann machte er sich an die Arbeit. Am Tag zuvor hatte er bereits einige Oldtimer geschafft. Er hatte sie von der zentimeterdicken Schicht aus Staub und Spinnweben befreit, er hatte die Polster und die Armaturen gereinigt und den Lack auf Hochglanz poliert. Wenn er in diesem Tempo weitermachte, würde er bald fertig werden. Und das machte ihm Sorgen. Nicht nur, weil er mehr Zeit brauchte, um den Safe zu finden und die Kombination herauszubekommen.

Nein, die Arbeit machte ihm ganz einfach Spaß. Auch wenn er anfangs noch geflucht hatte, weil ihm die Spinnweben die Haare verklebten und der Staub ihm in den Augen brannte. Doch als er den ersten Wagen in einen halbwegs akzeptablen Zustand versetzt hatte, hatte er sogar so etwas wie Stolz empfunden. Beim nächsten Wagen hatte er schon damit begonnen, auf die Details zu achten. Da war der ranzige Geruch der alten Ledersitze, die geschwungenen Formen der Karosserie, die, wenn man beim Polieren darüberstrich, ein ungeahntes Wonnegefühl bereiteten, oder der prächtige Lack, der durch seine Mühen in neuem Glanz erstrahlte.

Mittlerweile ertappte Oleg sich dabei, dass er sich überlegte, welches der kostbaren Autos sein Liebling war. Bislang war sein Favorit der weinrote Ford Mustang hinten links. Die bullige Form und seine kraftstrotzende Maschine waren unschlagbar, und was dem Ganzen die Krone aufsetzte, war das mit Nieten beschlagene Holzlenkrad. So etwas hatte er noch nie zuvor gesehen. Mit so einem Geschoss bei der nächsten Party vorzufahren, musste der Hammer sein.

Auf der anderen Seite fragte er sich nicht zum ersten Mal, warum der Krüppel ihn überhaupt an seine Schätze ließ und ihm dafür auch noch so viel bezahlte. Es wäre ein Leichtes gewesen, jemand anderen aufzutreiben, ohne Frage war das sogar billiger. Ein einziger Anruf beim Jobcenter hätte genügt und die Leute hätten Schlange gestanden.

Er nahm sich vor, dem Jungen bei der nächsten Gelegenheit genauer auf den Zahn zu fühlen. Außerdem beschloss er, langsamer zu machen, da er sonst zu schnell fertig sein würde. Und das bedeutete nicht nur weniger Geld. Er brauchte Zeit, um seinen Plan in die Tat umzusetzen. Sonst würde diese einmalige Gelegenheit ungenutzt an ihm vorüberziehen, und Australien würde für seinen Bruder und ihn wieder das, was es bislang gewesen war: ein Land am anderen Ende der Welt und ein unerreichbarer Traum. Also legte Oleg die Lappen und Sprühflaschen wieder beiseite, und nachdem er sich vergewissert hatte, dass die Luft rein war, stahl er sich aus dem Schuppen.

Es war fast Mittag und in den Bäumen um ihn herum zwitscherten die Vögel. Ansonsten war es so still wie auf einem Friedhof, niemand war zu sehen. Ein günstiger Zeitpunkt, um die Werkstatt mit den geschwärzten Scheiben näher in Augenschein zu nehmen, beschloss Oleg. Schließlich musste er wissen, was der Krüppel dort drinnen verbarg und warum er so viel Geschrei darum machte.

Also überquerte Oleg den Vorplatz und rüttelte an dem grauen Stahltor. Es war erwartungsgemäß verschlossen. Dann versuchte er, einen Blick durch die Fenster zu werfen, aber wer auch immer die

Scheiben von innen mit Farbe zugeschmiert hatte, hatte ganze Arbeit geleistet. Nirgendwo fand sich eine Stelle, durch die man hindurchsehen konnte. Auch als er das Steingebäude umrundete, fand er keine Möglichkeit, auch nur einen Blick in das Innere zu werfen.

Am Ende gab er frustriert auf. Er würde einen anderen Weg finden müssen, um hinter das Geheimnis des Krüppels zu kommen. Die passende Gelegenheit würde sich schon ergeben. Also nahm er sich erst einmal den angrenzenden Schuppen vor. Er gehörte offenbar dem Gärtner, denn die hier aufbewahrten, fein säuberlich geordneten Gartengeräte hätten jeden Baumarkt vor Neid erblassen lassen. Sogar ein futuristisch wirkender Rasentraktor samt Anhänger stand in dem Schuppen.

Wie von selbst fiel Olegs Blick auf den Schlüssel im Zündschloss. Die Versuchung war einfach zu groß. Er kletterte auf den Sitz des Traktors und studierte interessiert die diversen Schalter und Knöpfe. Dann drehte er den Zündschlüssel in die Startposition. Eigentlich hatte er erwartet, dass der Traktor mit einem Blubbern zum Leben erwachte und ihn in eine Abgaswolke hüllte, aber nichts dergleichen geschah. Lediglich eine sanfte Vibration und ein kaum wahrnehmbares Summen ließen erkennen, dass der Motor überhaupt angesprungen war. Das Ungetüm wurde elektrisch angetrieben! Oleg hatte gar nicht gewusst, dass es so etwas überhaupt zu kaufen gab.

Er suchte die richtige Sitzposition und tippte versuchsweise auf das Gaspedal. Nur ganz leicht, aber es reichte aus, um den Rasentraktor wie eine Rakete lospreschen zu lassen. Er räumte die aufgehängten Harken, Schaufeln und Heckenscheren beiseite und am Ende durchbrach er krachend die hölzerne Schuppenwand. Oleg konnte gerade noch den Kopf einziehen, und als er im Freien zum

Stehen kam, schüttelte er sich die Holzsplitter aus den Haaren. In der Wand des Schuppens klaffte ein riesiges Loch! Ein breites Grinsen schlich sich in Olegs Gesicht. Dieses Spießer-Spielzeug ging ab wie die Hölle! Nachdem er sich mit der Bremse vertraut gemacht hatte, legte er auf dem gepflasterten Vorplatz eine erste Proberunde hin. Schnell hatte er den Bogen raus und von nun an gab es kein Halten mehr. Die Kreise wurden immer enger, die Kurven immer waghalsiger. Einmal gelang ihm sogar ein Turn auf zwei Rädern. Oleg jubelte und war derart in seine Fahrmanöver vertieft, dass er die Ankunft des Jungen gar nicht bemerkte.

„*Stopp!*“, brüllte Maximilian, während er ihm den Weg abschnitt.

Oleg kam mit einem eleganten Schlenker neben dem Rollstuhl zum Stehen. Begeistert beugte er sich hinab: „Das Gerät ist affengeil, sag ich dir! Willst du mal tauschen?“

Der Junge trug einen Jogginganzug mit Bügelfalte und schnappte hörbar nach Luft. Oleg befürchtete bereits einen erneuten Anfall, aber der Krüppel funkelte ihn nur wütend an. Sein Blick wanderte hinüber zu dem demolierten Schuppen und wieder zurück.

Oleg setzte seine Unschuldsmiene auf.

„Das war nur ein Unfall“, erklärte er. „Ich hatte keine Ahnung, dass dieses Geschoss hier so viel Power hat.“

Er strich anerkennend über das Lenkrad. Zu seiner Überraschung ließ der Junge es darauf beruhen.

„Was ist mit den Oldtimern?“, wollte er stattdessen wissen.

„Ich wollte nur mal ’ne Pause machen, so wie jeder normale Sklave. Bis morgen Abend habe ich vielleicht die Hälfte geschafft.“

„Sehr schön!“, erwiderte Maximilian. „In dem Fall kann ich Maurice also darum bitten, sich um die Versteigerung zu kümmern.“

„Warum willst du die Autos überhaupt verkaufen?", fragte Oleg und wunderte sich insgeheim, dass der Krüppel kein weiteres Wort über den Schuppen verlor. „Die Kisten sind wirklich klasse und was willst du mit der Kohle? Du hast doch genug in deinem Safe!"

„Woher weißt *du*, was in meinen Safe ist?", erkundigte sich Maximilian. Er wurde sofort misstrauisch.

„Nur so eine Vermutung", erwiderte Oleg schnell. „Mehr nicht. Also: Warum willst du die Kisten verscherbeln?"

„Ich interessiere mich nicht für Autos und solche Dinge."

„Das ist wirklich jammerschade", sagte Oleg mit mitleidiger Miene. „Ich wollte dir nämlich ein kleines Rennen vorschlagen."

„Ein Rennen?"

„Deine Krüppelkutsche gegen den Rasenmäher hier ..."

Maximilian runzelte die Stirn. „Das ist nicht dein Ernst, oder?"

„Warum nicht? Was ist gegen ein bisschen Spaß einzuwenden? Du siehst nicht gerade so aus, als hättest du besonders viel davon."

Das kapierte er sowieso schon die ganze Zeit nicht. Wenn ihm das alles gehören würde, hätte er jede Menge Spaß. Er würde bis an sein Lebensende darin baden! Der Junge schien hingegen ein echter Depri-Typ zu sein. Umso erstaunlicher war, dass er jetzt tatsächlich zögerte.

„Du denkst also, du könntest meine ‚Krüppelkutsche' in einem Wettrennen schlagen", meinte er pikiert. Dann rümpfte er die Nase. „Leider muss ich dich fairerweise darauf hinweisen, dass dieser Rollstuhl eine Spezialanfertigung ist."

„Krüppelkutsche bleibt Krüppelkutsche ..."

Maximilians Unterkiefer klappte auf und zu. Jetzt hab ich ihn!, dachte Oleg. Und tatsächlich setzte sich der Junge umständlich in seinem Rollstuhl zurecht.

„Welche Strecke schlägst du vor?“, fragte er steif.

„Einmal rund ums Haus. Wer zuerst wieder hier ist, hat gewonnen!“

„Wenn ich gewinne, ziehe ich dir den kaputten Schuppen und die Beulen an dem Traktor von deinem Lohn ab! Verlass dich drauf!“

Verdammter Geizkragen! Oleg verschränkte die Finger ineinander und knackte mit den Gelenken. Das Rennen würde er auf keinen Fall verlieren. Nicht auf dieser Höllenmaschine von Rasentraktor. Doch während er noch mit seinen Vorbereitungen beschäftigt war, raste der Rollstuhl bereits los, ohne dass jemand ein Startzeichen gegeben hätte. Oleg fluchte und trat das Gaspedal bis zum Anschlag durch, trotzdem hatte er Mühe, den Anschluss nicht zu verlieren. Sein Kontrahent schlängelte sich mit seinem Rollstuhl gekonnt durch die Blumenbeete, und das in einem Tempo, dass einem schwindelig wurde. Dieser Rollstuhl war tatsächlich eine Spezialanfertigung und sein Besitzer fuhr die Strecke ganz sicher nicht zum ersten Mal. Oleg gelang es zwar aufzuholen, dennoch schaffte er es nicht, zu überholen oder den Jungen gar abzuhängen. Verdammt, der Krüppel konnte mit diesem frisierten Rollstuhl echt umgehen. Zudem hatte er zum ersten Mal sein vornehmes Getue abgelegt. Stattdessen brüllte er vor Begeisterung und schnitt Oleg mehr als einmal übel den Weg ab. Der wiederum versuchte, alles aus seinem Gefährt herauszuholen, was möglich war. Das Rennen ging über Stock und Stein, und als sie auf der Rückseite der Villa den Swimmingpool umkurvten, passierte es: Ein Rad des Traktors touchierte den Reifen des Jungen. Der Rollstuhl überschlug sich und sein Fahrer wurde im hohen Bogen in den Pool katapultiert.

17

Oleg brachte den Traktor schleudernd zum Stehen. Konnten Krüppel schwimmen? – das war sein erster Gedanke. Er sprang von Sitz und rannte zurück zum Pool. Der Junge klammerte sich prustend an die Sprossen der Metallleiter. Seine nassen Haare klebten ihm wirr auf der Stirn, doch dann erschien ein Strahlen auf seinem geröteten Gesicht.

„Das war absolut geil!“, hustete er. „Das müssen wir unbedingt noch mal machen! Aber dann gebe ich dir einen Vorsprung!“

Oleg glaubte, sich verhört zu haben. Der Krüppel konnte also doch wie ein normaler Mensch reden. Nun musste auch er grinsen.

„Rasenmäher gegen Rollstuhl – das geht garantiert in die Geschichte des Rennsports ein!“, witzelte er. „Zu blöd, dass wir kein Video davon haben. Wäre garantiert ein Hit auf YouTube!“

„Und ich habe gewonnen!“, ergänzte Maximilian, während er im Wasser hing. „Du bist wegen unsportlichen Verhaltens disqualifiziert!“

„Ey, stopp! Du hast mich abgedrängt! Der Crash geht eindeutig auf deine Kappe!“

Er reichte dem Jungen die Hand und zog ihn aus dem Wasser, wobei er sich gewaltig ins Zeug legen musste. Als er ihn endlich auf dem Trockenen hatte, ließ er sich neben ihm auf den gekachelten Beckenrand sinken. Er streckte sich aus und verschränkte die Hände im Nacken. Dann sahen sie gemeinsam in den Himmel.

„Was ist das für eine hässliche Brandnarbe?", wollte Maximilian mit einem Mal wissen, während sie nebeneinanderlagen. Sein triefend nasser Jogginganzug klebte wie eine künstliche Haut an seinen dürren Beinen.

Oleg zuckte bei der Erwähnung seiner Narbe unmerklich zusammen. Offenbar war beim Herausziehen sein T-Shirt verrutscht und hatte die verunstaltete Körperseite freigelegt.

„Das geht dich nichts an", wich er aus.

„War das ein Unfall?"

„Ich sagte doch: Darüber will ich nicht reden!"

Maximilian drehte neugierig den Kopf zur Seite, dann sah er wieder in den makellos blauen Himmel.

„Auch gut!", meinte er. „Hauptsache, du bringst mich gleich wieder in meinen Stuhl."

Der Rollstuhl hatte die dekorativen, aber vermutlich nie benutzten Sonnenliegen in ihre Einzelteile zerlegt und war danach in einem Rosenbeet liegen geblieben. Abgesehen davon, dass er umgekippt war, schien er nicht beschädigt zu sein. Oleg streifte sich die durchnässten Turnschuhe von den Füßen und verschränkte die Hände im Nacken. Er genoss die warmen Sonnenstrahlen, die sein Gesicht kitzelten.

„Warum lässt du nicht den Opa antanzen, um dich in den Stuhl zu setzen?", schlug er vor. „Ich habe keinen Bock, mich hier abzurackern."

„Und wie, bitte schön, soll ich das machen, wenn ich hier herumliege? Soll ich vielleicht schreien?"

„Wieso nicht? Ich dachte, der alte Knacker passt auf dich auf."

„Das tut er auch! Verlass dich drauf! Aber ich mag es nun mal nicht, wenn mir unentwegt jemand im Nacken sitzt."

Darüber hatte sich Oleg noch nie Gedanken gemacht. Wenn man keine Beine mehr hatte, die richtig funktionierten, brauchte man für alles und jedes fremde Hilfe. Er kniff die Augen zusammen. Weit oben am Himmel zog eine Schar großer schwarz-weißer Vögel vorbei.

„Das sind Weißstörche", erklärte Maximilian. Er hatte die Vögel ebenfalls bemerkt. „Die ziehen bald los, um in Afrika zu überwintern."

„Beneidenswert."

„Stimmt."

Schweigend sahen sie den davonziehenden Vögeln hinterher.

„Mein Vater hat mir viel von Afrika erzählt", sagte Maximilian, nachdem sie aus ihrem Blickfeld verschwunden waren. „Sein Vater ist dort oft auf Großwildjagd gegangen. Fast jeden Winter."

„Ach so, dann stammen die Tierkadaver im Haus also von ihm", kombinierte Oleg.

„Diese *Kadaver* sind Jagdtrophäen!", stellte Maximilian erbost richtig. Er sah zur Seite und funkelte Oleg an, der dicht neben ihm lag. „Mein Großvater war nämlich ein exzellenter Jäger! So wie mein Vater auch! Aber ich vermute, davon verstehst du nichts."

„Aber dein Alter hat dich nie mitgenommen", stellte Oleg nüchtern fest. „Nach Afrika, meine ich."

„Nein. Hat er nicht."

Sie schwiegen weiter und starrten gemeinsam in das endlose Blau über ihnen. Hinter der Grundstücksmauer pfiff ein Zug, ansonsten herrschte eine geradezu unheimliche Stille. Selbst die Vögel in den Bäumen waren verstummt.

„Wo sind eigentlich deine Eltern?", durchbrach Oleg das Schweigen. „Das ist doch nicht normal. Ich meine, wenn jemand so alt ist wie du und ihm alles gehört."

Maximilian neben ihm erwiderte erst nichts. Aber dann begann er zu Olegs Überraschung plötzlich doch zu reden.

„Das Flugzeug von meinem Onkel hatte einen Motorschaden. Es hat angefangen zu brennen und wir mussten notlanden", sagte er leise. „Meine Eltern waren sofort tot. Mein Onkel ebenso."

„Und was war mit dir?"

„Ich war eingeklemmt, darum habe ich manchmal diese Panikattacken. Nach dem Unfall haben die Ärzte dann monatelang vergeblich an mir herumgeflickt. Das Resultat liegt neben dir!"

Das klang schwer verbittert.

„Und jetzt?"

„Jetzt arbeite ich daran, dass ich wenigstens irgendwann einmal auf Krücken gehen kann. Meine Physiotherapeuten und die Ärzte behaupten, dass das möglich ist. Aber ich glaub nicht mehr dran. Ich spüre immer noch nichts in meinen Beinen. Und das seit fast drei Jahren."

Oleg kam nicht umhin, dem Jungen an seiner Seite einen gewissen Respekt zu zollen. Einen Flugzeugabsturz mitzumachen, war ziemlich krass. Das erklärte auch seine Panikattacke im Fahrstuhl. Vielleicht war es besser, das Thema zu wechseln.

„Weißt du, was ich mich die ganze Zeit über frage?", sagte er.

„Erstaunt mich, dass du dir überhaupt Fragen stellst …", frotzelte Maximilian.

„Du kannst mich mal!", entgegnete Oleg. „Nein, im Ernst: Warum hast du mir den Autojob gegeben?"

Er hatte die Warnungen seines Bruders nicht vergessen.

„Warum nicht?“, wich Maximilian aus. „Jemand muss die Arbeit schließlich machen und Maurice hat in letzter Zeit zunehmend Probleme mit seinem Herzen.“

Er stützte sich auf den Ellbogen und blickte hinüber zum Haus.

„Wo steckt er überhaupt?“, wunderte er sich. „Er müsste längst hier sein und herumzetern. Immerhin haben wir seinen heiligen Rasen malträtiert.“

Oleg folgte seinem Blick. Die Räder des Traktors hatten tiefe Furchen im Gras hinterlassen, während der Rollstuhl das Blumenbeet mehr oder weniger vernichtet hatte.

„Ich befürchte, du musst mir doch helfen“, fuhr der Junge fort. „Ich sehe keine andere Möglichkeit.“

„Kannste vergessen!“

„Willst du, dass ich zum Haus krieche?“

„Warum nicht?“

„Das ist unfair!“

„Die Welt ist nicht fair“, stellte Oleg verärgert klar. „Sonst müsste ich nicht für jemanden wie dich schuften.“

Er blieb stur. Autos auf Vordermann zu bringen, war eine Sache, den Krankenpfleger zu spielen eine ganz andere.

Maximilian murmelte etwas, das Oleg nicht verstand. Dann begann er damit, zu seinem Rollstuhl zu kriechen. Dazu zog er sich mit seinen Armen Zentimeter um Zentimeter vorwärts, wobei er seine Beine hinter sich herschleifte. Sein nasser Jogginganzug hinterließ auf den Kacheln eine feuchte Spur.

„Das ist ja nicht mit anzusehen!“, stöhnte Oleg. „Das ist Erpressung!“

Er stand auf und befreite den Rollstuhl aus dem Rosenbeet, was ihm natürlich etliche Dornenkratzer einbrachte. Anschließend packte er den Jungen unter den Achseln und wuchtete ihn in den Stuhl.

„Jetzt zufrieden?“, schimpfte er. „Jetzt bin ich noch nasser und auch noch zugeschrammt!“

„Wenn du willst, sage ich Maurice, er soll dir ein paar trockene Sachen raussuchen.“

„Nein, danke! Deine peinlichen Klamotten kannste behalten. Eher laufe ich nackt rum!“

Maximilian sah pikiert an sich hinab.

„Was hast du gegen meinen Jogginganzug? Der war teuer!“

„Der Anzug ist okay, aber die Bügelfalten sind ’n No-Go!“

Maximilian funkelte ihn wütend an.

„Geschmack kann man von Menschen wie dir eben nicht erwarten“, entschied er.

Dann startete er seinen Elektrostuhl und zockelte zum Haus. Oleg zögerte, aber dann ging er ihm nach. Die Gelegenheit, sich im Haus umsehen zu können, musste er nutzen. Also folgte er dem Jungen durch die offen stehende Terrassentür.

„Ey, wo steckst du?“, rief er. „Bist du beleidigt oder was?“

Oleg blickte sich um. Er befand sich in einer Art Wohnzimmer. Es war mit dunklen, schweren Möbeln vollgestopft und der abgewetzte Teppich unter seinen Füßen ließ seine ehemalige Pracht nur noch im Ansatz erahnen. Oleg rief erneut nach dem Jungen, und als er keine Antwort erhielt, begab er sich auf die Suche. Das heißt, er nutzte die Gelegenheit, um ein wenig herumzuschnüffeln und sich die Räumlichkeiten einzuprägen. Jedes Detail konnte für seinen Plan wichtig sein.

Nachdem er einige Räume erkundet hatte, fand er sich plötzlich in dem Bücherzimmer wieder, in dem das Porträt des unsympathischen Mannes über dem Kamin hing. Er hatte noch immer einen Gesichtsausdruck, als trachte er danach, jeden Eindringling mit seinem altmodischen Gehstock zu erdolchen. Als Oleg das Zimmer bereits wieder verlassen wollte, hielt er inne. Erst jetzt hatte er den Laptop unter dem vergitterten Sprossenfenster bemerkt. Er lag zugeklappt auf dem antiken Tisch, neben ihm die goldene Lesebrille des Jungen. Oleg horchte erneut, und als er weder das Surren des Elektrorollstuhls noch etwas anderes hören konnte, trat er schnell an das Fenster. Das grüne Lämpchen zeigte an, dass der Laptop eingeschaltet war. Er konnte sein Glück kaum fassen. Vielleicht hatte der Krüppel den Safecode ja auf seinem Rechner gespeichert.

Das würde auch erklären, warum er bei seinem Verlust so einen Mega-Aufstand gemacht hatte. Als Oleg den Computer aufklappte, erwachte der Bildschirm mit einer kurzen Verzögerung aus seinem Stand-by-Modus, und es erschien eine Textspalte. Offenbar war das ein alter Chat.

<Siegfried> *Und was willst du damit beweisen?*

<Monarch> *Dass ich recht habe! Diese asozialen Subjekte sind nicht wie wir.*

<Siegfried> *Dschungelcamp und Bushido helfen eben nicht viel beim Schulabschluss.*

<Monarch> *Stimmt. Er ist selbst schuld.*

<Siegfried> *Nimmt er Drogen?*

<Monarch> *K. A., aber so, wie er aussieht, kann ich es mir vorstellen.*

<Siegfried> *Wo hast du ihn aufgelesen?*

<Monarch> *Auf frischer Tat ertappt. Ist bei mir eingebrochen.*

<Siegfried> *Du solltest ihn wegsperren lassen!*

<**Monarch**> *Nein. Er hat eine Lektion verdient. Ich will ihm einen Denkzettel verpassen, den er nicht vergisst. Außerdem kann ich ihn gut gebrauchen.*

<**Siegfried**> *Wozu ‚brauchst' du einen drogensüchtigen Einbrecher?*

<**Monarch**> *Weil ich – sorry, muss Schluss machen. Glaube, er kommt gerade!*

Denkzettel? Drogensüchtiger Asozialer? Oleg spürte, wie die Narbe unter seiner Achsel zu jucken begann. Zornig klappte er den Computer zu. Diese miese Made! Er hatte doch gewusst, dass da was nicht stimmte. Mit geballten Fäusten stürmte er aus dem Bücherzimmer. Krüppel hin oder her – diesmal war dieser arrogante Kerl fällig!

„Wo bist du?", schrie er.

Als er im ersten Stock ein Geräusch hörte, nahm er die knarrende Holztreppe mit Riesensätzen. Kaum war er oben auf der Empore angekommen, prallte er zurück. Maurice lag röchelnd auf dem Boden und presste seine Hände auf den Brustkorb, während der Junge mit erstickter Stimme telefonierte: „Ja, Hausnummer 33 … Nein … Ja. Bitte beeilen Sie sich!"

Er beendete das Gespräch und ließ das Telefon sinken. In seinen Augen standen Tränen.

18

„Hallo, Oleg!“ Die Krankenschwester lächelte ihn über das Tablett hinweg an. „Schön, dich zu sehen! Ich habe dich letzten Dienstag vermisst.“

„Ich war beschäftigt“, wich Oleg aus. Sein schlechtes Gewissen war groß genug.

„Wie geht es ihr heute?“, erkundigte er sich stattdessen.

„So wie immer. Alles bestens.“

Schwester Ingrid bedachte ihn erneut mit einem aufmunternden Lächeln. Sie war schon älter und kein bisschen hübsch, aber dafür extrem nett. Er mochte ihre heitere, ruhige Art und wie sie mit ihren Patienten umging. Sie schien keinen Unterschied zu machen. Krank oder gesund – für sie waren alle gleich. Das imponierte ihm.

Schwester Ingrid hätte er sich gerne als Mutter gewünscht, und irgendwann hatte er sie mal gefragt, warum sie keine Kinder hatte. Aber da hatte sie nur verlegen gelacht und etwas von fehlender Zeit gefaselt. ‚Sein Leben kann man sich nicht aussuchen, aber man kann das Beste daraus machen!‘ – das waren ihre Worte gewesen. Aber im Grunde konnte Oleg sie verstehen. Wenn man jeden Tag von Irren und Verrückten umgeben war, verlor man bestimmt die Lust darauf, Kinder in die Welt zu setzen. Immerhin wusste man, was alles schieflaufen konnte.

„Deinen Bruder habe ich schon lange nicht mehr gesehen!“, sagte Schwester Ingrid mit einem mahnenden Unterton. „Was ist mit ihm?“

Oleg zuckte mit den Schultern und sah auf die Spitzen seiner Turnschuhe. Was sollte er schon sagen?

„Nun gut“, seufzte Schwester Ingrid. „Geh schon mal vor! Ich sehe gleich nach euch beiden.“

Sie zwinkerte ihm aufmunternd zu und eilte weiter. Oleg sah ihr so lange nach, bis sie um die Ecke gebogen war und das Schmatzen ihrer Korksandalen verstummte. Dann ging er mit eingezogenem Kopf los, immer in der Hoffnung, dass nirgendwo eine Tür offen stand. Oder jemand schrie.

Das Schreien war am schlimmsten. Das wurde man so schnell nicht wieder los. Als er endlich ohne besondere Vorkommnisse das Zimmer am Ende des grell beleuchteten Gangs erreicht hatte, fiel ihm ein Stein vom Herzen. Hastig und ohne anzuklopfen, schlüpfte er hinein.

„Hallo, Mama!“

Seine Mutter saß in ihrem Sessel und quetschte sich diese grässliche Stoffpuppe in den Schoß. Weil heute Freitag war, trug sie das Kleid mit dem blauen Blümchenmuster. Oleg hatte es früher einmal gemocht.

Als seine Mutter ihn bemerkte, blickte sie verstört von ihrer Puppe auf. Ihr verständnisloser Blick verriet ihm, dass sie ihn nicht sofort erkannte, weil sie vermutlich wieder unter Medikamenten stand.

Er zog einen Stuhl heran, um sich neben sie zu setzen. „Hast du deine Tabletten schon genommen?“, fragte er. Er hatte sich angewöhnt, lieber auf Nummer sicher zu gehen.

Seine Mutter drückte die Kinderpuppe und lächelte gequält.

„Wie geht es in der Schule?“, fragte sie.

„Alles Roger! Im Moment haben wir noch Sommerferien.“

Dass er nach den Ferien auf der Straße stand, weil man ihn von der Schule geworfen hatte, unterschlug er geflissentlich.

„Und wie geht es Mark und deinem Vater?“

„Ich soll dir schöne Grüße von Mark bestellen. Und von Papa auch.“

Das war natürlich gelogen, aber das machte nichts. Die Gesichtszüge seiner Mutter entspannten sich, und für einen kurzen Moment glimmte in ihren Augen ein Funke auf, der jedoch genauso schnell wieder erlosch. Mit einem Mal beugte sie sich zu ihm hinüber, sodass er ihren warmen Atem an seinem Ohr spürte.

„Sie waren wieder hier“, flüsterte seine Mutter ängstlich. „Um mich zu holen! Sie haben gesagt, ich bin böse. Aber das bin ich nicht, Oleg! Sag ihnen, dass ich nicht böse bin!“

Sie grub ihre Fingernägel in seinen Unterarm. Oleg biss die Zähne zusammen.

„Niemand sagt, dass du böse bist“, presste er hervor. „Du bist hier, weil du krank bist, okay? Böse ist etwas anderes!“

Er löste die Hand behutsam von seinem Arm und rieb sich die schmerzende Stelle. Die Fingernägel waren auf der nackten Haut deutlich zu erkennen. Seine Mutter schien indessen gar nicht bemerkt zu haben, dass sie ihm wehgetan hatte. Sie presste sich einfach nur wieder diese alberne Puppe in den Schoß und driftete ab. Das heißt, sie saß zwar noch immer zusammengesunken in ihrem Sessel und starrte ihn mit glasigen Augen an, aber in Wahrheit war sie ganz weit weg. Irgendwo am Rand des Universums in einer fremden Galaxie.

Oleg bemühte sich, seine Abscheu zu verbergen. Die Medikamente machten aus seiner Mutter einen willenlosen, sabbernden Zombie. Auf der anderen Seite waren sie ein Segen. Wie oft hatte er sich gewünscht, dass es diese kleinen blauen Pillen schon früher gegeben hätte. Bevor alles aus dem Ruder gelaufen war.

„Ich habe einen neuen Job", sagte er. „Ich restauriere Oldtimer. Nur für die Ferien, aber es ist supergut bezahlt."

Er wusste nicht, warum er seiner Mutter davon erzählte, aber erfahrungsgemäß war es das Beste, wenn er einfach redete. Er hatte zwar keinen blassen Schimmer, was durch den Tablettenschleier bis zu ihr durchdrang, aber es kam ihm so vor, als genieße sie seine Anwesenheit. Also brabbelte er einfach drauflos. Er erzählte seiner Mutter von dem Autojob und wie außergewöhnlich gut er dabei verdiente. Er beschrieb ihr den parkähnlichen Garten in allen erdenklichen Farben, ebenso wie die alte Villa mit den vielen Türmchen. Natürlich übertrieb er gewaltig und gelegentlich log er sogar, dass sich die Balken bogen. Aber was spielte das für eine Rolle? Seine Mutter entspannte sich merklich, wenn sie seine Stimme hörte, und wenn sie einen guten Tag hatte, erschien sogar ein zufriedener Ausdruck auf ihrem erschöpften Gesicht. Auf jeden Fall blickte sie sich nicht ständig panisch über die Schulter. Diesmal war es nicht anders. Als Oleg mit seinem Bericht fertig war, weil ihm einfach nichts mehr einfiel, was er noch hätte erzählen oder erfinden können, war seine Mutter in dem Sessel friedlich eingeschlummert.

Nachdem er noch ein paar Minuten still neben seiner leise schnarchenden Mutter gesessen hatte, schlich Oleg auf Zehenspitzen aus dem Zimmer. Als er die Klinik kurz darauf wieder verließ und den Besucherparkplatz überquerte, stach ihm der schwarze BMW mit den orange-roten Seitenstreifen sofort ins Auge. Er ging hinüber und klopfte an die Scheibe.

„Was machst du denn hier?", fragte er, nachdem das Fenster heruntergeglitten war.

„Nichts", erwiderte sein Bruder lapidar. „Ich habe dich reingehen sehen."

„Sitzt du etwa schon länger hier?"

Mark überging die Frage. „Komm, steig ein!"

Oleg zögerte, aber dann umrundete er den Wagen und nahm auf dem Beifahrersitz Platz.

„Warum kommst du nicht mit rein? Mama würde sich bestimmt freuen. So schlimm ist es auch wieder nicht."

„Niemand kriegt mich dazu, freiwillig eine Irrenanstalt zu betreten!", erwiderte Mark und startete den Motor.

„Man gewöhnt sich dran …", meinte Oleg.

„Mir reicht der Penner bei uns zu Hause!", erwiderte Mark verächtlich.

„Mama ist krank!", protestierte Oleg. „Und Papa kann nichts dafür. Wann kapierst du das endlich!"

Mark setzte, ohne zu antworten, aus der Parklücke.

„Ich versteh dich nicht", sagte Oleg. „Wir haben doch sonst niemanden."

„Wir haben uns!", widersprach sein Bruder. Er sah ihn an. „Es gibt niemanden! Wir sind allein – vergiss das nie!"

Er trat aufs Gaspedal. Nachdem er sich in den Verkehr eingefädelt hatte, was von wütendem Hupen kommentiert wurde, beruhigte er sich wieder.

„Erzähl mir lieber von dem Bonzenkrüppel", forderte er Oleg auf. „Warst du heute wieder bei ihm?"

„Erzähl *du* mir lieber erst, wer der Muskelprotz war!"

„Wen meinst du?" Mark war irritiert.

„Gestern Nacht. Das Rennen auf dem Parkplatz, schon vergessen? Was wollte der Typ von dir?"

„Das geht dich einen Scheiß an!", brummte Mark.

„Ist er Janas Freund?" Oleg biss sich auf die Zunge. Die Frage hatte er gar nicht stellen wollen, sie war ihm einfach rausgerutscht. Zum Glück zog Mark ihn nicht damit auf.

„Kann schon sein", wich er aus und überholte einen alten knatternden Opel. „Also: Was ist jetzt? Machst du dich für den Bonzenkrüppel noch immer zum Affen?"

„Und wenn schon!", gab Oleg beleidigt zurück. „Ich tu wenigstens was!"

„Ach nee! Und was, wenn ich fragen darf?"

„Ich versuch, uns hier rauszuholen! Aber du willst ja lieber weiterhin für Ahmed die Drecksarbeit machen!"

„Ey, jetzt werd bloß nicht frech!", drohte ihm Mark. „Abgesehen davon hast du nicht die geringste Ahnung, was abgeht! Also halt die Klappe!"

Oleg verschränkte trotzig die Arme vor der Brust. „Dann klär mich endlich auf! Immerhin bin ich dein Bruder. Du hast selbst gesagt, dass es nur uns beide gibt!"

Mark setzte den Blinker und wechselte schweigend die Spur.

19

„WAS – DU – WOLLEN – HIER?“ Die Frau mit dem geblümten Kopftuch und den buschigen Augenbrauen musterte Oleg argwöhnisch. Sie trug einen weißen Kittel und ihr massiger Körper füllte beinahe den gesamten Türrahmen.

„Äh …“, stammelte Oleg. Er hatte nicht damit gerechnet, einer wildfremden Frau gegenüberzustehen.

„Nix Bettler!“, beschied sie ihm mit erhobenem Zeigefinger. „Du verschwinden!“

„Schon gut!“, rief Maximilian von innen. „Sie können den ‚Bettler‘ hereinlassen! Ich erwarte ihn!“

Die Frau neigte zwar ihren Kopf, rührte sich aber nicht von der Stelle. Sie verstopfte weiterhin den Eingang. Oleg rechnete bereits damit, dass sie ihm die Tür vor der Nase zuknallen würde, aber dann machte sie doch den Weg frei. Das heißt, sie trat lediglich einen halben Schritt zur Seite, sodass er sich an ihr vorbeiquetschen musste. Er roch ihr schweres, süßliches Parfüm, spürte die Hitze ihres Körpers. Oleg beeilte sich, außer Reichweite zu kommen.

„Wo steckst du?“, rief er, sobald er im Haus war.

„Hier unten! In der Bibliothek!“

Als Oleg in das Bücherzimmer kam, schob Maximilian hastig etwas in das große Regal zurück. Gleichzeitig vollführte er mit dem Rollstuhl eine Drehung um hundertachtzig Grad. Oleg tat so, als hätte er nichts bemerkt. Stattdessen versuchte er, sich die Stelle im Bücherregal einzuprägen, an der der Junge etwas vor ihm versteckte.

„Wer war denn dieses Ungeheuer da draußen?“, wollte er wissen. „Die hat ja Haare auf den Beinen. Zum Fürchten!“

„Das ist Maria.“ Maximilian surrte auf ihn zu. „Sie kümmert sich um mich, solange Maurice ausfällt.“

„Und woher bekommt man solche Nilpferde?“

„Vom ambulanten Pflegedienst. Woher sonst? Leider gibt es kaum noch Personal, das richtig Deutsch kann. Und was den Rest betrifft, na ja, du hast sie eben kennengelernt.“

Oleg nickte beiläufig. Er musste unbedingt die Arbeitszeiten dieser Maria herausfinden, sonst kam sie ihm womöglich noch in die Quere. Dabei war er selbst am Tag zuvor kurz davor gewesen, alles zu vermasseln. Nachdem er zufällig den Chat auf dem Laptop entdeckt hatte, hatte er dem arroganten Schnösel eine Abreibung verpassen wollen, die sich gewaschen hatte. Im Nachhinein war er jedoch heilfroh, dass ihm die Herzattacke von Maurice dazwischengekommen war. Denn jetzt war er im Vorteil: Was immer der Krüppel mit „eine Lektion erteilen“ gemeint hatte, von nun an würde er ihm stets einen Schritt voraus sein. Am Ende würde sich schon noch zeigen, wer hier wen übers Ohr haute!

„Was grinst du so dümmlich?“, erkundigte sich Maximilian. „Du bist definitiv zu spät. Ausgemacht war neun Uhr, oder täusche ich mich?“

Oleg verdrehte die Augen. „Ey, Mann, jetzt mach dich locker! Ich hab verschlafen. Wie geht es dem Opa?“

„Besser. Ich werde nachher zu ihm in die Klinik fahren.“

Maximilian rollte an Oleg vorbei und steuerte auf einen altmodischen Sekretär zu. „Ich habe eben mit dem behandelnden Oberarzt telefoniert. Maurice wird morgen einen Herzschrittmacher bekommen."

„Schöne Scheiße! Und wer trägt dir jetzt den Arsch nach?"

Maximilian blickte sich pikiert über die Schulter, lächelte dann aber schwach.

„Mein *Arsch* ruht jetzt in den fürsorglichen Händen des ambulanten Pflegedienstes."

Er beugte sich über die heruntergeklappte Schreibplatte des Sekretärs, zog eine der vielen Schubladen auf und entnahm ihr einen Briefumschlag mit Wappen.

Oleg prustete los. „Warum suchst du dir dann nichts Besseres aus? Nicht so ein Monster mit Kopftuch, meine ich. Mit deiner Kohle kannst du dir doch alles kaufen. Ich würde mir an deiner Stelle eine mit langen Beinen und sooo dicken Titten aussuchen!" Oleg hielt die Hände ausgestreckt von sich. „Dann kann dein kleiner Arsch vielleicht mal was Richtiges erleben."

„Mein Gott, du bist ja noch primitiver, als ich dachte!" Maximilian verzog angewidert das Gesicht. „Das ist sexistisch und frauenfeindlich!"

„Was ist an dicken Titten frauenfeindlich?", wunderte sich Oleg.

Er musterte den Jungen, dem das Thema offensichtlich unangenehm war, und als dieser seinem Blick auswich und auch noch rot anlief, dämmerte es ihm. Er schlug sich mit der flachen Hand vor die Stirn. „Krass! Das ist echt hart!", platzte es aus ihm heraus. „Jetzt kapier ich erst: Bei dir sind nicht nur die Beine ein Komplettausfall!"

„Das geht dich überhaupt nichts an!", fauchte ihn Maximilian an. Er stieß den Joystick an seinem Rollstuhl so plötzlich nach vorn, dass Oleg seine Schienbeine nur mit einem Sprung zur Seite in Sicherheit bringen konnte. Dann warf Maximilian ihm den Briefumschlag zu.

„Was ist das?" Oleg fing den Umschlag auf.

„Dein Lohn für gestern. Vielleicht erinnerst du dich: Wir von Steinbergs begleichen unsere Schulden!"

„Jetzt stell dich doch nicht gleich so an!", erwiderte Oleg, während er das Geld in dem Umschlag zählte. Es stimmte. Immerhin hielt der Prahler in dieser Hinsicht sein Wort. Nachdem er die Scheine eingesteckt hatte, zerknüllte er den Umschlag und warf ihn in den Kamin, der offenkundig schon seit Jahrhunderten nicht mehr gebrannt hatte.

„Sag mal, wer ist eigentlich dieser fiese Typ da auf dem Bild?" Er zeigte auf den Frackträger, der über dem gemauerten Kaminsims hing. „Der sieht aus wie eine Bulldogge."

Zu seinem Erstaunen lachte Maximilian laut auf.

„Das hat mein Vater auch immer gesagt", meinte er. „Eine Bulldogge, die gleich zubeißt!"

„Und wer ist das?"

„Mein Großvater."

„Dein Vater scheint ihn nicht besonders gemocht zu haben", stellte Oleg fest.

„Er hat ihn gehasst! Er hat sich geschworen, nie so zu werden wie er."

„Und du?"

„Ich habe ihn nie kennengelernt, aber ich schätze, dass ich es ihm zu verdanken habe, dass mein Vater der beste Vater der Welt war." Er stockte.

„Ich wollte immer so sein wie er."

Oleg musste unweigerlich an seinen eigenen Vater denken, wie er am helllichten Tag im Schlafanzug auf der Couch lag. Ein Vorbild war etwas anderes.

„Komm, ich zeig dir etwas!", sagte Maximilian plötzlich.

Er zog ein weiteres Fach in dem Sekretär auf, nahm eine sorgfältig gefaltete Weltkarte heraus und entfaltete sie. Eine rote Strichellinie zog sich quer über das Blatt. Sie verband Länder miteinander und umrundete Kontinente.

„Was soll das sein?" Oleg beugte sich neugierig über die Karte.

„Eine Weltumsegelung", erklärt Maximilian stolz. „Mein Vater hatte sie mir zu meinem achtzehnten Geburtstag versprochen."

„Du kannst segeln?", staunte Oleg.

„Mein Vater war der Präsident des Jachtklubs!", erwiderte Maximilian erbost. „Natürlich kann ich segeln! Ich bin sogar Juniorenmeister! Das heißt, ich war es mal."

Oleg kannte den Jachtklub. Er lag draußen am See, vielleicht eine halbe Stunde Autofahrt entfernt. An den Sommerwochenenden trafen sich dort bekanntermaßen die Wichtigtuer aus der Stadt.

„Oldtimersammlung, Jachtklub – langsam habe ich das Gefühl, dein Vater konnte Geld scheißen."

„Nicht ganz, aber nah dran. Offenbar hast du noch nie etwas von dem Bankhaus *Steinberg & Co* gehört. Der da oben auf dem Bild, mein Großvater, hat es gegründet."

„*Du besitzt eine eigene Bank?*" Das wurde ja echt immer besser. Der Krüppel *konnte* Geld scheißen.

„Ja und nein", erklärte Maximilian gelassen. „Seit dem Tod meiner Eltern wird die Bank von einer Treuhandgesellschaft geleitet. Erst wenn ich volljährig bin, gehört sie mir."

Oleg starrte auf die aufgeschlagene Weltkarte. Er war noch immer fassungslos. Eine eigene Bank!

„Ist das da etwa Australien?", sagte er schließlich.

Maximilian kniff die Augen zusammen und beugte sich über die Karte „Stimmt. Das ist der Fünfte Kontinent."

„Da wolltet du und dein Vater auch vorbei?", fragte Oleg und betrachtete interessiert die rote Linie, die an einem Teil der Küste entlanglief.

„Selbstverständlich! Das ist doch ein Traum zum Segeln und Surfen. Ich hatte mir schon Surfschulen rausgesucht. Und mein Vater wollte in Sydney unbedingt mit mir in die Oper. Kennst du das Opernhaus von Sydney?"

„Ey, Mann, sehe ich vielleicht so aus, als interessierten mich irgendwelche Singspiele oder Segelheinis? Sag mir lieber, ob es da Jobs gibt. Ich meine, für jemanden wie mich."

„Kannst du Englisch?"

„Ein bisschen. Ich war in der Schule nicht besonders gut."

„Warst du denn jemals in irgendwas gut?"

„Zum Beispiel im Glotzegucken und Grasrauchen?", fragte Oleg genervt. Ob Maximilian die Anspielung kapierte? Er ließ sich auf jeden Fall nichts anmerken. Oleg setzte noch einen drauf. „Im Fressepolieren bin ich zum Beispiel auch nicht schlecht …"

„Schon gut! Schon gut!" Maximilian hob beschwichtigend seine Hände. „Ich wollte nur sagen, dass es schwierig wird. Hast du denn eine Ausbildung?"

Oleg schüttelte den Kopf. „Nach den Ferien suche ich mir eine. Muss ich sowieso, sonst rückt mit das Jugendamt auf die Pelle."

Maximilian machte ein mitleidiges Gesicht. „Tja, ohne Ausbildung ist es natürlich besonders schwer. Eigentlich unmöglich."

„Und wenn schon!“, platzte es aus Oleg heraus. „Das kriegen wir hin!“

„*Wir?*“ Maximilians Augenbraue wanderte neugierig nach oben.

„Mein Bruder und ich! Wir wollen demnächst nach Australien auswandern. Wir leben nämlich nicht in so einer Palasthütte wie du. Uns stopft keiner was rein!“

„Was meinst du damit?“

„Na, guck dich doch an!“, erregte sich Oleg mit einem Mal. „Einmal Fingerschnippen und schon wird dir jeder Wunsch erfüllt. Wer Geld hat, kann machen, was er will. Die anderen werden gefickt – das war immer so!“

„Reichtum muss man sich auch verdienen!“, widersprach Maximilian zornig. „Von nichts kommt nichts!“

„Ach nee! Dann hast du dir das alles hier selbst verdient …“

„Und was ist mit meinen Beinen?“, gab Maximilian mit hochrotem Kopf zurück. „Womit habe ich *das* verdient? Oder meine toten Eltern? Kannst du mir das vielleicht sagen?“

„Immer noch besser als nichts!“

„Ach ja? Willst du etwa tauschen?“

Oleg und Maximilian funkelten sich wütend an. Plötzlich verdunkelte sich der Raum wie bei einer Sonnenfinsternis. Maria stand in der Tür.

„Ich jetzt gehen“, sagte sie. „Pause machen.“

Maximilian löste sich aus seiner Erstarrung.

„Äh, ja, gut. Natürlich“, stammelte er. „Sie können gehen, bis nachher.“

Er wedelte mit der Hand, als wolle er eine lästige Fliege vertreiben. Kurz darauf konnte man hören, wie die Haustür mit einem dumpfen Schlag ins Schloss fiel.

Danach herrschte eine peinliche Stille.

„Und jetzt?“, fragte Oleg vorsichtig. „Wie geht's weiter?“

Ehrlich gesagt rechnete er damit, dass der Junge ihn auf der Stelle rausschmeißen würde und er seinen Plan vergessen konnte, aber er tat nichts. Das hieß, er hockte in seinem Rollstuhl und schien zu grübeln. Bis er mit einem Mal wieder zum Leben erwachte.

„Komm mit!“, forderte er Oleg auf. „Ich zeig dir was. Etwas, das nur wenige bislang zu Gesicht bekommen haben. Du wirst Augen machen, das verspreche ich dir!“

20

Ohne auf ihn zu warten, rollte der Junge aus der Bibliothek. Oleg folgte ihm in den Garten und bis zu dem werkstattähnlichen Steingebäude mit den geschwärzten Scheiben, das sich neben dem Autoschuppen an die Außenmauer des Grundstücks schmiegte. Dort angekommen, kramte Maximilian einen Schlüssel aus seiner Hosentasche und hielt ihn Oleg auffordernd unter die Nase. „Schau nicht so dämlich! Schließ auf!"

Oleg ließ sich nicht zweimal bitten. Er brannte darauf zu erfahren, welches Geheimnis sich in dem Gebäude verbarg. Also fummelte er den Schlüssel in das nagelneue Sicherheitsschloss, und nachdem es aufgesprungen war, stemmte er die scheppernde Stahltür auf. Er wusste nicht, was er erwartet hatte, aber das gehörte ganz sicher nicht dazu. Vor ihm erhob sich der Bug eines strahlend weißen Segelbootes. Obwohl der Begriff *Boot* eine glatte Untertreibung war, denn es handelte sich um eine ausgewachsene Hochseejacht. Auch ohne aufgesetzten Mast füllte der Bootskörper die gesamte Werkstatthalle. Oleg verstand nicht viel von Schiffen, aber eins war sofort klar: Dieses Segelboot war extrem elegant, wahrscheinlich superschnell und auf jeden Fall schweineteuer.

„Darf ich vorstellen: Die *MAX I* – mein Schiff!", erklärte Maximilian mit feierlicher Geste. Er genoss Olegs Sprachlosigkeit. „Mein Vater hat es noch kurz vor seinem Tod in Auftrag gegeben.

Die Baupläne haben wir zusammen entworfen und letzten Monat ist es endlich fertig geworden." Er glühte förmlich vor Begeisterung: „Morgen früh lasse ich es zu Wasser! Vielleicht schaffe ich es ja noch, es vor dem Ende der Ferien anzumelden!"

„Du gehst ohne Beine in die Schule?", wunderte sich Oleg.

„Nein. Ich habe Privatlehrer."

„Du Glückspilz ..."

Oleg umrundete die Jacht. Dabei strich er ehrfürchtig über ihren glatten, schlanken Rumpf. Sie war wunderschön.

„Weißt du, was ich mich gerade frage?" Er hielt inne.

„Nein. Woher sollte ich?"

„Ich frage mich, warum das alles? Zuerst machst du ein Riesengeheimnis daraus und jetzt zeigst du mir das Boot."

„Vielleicht habe ich niemand anderen, dem ich es zeigen kann", erwiderte Maximilian nüchtern. Er war mit einem Schlag ernst geworden.

Oleg musste zugeben, dass das einleuchtend klang. Wenn er solch eine Jacht besitzen würde, würde es ihn ebenfalls umbringen, wenn er sie niemandem zeigen könnte. Das Gerät war noch heißer als der Ford Mustang in der Baracke nebenan. Jana wäre garantiert hin und weg, wenn er sie mit so einem Gefährt zu einer kleinen Rundfahrt auf dem See einladen würde.

Draußen vor der Werkstatt scheuchte plötzlich ein ungeduldiges Hupen die Krähen aus den Baumkronen. Es kam vom Haus her.

„Ah, mein bestelltes Taxi!" Maximilian tippte sich an die Schläfe. „Das hätte ich beinahe vergessen! Ich wollte Maurice ja noch die Sachen in die Klinik bringen, um die er mich gebeten hat."

„Und ich?"

„Du kümmerst dich um die restlichen Autos“, entschied Maximilian. „Was sonst? Dafür bezahle ich dich schließlich!“

Er surrte aus der Werkstatt.

„Und vergiss nicht, wieder abzuschließen!“, ermahnte er Oleg. „Hier sollen sich nämlich Menschen rumtreiben, die es mit dem Eigentum anderer Leute nicht so genau nehmen!“

Er lachte über seinen eigenen Witz und zockelte zum Haus zurück.

Du arroganter Bonzenarsch!, dachte Oleg, während er ihm nachsah. Auf der anderen Seite hatte die Made natürlich recht. Was interessierte es ihn, wem die Dinge gehörten? Er selbst besaß schließlich nichts außer einer Menge Probleme, während andere ihre eigenen Schiffe bauten und sogar Banken besaßen. Wenn er sich seinen Teil nicht nehmen würde, würde er leer ausgehen. Und er hatte nicht vor, sein Leben lang der Verlierer zu sein und in die Röhre zu gucken. Es musste noch einen anderen Weg geben.

Er verschloss eilig das Metalltor, steckte den Schlüssel ein und rannte zum Haus. Als er um die Ecke bog, konnte er gerade noch sehen, wie ein Großraumtaxi das Grundstück durch die Einfahrt verließ. Das war die Chance, auf die er gewartet hatte! Er begab sich sofort auf die Rückseite des Hauses, wo sich der Kellereingang befand. Er war noch immer unverschlossen, wie er kopfschüttelnd feststellte. Offenbar lernte hier niemand etwas dazu. Aber das war nicht sein Problem. Kurz darauf stand er in der Eingangshalle. Das alte Haus wirkte noch stiller als sonst und Oleg fühlte sich nicht wirklich wohl in seiner Haut. Irgendetwas an diesem Ort gefiel ihm nicht. Trotzdem entschied er sich, mit der Bibliothek zu beginnen. Zuerst suchte er das Regal nach der Stelle ab, an der Maximilian etwas vor ihm versteckt hatte. Da er sich das Regalfach gemerkt hatte, dauerte es nicht lange, bis er fündig wurde. Zwei der dicken, mit brüchigem Leder eingebundenen Bücher waren gar keine. Das Ganze war täuschend echt gemacht, und als Oleg daran zog, hielt er plötzlich einen kleinen hölzernen Kasten in der Hand. Er jubelte und klappte den Deckel auf.

In dem mit weinrotem Samt ausgeschlagenen Kasten lag ein altmodischer Revolver.

Wozu zum Henker brauchte der Krüppel eine Knarre?, schoss es Oleg durch den Kopf. Vermutlich konnte er noch froh sein, dass der Idiot bei dem Einbruch nicht damit herumgeballert hatte. Er schloss den Kasten und schob ihn zurück zwischen die Bücher. Dann begab er sich auf die Suche nach dem Safe. Nach dem Theater mit dem Fahrstuhl wusste er, dass er sich in den oberen Stockwerken umsehen musste. Er ging von Raum zu Raum und schaute hinter jedes Bild und jeden Vorhang. Nichts. Nirgends gab es etwas, das Ähnlichkeit mit einem Geldschrank hatte. Ein wenig ratlos setzte sich Oleg schließlich auf das Spezialbett des Jungen. Sein Schlafzimmer war das letzte, in dem er nachgeschaut hatte, aber auch hier gab es nichts. Der Raum sah aus wie eine Folterkammer. Steril und kalt. Lediglich das handsignierte Rammstein-Poster an der Wand gegenüber strahlte so etwas wie Leben aus. Er hatte das Plakat bei seinem ersten Besuch in dem Zimmer gar nicht bemerkt. Umso mehr wunderte ihn, dass der Angeber tatsächlich richtige Musik hörte – oder zumindest nicht nur Klassik. Ansonsten gab es in dem Raum kaum etwas Persönliches. Das spärliche Mobiliar bestand aus einem Tisch samt einem einzelnen Stuhl, abwaschbar und mit Beinen aus Chrom, einem Papierkorb und einem überdimensionalen Einbauschrank, der die gesamte Wand einnahm. Ein typisches Krankenhauszimmer. Das seiner Mutter sah genauso aus.

Oleg nahm das gerahmte Foto in die Hand, das neben dem Bett stand und den Jungen zusammen mit seinen Eltern zeigte. Das Bild musste im Winter aufgenommen worden sein, denn alle trugen dicke Skikleidung. Es war eins dieser kitschigen Familienfotos, auf denen alle dämlich in die Kamera grinsten. Hundert Jahre Glückseligkeit. Amen. Auf der anderen Seite staunte er über den Jungen. Auf dem Foto war er vielleicht dreizehn oder vierzehn. Er war weder blass, noch wirkte er so schwächlich wie der Krüppel, den er kannte. Zudem fehlte ihm diese krampfhafte Verbissenheit.

Oleg stellte das Bild zurück an seinen Platz. Dabei achtete er darauf, es wieder exakt so auszurichten, wie er es vorgefunden hatte. Sein Blick fiel erneut auf den Wandschrank. Er hatte ihn bereits gefilzt, dennoch rutschte er von der erhöhten Matratze und durchsuchte ihn erneut, ohne recht zu wissen, warum. Es war lediglich so ein Gefühl. Der gesamte Inhalt des Schranks hing auf Kleiderbügeln, fein säuberlich nach Farben sortiert. Das galt selbst für die Unterhosen und Socken. Auch die Schuhpaare am Boden des Schranks waren nach Farbe und Jahreszeit geordnet. Das passte zu dem Spießer, dachte Oleg. Wozu er allerdings so derart viele Schuhe benötigte, wo er doch sowieso nicht laufen konnte, stand auf einem anderen Blatt. Vermutlich hatte man so viele Schuhe, weil man es sich einfach leisten konnte. Als Oleg die Kleiderbügel auseinanderschob und die Rückwand abklopfte, stutzte er. An dieser Stelle klang es merkwürdig dumpf. Er brauchte ein wenig, aber dann hatte er den verborgenen Schalter gefunden, der einen Teil der Holzwand zur Seite fahren ließ. Und da war er endlich – der Safe! Oleg jubelte leise und ballte die Faust.

Der in Kopfhöhe eingebaute Tresor war mausgrau gestrichen und machte den Eindruck, als könnte ihm nicht einmal eine Tonne

Sprengstoff oder ein Erdbeben etwas anhaben. Oleg drehte die glänzenden Zahlenräder interessiert hin und her. Ohne die richtige Zahlenkombination würde sich selbst ein Profi an dem Ding die Zähne ausbeißen. Kein Zweifel. Also musste er den nächsten Schritt machen und die Kombination herausfinden. Immerhin wusste er nun, wo sich das kostbare Schätzchen befand. Er ließ die falsche Rückwand zurück an ihren Platz gleiten, dann schob er die Kleiderbügel wieder zusammen und verschloss den Schrank. Danach verließ er die Villa auf dem gleichen Weg, auf dem er gekommen war, und machte sich an die Arbeit.

Als er gegen Mittag zwei weitere Oldtimer in einen passablen Zustand versetzt hatte, entschied er, dass er keine Lust mehr hatte. Außerdem brauchte er Zeit zum Nachdenken. Also suchte er sich unter einem der Bäume ein schattiges Plätzchen, um auf Maximilians Rückkehr zu warten.

21

Die Leute, die aus dem Fast-Food-Laden kamen, wunderten sich über den Jugendlichen, der sich die Nase an der Scheibe platt drückte. Oleg ignorierte ihre blöden Kommentare. Leider konnte er nicht viel sehen, da die kleinen Mistgören auf der anderen Seite der Fensterscheibe trotz Ermahnungen ihrer gestressten Mutter ständig herumzappelten. Aber soweit er erkennen konnte, war Jana nicht da. Offenbar arbeitete sie heute nicht. Oder sie hatte eine spätere Schicht.

Als ein Salatblatt von innen gegen die Scheibe klatschte und ihn die Mutter plötzlich anstarrte, als plane er eine Kindesentführung, verließ Oleg seinen Beobachterposten wieder.

Er war enttäuscht, was eigentlich keinen Sinn ergab. Schließlich wusste er nicht einmal, warum er überhaupt hier war. Jana war einfach eine Nummer zu groß für ihn. Sie war älter, hatte offenbar einen muskelbepackten Freund und in ihrer Gegenwart fühlte er sich stets erbärmlich. Allein der Gedanke an eine weitere Begegnung unter vier Augen versetzte ihn in Panik. Allerdings war diese Art von Panik nicht wie sonst. Irgendwie bekam er nicht genug davon.

Oleg kickte eine leere Getränkedose in den Rinnstein und checkte sein Handy. Keine Nachrichten. Weder sein Bruder noch sonst wer hatte versucht, ihn zu erreichen. Er überlegte, ob er nicht zu der Villa zurückkehren sollte, aber Maximilian war auch nach zwei Stunden nicht wieder aufgetaucht, und vom Autoputzen hatte er für heute genug.

Also schlug er den Weg Richtung Fußgängerzone ein. Er musste sich ablenken, um nicht ständig an Jana zu denken. Außerdem hatte er die Nase gestrichen voll von allem.

Als er den Laden mit der Jacke betrat, blickte er weder nach rechts noch nach links. Er ging seelenruhig auf den Kleiderständer zu, krallte sich die Jacke und sprintete los. Die elektronische Diebstahlsicherung am Eingang piepte wie wild, und sofort versperrte ihm der Security-Typ, der draußen eine Zigarette geraucht hatte, den Weg. Aber in dem Moment, in dem er zupacken wollte, tauchte Oleg blitzschnell unter seinen Armen hindurch. Sekunden später war er von einer Wand aus Menschen mit Einkaufstüten umgeben.

Hinter ihm erklangen aufgeregte Rufe, aber niemand schien ihn ernsthaft zu verfolgen. Die Leute um ihn herum waren mit sich selbst beschäftigt. Allmählich entspannte er sich wieder. Und je weiter sich sein Pulsschlag beruhigte, desto größer wurde das Triumphgefühl. Seine Beute hielt er nach wie vor fest umklammert, aber erst als er in eine weniger belebte Seitenstraße eingebogen war, traute er sich, die Jacke anzuziehen.

Sie war perfekt – und zu klein. Er hatte die falsche Größe erwischt! Die Jacke spannte an den Schultern und die Ärmel waren zu kurz. Voller Wut haute Oleg das Klappschild um, das auf dem Bürgersteig für eine Thaimassage warb. Er hatte es tatsächlich fertiggebracht, die falsche Größe zu klauen!

Es dauerte noch etliche Häuserblocks, bis er sich wieder annähernd beruhigt hatte. Dennoch war er noch immer mächtig angefressen, als er das Schleusenhaus erreicht hatte und Digger ihn hereinließ.

„Hi“, begrüßte ihn Digger. „Alles steif?“

„Ist Mark da?“, grummelte Oleg, während er sich an ihm vorbeidrückte.

Digger verriegelte die Tür und musterte ihn erstaunt: „Ey, hast du eine neue Jacke?“

„Was dagegen?“

„Sie ist zu klein. Eindeutig!“

„Scheiß drauf! Wo ist mein Bruder?“

Digger kratzte sich am Hals, wodurch die auf den Unterarm tätowierte Schlange zum Leben zu erwachen schien.

„Hinten auf dem Sofa“, antwortete er. „Aber pass auf: Er ist völlig fertig, Mann!“

„Was ist los?“, erkundigte sich Oleg.

Diggers spitzes Gesicht wurde noch spitzer. „Sieh selbst nach! Aber geh ihm nicht auf die Eier! Er ist gestresst genug.“

Oleg ließ Digger stehen, und als er den ehemaligen Kontrollraum der Schleuse betrat, brauchte er nicht lange, um den Ernst der Lage zu erfassen. Sein Bruder lag wie ein nasser Sack auf dem ausgeleierten Sofa und drückte sich einen Eisbeutel ins Gesicht.

Oleg beugte sich erschrocken über ihn. „Was ist passiert?“

„Lass mich in Ruhe!“, brummte Mark, ohne den Eisbeutel zu bewegen.

Oleg nahm ihn weg und zuckte zurück: Das rechte Auge seines Bruders war blutunterlaufen und derart zugeschwollen, dass er vermutlich kaum noch etwas erkennen konnte. Über seiner Augenbraue hatte er zudem einen Cut, der mit mehreren Stichen genäht worden war.

„Gib das her!“ Mark riss seinem kleinen Bruder den Eisbeutel aus der Hand. Als er ihn sich erneut auf seine malträtierte Gesichtshälfte drückte, stöhnte er vor Schmerzen auf.

Oleg ließ sich in den Hundesessel fallen. Er war fassungslos.

„Wer hat das getan?“, wollte er wissen. „Der Affe mit den weißen Turnschuhen, mit dem du dich auf der Parkplatz-Party gezofft hast?“

Mark erwiderte nichts. Dafür kam Digger aus dem angrenzenden Raum zurück, in dem der Kühlschrank stand. Er reichte Oleg ein Dosenbier. „Woher weißt du davon?“

„Ich hab's zufällig mitbekommen. Hab dich doch noch gefragt, wer der Typ ist.“ Oleg nahm das Bier entgegen. „Also, was geht hier ab?“

Digger riss eine zweite Dose auf und nahm einen kräftigen Schluck. Dann rülpste er. Es klang wie das anschwellende Grollen eines Tsunamis.

„Sorry!“ Digger grinste und wischte sich über die Lippen. Dann wurde er ernst. „Dein Bruder hat ein echtes Problem.“

Mark nahm den Eisbeutel zur Seite: „Ach nee! Und wem habe ich das zu verdanken?“

„Okay, okay!“, wiegelte Digger ab. „*Wir* haben ein echtes Problem. Ändert nicht viel.“

Er zog die Nase hoch und nahm einen weiteren Schluck. Oleg verlor langsam die Geduld.

„Für wie bescheuert haltet ihr mich eigentlich!“, schimpfte er. „Dass es ein Problem gibt, sehe ich selbst! Also: *Was – ist – passiert?*“

„Dein Bruder hat sich von einer Tussi übers Ohr hauen lassen. Das ist passiert.“ Digger leerte die Dose, zerknüllte sie und warf sie auf den Haufen unter der kaputten Kontrolltafel.

„Und jetzt will ihm der Albaner die Eier abschneiden", fügte er hinzu.

Oleg starrte seinen regungslos daliegenden Bruder entgeistert an. Er glaubte, nicht richtig gehört zu haben. Wenn Mark wirklich Ärger mit dem „Albaner" hatte, war es tatsächlich ernst. Todernst sogar. Dabei war der Albaner nicht einmal ein richtiger Albaner, sondern lediglich ein Albino, der sich ständig hinter einer Sonnenbrille versteckte. Der Name hatte sich trotzdem irgendwie eingebürgert.

Der Albaner kontrollierte den Straßenstrich, die Spielhöllen am Bahnhof und wahrscheinlich noch etliche Dinge mehr. Im Viertel erzählte man sich, er sei ein sadistischer Psychopath. So ging das Gerücht um, dass er einen seiner Buchhalter dazu gezwungen hatte, sich eigenhändig drei Finger zu amputieren, weil er dreißigtausend Euro unterschlagen hatte. Wie es hieß, konnte er sich die Finger selbst aussuchen und die Gartenschere wurde ihm auch zur Verfügung gestellt. Allein die Vorstellung jagte Oleg einen Schauer über den Rücken.

Digger redete weiter, und nach und nach erfuhr Oleg, dass sein Bruder und Digger bereits seit einigen Wochen für den Albaner arbeiteten. Sie spielten Kuriere, das heißt, sie lieferten Pakete aus, deren Inhalt sie nicht kannten, und kassierten das Geld. Am Tag zuvor war jedoch etwas schiefgegangen. Anders als sonst hatten sie sich nach dem Empfang des Geldes getrennt, weil Digger unbedingt zu einer Verabredung gemusst hatte. Mark hatte daraufhin versprochen, das soeben abkassierte Geld allein abzuliefern, aber dazu war es nicht mehr gekommen. Anstatt auf direktem Weg in den Billard-Salon zu fahren, in dem der Albaner residierte, hatte er zufällig die Bekanntschaft einer rothaarigen Schönheit gemacht und war mit ihr durch die Clubs gezogen. Mit dem Resultat, dass am Ende sowohl die Tussi als auch der Umschlag mit dem Geld weg war.

Es brauchte eine Zeit, bis Oleg sich die Geschichte zusammengereimt hatte.

Enttäuscht ballte Oleg die Fäuste. „Warum habt ihr mir nie gesagt, dass ihr für den Albaner arbeitet?"

„Dein Bruder wollte dich nicht mit reinziehen", erklärte Digger, während er sich erneut auf den Weg zum Kühlschrank begab. „Willst du auch noch ein Bier?"

„Hier, du kannst meins haben!" Er reichte Digger seine ungeöffnete Dose. „Mir ist die Lust vergangen."

„Selbst schuld!" Digger riss die Bierdose auf und setzte sie an seine Lippen. Währenddessen tat Mark weiterhin so, als habe er nichts dazu zu sagen, was Oleg zunehmend ärgerte.

„Und wie viel von der Kohle ist jetzt weg?", fragte er. „Ich meine, wie viel schuldet ihr diesem Brutalo?"

„Mit Zinsen?" Digger kratzte sich wieder den dürren Hals.

„Was denn für Zinsen?"

„Er verlangt eine Entschädigung …"

Oleg verdrehte gestresst die Augen: „*Wie! Viel!*"

„Fünfzigtausend … insgesamt."

„*Fünfzigtausend!?*"

„Das waren die Wocheneinnahmen vom Spielcasino unten am Bahnhofsplatz", erklärte Digger und machte ein unglückliches Gesicht. „Du weißt selbst, wie groß der Laden ist."

„Fuck!", entfuhr es Oleg.

Mehr wusste er nicht dazu zu sagen. Fünfzigtausend Euro, das bedeutete vermutlich fünf Finger! Er ließ sich in den Sessel zurücksinken, ohne auf die vielen Hundehaare zu achten. Sein Bruder presste sich nach wie vor den Eisbeutel auf sein geschwollenes Auge und rührte sich nicht.

„Wie wollt ihr das Geld jetzt so schnell auftreiben?", fragte Oleg besorgt.

„Gar nicht", sagte Digger.

Oleg starrte ihn verständnislos an.

„Entspann dich, wir haben einen Deal mit dem Albaner. Frag deinen Bruder!"

„Du nervst ...", knurrte Mark mit dem Eis im Gesicht.

„Hey, Moment mal!", mischte sich Oleg ein. „Was denn für einen Deal?"

Digger zuckte mit den Achseln. „Als dein Bruder dem Albaner erzählt hat, dass da ein stinkreicher Krüppel allein in einer riesigen Villa sitzt, hat er uns ein Geschäft angeboten."

„Was für ein Geschäft?", fragte Oleg misstrauisch.

Sein Bruder sagte noch immer keinen Ton.

„Wir schnappen uns den Jungen und teilen das Lösegeld", erläuterte Digger. „Wenn die Sache klappt, kann Mark seine Fingerchen behalten. So ist der Deal. Und was das Beste ist: Gleichzeitig sind wir aus dem Schneider. Kohletechnisch, meine ich."

„Ihr wollt den Jungen entführen?" Oleg wähnte sich in einem falschen Film. „Ihr seid irre! Eine Entführung ist was anderes als ein Einbruch. Dafür geht man ewig in den Knast! Wie viel hat euch der Albaner überhaupt angeboten?"

„Zehn Prozent", erwiderte Digger kleinlaut. „Wenn es klappt."

Oleg wurde schwindelig. Dann packte ihn ein ungeheurer Zorn und er explodierte. Er riss seinem Bruder den Eisbeutel vom Gesicht.

„Was soll das?“, schrie er. „Ich mache mich die ganze Zeit für uns zum Sklaven und ihr fallt mir in den Rücken! Der Krüppel gehört mir! Außerdem habe ich einen Plan!“

Seine Narbe brannte wie Feuer. Er kochte vor Wut.

„Jetzt komm mal runter!“, sagte Mark. Er setzte sich auf die Sofakante und zündete sich eine Kippe an. Sein Gesicht sah wirklich übel aus.

„Runterkommen?“, erregte sich Oleg. „Wenn dem Krüppel etwas passiert, bin ich doch der Erste, den die Bullen verdächtigen! Das hast du selbst gesagt! Der Alte und die fette Krankenschwester werden mich sofort wiedererkennen!“

„Und wenn schon!“, nuschelte Mark. Er befühlte vorsichtig seine geschwollene Lippe. „Du hast nichts damit zu tun. Das werden die Bullen schnell rauskriegen. Abgesehen davon haben wir keine andere Wahl.“

„Der Albaner wird schon dafür sorgen, dass alles glattgeht“, fügte Digger hinzu. „Er arbeitet nur mit Profis zusammen.“

„Mit Profis wie euch oder was?“ Oleg lachte bitter.

„Ey, jetzt werd nicht frech!“, drohte ihm sein Bruder.

Oleg ließ sich in seinem Zorn nicht beirren.

„So wie ich das sehe, sollt ihr die ganze Drecksarbeit machen!“, tobte er. „Dieser Albino zieht euch über den Tisch, kapiert ihr das nicht? Wo wollt ihr den Jungen überhaupt verstecken? Das ist ein Krüppel, schon vergessen?“

„Unten im Maschinenraum“, nuschelte Digger. „Wir schnappen uns den Jungen und füttern ihn ein paar Tage durch. Das war’s. Um das Geld und alles andere kümmert sich der Albaner. Er kennt die richtigen Leute dafür. Also beruhige dich wieder!“

Aber Oleg wollte sich nicht beruhigen. Er war außer sich.

„Und was ist, wenn die Sache schiefgeht und dem Jungen etwas passiert?“, tobte er. „Abgesehen davon, dass ich kurz davor bin, ihn hochzunehmen und uns endlich hier wegzubringen – was ist, wenn der Albino den Jungen verschwinden lässt, nachdem er das Geld kassiert hat? Schon mal daran gedacht? Wozu dieser Irre fähig ist, wisst ihr genauso gut wie ich!“

Mark und Digger sahen betreten zu Boden und schwiegen.

22

Am nächsten Morgen fühlte sich Oleg wie gerädert. Er hatte die ganze Nacht kein Auge zugemacht und war noch immer stinksauer, weil Mark und Digger ihm in den Rücken gefallen waren. Außerdem steckte er jetzt in einem Riesendilemma. Wenn er nicht mitspielte, würde sich der Albaner seinen Bruder vorknöpfen, und was dann geschah, wollte er sich lieber gar nicht ausmalen. Auf der anderen Seite gehörte der kleine Bonze ihm und er hatte einen Plan. Zumindest hatte er einen gehabt. Jetzt war er gezwungen, bei etwas mitzumachen, das ihm überhaupt nicht gefiel.

Mark hatte mal wieder verlangt, er solle sich einfach raushalten. Leichter gesagt als getan. Was war, wenn die Entführung aus dem Ruder lief und Maximilian am Ende etwas zustieß? Nicht dass er allzu viel Mitleid mit dem Angeber gehabt hätte, aber eine Entführung war nun mal eine völlig andere Kategorie. Er hatte keine Lust, für den Rest seines Lebens in den Bau zu wandern. Das Ganze war nicht einmal auf seinem Mist gewachsen!

Als Oleg vor der Einfahrt zur Villa ankam, stellte er verwundert fest, dass das schmiedeeiserne Tor sperrangelweit offen stand. Sofort beschlich ihn ein ungutes Gefühl, und als er auf das Haupthaus zulief, wurde daraus mehr und mehr eine böse Vorahnung. Sein Bruder war gestern Nacht nicht nach Hause gekommen und das ließ Schlimmes befürchten. Oleg läutete. Als ihm niemand aufmachte, umrundete er das Haus. Plötzlich hörte er im Garten laute Stimmen. Sie kamen von dem Autoschuppen her. Oleg nahm die Abkürzung über den Rasen, sprang über die Blumenbeete, und als er den Platz mit den Schuppen und der Werkstatt erreichte, war er außer Atem. Zugleich fiel ihm ein Stein vom Herzen.

„Warum rennst du eigentlich immer?“, empfing ihn Maximilian.

„Mach ich doch gar nicht!“, schnaufte Oleg.

Er war nur froh, dass er mit seinen Befürchtungen falschgelegen hatte. Stattdessen wurde er Zeuge, wie Maximilian von seinem Rollstuhl aus eine Zugmaschine dirigierte, die den Bootsanhänger mit der Segeljacht aus der Werkstatthalle zog. Dabei ging es um Millimeter und der Fahrer am Steuer der Zugmaschine hatte eindeutig Schweißperlen auf der Stirn. Kein Wunder: Ein kleiner Fehler und es würde verdammt teuer werden!

„Vorsicht!“, schrie ihm Maximilian zu, während er mit seinem Rollstuhl wie ein Balletttänzer hin und her tänzelte. „Passen Sie doch auf! Mehr nach rechts! *Reeeechts!*“

Als die Jacht endlich komplett und unbeschadet im Freien war, wischte sich der Fahrer erleichtert über die Stirn.

„Ich dachte schon, du lässt dich heute gar nicht mehr blicken“, sagte Maximilian, während der Fahrer ausstieg, um den Anhänger zu überprüfen. Der Junge trug eine Designerjeans und einen sportlichen Pullover mit Anker auf der Brust. Seine Füße steckten in Segeltuchschuhen. Warum hatte er sich denn so aufgestylt?

„Du schuldest mir noch Kohle!“, brummte Oleg. „Wegen gestern. Wo bist du gewesen? Ich habe auf dich gewartet.“

„Ich hatte noch etwas zu erledigen“, erwiderte Maximilian kurz angebunden. „Sag mir lieber, was mit dir los ist.“

„Keine Ahnung, was du meinst“, wich Oleg aus.

„Komm schon, ich bitte dich: Sonst stolzierst du herum, als hättest du Dreck unter den Armen. Und jetzt kommst du wie ein geprügelter Hund dahergeschlichen …"

„Ich habe schlecht geschlafen. Das ist alles", erklärte Oleg schnell. „Also, was ist jetzt? Das gestern waren vier Stunden. Macht also zwei Hunnis."

Er streckte die Hand aus, aber Maximilian lächelte nur.

„Keine Sorge, das habe ich nicht vergessen", sagte er. „Bislang bin ich mit deiner Arbeit ausgesprochen zufrieden. Was ich wiederum nicht vermutet hätte."

„Red nicht so einen geschwollenen Mist!", erwiderte Oleg genervt. „Wo ist meine Kohle?"

„Drinnen. Im Haus. Hast du den Schlüssel noch?"

Oleg gab dem Jungen den Werkstattschlüssel zurück, den er am Tag zuvor eingesteckt hatte.

„Hast du eine neue Jacke?", fragte ihn Maximilian mit einem Mal. Er nahm den Schlüssel entgegen. „Ich will dir ja nicht zu nahe treten, aber sie passt nicht. Die Ärmel sind zu kurz!"

Oleg schnaufte wie ein wütender Stier. Damit war seine Laune endgültig auf dem Tiefpunkt angelangt.

„Schon verstanden!", wiegelte Maximilian erschrocken ab, als er Olegs Gesichtsausdruck sah. „Ich dachte nur, du willst mich vielleicht zum Jachthafen begleiten. Du könntest zusehen, wenn meine Königin hier zu Wasser gelassen wird. Auf diesen Tag habe ich sehr lange gewartet. Eine Ewigkeit!"

Maximilian platzte fast vor Stolz, als er die Jacht in seinem Rollstuhl umrundete. Im Sonnenlicht wirkte sie tatsächlich noch eleganter und luxuriöser als im Dämmerlicht der Halle. Sie musste mindestens so viel wie ein Haus gekostet haben, vermutete Oleg.

Und dabei hatte er nicht die paar armseligen Hütten im Sinn, die in seinem Viertel noch zwischen den Mietskasernen übrig geblieben waren. Er spürte, wie erneut der Neid in ihm hochkroch.

„Ich könnte deine Hilfe wirklich gut gebrauchen", fuhr Maximilian froh gelaunt fort, als er seine Runde beendet hatte. „Maurice fällt wohl für längere Zeit aus und ich habe sonst niemanden."

„Null Interesse", winkte Oleg ab. „Such dir eine andere Krankenschwester."

„Keine Sorge, du sollst mich nicht ins Bett bringen", erwiderte Maximilian. Seine gute Laune kotzte Oleg an. „Übrigens habe ich mir bereits eine neue Pflegerin bestellt. Eine, die richtig deutsch spricht. Sie zieht heute Abend in die ehemalige Dienstbotenwohnung unterm Dach."

Oleg horchte sofort auf. Wenn das stimmte, musste er seinen Bruder unbedingt warnen, dass eine weitere Person in dem Haus wohnte.

Sonst ging die ganze Sache von vornherein schief.

Maximilian sah ihn unterdessen erwartungsvoll an. Als Oleg nicht antwortete, fügte er hinzu: „Ich bezahle dich auch. Falls das der Grund sein sollte, warum du so ein Gesicht ziehst."

Oleg zögerte. Eigentlich hatte er vorgehabt, seinen ausstehenden Lohn zu kassieren und sich dann vom Acker zu machen, weil er mit der Entführung nichts zu tun haben wollte. Andererseits konnte es möglicherweise hilfreich sein, wenn er blieb. Vielleicht konnte er ja auf diese Weise verhindern, dass sich sein Bruder noch tiefer in die Scheiße ritt.

„Kann ich jetzt los?", rief der Fahrer. Er war mittlerweile zurück in das Führerhaus der Zugmaschine geklettert und lehnte sich aus dem Fenster.

„Ja, sicher!“, rief Maximilian zurück. „Fahren Sie ruhig! Ich komme nach, sobald unser Taxi da ist!“ Er wandte sich wieder Oleg zu: „Und, wie sieht es aus?“

Oleg biss sich auf die Unterlippe und trat von einem Fuß auf den anderen. Schließlich fällte er eine Entscheidung.

„Okay“, nickte er. „Ich bring dich zum Hafen. Aber ich gucke auf die Uhr! Und ab jetzt will ich zwanzig Euro mehr die Stunde!“

„Abgemacht.“ Maximilian rieb sich die Hände. „In diesem Fall sollten wir uns beeilen. Sonst verpassen wir noch das Beste!“

23

Wenn ihn etwas kaltließ, dann waren das Schiffe und Boote. Umso mehr staunte Oleg über seinen Begleiter. Er war wie ausgewechselt. Bereits auf der Fahrt zum Jachthafen brabbelte er in einem fort, obwohl der ziegenbärtige Fahrer des Rollstuhl-Taxis so tiefe Ringe unter den Augen hatte, dass man befürchten musste, er würde gleich am Steuer einnicken. Und nachdem sie wider Erwarten ohne Unfall im Jachthafen angekommen waren, wurde es noch peinlicher.

Während das Boot von einem Kran auf den Schlitten gehoben wurde, mit dem es ins Wasser gleiten sollte, zappelte Maximilian derart hin und her, dass er vor lauter Verzückung fast aus seinem Rollstuhl fiel. Oleg sah sich genervt um. Er war zum ersten Mal hier, denn Zutritt zum Jachthafen hatten für gewöhnlich nur die ehrenwerten Mitglieder des „*Akademischen Segelklubs e.V.*“. Und wenn er ehrlich war, wusste er nicht einmal, was genau Akademiker überhaupt waren.

Vom See her wehte ein frischer Wind und die Wellen weit draußen auf dem Wasser trugen kleine weiße Schaumkronen. Das gegenüberliegende Seeufer war so eben noch zu erkennen. Rechts von ihm befand sich die Landzunge, auf der er früher oft mit seinem Bruder im Sommer baden gewesen war. Dahinter musste der Campingplatz mit dem Sprungturm und der Wasserrutsche liegen. Oleg beschattete seine Augen, aber so weit reichte der Blick nicht.

Die Bäume auf der Landzunge und die schwankenden Masten der am Steg vertäuten Segelboote versperrten ihm die Sicht. Plötzlich riss ihn der Junge aus seinen Gedanken.

„Komm mal her!", rief Maximilian. „Du musst mir helfen!"

Offenbar war die Aktion abgeschlossen. Die Jacht saß auf dem Schlitten und war bereit, ins Wasser gelassen zu werden. Der Kranführer und der Fahrer der Zugmaschine hatten sich komischerweise verdrückt.

„Was gibt's?", wollte Oleg wissen.

„Dieser unterbelichtete Affe hat die Flasche viel zu hoch gehängt!"

Erst jetzt entdeckte Oleg die Champagnerflasche, die von der Bugspitze der Jacht herabbaumelte.

„Hol mir die Flasche herunter! Sonst geht es nicht!"

„Ich bin nicht dein Sklave", stellte Oleg klar.

„Bitte!"

Der Junge sah Oleg auf eine so merkwürdige Weise an, dass er für einen kurzen Moment tatsächlich Mitleid empfand. Ohne Beine musste man wirklich ständig jemanden um Hilfe bitten. Oder dafür bezahlen.

„Okay, okay!", stöhnte er schließlich. „Ich hol dir das verdammte Ding! Also hör auf zu heulen!"

Oleg zog den Reißverschluss seiner Jacke zu, weil ihn der kalte Wind allmählich nervte.

„Warum lässt sich eigentlich keiner blicken?", wollte er wissen. „Von deinem Jachtklub, meine ich. Ich dachte, dein Alter wäre hier so ein großes Tier gewesen."

„Er war Mitbegründer und auch mal Präsident!", bestätigte Maximilian stolz. „Trotzdem möchte ich jetzt niemanden aus dem Klub sehen. Ich habe darum gebeten, weil ich dieses ewige Mitleid satthabe. Außerdem ist das hier eine …", er suchte nach dem richtigen Wort, „… eine *private* Angelegenheit. Punkt."

„Und wie willst du den Kahn allein in den See kriegen?"

„Ich habe mir alles erklären lassen", erwiderte Maximilian. „Man muss nur die Schlittenbremse dort lösen. Siehst du? Mehr nicht, der Rest geschieht von allein. Wir brauchen also niemanden." Er deutete hinauf zu der baumelnden Champagnerflasche. „Also, was ist? Holst du sie mir jetzt runter oder muss ich wirklich jemand anderen kommen lassen?"

Oleg fluchte. Dann suchte er nach einer Leiter, legte sie an den Rumpf und kletterte an Bord. Oben angelangt, löste er die Kordel, mit der die Flasche an der Spitze befestigt war.

„Pass auf, dass du keinen Kratzer in den Lack machst!", rief Maximilian zu ihm hinauf.

Oleg zeigte ihm den Stinkefinger, dann hatte er den Knoten endlich gelöst. Er ließ die Flasche, so weit wie es ging, tiefer sacken und machte sie wieder fest. Anschließend kletterte er über die Leiter von Bord.

Die Flasche hing jetzt zwar tiefer, aber für jemanden, der im Rollstuhl saß, war sie noch immer viel zu hoch.

„Du musst mich hochheben!", entschied Maximilian.

„No way!"

„Nun mach schon! Bitte!"

„Und wenn uns jemand sieht? Das ist voll schwul!"

„Wenn es deinen Ruf rettet, dann kannst du mich mit meinem Rollstuhl hochheben", schlug Maximilian vor. „Das ist mir egal. Ich muss an die Flasche!"

Bislang hatte Oleg die Hilflosigkeit des Krüppels vor allem peinlich gefunden, aber so langsam machte sie ihn richtig sauer. Er packte ihn grob um die Taille, hob ihn aus dem Stuhl und stemmte ihn in die Höhe, damit er die Flasche erreichen konnte.

„Höher!"

„Du kannst mich mal!", nuschelte Oleg in den Pullover auf seinem Gesicht.

„Jetzt mach schon! Höher! ... okay, ich habe sie!"

„Wie lange noch?", beschwerte sich Oleg.

Der Krüppel hing wie ein Zementsack in seinen Armen. Er antwortete nicht, sondern murmelte etwas, das Oleg nicht verstand. Dann hörte er, wie über ihm die präparierte Champagnerflasche mit einem Knall am Bootsrumpf zerplatzte.

„Bist du endlich fertig?"

Maximilian tippte ihm von oben auf den Scheitel. „Du kannst mich jetzt runterlassen!"

Oleg ließ ihn zurück in den Rollstuhl plumpsen.

„Danke", sagte Maximilian.

„Das war eine Ausnahme. Und weiter?"

„Jetzt lassen wir sie ins Wasser."

Maximilian rollte zu dem abschließbaren Schaltkasten und öffnete ihn. Er studierte kurz die verschiedenen farbigen Schalter, dann betätigte er einen von ihnen. Sofort setzten sich die Drahtseilgewinde in Bewegung, die den Schlitten mit der Jacht auf der abschüssigen Rampe hielten. Zentimeter für Zentimeter glitt das Schiff rückwärts, bis es zuerst mit dem Heck das Wasser berührte und schließlich frei im See schwamm. Das heißt, noch war es zwischen zwei Kais gefangen, die ein Abdriften verhinderten.

Maximilian starrte einen Moment lang ergriffen auf sein schwimmendes Schiff. „Ich habe so lange gewartet", murmelte er. „Du glaubst gar nicht, wie lange." Dann schien er plötzlich wie aus einem Traum zu erwachen und strahlte Oleg an. „Schnell, wir müssen die Gangway anlegen!"

„*Wir*?", erkundigte sich Oleg gelangweilt. „Wen meinst du mit *wir*?"

Maximilian verdrehte die Augen. „Du musst es machen! Bitte! Sie liegt dahinten! Bitte, bitte, bitte!"

„Schon besser!"

Oleg holte die Gangway und schob sie über die Kaikante hinaus, bis das freie Ende auf der Jacht lag. Anschließend half er dem Krüppel an Bord, was nicht einfach war, weil das Laufbrett zwar eine Art Geländer hatte, aber ziemlich schmal war. Zumindest für einen Rollstuhl. Nachdem sie es tatsächlich geschafft hatten, surrte Maximilian sofort zum Bootsführerstand. Dort zog er sich eigenhändig auf den drehbaren Sitz, der zweifellos eine Spezialanfertigung war, denn er verfügte über eine orthopädische Rückenlehne und bewegliche Seitenstützen. Anschließend prüfte er das große Steuerrad, indem er es behutsam hin und her bewegte. Das Resultat schien ihn zufriedenzustellen, und nachdem er die hochmodernen, in altmodisches Messing gefassten Armaturen ausgiebig befummelt hatte, ließ er den Schiffsmotor anspringen. Sofort durchlief den Bootsrumpf ein sanftes Zittern. Oleg hielt sich instinktiv fest. „Ey, Moment mal! Was hast du vor!?"

„Wirst du etwa seekrank?", lachte Maximilian. Sein sonst blasses Gesicht glühte vor Begeisterung.

„Keine Ahnung", musste Oleg zugeben. „Ich war noch nie auf einem richtigen Schiff."

„In dem Fall wird es aber Zeit!", entschied Maximilian. „Es gibt nichts Großartigeres, als unter vollen Segeln dahinzugleiten. Bis nichts mehr da ist, was man vermisst!"

Oleg kam aus dem Staunen gar nicht mehr heraus. Es war nur ein Boot, aber es schien Maximilian komplett zu verändern, er blühte förmlich auf. Was die Sache nicht leichter machte. Oleg musterte unauffällig die Umgebung. Über seinem Kopf kreischte eine einsame Möwe und bis auf das Klirren der Drahtseile an den Masten und das Flattern eines losgerissenen Segels wirkte der Jachthafen wie ausgestorben. Das beunruhigte ihn. Er rechnete zwar nicht damit, dass Mark und Digger so verrückt waren, sich den Jungen ausgerechnet hier zu schnappen, aber wer wusste das schon. Am Abend zuvor war er so wütend gewesen, dass er Diggers Bude fluchtartig verlassen hatte. Seitdem hatte er weder ihn noch seinen Bruder Mark gesehen.

Oleg klappte den Kragen seiner Jacke hoch und blickte sich erneut verstohlen um. Er fühlte sich unwohl in seiner Haut. Er hätte gar nicht hier sein dürfen.

„Jetzt entspann dich endlich!", sagte Maximilian. Er schaltete den Schiffsmotor wieder aus. „Wir fahren nirgendwohin. Erstens sind wir festgemacht, zweitens muss der Mast noch aufgestellt werden. Wie dir inzwischen vielleicht aufgefallen sein dürfte, fehlt er noch. Es gibt also keinen Grund, in Panik zu verfallen!"

„Ich werde garantiert nicht seekrank!", gab Oleg beleidigt zurück.

„Umso besser!", meinte Maximilian. Die Andeutung eines Lächelns umspielte seine Mundwinkel. „Ich hab inzwischen richtig Hunger. Was hältst du von einem Essen?"

Olegs Verstand riet ihm, die Einladung auszuschlagen, aber sein leerer Bauch schrie eindeutig lauter.

„Aber du bezahlst!", stellte er klar.

„Ehrensache! Also los, worauf warten wir? Wenn wir uns beeilen, schaffen wir noch die Mittagskarte!"

Geizkragen!, dachte Oleg. Schweigend sah er dabei zu, wie sich Maximilian mit seinem Rollstuhl von Bord der Segeljacht quälte. Sein unhandliches Gefährt stieß ständig irgendwo an, und mehrmals musste er vor und zurück rangieren, bis er endlich wieder festen Boden unter den Rädern hatte. Als Oleg ihm über die Gangway an Land folgte, fiel sein Blick auf das unter ihm schwappende, mit Müll verschmutzte Wasser.

Ein wahres Paradies für Ratten.

24

Während sie auf das Behindertentaxi warteten, vertrieben sie sich die Zeit, indem sie sich gegenseitig auf den Geist gingen. So quasselte Maximilian in einem fort über Boote und die Kunst des Segelns, die seiner Meinung nach nicht hoch genug einzuschätzen sei, während Oleg sich betont desinteressiert gab. Aber es funktionierte. Seltsamerweise hatte er sich an den Angeber und sein peinliches Gefährt fast schon gewöhnt. Womit er sich hingegen niemals abfinden würde, war die Tatsache, dass er unentwegt so tat, als gehöre ihm die ganze Welt. Geld schien für ihn nicht die geringste Rolle zu spielen, wobei er selbst fast jede Minute daran denken musste.

Darum überraschte es Oleg auch nicht, als sich das „nette, annehmbare Restaurant", von dem der Junge gesprochen hatte, als ein waschechtes Schloss entpuppte. Es lag direkt am Seeufer, hinter hohen Hecken verborgen. Nachdem sie das Taxi vor dem pompösen Säuleneingang abgesetzt hatte, fühlte sich Oleg auf der Stelle unwohl. Der uniformierte Angestellte, der ihnen aus dem Taxi half, bedachte seine neue Jacke und das darunter hervorschauende Metal-T-Shirt mit einem verstörten Blick.

Auch als er im Schlepptau des Jungen durch die Glastür des Nobelrestaurants trat, wurde sein Gefühl nicht besser. Er kam sich vor wie ein gottverdammter Alien aus einem anderen Universum.

Das piekfeine, mit Teppichen ausgelegte Restaurant besaß ein riesiges, bodentiefes Panoramafenster, das auf den glitzernden See hinausging und die gesamte Länge des Raumes einnahm. An der stuckverzierten Decke hingen schwere Kronleuchter, die Wände schmückten uralte Bildteppiche, die offenbar aus dem Familienbesitz des Schlossherrn stammten. Bis auf wenige Ausnahmen stellten fast alle Gemälde irgendwelche Schlachtenszenen dar, in denen sich die Kontrahenten gegenseitig die Köpfe abschlugen, durchbohrten oder einfach bei lebendigem Leib verbrannten. In einer Mauernische neben der wuchtigen Theke aus schwarz glänzendem Mahagoniholz entdeckte er sogar eine komplette Ritterrüstung.

Sofort eilte ein befrackter Kellner auf lautlosen Sohlen auf sie zu.

„Ich freue mich, Sie nach so langer Zeit wieder als Gast in unserem Hause begrüßen zu dürfen“, empfing er den Jungen und verbeugte sich dabei noch perfekter als Maurice. Was waren das nur für Leute, die sich so einen Schleimer-Job aussuchten?

„Hallo, Werner!“, sagte Maximilian. „Wie geht es Ihnen?“

„Man lebt und tut seine Arbeit. Sie wissen schon.“ Der Mann, er war weit über fünfzig, setzte ein einstudiertes Lächeln auf: „Womit kann ich Ihnen dienen?“

„Wir hätten gerne einen Tisch, an dem wir ungestört sind. Am liebsten den, an dem ich früher mit meinen Eltern gespeist habe. Sie wissen schon …“

„Selbstverständlich!“

Der Kellner musterte Oleg mit dem gleichen Blick wie sein uniformierter Kollege draußen vor dem Eingang. Allerdings schien er mehr empört als belustigt.

„Möchten die Herren nicht vielleicht vorher ablegen?“, raunte er dem Jungen mit gedämpfter Stimme zu.

„Ich behalte meine Jacke an“, stellte Oleg sofort klar.

Die Hängebacken des Mannes zitterten leicht und er sah Maximilian fragend an. Als dieser jedoch nur stumm mit den Achseln zuckte, führte er seine Gäste zu einem Tisch direkt an dem Panoramafenster. Er räumte einen Stuhl zur Seite, um Platz für den Rollstuhl zu schaffen, dann reichte er die Speisekarten an und schwebte mit gerümpfter Nase davon.

„Und? Schon gewählt?“, erkundigte sich Maximilian, nachdem er eine Zeit lang die in Leder gebundene Karte studiert hatte. Er schielte über ihren Rand hinweg. „Was ich dir empfehlen kann, ist das Carpaccio ganz oben. Das Fleisch stammt vom japanischen Kobe-Rind. Die werden täglich von ihren Besitzern mit der Hand massiert, was das Fleisch besonders zart macht.“

Durchgeknetete Wellness-Rindviecher – das war eindeutig nicht normal! Jetzt wunderte Oleg auch nicht mehr, dass nirgends in der Speisekarte Preise zu finden waren. Dabei konnte er sich unter den meisten Gerichten ohnehin nichts vorstellen. Er konnte nicht einmal die schnörkelige Handschrift richtig entziffern, in der sie aufgeführt wurden. Das hier war wirklich ein anderer Stern.

Er lugte ebenfalls über die Karte hinweg. Das Restaurant war so gut wie leer. Lediglich vier weitere Tische waren besetzt. An einem wartete eine Gruppe Geschäftsleute ungeduldig auf ihr Essen, in der Ecke turtelte ein älterer Mann mit einer ziemlich jungen Tussi. An den Tischen rechts von ihnen saßen ein älteres Ehepaar sowie zwei weitere Anzugträger. Offenbar Chinesen. Oleg zog zu Testzwecken geräuschvoll die Nase hoch. Die Frau mit den Klimperohrringen guckte tatsächlich sofort zu ihm herüber und begann, mit dem Tattergreis an ihrer Seite zu tuscheln.

Oleg klappte die Karte zu und schmiss sie zwischen die vielen Gläser auf den opulent gedeckten Tisch. „Gibt es hier auch was Essbares?"

Maximilian hob den Kopf und machte ein verständnisloses Gesicht.

„Einen Hamburger mit Pommes zum Beispiel", maulte Oleg weiter. „Von mir aus auch einen Döner. Aber nur mit extra Joghurt und richtig scharf!"

Die Tante mit den Ohrringen starrte noch immer zu ihm herüber.

„Viel los ist in diesem Laden ja auch nicht gerade", fügte Oleg säuerlich hinzu.

„Es ist mitten am Tag", erwiderte Maximilian, während er seine Speisekarte ebenfalls zuklappte. „*Normale* Menschen arbeiten jetzt!"

„Ey, was willst du?", beschwerte sich Oleg. „Ich arbeite. Genau in dieser Sekunde verdiene ich siebzig die Stunde." Er grinste. „Ist doch nicht übel, oder?"

„1:0 für dich!" Maximilian winkte nach dem befrackten Kellner, der sofort auf sie zugeeilt kam.

„Sie haben gewählt?", erkundigte er sich.

Da war er wieder, dieser angedeutete Bückling.

„Bringen Sie mir zuerst das Carpaccio von der Karte", erklärte Maximilian. „Und danach den gratinierten Hummer. Dazu hätten wir gerne eine Flasche Mineralwasser. Das aus dem Himalaya, wenn es das noch gibt."

„Sehr wohl." Dann wandte sich der Kellner seinem zweiten Gast zu, wobei er es tunlichst vermied, Oleg direkt anzusehen. Er blickte durch ihn hindurch, als sei er ein Geist.

„Ich will einen Burger." Oleg verschränkte die Arme vor der Brust. „Mit viel Zwiebeln und ohne Gurke."

Dem Kellner fiel die Kinnlade herunter. Vermutlich kippte er gleich aus seinem schwarzen Frack, obwohl er es sich nicht anmerken ließ.

„Ach ja: und 'ne Coke!", fügte Oleg grinsend hinzu. „Und keine Pepsi! Das Gesöff ist Dreck!"

Das war schon cool. Wenn man genügend Geld hatte, konnte man die Leute nach Strich und Faden verarschen, und sie machten trotzdem gute Miene zum bösen Spiel. Oleg musste zugeben, dass ihm das gefiel.

„Sie haben gehört, was mein Gast wünscht!", mischte sich Maximilian ein. „Also, worauf warten Sie noch?"

„Wie Sie wünschen ..." Der Kellner verdrückte sich, um die Bestellung an die Küche weiterzureichen.

Oleg glaubte, in Maximilians Blick so etwas wie ein verschwörerisches Funkeln zu entdecken, als er sich ihm wieder zuwandte. „Wenn man ihnen von Anfang an zeigt, wer das Sagen hat, spart man sich eine Menge Diskussionen."

Das war auf der Straße nicht anders, dachte Oleg. Angriff war die beste Verteidigung.

„Früher war ich oft hier", plapperte Maximilian schon weiter. „Das heißt, mit meinen Eltern. Was ist eigentlich mit deinen Eltern? Weiß deine Mutter, dass du nachts in fremde Häuser einbrichst?"

„Ich habe keine Mutter mehr", wich Oleg aus. „Sie ist schon lange tot."

Das war nicht einmal gelogen.

„Und dein Vater?", hakte Maximilian neugierig nach.

Der lebt auch nicht mehr, hätte Oleg am liebsten geantwortet. Stattdessen machte er eine wegwerfende Handbewegung: „Was soll mit ihm sein? Er säuft und geht zur Arbeit. So wie alle im Viertel. Zumindest die, die Arbeit haben. Die anderen saufen nur."

Maximilian verzog bei der Vorstellung das Gesicht. „Und dein Bruder?", fragte er weiter. „Du hast mal erwähnt, dass du einen Bruder hast."

„Darüber will ich nicht reden." Oleg wurde sich schlagartig bewusst, dass er längst hätte verschwinden müssen. Er warf instinktiv einen Blick über die Schulter. Es wurden immer mehr Leute, die ihn zusammen mit dem Jungen sahen.

„Ist das ein Verhör oder was?", beschwerte er sich. „Was geht dich mein Leben überhaupt an? In deiner Welt hier ist doch sowieso alles anders."

„Ach, findest du?"

„Ja, finde ich!"

Maximilian schlug einen versöhnlichen Ton an. „Ich weiß nicht, warum du dich so aufregst. Ich versuche doch nur, ein wenig Konversation zu betreiben."

„Scheiß Konv…!" Oleg winkte verärgert ab. „Ach, vergiss es!"

Der Kellner brachte die Getränke, und nachdem er dem Jungen wortlos das Mineralwasser eingeschenkt hatte, löste er sich wieder in Luft auf.

„Lass uns anstoßen!" Maximilian griff nach seinem Glas und hielt es auffordernd in die Höhe.

„Worauf sollten *wir* denn anstoßen?", frotzelte Oleg. „Für dich bin ich doch nur ein primitiver Asozialer."

Noch hatte er den Chat nicht vergessen, den er auf dem Laptop des Jungen gelesen hatte. Er ließ sich nicht für dumm verkaufen.

„Wenn dir nichts Besseres einfällt, auf das wir anstoßen können – wie wäre es mit deinem neuen Job?", schlug Maximilian vor. „Immerhin ist er gut bezahlt. Das hast du selbst zugegeben!"

Oleg nahm widerwillig sein Colaglas, prostete kurz in Maximilians Richtung und nippte dann daran. Wenigstens keine Pepsi.

„Als Kind war ich oft hier", fuhr Maximilian gut gelaunt fort, nachdem er ebenfalls getrunken hatte. Er stellte sein Glas ab und ließ seinen Blick hinaus auf den See schweifen. Draußen schipperte gerade ein Ausflugsboot vorbei.

„Im Nachhinein betrachtet, war es keine schlechte Zeit", fügte er nach kurzem Schweigen hinzu. „Genau genommen ist heute eine Premiere. Seitdem ich aus der Klinik entlassen wurde, ist es das erste Mal, dass ich das Haus verlassen habe. Nein, warte, das stimmt nicht! Gestern war ich ja schon bei Maurice im Krankenhaus – und zwischendurch noch mal bei irgendwelchen Untersuchungen, aber das zählt nicht." Er lächelte schmal. „Die Operation heute Morgen ist übrigens gut verlaufen. Ich soll dich schön grüßen!"

„Im Ernst?"

Maximilian lachte. „Nein, eigentlich hat er mir geraten, dich sofort der Polizei zu übergeben. Er traut dir nicht über den Weg."

Wie recht der Alte damit hatte, behielt Oleg lieber für sich. „Ich würde durchdrehen, wenn ich zu Hause rumsitzen würde", sagte er stattdessen.

„Meinst du, mir gefällt das?", erregte sich Maximilian. Bevor er fortfahren konnte, betraten plötzlich zwei gleichaltrige Jungs das Restaurant. Bei ihrem Anblick zuckte Maximilian leicht zusammen – oder hatte Oleg sich das eingebildet? Die Typen trugen weiße Tennisklamotten und traten auf, als gehöre der Laden ihnen.

Als der Größere von beiden sie entdeckte, trat er sofort an ihren Tisch. „Da sieh mal einer an!", grüßte er mit übertrieben lauter Stimme. Er hatte rostrote Haare und sein Gesicht war voller Sommersprossen. „Ist das nicht unser Supertalent, der zukünftige Wimbledon-Sieger?"

Maximilian verzog das Gesicht, erwiderte aber nichts. Oleg hatte sich also nicht getäuscht: Der Junge kannte diese beiden Affen.

„Lange nicht gesehen", grinste der Rothaarige. „Was ist? Ich warte immer noch auf meine Revanche!"

„Schätze, daraus wird nichts", fügte sein pummeliger Begleiter hinzu. Er war deutlich kleiner und erinnerte Oleg in seiner ganzen Art an den Mami-Schnösel-Typen aus dem Klamottengeschäft. „Der kriegt ja nicht mal seinen Arsch aus dem Sessel da. Das Supertalent ist nicht mehr!"

„Eigentlich schade", ergänzte sein Freund und setzte eine mitleidige Miene auf. „Aber vielleicht klappt es ja bei der Behindertenolympiade …"

Maximilian bekam einen knallroten Kopf.

„Du würdest nicht einmal jetzt gegen mich gewinnen!", zischte er. „Vermutlich weißt du immer noch nicht, wie man einen Tennisschläger richtig hält. Aber das spielte ja noch nie eine Rolle …"

Der mit den Sommersprossen beugte sich drohend zu ihm hinab. „Was willst du damit sagen?"

„Das, was jeder weiß: Wenn dein Vater nicht Klubpräsident wäre, würden sie einen Loser wie dich nicht einmal den Platz fegen lassen!"

Das Grinsen war dem Rothaarigen vergangen. „Pass auf! Es ist mir nämlich scheißegal, ob du ein Krüppel bist oder nicht!"

Er und Maximilian funkelten sich gegenseitig an.

„Komm, lass das arme Schwein!", ging sein Freund schließlich dazwischen. Er musterte Oleg mit einem verächtlichen Blick. „Du siehst doch, mit wem sich unser Goldjunge mittlerweile abgeben muss. Der hat sein Fett weg, also lass uns endlich gehen. Mein Vater wartet draußen!"

Der Rothaarige starrte Maximilian weiter an, aber dann gab er dem Drängen nach. Er folgte seinem Freund.

„Was waren das denn für Wichser?", wollte Oleg wissen, als die beiden außer Hörweite waren.

„Vergiss diese Idioten!", schnaufte Maximilian. „Die waren aus meinem früheren Leben."

Oleg beobachtete, wie die geschniegelten Tennistypen das Restaurant verließen. Ein Kellner hielt ihnen tatsächlich die Glastür auf.

„Jetzt weißt du, wie es ist, ein Krüppel zu sein!", grollte Maximilian. „Niemand nimmt dich ernst – und das nur, weil du dich nicht wehren kannst! Kannst du dir vorstellen, wie sich das anfühlt?"

„Nein", gab Oleg zu, obwohl ihm das Gefühl gar nicht so unvertraut erschien.

„Das dachte ich mir!", erwiderte Maximilian grimmig. „Aber noch schlimmer ist es, wenn alle Welt so tut, als könnte ein blöder Das-wird-schon-wieder-Spruch mir meine Beine zurückgeben. Glaub mir, dieses ewige Mitleid kotzt mich an! Genau das gefällt mir an dir."

Oleg sah ihn irritiert an.

„Du hast kein Mitleid", stellte Maximilian trocken fest. „Und wenn doch, dann versteckst du es mehr als gründlich. Das mag ich an dir."

Mitleid empfand Oleg tatsächlich nicht. Trotzdem wurde er den Verdacht nicht los, dass ihm der Junge nicht die Wahrheit sagte. Zumindest nicht die ganze.

„Ich verrate dir mal was“, fuhr Maximilian fort und griff nach seinem Wasser. „Ich habe die Schnauze gestrichen voll! Das Schicksal hat mich um mein Leben betrogen – das ist die bittere Wahrheit! Prost!“

Er trank sein Glas in einem Zug leer und knallte es auf den Tisch. In seinen blauen Augen blitzte der Zorn.

Oleg zuckte mit den Achseln. „Immerhin hattest du mal ein Leben. Ich hatte noch nie eins. Bis jetzt jedenfalls.“

Als Maximilian etwas darauf erwidern wollte, brachte der Kellner das Essen. Angesichts des rosa Zeugs auf dem Teller des Jungen war Oleg froh, einen Hamburger bestellt zu haben. Die vier Pommes auf dem winzigen Extrateller waren allerdings ein Witz. Er nahm den Burger, wog ihn prüfend in der Hand und guckte unter das Deckbrötchen. Dann drehte er ihn auf den Rücken und biss hinein. Beinahe sofort haute es ihn aus den Schuhen.

„Was ist? Schmeckt es dir nicht?“, erkundigte sich Maximilian besorgt.

Oleg schüttelte den Kopf. Er wollte etwas mit vollem Mund erwidern, aber er brachte keinen Ton heraus. Er war schlichtweg überwältigt. So einen Burger hatte er noch nie gegessen! Vermutlich stammte das Fleisch auch von diesen Massage-Kühen, denn es schmolz förmlich auf der Zunge.

Gleichzeitig wurde ihm schon beim ersten Bissen bewusst, dass er sich diesen Genuss niemals wieder würde leisten können. Und das tat verdammt weh.

25

Der Besucherparkplatz der Klinik begann sich bereits zu leeren, und wie immer, wenn Oleg an dem Pförtner in seinem Glaskasten vorbeikam, musste er unweigerlich an eine Eidechse in einem Terrarium denken. So wie er über sein Pult gebeugt dahockte, leblos, in der immer gleichen Position, hatte der Mann zweifellos etwas Echsenhaftes an sich. Allein seine Augen tanzten ruhelos hin und her, und Oleg hätte es nicht überrascht, wenn plötzlich eine lange, klebrige Zunge aus seinem Mund geschnellt wäre. Er nickte ihm wie immer zu, gleichzeitig wich er einer Schar schnatternder Schwesternschülerinnen aus, die ihre Tagesschicht beendet hatten und nun in den Feierabend drängten.

Während er auf den Fahrstuhl wartete, versuchte er erneut, seinen Bruder zu erreichen, aber auch diesmal meldete sich lediglich die Mailbox. Oleg steckte das Handy wieder in seine Jacke und fluchte. Seitdem er Maximilian mit dem Taxi nach Hause gebracht hatte, versuchte er, Mark zu finden. Aber weder in der Werkstatt auf dem Schrottplatz noch in der ehemaligen Schleuse hatte er ihn angetroffen. Auch von Digger fehlte jede Spur, was Oleg mittlerweile Sorgen bereitete. Als er die Station im zweiten Stock betrat, hielt er automatisch Ausschau nach Schwester Ingrid, aber zu seiner Enttäuschung hatte ihre magersüchtige Kollegin Dienst.

„Ich will zu meiner Mutter", rief er ihr von Weitem zu. Dann eilte er wie immer mit eingezogenem Kopf den endlosen Gang entlang, und als er vor dem Zimmer stand, atmete er erst tief ein, bevor er hineinging.

„Hallo, Mama."

In dem Fernseher hoch oben an der Wand lief eine Arztserie, und erst als Oleg an das Bett trat, bemerkte er die Schnallen an den Handgelenken seiner Mutter. Allem Anschein nach hatte sie wieder Besuch von ihren bösen Männern gehabt. Er nahm die Fernbedienung vom Nachttisch und schaltete den Ton des Fernsehers ab. Erst jetzt drehte seine Mutter ihren Kopf zur Seite. Sie war mit Medikamenten vollgepumpt.

„Ich bin's!", sagte Oleg. „Ich muss mit dir reden. Es geht um Mark."

Da er ohnehin nicht mit einer Antwort rechnete, griff er sich den Stuhl und setzte sich neben das Bett.

„Mark steckt in Schwierigkeiten", begann er. „Er ist dabei, einen Riesenfehler zu machen, und ich weiß nicht, wie ich das verhindern soll. Auf mich hört er ja nicht! Dabei bin ich mir sicher, dass die Sache schiefgeht!"

Oleg knetete seine Finger. Er fühlte sich hundeelend. Auf dem tonlosen Fernsehbildschirm klappte der Mund eines geföhnten Schönlings auf und zu, ohne dass etwas herauskam.

„Außerdem will ich nicht, dass dem Krüppel etwas passiert", fuhr Oleg fort. „Er ist zwar ein stinkreicher Angeber, aber auch ein armes Schwein. Trotz seiner vielen Kohle."

Er war über seine Worte selbst ein wenig überrascht. Seine Mutter zeigte hingegen keinerlei Reaktion, was ihm durchaus recht war. Sie würde ihm ohnehin nicht helfen können. In diesem Fall konnte er nicht einmal seinen Bruder um Rat fragen, denn der war das Problem. Oleg verließ seinen Platz am Kopfende des Bettes und trat an das Fenster. Mark war sein Bruder und er konnte ihn unmöglich verpfeifen. Um ihn aufzuhalten, blieb demnach nur eine Möglichkeit: Er musste ihn rechtzeitig zur Vernunft bringen. Bevor es zu spät war.

Voller Sorge betrachtete er das eingefallene Gesicht seiner Mutter. Seitdem man sie hier eingesperrt hatte, war sie irgendwie alt geworden, dachte er. Alt und grau. Ehrlich gesagt konnte er sich nur noch vage daran erinnern, wie seine Mutter gewesen war, bevor diese Schizo-Krankheit sie kaputt gemacht hatte. Das Einzige, das ihm im Gedächtnis geblieben war, waren ihr glockenhelles Lachen und die gemeinsamen Familienausflüge in den Zoo. Ansonsten dachte er lieber nicht allzu viel an früher zurück. Schon oft hatte er sich gefragt, ob er seine Mutter für das hassen sollte, was sie ihm angetan hatte. Und nicht nur ihm, sondern auch Mark und seinem Vater. Aber er brachte es einfach nicht fertig. So sehr er es sich manchmal auch wünschte, er hatte nun mal keine andere Mutter.

Oleg spürte, wie ihm die Tränen in die Augen schossen. Was hatte er bloß verbrochen, dass sein Leben so schwer und unerträglich war? Dass ihn alle alleinließen?

Oleg wischte sich die Tränen aus den Augen und begann, die Schnallen zu lösen, mit denen seine Mutter auf dem Bett fixiert war. Er konnte die Dinger nicht ausstehen. Als er die Fessel an ihrem linken Handgelenk öffnete, wurde unter der Manschette entlang der Pulsader eine lange Narbe sichtbar. Sie war noch immer leuchtend rot. Oleg staunte nicht zum ersten Mal über dieses seltsame Phänomen.

„Was machst du da?“, fragte eine scharfe Stimme hinter ihm.

Oleg drehte sich um. Die magersüchtige Schwester war, ohne anzuklopfen, hereingekommen. Sie trug einen Nachttopf in der Hand.

„Wonach sieht es denn aus?", schnauzte Oleg zurück. „Ich binde meine Mutter los! Wer erlaubt Ihnen eigentlich, sie einfach festzubinden? Wenn Sie das noch mal machen, werde ich mich beschweren!"

Die Schwester gab sich unbeeindruckt.

„Tu das ruhig!", erwiderte sie. „Und jetzt lass mich bitte meine Arbeit machen. Einverstanden?"

Oleg ballte die Fäuste, er schäumte, gleichzeitig fühlte er sich furchtbar hilflos. Am Ende flüchtete er aus dem Zimmer, ohne sich von seiner Mutter zu verabschieden. Als er nach Hause kam, hoffte er, Mark anzutreffen, aber sein Bruder war nicht da.

„Weißt du, wo Mark ist?", fragte er und streckte den Kopf ins Wohnzimmer. Im Fernseher lief tatsächlich dieselbe beknackte Arztserie wie im Krankenhaus, während sein Vater im Bademantel und mit glasigem Blick auf der Couch saß. Den Schnapsfläschchen nach zu urteilen, sorgte er mal wieder dafür, dass der Getränkekiosk unten an der Ecke nicht pleiteging.

„Wo warst du?", lallte er mit schwerer Zunge.

„Seit wann interessiert dich das?", gab Oleg zurück. Er war müde und der laute Fernseher stresste ihn. „Ich muss dringend mit Mark reden! In seinem Zimmer ist er nicht. Also, weißt du, wo er steckt?"

„Er war nicht hier."

Sein Vater drehte sich wieder dem Fernseher zu.

„Musst du heute Nacht nicht arbeiten?" Oleg musste fast brüllen, um den Fernseher zu übertönen.

„Heute ist Mittwoch", sagte sein Vater. Dann setzte er sich die kleine Flasche, die er in seiner rechten Faust hielt, an die Lippen.

Oleg zog seinen Kopf zurück und schloss die Wohnzimmertür. Sein Vater hatte seinen freien Tag. Heute lief aber wirklich alles schief. Auf dem Weg ins Bad warf er noch einmal einen Blick in das Zimmer seines Bruders, dann ging er schlafen. Das hieß, er legte sich angezogen auf das Bett und versuchte, trotz des dröhnenden Fernsehers nebenan irgendwie zu schlafen. Aber so sehr er sich auch bemühte, endlich abzuschalten, seine Gedanken hörten nicht auf zu rasen. Wo war sein Bruder? Oleg wälzte sich hin und her, und als er am Morgen erwachte, war er schweißgebadet.

Erleichtert stellte er fest, dass die mittelalterlichen Folterknechte, die ihn mit glühenden Zangen nach dem Jungen befragt hatten, nur ein böser Traum gewesen waren. Als er jedoch auf dem Weg ins Bad das Zimmer seines Bruders kontrollierte, war die Panik mit einem Schlag wieder da.

Marks Bett war leer und unbenutzt.

26

Als Oleg den dunklen Audi gegenüber der Einfahrt zur Villa bemerkte, ahnte er sofort, dass er zu spät kam. Der gelangweilten Art nach zu urteilen, mit der die beiden Männer ihre Ellbogen aus den Seitenfenstern hielten, konnte es sich nur um Polizisten in Zivil handeln. Als dann ein weiterer Wagen das Grundstück verließ, gab es endgültig keinen Zweifel mehr. Er hätte kotzen können. Während er sich hinter die niedrige Buchenhecke drückte, überlegte er hin und her, was er jetzt unternehmen sollte. Denn irgendetwas musste er tun. Er spähte vorsichtig über die Hecke hinweg, und als die beiden Bullen in dem Audi durch einen Jogger abgelenkt wurden, schlüpfte er in das kleine Wäldchen, das an das Villengrundstück grenzte, und schlug sich durch die Büsche.

Die Pforte in der Mauer hatte er schnell gefunden, dann schlich er durch den Garten zur Kellertreppe. Nicht einmal eine Minute lauschte er an der Tür, die in die Eingangshalle führte. Er hörte fremde Stimmen. Sie kamen aus der Küche. Eine Frau und ein Mann. Oleg war nur allzu bewusst, dass es komplett verrückt war, was er tat, aber er konnte nicht anders. Er musste wissen, was geschehen war. Also durchquerte er auf Zehenspitzen die Eingangshalle. Durch den Türspalt konnte er sehen, dass auf dem Küchentisch elektronische Geräte aufgebaut waren, an denen ein junger Kriminaltechniker herumbastelte. Ein zweiter Mann stand irgendwo im Raum und unterhielt sich mit einer fremden Frau. Er selbst war nicht zu sehen, weil er sich außerhalb von Olegs Blickfeld befand.

„Und Ihnen ist wirklich nichts aufgefallen?", sagte der Unsichtbare.

„*Wie denn!?*", stöhnte die Frau. Ihre Stimme klang, als wäre sie fix und fertig. „Ich habe diese Stelle erst gestern Abend angetreten. Ich kenne diesen Jungen oder seine Familie überhaupt nicht! Meine Agentur hat mir lediglich die Adresse übermittelt. Angeblich handelte es sich um einen Notfall."

Demnach war das also die neue Krankenpflegerin des Jungen, folgerte Oleg. Er veränderte seine Position, um mehr erkennen zu können. Sie war tatsächlich um einiges hübscher als ihre übergewichtige Kollegin. Allerdings befand sie sich momentan in einem desolaten Zustand. Sie heulte Rotz und Wasser.

Eine Hand erschien in seinem Blickfeld und reichte ihr ein Taschentuch.

„Danke", schniefte sie.

„Bitte, versuchen Sie sich noch einmal zu erinnern! Für uns ist jedes Detail von Bedeutung!"

„Wie oft soll ich Ihnen das noch sagen?", erwiderte die Frau gereizt. „Ich habe geschlafen und einen Schrei gehört. Dann habe ich das Fenster geöffnet und gesehen, wie der junge Mann von zwei maskierten Männern in einen Lieferwagen gehoben wurde. Danach ist der Wagen weggefahren."

„Hat sich der junge Mann gewehrt?"

„Das kann ich nicht sagen. Tut mir leid."

„Und der Kastenwagen? Wie sah der aus?" Der Bulle ohne Gesicht ließ nicht locker.

„Er hatte eine helle Farbe, weiß vielleicht. Herrgott noch mal, das sagte ich Ihnen doch bereits!"

„Und der Schriftzug, von dem Sie gesprochen haben? Was *genau* stand auf dem Wagen?"

Spätestens jetzt setzte bei Oleg der Herzschlag aus. Wenn die Frau die Aufschrift auf dem Wäschereiwagen gelesen hatte, war alles aus. Er hörte, wie sie geräuschvoll in das Taschentuch schnäuzte.

„Der Firmenname war irgendwie ausländisch", erwiderte sie mit matter Stimme. „Er fing mit W an. Glaube ich. Es war ein Installateur."

„Kein Bäcker oder eine Reinigungsfirma?", hakte der Polizist nach.

„Nein, Gas und Wasser. Da bin ich mir ganz sicher."

Am liebsten hätte Oleg die Pflegerin wegen ihres schlechten Erinnerungsvermögens geküsst. Als der junge Bulle mit seinem Stuhl ruckte und Anstalten machte aufzustehen, versteckte sich Oleg blitzschnell in der Bibliothek. In dem Raum war es stockfinster, weil aus unerfindlichen Gründen die Vorhänge vor den vergitterten Fenstern zugezogen waren. Licht zu machen traute Oleg sich nicht, deshalb tastete er sich vorsichtig vorwärts. Wenigstens brauchte er den unheimlichen Alten auf dem Ölbild über dem Kamin nicht anzusehen, obwohl es ihm so vorkam, als könne er seinen vernichtenden Blick trotz der Dunkelheit spüren.

Plötzlich kam ihm eine Idee. Er tastete das Bücherregal nach der Stelle ab, die er sich gemerkt hatte, und als er sie gefunden hatte, zog er die Bücherattrappe hervor. Anschließend klemmte er sich den flachen Kasten unter den Arm und trat den Rückweg an. Als er die Bibliothek verlassen wollte, erstarrte er: Die Schwester und die beiden Bullen kamen aus der Küche. Oleg trat hastig einen Schritt zurück in die Dunkelheit. Um die Tür zu schließen, war es jedoch zu spät.

„Ich möchte Sie bitten, das Haus nicht zu verlassen“, sagte der Bulle, den er zuvor nicht hatte sehen können. Er war überraschend klein, dennoch schien er der Boss zu sein. Die neue Pflegerin hatte sich inzwischen offenbar etwas beruhigt, aber sie machte noch immer einen angeschlagenen Eindruck.

„Warum muss ich überhaupt hierbleiben?“, beschwerte sie sich. „Hören Sie, Herr Kommissar: In diesem schrecklichen Haus will ich nicht eine Sekunde länger bleiben. Ich habe mit der ganzen Angelegenheit nichts zu tun!“

„Bitte, jetzt seien Sie doch vernünftig! Wir benötigen Ihre Hilfe. Es ist zwar nicht sehr wahrscheinlich, aber es könnte sein, dass die Entführer versuchen, mit Ihnen Kontakt aufzunehmen. Abgesehen davon wird mein Kollege bei Ihnen bleiben.“

„Ja, Sie können ganz beruhigt sein!“, fügte der jüngere Bulle etwas zu eifrig hinzu. „Ich werde Sie keine Sekunde aus den Augen lassen! Machen Sie sich keine Sorgen!“

Oleg hätte schwören können, dass die Frau von dieser Aussicht nicht sonderlich begeistert war. Jedenfalls entgegnete sie nichts darauf. Als er sich vorsichtshalber weiter ins Dunkel des Zimmers zurückziehen wollte und deshalb sein Gewicht verlagerte, knarrte mit einem Mal eine der alten Holzdielen unter seinen Füßen.

Oleg erstarrte.

„Haben Sie das Geräusch auch gehört, Chef?“ Es war der jüngere Bulle. „Es kam aus dem Zimmer dahinten!“

Das Einzige, was Oleg in der dröhnenden Stille wahrnahm, war sein hämmerndes Herz.

„Vielleicht eine Katze", sagte der ältere Bulle schließlich. „Dieses Haus sieht nach Katzen aus. Aber das werden Sie schon noch herausfinden! Ich werde in der Zwischenzeit ins Präsidium fahren. Und vergessen Sie nicht, mich auf dem Laufenden zu halten, falls sich die Entführer melden!"

Danach entfernte er sich. Kurz darauf hörte Oleg ein Auto wegfahren, und als die Schwester mit dem übrig gebliebenen Bullen in die Küche zurückkehrte, schnappte er nach Luft. Das Blut rauschte noch immer in seinen Ohren. Zuerst stand er einfach nur da, mit der Schachtel unter dem Arm, und rührte sich nicht. Aber dann gab es kein Halten mehr.

Es war ihm egal, ob der Bulle in der Küche ihn hörte. Er rannte durch die Halle, riss die Kellertür auf und stürzte die Treppe hinunter. In dem Keller fand er sich inzwischen blind zurecht, und als er wieder ins Freie kam, spurtete er über den Rasen, als sei ein ganzer Schlägertrupp hinter ihm her. Erst nachdem er das Grundstück durch die kleine Pforte wieder verlassen hatte, traute er sich innezuhalten. Völlig ausgepumpt lehnte er sich an die mit Efeu bewachsenen Ziegelsteine. Er öffnete den Kasten aus dem Bücherregal, nahm den Revolver heraus und schmiss den leeren Kasten in die Büsche. Den Revolver schob er sich in den Hosenbund und verdeckte ihn mit seinem T-Shirt und der Jacke. Er probierte ein wenig herum, und nachdem er seinen Gürtel gelockert hatte, war er mit seinem Sitz zufrieden. Danach zog er sein Handy heraus und tippte eine Nummer. Ungeduldig wartete er darauf, dass jemand abnahm.

„Ey, Alter, ich bin's!", sagte er, als es endlich so weit war. „Hast du Bock, dir was zu verdienen?"

27

Der Mastiff legte ihm schwanzwedelnd seine zerkaute Puppe vor die Füße. Oleg tätschelte seinen massigen Kopf, während er sich auf dem Schleusengelände vorsichtig umsah. „Später, okay? Ich bin jetzt nicht in Stimmung!“

Er zog den Revolver aus dem Hosenbund, und nachdem er sich erneut vergewissert hatte, dass er nicht beobachtet wurde, versteckte er ihn in einem Haufen Bauschutt, der schon seit Ewigkeiten dort herumlag.

„Was machst du da?“

Oleg sprang auf die Füße. Digger stand hinter ihm und kratzte sich den Hals. Er hatte tiefe Ringe unter den Augen.

„Äh … da war nur eine Ratte“, stotterte Oleg.

Digger gähnte ihn an. „Überlass das dem Köter. Der kann das besser …“

„Wo seid ihr gewesen? Ich habe endlos oft versucht, euch zu erreichen!“

Digger kratzte sich erneut. „Unterwegs.“

„Was soll das heißen: *unterwegs*?“ Diese ständige Juckerei brachte Oleg auf die Palme. Irgendwann würden die vielen Pillen Digger endgültig den Verstand rauben. Plötzlich beugte er sich unvermittelt an Olegs Ohr.

„Die Katze ist im Sack“, flüsterte er, dann grinste er großspurig.

„Wo?", wollte Oleg sofort wissen.

„Unten im Maschinenkeller."

„Und mein Bruder?"

„Er ist oben. Pennt. Wie immer."

„Ich will ihn sehen!", verlangte Oleg. „Den Jungen, meine ich!"

Diggers verquollene Augen wanderten an der Fassade des Schleusenhauses empor. „Ich weiß nicht, Mark wird sicher …"

„Ist mir egal, was mein Bruder dazu sagt!", unterbrach ihn Oleg ungeduldig. „Ich hänge mit drin – ob es ihm passt oder nicht!"

Digger zögerte weiterhin, aber dann stieß er einen Seufzer aus. „Okay, okay. Wenn es dich glücklich macht. Aber kein Wort zu dem Krüppel!"

Er führte Oleg hinter das Ziegelsteingebäude, wo sich der Zugang in den Wartungsraum befand, der das gesamte Erdgeschoss des Gebäudes einnahm. In ihm standen noch immer die Motoren, die einst die gewaltigen Schleusentore bewegt hatten. Als Digger die eingerostete Tür aufzog, kreischte sie erbärmlich. Zuerst konnte Oleg nicht viel erkennen, da die wenigen Fenster so verschmutzt waren, dass kaum Tageslicht hereinfiel. Aber dann entdeckte er den Jungen. Er lag neben der Antriebswelle für das südliche Schleusentor auf einer schmierigen Matratze. Oleg ließ sich seinen Schock nicht anmerken. Sein Bruder und Digger hatten Maximilian die Hände auf den Rücken gebunden und ihm einen Sack über den Kopf gestülpt. Als er die scheppernde Tür hörte, versuchte er, seinen Oberkörper aufzurichten.

„Wer ist da!?", stöhnte er unter der Kapuze. „Seid ihr das, ihr Feiglinge? Bindet mich sofort los!"

Digger legte den Zeigefinger auf seine Lippen, was unnötig war, denn Oleg fehlten ohnehin die Worte.

„Dafür werdet ihr büßen!“, drohte sein Gefangener unterdessen mit heiserer Stimme. „Ich werde euch fertigmachen! Ich werde die besten Detektive engagieren, damit sie euch jagen!“

Dann bekam er einen furchtbaren Hustenanfall, der alles nur noch jämmerlicher machte. Oleg kam nicht umhin, den Mut des Jungen zu bewundern. In solch einer ausweglosen Situation noch Drohungen auszustoßen, zeugte von Mut.

Digger packte ihn am Arm und zog ihn zurück ins Freie.

„Bist du jetzt zufrieden?“, meinte er müde, nachdem er die Tür wieder zugezogen hatte. „Aber sag Mark nichts davon. Wir haben ausgemacht, nur wegen dem Essen reinzugehen. Und jetzt lass mich in Ruhe! Die Nacht war echt anstrengend.“

„Und was ist, wenn er mal pinkeln muss?“

„Klär das mit deinem Bruder“, entgegnete Digger und schlurfte zu seinem Lieferwagen.

Oleg wartete erst gar nicht auf ihn, sondern stürmte die Außentreppe hinauf. Es war, wie Digger gesagt hatte: Mark schlief in der Ecke des ehemaligen Kontrollraums auf der Besuchermatratze. Er hatte sich in die Decke aus dem Lieferwagen gehüllt und wie immer schnarchte er. Auf dem Sofatisch neben dem überquellenden Aschenbecher entdeckte Oleg den Laptop des Jungen. Er war fassungslos. Digger hatte das Ding tatsächlich ein zweites Mal mitgehen lassen!

Ohne dabei sonderlich zimperlich vorzugehen, rüttelte er seinen Bruder wach.

„Warum habt ihr den Jungen gefesselt?“, wollte er wissen. „Er ist ein Krüppel, Mann!“

Mark schreckte aus dem Schlaf hoch. Als er seinen Bruder erkannte, rieb er sich fluchend die Schläfen. „Scheiße! Ich dachte, die Bullen sind da!“

Oleg ließ sich nicht beirren. „Der Junge ist ein Krüppel! Selbst wenn du die Tür offen lässt, kann er nicht weglaufen."

„Aber kriechen!", gab sein Bruder zurück. „Außerdem will ich nicht, dass er den Sack abnimmt und uns sieht. Oder hast du etwa Mitleid mit dem kleinen Geldsack?"

„Bullshit! Aber was ist, wenn er pinkeln muss?"

„Dann pisst er sich eben in die Hose! Ist ja nur für kurze Zeit. Und jetzt geh mir nicht auf die Eier!"

Mark reckte sich, dann stand er auf, um nach einer Zigarette zu suchen.

„Ihr seid bescheuert!", regte sich Oleg auf, als sein Bruder nichts weiter sagte. „Stell dir vor, der Junge verreckt da unten! Und was ist dann!? Am Ende hängen die uns einen Mord an!" Er raufte sich die Haare. „Ich glaub, ich bin im falschen Film! Sonst bist du doch immer der Vernünftige: Tu das nicht, tu dies nicht, denk an das Jugendamt! Ständig nervst du mich und jetzt rennst du mit Ansage in die Scheiße! Du machst alles kaputt – kapierst du das nicht!? Was ist mit Australien? Ich habe keinen Bock, im Knast zu verfaulen!"

„Wir sollen den Jungen doch nur ein paar Tage verstecken", versuchte Mark ihn zu beschwichtigen. „Abgesehen davon mache ich den ganzen Mist nicht freiwillig. Vergiss das nicht!" Er zappelte mit seinen Fingern vor Olegs Nase herum. „Ohne die hier kann ich schlecht Autos reparieren! Weder hier noch in Australien. Schon mal darüber nachgedacht?"

Oleg schluckte und verstummte.

„Und wer soll das Lösegeld rausrücken?", fragte er, nachdem sich sein Bruder eine Zigarette angezündet hatte. „Der Junge hat keine Familie und lebt allein in dem Riesenhaus, schon vergessen? Und der alte Tattergreis liegt im Krankenhaus."

Mark zog an seiner Zigarette und blies den Rauch an die Decke.

„Der Albaner hat den Anwalt ausfindig gemacht", sagte er. „Frag mich nicht, wie er das so schnell herausgefunden hat, jedenfalls managt dieser Anwalt die Kohle des Jungen. Abgesehen davon haben wir mit der Geldübergabe sowieso nichts zu tun. Also tu mir den Gefallen und verlier nicht die Nerven, okay? Warum haust du nicht einfach für ein paar Tage ab? So lange, bis alles vorüber ist?"

„Und wohin?"

„Ist mir egal! Wenn das Ding über die Bühne gegangen ist, bin ich mit dem Albaner quitt, und wir haben genug, um abzuhauen. Dann schenke ich dir auch eine neue Jacke. Eine, die passt!"

„Du kannst mich mal!"

Oleg tigerte auf und ab. Er konnte einfach nicht begreifen, wie sein Bruder so ruhig bleiben konnte. Eine Etage tiefer lag der gefesselte Junge, und die Bullen hatten sicher bereits Himmel und Hölle in Bewegung gesetzt, um ihn zu finden. Dafür würde allein schon sein vieles Geld sorgen. Im Grunde war es nur eine Frage der Zeit, bis ein Spezialkommando die Tür aufsprengte, ihnen die Knie ins Kreuz rammte und sie für immer in eine 10-Quadratmeter-Zelle sperrte.

„Und wie geht es jetzt weiter?", erkundigte er sich. Sein Bruder stand rauchend vor der dreckigen Fensterscheibe und blickte auf den Kanal hinab.

„Wir warten", antwortete er. „So lange, bis wir grünes Licht kriegen. Dann bringen wir den Krüppel ganz einfach wieder nach Hause."

Als ein lauter Pfiff ertönte, trat Mark auf die Metalltreppe hinaus und beugte sich über das Geländer. Digger stand unter ihm und wedelte mit seinem Handy.

„Wir sollen zu dem Albaner kommen! Beide!"

„Er hat dich *angerufen*?“, wunderte sich Mark.

„Nein, gerade war so ein Rotzlöffel in kurzen Hosen hier“, gab Digger zurück. „Auf einem Moped.“

Oleg setzte eine unbeteiligte Miene auf. Er hatte nicht lange auf Leon, der mit seinen beiden Müttern ein Stockwerk über ihm wohnte, einreden müssen. Ein Fünfziger hatte alle weiteren Argumente überflüssig gemacht, und so wie es aussah, hatte er sich strikt an die Anweisungen gehalten.

„Soll ich anrufen, dass wir kommen?“, rief Digger zu ihnen hinauf.

„Bist du irre!?“, herrschte ihn Mark an. „Steck das verdammte Ding weg und schrei nicht so rum! Warte, ich komme runter!“

Mark nahm einen letzten Zug von seiner Zigarette, drückte sie auf dem Geländer aus und schnippte die Kippe im hohen Bogen in die Tiefe.

„Und was ist mit dem Jungen?“, fragte Oleg, der neben ihm stand.

„Was soll schon sein?“, erwiderte Mark ungeduldig. „Aus dem Keller kommt so schnell keiner raus. Außerdem hat er keine Beine, wie du selbst gesagt hast.“ Er schüttelte den Kopf. „Keine Ahnung, was das soll. Was will der Albaner von uns? Das ist gegen jede Absprache.“

„Und was soll ich jetzt machen?“

Mark hielt inne und musterte seinen Bruder.

„Du hältst die Stellung und passt auf den Krüppel auf“, entschied er. „Vielleicht bekommen wir ja einen Vorschuss. Dann lassen wir es heute Abend krachen, das verspreche ich dir!“

Oleg erwiderte nichts. Stattdessen sah er schweigend dabei zu, wie sein Bruder und Digger mit dem BMW davonfuhren. Das Maschendrahtgatter ließen sie natürlich offen, wie er kopfschüttelnd bemerkte.

Es sollte ihm nur recht sein.

28

Zur Sicherheit wartete Oleg noch ein paar Minuten. Dann schnappte er sich den Laptop und eine Decke und verließ die Wohnung. Sein Ablenkungsmanöver hatte funktioniert, jetzt galt es, keine Zeit mehr zu verlieren. Spätestens, wenn sein Bruder und Digger bei dem Albaner aufliefen, würde der Schwindel auffliegen.

Oleg holte den Revolver unter dem Schuttberg hervor und warf einen Blick in Diggers Wäschereiwagen. Wie immer steckte der Schlüssel im Zündschloss. Diggers Faulheit war einfach sagenhaft. Oleg versteckte den Laptop und die Waffe unter dem Sitz und schmiss die Decke in den Laderaum. Anschließend begab er sich auf dem schnellsten Weg in den Maschinenraum.

Der Junge lag mit dem Gesicht zur Wand auf der Matratze und rührte sich nicht.

„Ey, lebst du noch?"

Maximilians Kopf ruckte unter dem Sack ein Stück weit in die Höhe. „Bist du das?"

„Yepp."

„Ich hätte es wissen müssen!", stieß Maximilian aus. „Du gehörst auch dazu. Du hast das die ganze Zeit geplant."

„Nein, hab ich nicht!", erwiderte Oleg schnell. Dann verfiel er ins Flüstern, weil das irgendwie echter klang: „Ich bin hier, um dich rauszuholen! Ich habe zufällig beobachtet, wie dich diese Typen geschnappt haben, und bin ihnen gefolgt. Aber ich musste erst auf eine gute Gelegenheit warten!“

Zumindest das entsprach der Wahrheit.

Maximilian versuchte, sich trotz seiner auf den Rücken gefesselten Hände umzudrehen. „Dann ruf die Polizei!“, sagte er ängstlich. „Schnell! Bevor die Gangster zurückkommen!“

„Später! Erst hol ich dich hier raus!“

Oleg kniete sich neben die Matratze und überlegte, wie er den gelähmten Jungen hochbekommen sollte. Als er ihn unter den Achseln packen wollte, protestierte Maximilian.

„Binde mich erst los!“ In seiner Stimme schwang leichte Panik mit. „Und nimm mir endlich diesen Sack vom Kopf! Ich kann nichts sehen!“

„Dafür ist jetzt keine Zeit!“, flüsterte Oleg. „Vertrau mir einfach, okay?!“

„Das sagt ja genau der Richtige“, jammerte Maximilian leise.

Oleg achtete nicht auf ihn, sondern zog ihn hoch. Nach mehreren Anläufen gelang es ihm schließlich, sich den Jungen wie einen Mehlsack über die Schulter zu werfen.

„Aua! Du tust mir weh!“, beschwerte sich Maximilian.

„Für Rumgezicke ist jetzt nicht der richtige Zeitpunkt“, zischte Oleg. Er schleppte den Jungen zu dem Wäschereiwagen und lud ihn unsanft auf der Ladefläche ab. Er wand sich wie ein blinder Fisch.

„Nimm endlich diesen Sack weg und binde mich los!“

„Später!“, entschied Oleg. „Die Typen sind brutal gefährlich, glaub mir! Wir müssen erst weg hier!“

Oleg knallte die Autotür übertrieben fest zu, damit es nach Gefahr klang. Danach nahm er hinter dem Lenkrad des Lieferwagens Platz. Nachdem er sich Diggers Schirmmütze aufgesetzt hatte, die auf dem Armaturenbrett lag, startete er den Motor. Er hatte sich alles ganz genau überlegt.

Da er schon öfter mit dem BMW seines Bruders nachts im Gewerbegebiet rumgekurvt war, stellte Autofahren nicht wirklich eine Herausforderung für ihn dar. Den Wagen zum Laufen zu bringen war deshalb kein Thema und auch durch das Tor hinaus auf die Straße schaffte er es auf Anhieb. Das eigentliche Problem begann erst danach. Es war der Verkehr, oder besser gesagt die anderen Verkehrsteilnehmer, die seine Fahrkünste mit lautem Hupen kommentierten. Aber schon nach wenigen Kilometern hatte er den Dreh ganz gut raus, schnitt keine Busse mehr und auch die Fahrradfahrer mussten nicht mehr um ihr Leben bangen. Er hatte die Sache im Griff. Hinten im Wagen zeterte der Krüppel allerdings in einem fort, was gewaltig stresste. Bei jeder noch so kleinen Bodenwelle jaulte er laut auf.

„Kannst du nicht vorsichtiger fahren?“, schimpfte er wütend. „Hast du überhaupt einen Führerschein?“

„Brauch ich nicht“, entgegnete Oleg und rammte einen höheren Gang rein. Das Getriebe knirschte, als würde es jeden Moment auseinanderfliegen.

„Was? Bist du bescheuert? Halt sofort an! Hiiilfe!“

„Jetzt halt endlich die Klappe! Ich muss mich konzentrieren. Sei lieber froh, dass ich dich gerettet habe!“

Oleg wechselte erneut den Gang und wieder erklang dieses brutale Knirschen tief unten in den Eingeweiden des Motors. Er erinnerte sich daran, dass Digger neulich erwähnt hatte, dass mit der Kupplung etwas nicht in Ordnung war.

„Das fühlt sich aber nicht nach Rettung an!“, motzte Maximilian hinter ihm.

„Verdammt, reiß dich zusammen! Wir sind ja gleich da!“

Er bremste an der Ampel, was ihm beinahe perfekt gelang. Kaum hatte er sich die schweißnassen Handflächen an seiner Jeans trocken gewischt, hielt direkt neben ihm ein Streifenwagen. Da der Wäschereiwagen höher war, konnte er der Polizistin auf dem Beifahrersitz von oben auf den Schoß sehen. Ob es Zufall war oder ob sie einen sechsten Sinn besaß, wusste Oleg nicht. Auf jeden Fall linste sie sofort zu ihm hinauf.

Oleg umklammerte das Lenkrad und blickte schnell wieder geradeaus. Gleichzeitig bemühte er sich, so erwachsen wie möglich auszusehen.

Hoffentlich bekam der Junge hinten im Wagen jetzt keinen Anfall!, betete er. Auch ohne hinzusehen, konnte er spüren, wie ihn die Polizistin ihn jetzt neugierig musterte. Offenbar hatte sie keine gute Sicht, weil die Wagen so dicht nebeneinanderstanden, denn sie drückte sich an der Scheibe fast die Nase platt. Das war das Ende! Jeder Schwachkopf konnte ihm vermutlich ansehen, dass er noch nicht volljährig war. Und damit nicht genug: Unter seinem Sitz war eine Waffe versteckt und hinten im Wagen lag ein entführter Junge.

Oleg wurde gleichzeitig heiß und kalt, und für einen Moment überlegte er, ob er sich nicht einfach erschießen lassen sollte. Dazu müsste er nur mit dem altmodischen Revolver unter seinem Sitz aus dem Wagen springen. Kein Knast und keine Sorgen mehr.

Er zählte die Sekunden, bis es endlich grün wurde, gleichzeitig kam es ihm so vor, als sei die Zeit stehen geblieben. Als er kurz davor war, die Nerven zu verlieren, sprang die Ampel endlich um. Oleg hielt die Luft an. Dann ließ er das Lenkrad los und bewegte vorsichtig den Schaltknüppel. Es klappte. Er hatte den ersten Gang auf Anhieb gefunden!

„Was ist jetzt?“, meldete sich Maximilian hinter ihm zu Wort. „Sind wir endlich da? Mir sterben die Hände ab! Außerdem kriege ich unter dem Sack keine Luft. Ich ersticke!“

„Wir stehen an einer Ampel. Geht gleich weiter!“

Warum fuhren die Scheißbullen neben ihm nicht einfach los? Oleg war sich bewusst, dass er nicht nervös werden durfte. Wenn ihm jetzt auch nur der kleinste Fehler unterlief, war alles aus. Er ließ den Wagen langsam anrollen, aber mit einem Mal rutschte sein Fuß vom Kupplungspedal. Der Lieferwagen machte einen heftigen Satz vorwärts, dann erstarb der Motor. Und Olegs Herzschlag mit ihm.

29

„Willst du mich umbringen!?", beschwerte sich Maximilian. Das abrupte Bremsmanöver hatte ihn über die Ladefläche rutschen und gegen die Rückseite des Fahrersitzes knallen lassen. Oleg achtete nicht auf ihn. Er hatte nur Augen für den Streifenwagen mit der Polizistin. Wie er im Seitenspiegel sehen konnte, stand der Wagen noch immer an der grünen Ampel. Warum stiegen die Polizisten nicht aus, um ihn zu verhaften? Mit einem Mal ging das Blaulicht an, Sekunden später schoss der Streifenwagen mit eingeschalteter Sirene an ihm vorbei. Er schleuderte mit quietschenden Reifen über die Kreuzung, kurz darauf war er außer Sichtweite.

Oleg saß einfach nur da, umklammerte das Lenkrad und starrte geradeaus. Er konnte sein Glück kaum fassen. Normalerweise machte es einen Riesenbogen um ihn. Genauer gesagt mied es ihn wie die Pest. Erst die Huperei der erbosten Autofahrer hinter ihm löste ihn aus der Erstarrung. Er blockierte die Kreuzung. Hastig ließ er den Motor wieder anspringen, und nachdem es ihm tatsächlich gelungen war, die Kreuzung zu räumen, bevor der Verkehr endgültig zusammenbrach, lief die Fahrt aus der Stadt raus erstaunlich glatt. Die Polizisten ließen sich jedenfalls nicht mehr blicken.

Als Oleg sein Ziel fast erreicht hatte, hielt er am Straßenrand, quetschte sich zwischen den Sitzen hindurch nach hinten in den Laderaum und zog seinem Gefangenen den Sack vom Kopf.

Warum er bislang keine Panikattacke bekommen hatte, wunderte Oleg. Allmählich beschlich ihn der Verdacht, dass der Anfall im Fahrstuhl nur gespielt gewesen war.

„Das wurde auch Zeit!", keuchte Maximilian, als er endlich wieder etwas sehen konnte. „Was soll das Ganze? Wir müssten doch längst in Sicherheit sein. Also binde mich gefälligst los!"

Bevor er weiter zetern konnte, stopfte Oleg ihm kurzerhand einen Zipfel des Leinensacks in den Mund. Anschließend kletterte er zurück auf den Fahrersitz und fuhr weiter. Kurz darauf hielt er mit dem ausrangierten Wäschereiwagen in der Zufahrt zum Segelklub.

Der Hafenmeister, der gerade im Begriff war, ein vergilbtes Schild zu übermalen, unterbrach seine Arbeit. Er strich über seinen grauen Kittel und blickte stirnrunzelnd zu ihm hinüber.

„Ich habe eine Lieferung Wäsche!", rief Oleg ihm durch das heruntergelassene Seitenfenster zu. Sein Daumen ruckte nach hinten auf den Schriftzug am Wagen. „Soll ein neues Boot sein! Ist gestern erst ins Wasser gelassen worden!"

Der Mann nickte und deutete mit dem Pinsel in Richtung des Hauptstegs. „Ganz hinten, die Jacht ohne Mast! Ist nicht zu verfehlen!"

Oleg tippte lässig an seine tief sitzende Kappe. Dann löste er die Handbremse und rollte durch die geöffnete Schranke. Am Steg hielt er an und kletterte aus dem Wagen. Nachdem er sich vergewissert hatte, dass niemand in der Nähe war, öffnete er die Hecktür des Lieferwagens. Danach checkte er erneut die Lage. Der Hausmeister-Typ, der offenbar auch als Aufpasser fungierte, war wieder mit seiner Pinselei beschäftigt. Ansonsten war weder auf den am Steg vertäuten Jachten jemand zu sehen noch auf dem eingezäunten Klubgelände. Wie schon beim ersten Besuch fragte Oleg sich, warum sich die Reichen diese teuren Boote überhaupt kauften, wenn sie ohnehin nur ungenutzt hier herumdümpelten und von den Möwen zugekackt wurden.

Als der Hafenmeister in die Knie ging, um sich dem unteren Teil seiner Hinweistafel zu widmen, war der Zeitpunkt perfekt. Oleg schmiss die Decke über den Jungen und schleppte ihn an Bord seiner nagelneuen Jacht. Nachdem er ihn mühsam unter Deck bugsiert hatte, schaffte er es sogar noch, ihn in einer der Kojen abzulegen, bevor ihm selbst vor Anstrengung die Luft ausging. Er musste schwer pumpen, dennoch war er zufrieden. Bislang lief alles nach Plan. Jetzt konnte er nur hoffen, dass der Rest ebenso reibungslos funktionierte.

Ein wütendes Gebrummel erinnerte ihn daran, dass er nicht allein war. Maximilian funkelte ihn mit weit aufgerissenen Augen zornig an. Gleichzeitig versuchte er, etwas zu sagen, was ihm wegen des Knebels natürlich nicht gelang. Oleg beugte sich über ihn und nahm ihm den Stoff aus dem Mund.

„Hiiiilfe!“, schrie Maximilian, sobald er Luft bekam.

Oleg stopfte ihm den Sack schnell wieder zwischen die Zähne.

„Wir müssen reden, okay?“, sagte er. „Also, versprich mir, dass du nicht rumzickst wie ein Mädchen!“

Maximilian stierte ihn wütend an, schließlich nickte er schwach. Oleg nahm ihm den Knebel wieder aus dem Mund.

„Schon besser.“

„Was soll das?“, fragte Maximilian unsicher. „Warum bindest du mich nicht los? Ich kann dir ohnehin nichts tun. Außerdem spüre ich meine Hände nicht mehr.“

Oleg beugte sich erneut über die Koje und fummelte das Seil auf, mit dem sein Bruder und Digger dem Jungen die Hände auf den Rücken gebunden hatten. Anschließend setzte er sich auf den Schlafplatz gegenüber.

„Hör auf, mich für dumm zu verkaufen!", zischte Maximilian, während er seine geschwollenen Handgelenke massierte. „Du bist einer von denen, gib es endlich zu! Du hast dich bei mir eingeschlichen und mein Vertrauen missbraucht!"

Die auslaufende Bugwelle eines Ausflugsschiffs, das draußen auf dem See vorbeifuhr, brachte die Jacht ins Schwanken. Wasser schwappte gegen die Bordwand.

„Ich weiß nicht, was du meinst", wich Oleg aus. „Immerhin habe ich dich aus diesem Loch befreit. Du könntest also ein bisschen dankbarer sein."

„Schönen Dank auch!", giftete Maximilian. „Und was machen wir dann hier? Bring mich nach Hause! Sofort!"

Oleg schüttelte den Kopf. „Geht nicht, viel zu gefährlich! Darauf warten diese Typen nur."

„Ach ja, und was macht dich da so sicher? Wer sind diese Leute überhaupt?"

„Ich weiß es eben", wich Oleg aus. „Vertrau mir einfach, okay!?"

Maximilian brachte sich in eine Sitzposition, was ihm ohne fremde Hilfe nur unter Mühen gelang.

„Dann ruf endlich die Polizei!", stöhnte er zornig. „Die geben mir Personenschutz, garantiert."

„Die Bullen kümmern sich einen Scheißdreck. Glaub mir, da kenne ich mich aus."

Aber Maximilian ließ nicht locker. „Um dich kümmert sich die Polizei vielleicht einen Scheißdreck, aber du bist ja auch ein mieser kleiner Verräter!", erregte er sich. „Ich habe dir eine ehrliche Chance gegeben und du hast mich von Anfang an nur ausgenutzt! Jetzt gib's endlich zu und lass diese Spielchen!"

„*Ich* spiele Spielchen!?", konterte Oleg. Seine Narbe begann zu zwicken. „Und was ist mit dir? Was stand da noch in diesem Chat: ‚*Der Asoziale hat einen Denkzettel verdient.*'?"

Jetzt stutzte Maximilian. „Woher weißt du davon?"

„Das habe ich zufällig gesehen. Auf deinem Laptop …"

„Und das soll ich dir glauben?", höhnte Maximilian. „Du hast in meinem Privatleben herumgeschnüffelt, um mich auszuspionieren!" Mit einem Mal wurde er seltsam ernst.

„Was hast du mit meinem Computer gemacht? Da sind alle Bilder von mir und meinen Eltern drauf. Es sind die einzigen, die ich habe!"

„Vergiss deinen Scheißcompi!", zischte Oleg. „Und weich mir nicht aus: Was soll das mit dem Denkzettel? *Was* habe ich nicht anders verdient?"

Als Maximilian seinem Blick auswich und nichts erwiderte, rutschte Oleg aus der Koje.

„Wie du willst", erklärte er. „Darüber können wir später noch reden. Ich habe jetzt keine Zeit. Muss noch was regeln."

„Und was wird aus mir?", erkundigte sich Maximilian.

„Du wartest hier auf mich! Ganz einfach."

Maximilian sackte stöhnend in sich zusammen. „Warum lässt du mich nicht endlich frei?"

Als sich Oleg über ihn beugte, zuckte er unwillkürlich zusammen. „Ich sage niemandem ein Wort! Ehrlich!"

„Wer's glaubt", entgegnete Oleg und nahm den Sack und das Seil zur Hand.

„Scheiße, lass das!“, schrie Maximilian, als er erkannte, was er vorhatte. „Hilfe! Hiiilfe!“

Oleg stopfte ihm den Stoff schnell zwischen die Zähne, danach fesselte er ihm wieder die Hände auf den Rücken. Maximilian schnaufte panisch durch die Nase, aber Oleg beachtete ihn gar nicht. Die kurze Unterhaltung hatte gereicht, um sein Mitleid mit dem Krüppel deutlich schrumpfen zu lassen. Nachdem er die Knoten überprüft hatte, stieg er die Leiter hoch und streckte seinen Kopf vorsichtig aus der Luke. Auf den anderen Jachten am Steg war alles ruhig. Offenbar hatte niemand die Hilfeschreie gehört. Beruhigt stieg Oleg wieder in die Kajüte hinab. Er beugte sich über den gefesselten Jungen.

„Jetzt sperr mal deine Lauscher auf!“, sagte er leise. „Ich versuche deinen und meinen Arsch zu retten. Also halt einfach still, okay? Ich komme zurück, wenn ich die Sache erledigt habe. Danach bringe ich dich, wohin du willst!“

Die Antwort war zorniges Gebrummel, offenbar hatte Maximilian sich schon wieder gefangen.

Bevor er an Deck der Jacht stieg, hielt Oleg noch einmal inne.

„Ach ja, wünsch mir Glück!“, sagte er. „Sonst haben wir beide ein echtes Problem!“

30

Auf den ersten Blick unterschied sich die Eckkneipe kaum von den anderen Abfüllstationen des Viertels. Die Fenster waren mit vergilbten, undurchsichtigen Gardinen verhängt, eine defekte Lichterkette bildete die einzige Dekoration. Lediglich die übergroße Leuchtschrift, die über dem Eingang hing und ihr grünliches Licht in die Nacht hinauswarf, fiel aus dem Rahmen: *Susan's Billard-Salon*. Für eine Spelunke mit lediglich zwei in die Jahre gekommenen Billardtischen war die Bezeichnung „Salon" ganz sicher zu hoch gegriffen.

Oleg parkte den Wäschereiwagen auf der gegenüberliegenden Seite, dann holte er den altmodischen Revolver unter dem Fahrersitz hervor und steckte ihn unter das T-Shirt in den Hosenbund. Das Metall fühlte sich auf der nackten Haut merkwürdig warm an, wie er erstaunt feststellte, beinahe lebendig. Ein Gefühl der Stärke durchflutete ihn und er kam sich mit einem Mal unverwundbar vor. Dennoch knickten ihm fast die Beine weg, als er die Straße überquerte.

In der Kneipe schlugen ihm Lärm und Stimmengewirr entgegen. Es war voll, und um sich zu orientieren, ließ er seinen Blick durch den Raum schweifen. Plötzlich stutzte er. In der zweiten Tischnische von links saß Jana! Sie war mit einer Freundin hier und schlürfte an einem Cocktail. Als sie den Kopf hob und ihn bemerkte, lächelte sie. Gleichzeitig winkte sie ihm auffordernd zu. Oleg fluchte. Das Letzte, womit er gerechnet hatte, war, Jana hier anzutreffen. Jetzt blieb ihm nichts anderes übrig, als sich zu ihr durchzuquetschen.

„Äh, hallo“, stotterte er.

„Ich habe dich noch nie hier gesehen“, wunderte sich Jana gut gelaunt. „Das hier ist übrigens meine Freundin Jessie. Ich glaube, ihr kennt euch noch nicht.“

Oleg nickte der Tussi geistesabwesend zu. Nur am Rande registrierte er die pinkfarbene Haarsträhne und den scheinbar bodenlosen Ausschnitt ihres glitzernden Pullovers.

„Willst du dich nicht zu uns setzen?“, zwinkerte Jana ihm zu. Gleichzeitig rückte sie tiefer in die Nische, um ihm auf der Bank Platz zu machen.

„Äh, nein, später vielleicht. Ich … ich muss erst noch was klären!“, stotterte Oleg.

Er hätte schreien können. Wie konnte man nur so viel Pech haben? Das war die Gelegenheit, auf die er schon seit ewigen Zeiten wartete, und unter anderen Umständen hätte er seine rechte Hand für diese Einladung gegeben. Aber jetzt waren keine normalen Umstände.

„Wirklich schade“, meinte Jana, während sie mit dem Strohhalm in ihrem Cocktail herumspielte und ihm tief in die Augen sah.

Oleg begann, fürchterlich zu schwitzen. „Ja, äh, finde ich auch. Aber jetzt habe ich leider keine Zeit. Sorry!“

„Vielleicht klappt es ja ein anderes Mal …“

„Ja, bestimmt!“, entgegnete Oleg hastig.

„Was gibt es denn so Wichtiges?“, wollte Jana wissen. „Lass mich raten: Es geht um Mark!“

Mit einem Mal war das Lächeln aus ihrem hübschen Gesicht verschwunden. Sie wurde ernst.

„Ich habe gehört, dein Bruder hat 'ne Menge Stress", meinte sie. „Hat offenbar wieder Mist gebaut. Zumindest behaupten das alle …"

Sie sah Oleg fragend an, aber bevor er antworten konnte, wurden sie unterbrochen. Der Bodybuildertyp, der sie schon die ganze Zeit über von der Theke aus beobachtet hatte, bahnte sich einen Weg durch die Gäste und steuerte genau auf sie zu.

„Ich will zu dem Albaner!", schleuderte Oleg ihm entgegen, noch bevor er den Mund aufmachen konnte. Der Muskelprotz baute sich vor ihm auf und bedachte ihn mit einem vernichtenden Blick.

„Hör mal", setzte Oleg schnell nach, „ich bin hier, weil ich unbedingt mit dem Albaner reden muss! Wegen Mark! Es ist wichtig!"

Der Kerl stierte ihn weiter an, und Oleg spürte schon eine Faust auf seiner Nasenspitze landen, aber dann bedeutete der Muskelprotz ihm mit einem Wink, dass er ihm folgen solle. Während Oleg hinter ihm hertrottete, versuchte er, möglichst lässig zu wirken, denn ihm war nicht verborgen geblieben, dass immer mehr Leute von ihren Gläsern aufsahen und ihre Köpfe zusammensteckten. Offenbar wusste hier jeder über das Problem seines Bruders Bescheid.

Oleg schluckte, und nachdem sie den Hinterhof überquert hatten und vor einer unscheinbaren Tür stehen geblieben waren, machte er sich fast in die Hose. Eigentlich wollte er einfach nur abhauen, aber dafür war es jetzt zu spät. Sein Begleiter klopfte und schob ihn dann, ohne eine Antwort abzuwarten, in den Raum.

Der Albaner beugte sich mit einer Pinzette in der Hand über ein Terrarium, in dem ein Chamäleon auf einem Ast hockte. Er trug einen hellen Anzug und war nicht sonderlich groß. Was Oleg irritierte, war die schwarze Sonnenbrille, die sein fein geschnittenes Gesicht größtenteils verdeckte. Zudem sah der Gangsterboss tatsächlich nicht wie jemand vom Balkan aus. Er war strohblond und blass wie ein Hering. Sein Alter ließ sich wegen der schwarzen Brille nur schwer schätzen. Auf jeden Fall strahlte der Mann eine Kälte aus, die Oleg einen Schauer über den Rücken jagte.

Zunächst beachtete ihn der Gangster nicht weiter. Er pickte mit der Pinzette in einer Dose herum, dann hielt er eine sich windende Raupe in das Terrarium. Das Chamäleon wiederum rührte sich nicht, nur eines seiner Augen rollte herum und plötzlich war die Raupe weg. Das Ganze ging so rasend schnell, dass man die vorschnellende Zunge kaum hatte sehen können. Sichtlich zufrieden stellte der Albaner die Futterdose ab, dann legte er die Pinzette zur Seite. Als er sich umdrehte, zuckte Oleg unwillkürlich zusammen. Obwohl die Augen hinter den schwarzen Gläsern der Sonnenbrille verborgen waren, hatte er sofort das Gefühl, aufgespießt zu werden. Was immer er über den Mann gehört hatte, ab sofort glaubte er jedes Wort.

Mit einem Mal versetzte ihm Janas Schatten einen gemeinen Stoß in den Rücken. Oleg taumelte vorwärts.

„Der Kleine hier will Sie sprechen! Er ist Marks Bruder."

Der Albaner hob unmerklich das Kinn. „Was willst du?"

„Lassen Sie meinen Bruder in Ruhe!", platzte es daraufhin aus Oleg heraus.

Der Gangsterboss reagierte überrascht.

„Dein Bruder hat Schulden bei mir", erwiderte er. „Ziemlich hohe sogar."

„Die werde ich bezahlen! Also lassen Sie Mark in Ruhe! Und Digger auch!"

Olegs Eingeweide krampften sich zusammen. Er war sich bewusst, dass das kleinste Anzeichen von Schwäche seinen Untergang bedeutete.

Der Albaner runzelte hingegen lediglich die Stirn. Er setzte sich hinter seinen Schreibtisch, dann lehnte er sich zurück. Offenbar wusste er nicht recht, was er von Olegs Auftritt halten sollte.

„Interessant“, meinte er schließlich. „Und woher hat so ein Hosenscheißer wie du so viel Geld?“

„Meine Sache!“, wich Oleg aus. „Also, sind wir im Geschäft?“

„Und wenn nicht?“

„Ich habe den Jungen!“, stieß Oleg hervor. „Mein Bruder nützt Ihnen also nichts mehr!“

Damit hatte er seinen Trumpf ausgespielt. Es war sein einziger, und jetzt kam es darauf an, dass er stach.

„Sie können die ganze Aktion abblasen“, fügte er hinzu. „Der Junge ist in Sicherheit. Nur ich weiß, wo er jetzt ist!“

Nachdem sich der Gangster von seiner Verblüffung erholt hatte, schaute er den Muskelprotz an Olegs Seite fragend an, doch der zuckte nur hilflos mit den Schultern. „Mark war vor einer Stunde hier. Ich dachte, er …“

„Sei still!“, herrschte ihn sein Boss an. Danach wandte er sich wieder an Oleg. „Woher weißt du überhaupt von der Sache? Wo ist dein Bruder?“

„Mein Bruder hat nichts mehr damit zu tun! Der Junge ist an einem Ort, den nur ich kenne. Ab jetzt geht das Ganze nur Sie und mich was an. Also, sind wir im Geschäft?“

„Und wie soll dieses *Geschäft* aussehen?“

„Ich bezahle die Schulden für meinen Bruder und Sie lassen uns in Ruhe. Und den Jungen auch!“

Der Albaner zeigte sich unbeeindruckt. Er lächelte kalt. „Dein Bruder hat mich bestohlen. Abgesehen davon habe ich bereits einige Investitionen getätigt, erhebliche sogar. Hast du überhaupt eine Ahnung, wie viel dieser Junge wert ist?"

„Ist mir egal", gab Oleg mutig zurück. „Suchen Sie sich einfach einen anderen! Es gibt genug stinkreiche Geldsäcke da draußen!"

Der Albaner legte betont langsam die Fingerspitzen gegeneinander.

„Und wenn ich mich weigere?", erkundigte er sich, ohne eine Miene zu verziehen.

„Dann gehe ich zu den Bullen. Ganz einfach! Die suchen bereits nach dem Jungen!"

Oleg war sich im Klaren darüber, dass er damit eine Grenze überschritten hatte. Er war weder ein Spitzel noch ein Verräter, aber was sollte er sonst sagen? Wenn er nur hinter diese verdammte Sonnenbrille sehen könnte, um zu wissen, was in diesem Moment in dem Gangster vorging. Aber in den schwarzen Gläsern spiegelte sich lediglich sein eigenes Gesicht. Es war winzig.

„Eigentlich schade", seufzte der Albaner nach einer Weile, die Oleg endlos vorkam. „Für dein Alter hast du eine Menge Mumm und ich kann Leute mit Mumm immer gebrauchen."

Oleg nagte an seiner Unterlippe. Er konnte das Unheil, das sich über ihm zusammenbraute, förmlich auf sich zurasen sehen.

„Also, was soll ich jetzt mir dir machen?", fuhr der Gangster in einem gelangweilten Ton fort. „Nicht nur, dass du dich in meine Geschäfte einmischst – du kommst auch noch hier reinspaziert und drohst mir. Also: Was soll ich deiner Meinung nach jetzt mit dir tun?"

Ein grausamer Zug umspielte seine bleistiftdünnen Lippen.

„Ich habe Sie nicht bedroht!", stammelte Oleg hastig. „Ich will Ihnen nur ein Geschäft vorschlagen!"

Plötzlich haute der Albaner mit der Faust so fest auf die Tischplatte, dass Oleg zusammenzuckte.

„Du kleiner Pisser wagst es, dich in meine Geschäfte zu mischen!?", brüllte der Albaner ihn mit hochrotem Kopf an. „Du wirst mir jeden Cent ersetzen, der mir durch dich verloren geht! Das verspreche ich dir! Dafür wirst du bezahlen!"

Er gab dem Muskelprotz ein Zeichen, doch Oleg hatte schon mit etwas Ähnlichem gerechnet. Er wirbelte auf dem Absatz herum, gleichzeitig zog er den Revolver aus seinem Hosenbund und richtete ihn auf den Angreifer. Der blieb stehen, als sei er vor eine Wand gelaufen. Der Lauf der Pistole zielte genau in seine muskelbepackte Brust.

„Fass mich nicht an, okay!?", fauchte Oleg.

„Du weißt, dass ich dich dafür umbringen werde!", hörte er den Albaner in seinem Rücken sagen.

„Sie können es ja versuchen!", erwiderte Oleg wütend. „Wenn mich jemand anfasst, schieße ich! Ich lasse mir von Ihnen nichts abhacken!"

Als er sich kurz umdrehte und für eine Sekunde abgelenkt war, stürzte sich der Muskelberg auf ihn. Oleg versuchte, unter seinen Armen wegzutauchen, aber er war zu langsam. Eine eiserne Hand packte ihn an der Schulter, versuchte, ihn in den Schwitzkasten zu nehmen.

Oleg schlug und trat um sich, aber der Kraft seines Gegners hatte er nichts entgegenzusetzen. Und so nahm das Unglück seinen Lauf. Plötzlich löste sich aus der Waffe in seiner Hand ein Schuss. Es gab einen ohrenbetäubenden Knall, gleichzeitig hörte er einen

Aufschrei und splitterndes Glas. Im Augenwinkel sah er, wie sich der Albaner mit schmerzverzerrtem Gesicht an den Arm griff und auf seinem Stuhl zusammensackte. Der Glaskasten hinter ihm war in tausend Stücke zersprungen, und dort, wo eben noch das Chamäleon auf dem Ast gehockt hatte, befand sich ein hässlicher Fleck.

31

Als Oleg spürte, dass sein Gegner seinen brutalen Griff für einen kurzen Moment lockerte, reagierte er blitzschnell. Er wand sich aus der Umklammerung, wirbelte herum und trat so fest zu, wie er konnte. Dann rannte er los. Über den Hinterhof zurück in die Kneipe. Als er mit der Waffe in der Hand durch den vollen Schankraum jagte, wichen die Leute erschrocken zur Seite. Auch als er in die Nacht hinausstolperte, wagte es niemand, sich ihm in den Weg zu stellen. Oleg sprintete zu dem Lieferwagen auf der anderen Straßenseite und riss die Tür auf.

Kaum hatte er mit zittrigen Fingern den Wagenschlüssel aus seiner Hosentasche gezogen, hörte er, wie Janas Freund auf der anderen Straßenseite etwas brüllte. Oleg war zu aufgeregt, um etwas zu verstehen, aber es war klar, dass ihm keine Zeit mehr blieb, um mit dem Wagen zu türmen. Also sprang er wieder aus dem Auto und rannte die Straße hinunter, als sei der Leibhaftige hinter ihm her.

Nachdem er in eine Seitengasse eingebogen war, kletterte er über einen Bretterzaun auf ein unbebautes Grundstück, wo er sich zwischen Müll und weggeworfenem Hausrat versteckte. Neben ihm in der Dunkelheit raschelte es, und als er im Augenwinkel etwas davonhuschen sah, rührte er sich keinen Millimeter mehr. Sein Herz hämmerte und noch immer klingelten seine Ohren von dem lauten Schuss. Ihm war einfach nur kotzübel. Immer wieder sah er im Geiste den Albaner vor sich, wie er mit blutigen Fingern an seinen Arm griff. Er spürte, wie sich sein Magen zusammenzog, und nur Sekunden später übergab er sich auf das Fahrradgerippe, das vor ihm im Mondlicht zwischen den Mülltüten schimmerte.

Nachdem das Würgen endlich nachgelassen hatte, wischte sich Oleg mit dem Ärmel seiner Jacke über den Mund und lugte durch einen Spalt im Bretterzaun. Erleichtert stellte er fest, dass ihm weder der Muskelprotz noch irgendwelche anderen Schläger bis in die Seitenstraße gefolgt waren. Also kletterte er mit wackeligen Knien über den Zaun.

Kaum hatte er wieder Boden unter den Füßen, raste wie aus dem Nichts ein Krankenwagen mit eingeschaltetem Blaulicht an ihm vorbei. Oleg brauchte einige Augenblicke, um sich von dem Schreck zu erholen, dann klappte er den Kragen seiner Jacke hoch und suchte so schnell wie möglich das Weite. An der übernächsten S-Bahn-Station erwischte er gerade noch den letzten Zug, der zum See hinausfuhr. Unterwegs checkte er erneut seine Mailbox, und wie zu erwarten war, hatte sein Bruder sie mittlerweile mit wüsten Drohungen bis zum Anschlag vollgequatscht. Für einen Augenblick war er versucht, ihn anzurufen, aber er traute sich nicht. Sein Bruder war außer sich über den „hinterhältigen Verrat“. Verständlicherweise. Dabei ahnte er noch nicht einmal, dass die Schwierigkeiten jetzt noch viel größer geworden waren.

Oleg tippte eine Nachricht, in der er seinen Bruder vor den Bullen und den Schlägern des Albaners warnte, danach schaltete er das Handy wieder aus. Während er die SIM-Karte aus dem Gerät fummelte, beobachtete ihn die stark geschminkte Frau schräg gegenüber voller Argwohn. Ihre lackierten Fingernägel bohrten sich förmlich in die Kunstlederhandtasche auf ihrem Schoß, und als er die Chipkarte am Stahlrahmen des Sitzes zerbrach, schaute sie so rasch weg, dass ihre Ohrhänger klimperten. Oleg beachtete sie nicht weiter. Jetzt konnte man ihn wenigstens nicht mehr orten. Zudem hoffte er, um diese Zeit nicht auch noch in eine Fahrscheinkontrolle zu geraten. Das konnte er jetzt definitiv nicht gebrauchen.

Endlich hielt die Bahn an seiner Haltestelle, ohne dass etwas passiert war, und Oleg atmete kurz auf.

Es war bereits weit nach Mitternacht und am Jachthafen schien alles ruhig. Er wartete kurz, und als er sicher war, nicht beobachtet zu werden, schwang er sich über den Maschendrahtzahn und schlich an Bord der Jacht. Dort nahm er seinem Gefangenen den Stoffknebel aus dem Mund, löste das Seil an seinen Handgelenken und ließ sich auf den Rand der zweiten Koje sinken.

Er war fix und fertig.

„Verdammt, wo warst du?", schimpfte Maximilian los, sobald er wieder richtig Luft bekam. „Willst du mich umbringen? Ich wäre fast erstickt!"

Oleg reagierte nicht. Er war mit seinen Gedanken ganz woanders.

„Lass mich sofort frei!", forderte Maximilian ihn auf. Er stützte sich auf seine Ellbogen. „Oder ich sorge dafür, dass sie dich nie wieder aus dem Gefängnis rauslassen! Das schwöre ich dir!"

Als Oleg weiterhin nur wie ein Häufchen Elend dasaß und seine Hände knetete, stutzte er.

„Du siehst wirklich schlecht aus", bemerkte er spöttisch. „Findest du nicht, dass ich eigentlich derjenige sein müsste, der mitgenommen aussieht?"

„Ich habe ein Problem", sagte Oleg, ohne ihn anzusehen. Er zog den Revolver aus seinem Hosenbund und legte ihn auf die Ablage neben der Koje.

Maximilian riss entsetzt die Augen auf. „Was hast du vor?"

„Ich habe Mist gebaut …", erklärte Oleg leise.

Maximilian lachte unsicher.

„Das ist ja mal etwas Neues! Ich hatte immer den Eindruck, das ist eine Spezialität von dir!"

„Halt's Maul!", fuhr ihn Oleg an. „Du hast ja keine Ahnung!"

Erst jetzt erkannte Maximilian, dass es seine Waffe war, die auf der Ablage zwischen ihnen lag.

„Wie kommst du an diesen Revolver?", empörte er sich. „Der gehört meiner Familie! Was hast du noch alles mitgehen lassen? Ich bezahl dich und du …"

„ … ja, ich beklau dich, wie's sich für 'nen Asozialen gehört!" Oleg wurde wütend. „Jetzt hör endlich auf. Wir stecken in der Scheiße und du heulst mich hier voll. Ich muss nachdenken!"

„Ich hab da einen Vorschlag: Bring mich nach Hause", konterte Maximilian. „Sofort!"

„Du kannst gehen, wohin du willst! Ich halte dich nicht auf."

„Super witzig! Wie soll ich hier wegkommen?"

„Dein Problem!"

Oleg zog die Nase hoch. Er hatte die Sache voll vergeigt. Er hatte seinen Bruder und ihren gemeinsamen Traum retten wollen und dabei hatte er alles zunichtegemacht. So oder so – er war geliefert. Es war nur eine Frage der Zeit, bis ihn die Bullen schnappten und wegen Menschenraubes für immer in den Knast sperrten. Und was den Albaner betraf, so waren die Aussichten nicht viel besser. Vermutlich hatte der bereits ein Kopfgeld auf ihn ausgesetzt, und was geschehen würde, wenn seine Leute ihn zu fassen bekamen, daran wagte Oleg gar nicht erst zu denken.

„Willst du mich eigentlich bis zum Jüngsten Gericht hier festhalten?“, fragte Maximilian nach einer kurzen Pause. „Wie soll es deiner Meinung nach jetzt weitergehen?“

Gute Frage, dachte Oleg bitter.

„Ich habe Hunger“, befand er und rutschte aus der Koje. „Außerdem bist du mir noch immer eine Antwort schuldig. Vergiss das nicht!“

Maximilian zog die Augenbrauen hoch: „Findest du nicht, dass ich derjenige sein müsste, der Antworten verdient hat? Immerhin steckst du mit diesen brutalen Killern unter einer Decke.“

Jetzt platzte Oleg der Kragen.

„Du arrogantes Arschloch!“, brüllte er Maximilian an, der erschrocken zusammenfuhr. „Ich stecke mit niemandem unter einer Decke! Raffst du's nicht, ich hab sogar versucht, dich zu retten. Aber in deiner Scheißwelt ist ja alles ganz easy, ihr bezahlt einfach! So lange, bis sich jedes Problem in Luft auflöst! Aber das Problem hier geht nicht weg!“

Oleg trat so fest gegen den nächstbesten Schrank, dass die Edelholztür splitterte.

„Ich habe die Schnauze voll, *kapierst du das!?*“, schrie er. „ICH – HABE – ES – SATT!“

Es war, als hätte seine Verzweiflung endlich ein Ventil gefunden. Oleg tobte wie von Sinnen durch die Kajüte und zerschlug, was ihm in die Hände fiel. Dann hielt er plötzlich inne. Er griff nach dem Revolver und richtete ihn auf Maximilian. Der riss entsetzt seinen Arm hoch und hielt ihn schützend vor sein Gesicht. „*Spinnst du!?*“

„Ich will endlich die Wahrheit wissen!", sagte Oleg kalt. Seine vernarbte Körperhälfte brannte wie Feuer. „Also: Warum hast du mir den Job gegeben? Für dich bin ich doch nur ein Haufen Dreck! Also lüg mich nicht an! Ich hab sowieso nichts mehr zu verlieren!"

Maximilian drückte sich, so tief er konnte, in die Schlafnische. „Leg den Revolver weg, bitte! Du machst dich nur unglücklich!"

„*Unglücklich*?", höhnte Oleg. „Hör dir doch mal selbst zu. Und was weißt du überhaupt von Unglück?" Er zielte Maximilian genau zwischen die Augen. „Ich warte immer noch auf eine verdammte Antwort!"

Maximilian starrte auf die Waffe wie das Kaninchen auf die Schlange. Mit einem Mal verengten sich seine Augen und er bekam einen knallroten Kopf. Das unerträgliche Gefühl der Hilflosigkeit schien seine Angst in Zorn zu verwandeln. Er ließ die schützenden Hände sinken.

„Dann schieß doch, du Feigling!", brüllte er nun seinerseits Oleg an. „Wenn du denkst, ich habe Angst vor dem Sterben, hast du dich getäuscht! Du tust mir sogar einen Gefallen!"

Oleg stockte kurz, aber seine Wut war noch nicht verraucht. „Dann schieß ich dich eben noch mehr zum Krüppel", erwiderte er und ließ den Lauf der Waffe sinken. Nun zielte er Maximilian mit leicht zitternder Hand zwischen die Beine und krümmte den Zeigefinger am Abzug.

„Halt, stopp! Warte!", stammelte der. „Jetzt mach keinen Fehler!"

„Den habe ich schon gemacht. Ich warte immer noch …!"

Die beiden stierten sich wutschnaubend an. Schließlich gab sich Maximilian geschlagen.

„Also gut", sagte er leise. „Wenn du es genau wissen willst: Ich wollte dir eine Chance geben!"

„Beim Autowaschen?", schnaufte Oleg. „Diesen Gutmenschenquatsch kaufe ich dir nicht ab! Du verarschst mich!"

„Nein, nein, du verstehst das falsch!", sagte Maximilian hastig. „Der Oldtimerjob war nur ein Test! Es ging um etwas anderes. Ich hätte deine Hilfe gebraucht. Und jetzt nimm endlich den Revolver runter!"

„Später, wir sind noch nicht fertig!", entschied Oleg. „Ich will erst wissen, wozu du meine Hilfe brauchst!"

Maximilian wich seinem Blick aus.

„Ich wollte dich anheuern", sagte er schließlich.

„Anheuern?"

„Denkst du, ich kann das Boot hier allein segeln?", erwiderte Maximilian spitz. „Ich bin gelähmt, schon vergessen?"

Oleg traute dem Braten nicht.

„Ich habe vom Segeln keine Ahnung", sagte er. „Warum mietest du dir also nicht einen richtigen Sklaven? Du kannst dir doch Hunderte von diesen Speichelleckern leisten. Sogar mit schicker Uniform!"

„Nicht für das, was ich vorhabe!"

Oleg ließ die Waffe ein Stück weit sinken.

„Und was soll das sein?", fragte er verwundert.

„Ich will einen Ausflug auf das Meer hinaus machen. Und dazu hätte ich die Hilfe von jemandem wie dir gebraucht."

„Wie mir?"

„Ja. Ich brauche jemanden, der keine Fragen stellt und für Geld alles tut."

Oleg überging den verächtlichen Ton.

„Und wohin sollte dieser *Ausflug* gehen?", wollte er stattdessen wissen.

Maximilian zuckte mit den Schultern. „So wie der Wind steht. Vielleicht Richtung Grönland, vielleicht in den Süden. Das spielt keine Rolle. Hauptsache, alles hat endlich ein Ende!“

Er sah sein Gegenüber herausfordernd an, und während er das tat, begriff Oleg endlich. Fassungslos senkte er die Pistole.

„Und warum ballerst du dir dann nicht gleich eine Kugel in den Kopf?“, sagte er. „Die Knarre hier gehört schließlich dir. Außerdem macht es die Sache einfacher.“

„Das verstehst du nicht“, erwiderte Maximilian. „Mein Vater und ich haben dieses Schiff gemeinsam entworfen. Es war *unser* Projekt. Abgesehen davon habe ich keine Lust, so wie meine Eltern in ein Erdloch voller Würmer versenkt zu werden.“

„Dann lieber Fischfutter …“, bemerkte Oleg.

„Dann lieber Fischfutter …“, nickte Maximilian.

Draußen schwappte das Wasser leise gegen die Bordwand. Es klang wie ein unheilvolles Raunen.

„Ey, Moment mal!“, sagte Oleg plötzlich. Es fiel ihm wie Schuppen von den Augen. „Kann es vielleicht sein, dass du vorhattest, mich ebenfalls an die Fische zu verfüttern?“

„Vor meinem Auslaufen hätte ich dich abgesetzt!“, wehrte sich Maximilian. „Ich bin kein Mörder!“

„Aber die Bullen hätten mich für dein Verschwinden verantwortlich gemacht …“

Maximilian knetete seine Hände und schwieg. Oleg hob den Revolver und zielte ihm ins Gesicht.

„Du Scheißkerl!“, zischte er. „Gib es zu: Du hast gewusst, dass ich Schwierigkeiten kriege, wenn ich dir helfe. Aber es war dir egal – ist es nicht so? Um so jemanden wie mich ist es ja nicht schade!“

„Und wenn schon!“, giftete Maximilian zurück. Er sah Oleg in die Augen. „Was ändert das schon!“

„Du hinterhältiges Arschloch! Das sollte also der Denkzettel sein!“ Oleg war kurz davor, ihm den Revolver über den Kopf zu ziehen, aber irgendwie fehlte ihm die Kraft. Stattdessen ließ er die Waffe sinken.

„Ich brauche dringend frische Luft!“, schnaufte er.

Dann ließ er Maximilian einfach liegen und stieg an Deck. Draußen herrschte eine sternenlose Nacht. Der Mond verbarg sich hinter den Wolken und um ihn herum ragten die Masten der am Steg vertäuten Segelboote drohend in den blauschwarzen Himmel. Zugleich war es ungewöhnlich still, lediglich das sanfte Plätschern des Sees war zu hören. Nachdenklich betrachtete Oleg den Revolver, den er noch immer in seiner Rechten umklammert hielt. Mit einem Mal holte er aus und schleuderte ihn, so weit er konnte, in die Nacht hinaus, wo er mit einem dumpfen Platschen im See versank.

Danach verspürte er eine gewisse Erleichterung, obwohl ihm nur allzu bewusst war, dass damit kein Problem gelöst war. Nicht ein einziges. Nach seinem verpatzten Auftritt in dem Billard-Salon blieb ihm im Grunde nur eine Möglichkeit: Er musste so schnell wie möglich verschwinden, am besten über irgendeine Grenze. Gleichzeitig musste er darauf hoffen, dass die Bullen und die Schläger des Albaners seinen Bruder und Digger in Ruhe ließen. Aber genauso gut hätte er sich auch einen Flug zum Mars wünschen können. Oleg blickte auf den schwarzen See hinaus. Er fühlte sich hundeelend. Er hatte Angst.

„Was machst du da oben?“, hörte er Maximilian unter Deck rufen. Durch die offene Luke fiel ein schwacher Lichtschein auf die edlen Teakholzplanken unter seinen Füßen.

„Nichts, was dich etwas angeht!“, gab er zurück. „Ich denke nur nach!“

Oleg sog die kühle Nachtluft in seine Lungen, in der Hoffnung, dass er sich dann vielleicht besser fühlte, aber dem war nicht so. Eine unsichtbare, eisige Hand drückte seine Eingeweide zusammen und schnürte ihm die Kehle zu.

Plötzlich erhellten Scheinwerfer das Gelände des Jachthafens. Oleg ging blitzschnell hinter den Aufbauten in Deckung.

„Mach das Licht aus!“, rief er in die Kajüte hinunter. „Schnell!“

„Wie soll das gehen, du Scherzbold? Ich komme hier nicht weg! Was geht da oben überhaupt vor?“

Oleg fluchte leise. Draußen auf der Straße kroch ein Wagen vorbei. Er fuhr im Schritttempo am Zaun entlang, dann stoppte er genau vor der Einfahrt des Jachthafens. Mit angehaltenem Atem beobachtete Oleg, wie ein Mann ausstieg, den Wagen umrundete und sich seitwärts in die Büsche schlug. Wenig später kehrte er zurück und der Wagen fuhr weiter. Als die Scheinwerfer in der Nacht verschwunden waren und er sich wieder zu atmen traute, stieg Oleg zurück in die Kajüte.

Er hatte soeben eine Entscheidung gefällt.

32

Als Oleg die Leiter hinabstieg, stolperte er beinahe über den Jungen. Offenbar hatte er versucht, aus eigener Kraft fortzukommen, und nun lag er zwischen den Kojen eingeklemmt auf dem Kajütenboden. Nicht zum ersten Mal war Oleg von seiner Willenskraft beeindruckt.

„Warte!", sagte er. Er griff unter Maximilians Achseln und schleifte ihn hinüber zu dem Essplatz, der sich an die Kombüse anschloss. Dort hievte er ihn auf die Eckbank.

„Ich hoffe, du verlangst jetzt nicht von mir, dass ich mich dafür bedanke", erklärte Maximilian angefressen. Er fuhr sich mit den Fingern durch seine blonden Haare.

„Das kannst du dir sparen", entgegnete Oleg. „Ich hab dir nur aus einem Grund geholfen: Ich will dir einen Deal anbieten."

„Du willst mir einen Deal anbieten?", spottete Maximilian.

Oleg zuckte mit den Schultern. „Wäre ja nicht unser erster. Nur, dass ich ihn diesmal vorschlage."

„Ich dachte, ich bin frei", bemerkte Maximilian vorsichtig.

Oleg nickte.

„Du kannst kriechen, wohin du willst. Oder du bleibst einfach hier hocken und wartest ab. Spätestens morgen früh wird jemand hier im Hafen auftauchen."

„Schöne Aussicht", meinte Maximilian säuerlich.

Oleg ließ sich nicht beirren. Er hatte sich alles ganz genau überlegt.

„Okay, hier ist mein Vorschlag", sagte er. „Ich helfe dir, an die Küste zu kommen. Dort steige ich aus, den Rest fährst du allein weiter. Was danach passiert, geht mich nichts mehr an."

„Und was verlangst du dafür?"

„Genug Geld, um nach Australien fahren zu können."

„Und wie viel ist das?"

„Mindestens hunderttausend!"

Maximilian war die Skepsis deutlich anzumerken. „Nur hunderttausend?"

„Die reichen mir für das, was ich vorhabe. Aber du kannst mir natürlich so viel drauflegen, wie du willst. Dagegen habe ich nichts. Aber weniger ist nicht drin!"

Maximilian verstummte. Dann reckte er plötzlich sein Kinn. „In Ordnung!", sagte er. „Sobald wir an der Küste sind und ich zum Auslaufen bereit bin, gebe ich dir die Kombination für den Safe bei mir zu Hause. Darin befinden sich meines Wissens einhundertsechzigtausenddreiundvierzig Euro. Und fünfundsechzig Cent, um genau zu sein."

„So viel?", staunte Oleg.

„Mein Haushaltsgeld. Ich habe keine Lust, mir jeden Euro bei dem Treuhänder zu erbetteln. Holen musst du dir das Geld allerdings selbst. Aber das dürfte für dich ja kein Problem sein …"

Oleg war sprachlos. Eine derartige Menge Geld überstieg seine Vorstellungskraft. Damit könnte er sich und seinen Bruder sicher bei dem Albaner freikaufen. Oder sie konnten doch noch gemeinsam abhauen.

So gesehen gab es nicht viel zu überlegen.

„Abgemacht", entschied er. „Ich habe nur eine Bedingung: Wir fahren sofort los!"

„*Jetzt sofort?*" Maximilian schüttelte energisch den Kopf. „Unmöglich. Das geht nicht!"

„Und warum nicht?"

„Der Mast ist noch nicht aufgestellt und ein Segelboot ohne Mast ist kein Segelboot. Ganz einfach."

„Vergiss das Ding!", entschied Oleg. „Entweder wir fahren sofort los oder ich haue ab. Außerdem hat das Teil hier doch einen Motor, oder nicht?"

„Natürlich hat die Jacht einen Motor!", empörte sich Maximilian. „Ich habe den Tank sogar bereits füllen lassen!"

„Wo ist dann das Problem? Du sagst mir einfach, was ich tun soll! Also los!"

Maximilian legte die Stirn in Falten. Ohne Mast zu segeln entsprach nicht gerade dem, was er sich offenbar in den vielen qualvollen Krankenhausnächten ausgemalt hatte.

„Warum hast du es eigentlich so eilig?", fragte er argwöhnisch. „Das Geld bekommst du noch früh genug. Ich halte mein Wort."

„Darum geht es jetzt nicht", erwiderte Oleg knapp. „Ich muss sofort abhauen. Die Bullen und andere, noch viel gefährlichere Typen sind hinter mir her."

„Und wer sind diese ‚gefährlichen Typen'?"

„Besser, du weißt nichts davon", wich Oleg aus.

„Das finde ich nicht", widersprach Maximilian. „Wenn ich dir schon erlaube, mein Boot als Unterschlupf zu missbrauchen, habe ich ein Recht darauf zu wissen, was gespielt wird. Also, geht es um die beiden brutalen Kerle, die mich verschleppt haben?"

„Nein“, erwiderte Oleg ungeduldig. „Es sind andere, aber wenn die mich kriegen, machen die Hackfleisch aus mir. Also entscheide dich: jetzt oder nie!“

Maximilian kniff die Augen zusammen, er schien unschlüssig zu sein. Doch dann fällte auch er eine Entscheidung.

„In Ordnung!“, sagte er. „Du hilfst mir, aufs Meer rauszukommen, und erzählst niemandem von meinem Vorhaben. Anschließend gebe ich dir die Safekombination und unsere Wege trennen sich.“

Er streckte seine blasse Hand aus.

„Und du hörst auf, mich weiter mit Fragen zu nerven!“, fügte Oleg hinzu.

„Und ich stelle keine weiteren Fragen ...“

Oleg ergriff die angebotene Hand. Damit war ihr Pakt besiegelt.

„Okay“, sagte er. „Was muss ich als Erstes tun?“

„Mich auf die Toilette bringen. Meine Blase ist kurz davor zu platzen!“

Oleg verdrehte die Augen und fluchte, aber letztendlich würde ihm in der nächsten Zeit nichts anderes übrig bleiben, als Krankenschwester zu spielen. Das war immer noch besser, als seinen Verfolgern in die Hände zu fallen. Also fügte er sich zähneknirschend in sein Schicksal und beförderte Maximilian auf die Toilette im Heck des Bootes.

„Danke“, sagte Maximilian, nachdem er fertig war und Oleg ihn wieder auf der Eckbank abgesetzt hatte. „Und jetzt sieh bitte nach, ob du etwas zu essen findest. Ich habe einen Cateringservice beauftragt, die Vorratskammer zu füllen. Ich weiß nicht, wie das mit dir ist, aber ich verspüre einen enormen Hunger. Gekidnappt zu werden strengt irgendwie an.“

Oleg ersparte sich einen Kommentar, denn auch er stand kurz vor dem Hungertod. Also begab er sich auf die Suche nach etwas Essbarem. Während er die eingebauten Schränke einen nach dem andern öffnete, bemerkte er in der Nische, die als Kartenraum diente, unter den ultramodernen Kommunikations- und Navigationsgeräten sogar einen PC.

Neidisch registrierte er, dass allein die Geräte ein Vermögen gekostet haben mussten. So wie alles auf diesem Schiff. Die glänzenden Messingbeschläge, das kostbare Tropenholz, die handgenähten Polsterbezüge …

„Kannst du kochen?", unterbrach Maximilian seine Gedanken.

„Sehe ich etwa so aus?"

„Nein. Aber macht nichts! Schließlich konnte ich in der letzten Zeit nicht mehr allzu oft Tennis spielen. Also habe ich Kochen gelernt. Zum Kochen und Essen braucht man nämlich keine Beine."

Oleg öffnete den letzten Schrank. Auch er war leer. „Hier gibt es nirgendwo etwas zu essen", stellte er fest.

„Ich werde mich bei dieser Catering-Firma beschweren!", schimpfte Maximilian auf der Eckbank. „Das war das letzte Mal, dass ich ihren Service in Anspruch nehme. Das garantiere ich dir!"

„Glaub ich dir", gab Oleg zurück. „Bei dem, was du vorhast, brauchst du bestimmt keinen Catering-Service mehr. Also, können wir jetzt endlich los?"

„Ich fände es nach wie vor klüger, wenn wir mit dem Auslaufen bis morgen warten würden", wandte Maximilian erneut ein. „Dann könnten wir genügend Proviant einkaufen und in der Zwischenzeit auch den Mast aufstellen lassen. Immerhin hätten wir dann ein richtiges Segelboot. Und auf ein paar Stunden mehr oder weniger wird es schon nicht ankommen."

„Tut es doch!“, stöhnte Oleg händeringend. „Wann kapierst du es endlich: Wenn die uns finden, hacken die mir die Finger oder irgendwas anderes ab, und deinen Mast stecken sie dir sonst wohin! Aber erst, nachdem sie dir deine ganze Kohle abgenommen haben!“

„Im Ernst?“

„Todernst!“, nickte Oleg. „Und jetzt zeig mir endlich, wie man das Teil startet. Zu futtern besorgen wir uns unterwegs!“

Er hievte sich Maximilian auf die Schulter und stieg mit ihm nach oben. Nachdem er ihn auf seinem Spezialsitz platziert hatte, hielt er erst einmal vorsichtig Ausschau. Niemand war zu sehen, dennoch hatte er ein mulmiges Gefühl. Es war nur eine Frage der Zeit, bis jemand auf der Suche nach dem Jungen hier im Jachthafen auftauchte und Fragen stellte. Am Horizont kündigte ein heller Streifen bereits den nahen Sonnenaufgang an, während das gegenüberliegende Seeufer noch im morgendlichen Dunst verborgen lag. Das Wasser hatte eine unnatürliche, metallische Farbe, wie er fand. Die Schaumkronen auf den Wellen leuchteten im Zwielicht des dämmernden Tages, während von Westen her ein frischer Wind wehte, der den Gestank der Stadt mit sich zu bringen schien. Oleg warf einen letzten Blick auf den Horizont, dann machte er sich an die Arbeit. Er löste die Leinen, die das Boot am Steg festhielten, und warf die Tauenden an Deck.

„Und jetzt?“, fragte er ungeduldig.

„Hol die Gangway ein, auf der du gerade rumstehst!“

Oleg tat, wie ihm geheißen, obwohl es ihm mächtig gegen den Strich ging, derart herumkommandiert zu werden. Abmachung hin oder her.

Grummelnd zog er das Laufbrett auf das Boot und befestigte es an der dafür vorgesehenen Stelle.

„Gut gemacht!“, befand Maximilian, nachdem er Oleg dazu genötigt hatte, die Befestigung noch einmal zu überprüfen. „Dann sind wir so weit. Es kann losgehen! Obwohl ich nach wie vor der Meinung bin, wir sollten besser noch …“

„Quatsch nicht rum!“, unterbrach ihn Oleg. „Fahr endlich los!“

Maximilian seufzte, aber er startete den Motor ohne weitere Widerrede. Ein sanftes Zittern durchlief den gesamten Schiffsrumpf, gleichzeitig legte sich eine beißende Dieselwolke über das Boot, die Oleg husten ließ. Hoffentlich waren sie nicht schon erstickt, bevor sie überhaupt aus dem Hafen raus waren, schoss es ihm durch den Kopf.

33

Kaum hatte er den Schiffsdiesel anspringen lassen, strahlte Maximilian über das ganze Gesicht. Er manövrierte die Jacht vom Steg weg, ohne den Booten rechts und links auch nur einmal zu nahe zu kommen oder sie gar zu berühren. Oleg staunte über seine Geschicklichkeit, behielt das aber lieber für sich. Stattdessen kletterte er nach vorn in die Bugspitze.

Inzwischen hatte die Morgensonne den Horizont überschritten. Ihre wärmenden Strahlen vertrieben die letzten Nebelschwaden, die noch über dem See hingen. Als sie durch die Hafenausfahrt glitten, schaukelte nahe dem Ufer eine Entenfamilie auf den Wellen. Die Küken scharten sich ängstlich um ihre Eltern. Oleg musste plötzlich an seine eigene Mutter denken. Er machte sich Sorgen um sie. Wenn er fort war, würde keiner mehr da sein, der sich um sie kümmerte. Niemand würde ihr mehr etwas vorlesen oder einfach nur bei ihr sitzen. Auf seinen Bruder konnte er in dieser Hinsicht nicht zählen, denn Mark weigerte sich standhaft, die „Irrenanstalt“ überhaupt nur zu betreten. Und was mit seinem Vater war, das stand wiederum auf einem ganz anderen Blatt. Wahrscheinlich konnte er sich in seinem Suff nicht einmal an die Adresse der Klinik erinnern.

Oleg beugte sich über die Reling und spuckte ins Wasser, dann kletterte er zu Maximilian.

„Weißt du, was ich immer noch nicht kapiere?", sagte er. „Ich hätte das Schiff einfach direkt an die Küste transportieren lassen. Das ist doch bescheuert, so lange durch die Landschaft zu schippern."

„Die Jacht wurde sogar in einer Werft an der Küste gebaut", erklärte Maximilian feierlich, während er auf die Mitte des Sees zuhielt.

„Umso bescheuerter", stellte Oleg fest.

„Nenne es Nostalgie, wenn du willst. Aber hier auf dem See hat mir mein Vater das Segeln beigebracht. Das heißt, wenn er Zeit hatte und nicht arbeiten musste. Außerdem hatten wir es so geplant."

„Und deine Mutter?"

Maximilian grinste in sich hinein. „Meine Mutter hatte fürchterliche Angst davor, seekrank zu werden. Sie blieb lieber auf festem Boden. Ein Schiff hätte sie nie betreten!"

Plötzlich wurde er ernst. Er sah Oleg von der Seite an. „Was ist eigentlich mit dir? Hast du nichts, von dem du Abschied nehmen willst? Was ist zum Beispiel mit deinem Bruder? Du könntest ihn anrufen oder wenigstens eine Mail schreiben. Unten ist ein PC mit Satellitenverbindung. Damit kannst du jederzeit ins Internet."

„Keinen Bock", winkte Oleg ab. „Später vielleicht."

Nach seinem Alleingang würde Mark vermutlich nie wieder etwas mit ihm zu tun haben wollen. Oleg wollte gar nicht erst dran denken, was der Albaner auf der Suche nach ihm womöglich mit Mark und Digger anstellen würde. Ihm blieb nur zu hoffen, dass die beiden klug genug waren, um eine Zeit lang abzutauchen. Abgesehen davon ließ er nicht viel zurück. Was sollte er also vermissen? Sein beschissenes Leben in dem beschissenen Viertel etwa? Oder den Besserwisser vom Jugendamt?

Er beobachtete, wie sich die Morgensonne Zentimeter um Zentimeter über den bewaldeten Horizont schob.

„Wo fahren wir überhaupt lang?", wollte er wissen. „Ich habe null Peil, wie man von hier aus ans Meer fährt."

„Lass das getrost meine Sorge sein!", erklärte Maximilian. „Mein Vater und ich haben alles genau geplant. Im Grunde ist es ganz einfach: Wir nutzen den alten Industriekanal, um bis an den Rhein zu gelangen. Und von da fahren wir einfach flussabwärts bis ans Meer."

Oleg zuckte unmerklich zusammen. Wenn sie den Kanal benutzten, würden sie quasi in Armlänge an dem ehemaligen Schleusenhaus vorbeifahren. Und seinem Bruder oder Digger über den Weg zu laufen war das Letzte, was er jetzt gebrauchen konnte.

„Gibt es keinen anderen Weg? Ohne den Kanal?"

„Warum?", erkundigte sich Maximilian amüsiert. „Der Kanal ist zwar eng, aber für unser Vorhaben ist er perfekt."

„Aber nicht für mich!", murrte Oleg. „Gibt es einen anderen Weg oder nicht?"

„Nein, gibt es nicht!" Maximilian zog neugierig die Augenbrauen hoch, während er am Ruder drehte, um das nördliche Ende des Sees anzusteuern. „Nicht für ein Boot mit dieser Größe. Was hast du gegen den Kanal? Er ist schon lange außer Betrieb."

„Ich mag ihn einfach nicht, *okay*!?"

„Du bist manchmal komisch", stellte Maximilian fest. „So oder so – wir brauchen Proviant, und die einzige Stelle, wo wir mit diesem Boot anlegen können, ist dort drüben!"

Er deutete auf die gegenüberliegende Seeseite, wo Hotels und Restaurants das Ufer säumten.

„Auf der weiteren Strecke wird es schwierig werden, an Land zu gehen", sagte er. „Dank deines überhasteten Aufbruchs besitzen wir nämlich kein Beiboot und ohne das kommt man vom Ankerplatz nicht an Land. Außer man zieht es vor zu schwimmen."

Klugscheißer!, dachte Oleg im Stillen.

„Aber einkaufen gehe ich allein!", entschied er. „Du hältst nur auf!"

„Wie du meinst", erwiderte Maximilian, während er einen großen Steg ansteuerte. „Auf der Hauptstraße rechts runter befindet sich ein Supermarkt. Hast du Geld?"

Oleg glaubte, sich verhört zu haben. „*Du* fragst mich, ob ich Kohle habe? Du bist doch der Geldsack!"

„Im Moment wohl kaum." Maximilian nahm das Gas weg und kurbelte an dem großen Steuerrad, sodass sich das Boot sanft an den Steg legte. „Man hat mich gekidnappt, schon vergessen? Und meine Kidnapper waren leider nicht so freundlich, mir genug Zeit zu lassen, um meine Kreditkarte einzustecken."

Das konnte doch nicht wahr sein!, stöhnte Oleg. Jetzt musste er auch noch für den schwerreichen Angeber blechen! Er durchwühlte seine Taschen und überprüfte sein letztes Bargeld. Es würde niemals bis zur Küste reichen. Als das Boot mit einem sanften Rums am Steg anlegte, warf Oleg die Leine auf die Holzplanken und sprang hinterher. Nachdem er die Jacht an einem Pfosten vertäut hatte, drehte er sich noch einmal um. „Du wartest hier, bis ich zurück bin!", rief er Maximilian zu.

„Hast du schon einmal darüber nachgedacht, wie ich mich ohne deine Hilfe hier wegbewegen sollte?", antwortete Maximilian von seinem Steuersitz aus. „Beeil dich lieber!"

Oleg hatte ein flaues Gefühl im Magen. Und das nicht nur, weil er Hunger hatte. Unter den Leuten, die auf den Hotelterrassen frühstückten oder zu dieser frühen Stunde die Uferpromenade entlangschlenderten, konnten sich schließlich Spitzel des Albaners oder Zivilpolizisten befinden. Hinzu kam, dass ihn Maximilians gute Laune verunsicherte. Seitdem sie auf dem Wasser waren, platzte er förmlich vor Tatendrang. Oleg war es schlichtweg ein Rätsel, wie man sich derart darauf freuen konnte, als Fischfutter zu enden. Andererseits war es nicht weiter verwunderlich, dass er das nicht verstand. Immerhin lebten sie seit ihrer Geburt praktisch auf zwei verschiedenen Planeten, getrennt durch eine unüberwindbare Mauer aus Geld.

Oleg wischte seine Gedanken beiseite und machte sich auf die Suche nach dem Supermarkt. Als er an einer Tankstelle vorbeikam, entschied er sich dazu, die Sache abzukürzen. Er deckte sich mit Chips, Erdnüssen und Energydrinks ein, danach kehrte er zu dem Boot zurück. Als er auf den Steg kam, traute er seinen Augen nicht: An Bord der Jacht turnten zwei fremde Mädchen herum!

Im ersten Moment hatte Oleg die Befürchtung, seine Sinne würden ihm einen üblen Streich spielen, denn die beiden rothaarigen Mädchen sahen vollkommen identisch aus. Es dauerte eine Weile, bis er begriff, dass es sich um Zwillinge handelte. Sie waren etwa in seinem Alter, vielleicht auch ein wenig jünger, und beide trugen Outdoor-Klamotten, als wären sie auf einer gefährlichen Dschungelexpedition.

Maximilian lehnte lässig in seinem Kapitänssitz und schwang augenscheinlich große Reden. Er schien sich blendend zu unterhalten.

Oleg sprang mit seiner Beute auf dem Arm an Bord. „Ey, was soll das!? Was geht hier ab?“

Das Mädchen, das gerade mit Maximilian geredet hatte, drehte sich überrascht um.

„Hallo!“, sagte sie.

„Das ist mein, äh, Freund“, sagte Maximilian, während er Oleg hastig zuzwinkerte. „Ich habe dir eben von ihm erzählt.“

„Wie ich sehe, war dein ‚Freund‘ ziemlich erfolgreich bei seiner Einkaufstour“, bemerkte die Unbekannte mit Blick auf die Chipstüten und die Energydrinks. Sie hatte ihre roten Locken im Nacken zusammengebunden und das Safarihemd stand ihr mindestens ebenso gut wie ihr offenes Lächeln und die vielen Sommersprossen.

Eigentlich wollte Oleg richtig sauer werden, aber es funktionierte irgendwie nicht. Also machte er notgedrungen gute Miene zum bösen Spiel.

„Ich muss mit meinem, äh, *Freund* mal kurz reden“, sagte er und lächelte schief. „Unter vier Augen!“

„Schon kapiert …“

„Marijke!“, rief ihre Schwester in diesem Moment. Sie hatte ihre Erkundungstour über Deck beendet und streckte ihren Lockenkopf in den Durchgang zur Treppe. „Das musst du dir unbedingt ansehen!“, rief sie begeistert, während sie in die Kajüte hinabblickte. „Das ist ja der pure Luxus! Dürfen wir mal da runter und uns das ansehen?“

„Äh, ja, warum nicht?“, stotterte Maximilian. „Von mir aus. Ich habe nichts dagegen.“

Kaum waren die beiden Mädchen unter Deck verschwunden, verschaffte sich Oleg Luft.

„Bist du total bescheuert?“, legte er los. „Das Letzte, was wir jetzt gebrauchen können, sind irgendwelche neugierigen Tussis!“

Durch die Luke drang vergnügtes Kichern.

„Pssst, nicht so laut!“, ermahnte ihn Maximilian. „Was macht das für einen Eindruck? Die beiden haben höflich gefragt, ob sie sich die Jacht mal ansehen dürfen. Wie hätte ich da Nein sagen können?"

„Indem du deine Klappe aufmachst! Die sind hinter uns her, kapiert? Die Bullen glauben noch immer, dass dich jemand entführt hat!"

„Aber das sind doch nur zwei Mädchen", wandte Maximilian ein.

„Eben!"

„Außerdem sind sie ausgesprochen nett …"

„Was das Ganze nur noch gefährlicher macht!", fügte Oleg wütend hinzu. „Du sorgst dafür, dass sie abhauen! Jetzt sofort!"

„Das geht nicht", wehrte sich Maximilian. „Ich habe ihnen schon versprochen, dass wir sie mitnehmen."

„Du hast was?"

Oleg sah ihn entgeistert an.

„Sie haben mich gefragt, ob wir sie ein Stück mitnehmen können", druckste Maximilian herum. „Die beiden kommen aus Holland und haben eine Paddeltour gemacht. Jetzt wollen sie zurück nach Hause, und da wir den gleichen Weg haben, habe ich ihnen angeboten, ihr Boot in Schlepptau zu nehmen. Das gebietet allein die Höflichkeit, meinst du nicht? Abgesehen davon ist es immer noch mein Schiff!", fügte er trotzig hinzu.

Aus dem Schiffsinneren drang erneut fröhliches Lachen. Oleg raufte sich die Haare. Manchmal fragte er sich wirklich, warum ihm alle Welt permanent eins verpasste. Was hatte er verbrochen?

34

„Das ist ja ein klasse Boot!“, strahlte das Mädchen, das als Erste zurück an Deck kam. „Ich kann gar nicht glauben, dass eure Eltern euch allein damit fahren lassen.“

„Voll krass!“, ergänzte ihre Schwester, deren roter Lockenkopf nun ebenfalls in der Luke auftauchte. „Solche Eltern hätte ich auch gern!“

„Wer hätte das nicht?“, grummelte Oleg.

„Ich glaube, wir haben uns dir noch nicht vorgestellt“, fuhr der erste Lockenkopf unbekümmert fort. „Das ist meine Schwester Marijke. Ich heiße Frida. Wir kommen aus den Niederlanden.“

Olegs Blick wanderte von rechts nach links und wieder zurück. Es war so gut wie unmöglich, die beiden Zwillinge auseinanderzuhalten. Sie glichen sich wie ein Ei dem anderen.

„Und wie heißt du?“, erkundigte sich Marijke.

„Oleg.“

„Bist du Russe?“

„Nö, den Namen verdanke ich einem Fußballspieler. Mein Vater …“

Oleg biss sich auf die Zunge. Die Mädchen standen vor ihm und warteten darauf, dass er noch etwas hinzufügte, aber er hütete sich davor. Er hatte sowieso schon zu viel gesagt.

„Ist der immer so unfreundlich?", wandte sich Frida schließlich an Maximilian, der sich nach wie vor in Positur warf.

„Wie man's nimmt", erklärte dieser in einem gönnerhaften Ton. „Aber er meint es nicht so, seine Kinderstube ist eben nicht gerade die beste. Aber ich bin mir sicher, dass er sich ebenso über die angenehme Abwechslung freut wie ich!"

Er zwinkerte Oleg von seinem Spezialsitz aus zu. Der musste sich schwer zusammenreißen.

„Wann wollt ihr weiterfahren?", erkundigte sich Frida unterdessen.

„So bald wie möglich", erklärte Maximilian. „Eigentlich wollten wir hier gar nicht anlegen."

„Prima!", grinste Frida. „Dann holen wir schnell unser Kanu. Es liegt noch drüben am Campingplatz! Dauert nicht lang!"

„Ja, wir sind gleich zurück!", ergänzte ihre Schwester. Noch bevor die Jungs etwas erwidern konnten, hüpften die Mädchen vom Boot. Auf dem Steg drehte sich Frida noch einmal um. Sie drohte spielerisch mit dem Zeigefinger. „Und fahrt ja nicht ohne uns los!", rief sie.

„Keine Sorge, wir warten!", winkte Maximilian zurück. „Versprochen ist versprochen!"

Kaum waren die Zwillinge außer Sichtweite, konnte sich Oleg nicht länger zurückhalten.

„Das ist völlig irre!", zürnte er. „Wir hatten eine Abmachung!"

„Hast du vielleicht, äh, grundsätzlich etwas gegen Frauen?" Maximilian sah ihn schief an.

„Bullshit! Darum geht's nicht! Es passt einfach nicht! Nicht jetzt, verdammt noch mal!"

„Und wann passt es dann?", entgegnete Maximilian trotzig. „Vergiss nicht, dass ich im Gegensatz zu dir nicht mehr viele Gelegenheiten bekommen werde, mich nett zu unterhalten!"

„*Unterhalten!?* Seit wann redest du mit deinem Schwanz?"

„Musst du immer gleich so primitiv werden?" entgegnete Maximilian pikiert.

„Mann, denk doch mal nach! Du bist doch so superschlau. Die Polizei sucht dich und bestimmt hängt an jeder Ecke ein nettes Foto von dir! Und mit den beiden Schnitten auf dem Schiff fallen wir nur noch mehr auf! Am besten, wir hauen einfach ab! Ohne die!"

„Da sind wir wieder!", erklang eine Stimme.

Oleg beugte sich über die Reling. Die Zwillinge waren schon zurück. Ihr Kanu musste bereits fix und fertig gepackt gewesen sein.

„Hilfst du uns mit unserem Gepäck?", rief Frida zu ihm hinauf, während sie versuchte, sich an der glitschigen Bordwand der Jacht festzuhalten.

Sie trug tatsächlich einen breitkrempigen Safarihut, unter dem sie frech hervorlugte. Ihre Zwillingsschwester hielt ihm währenddessen schon einmal ihren Rucksack entgegen. Oleg hätte wahnsinnig werden können, aber ihm blieb nichts anderes übrig, als zuzupacken. Der Rucksack war bleischwer und um ein Haar hätte er ihn ins Wasser fallen lassen. Das Gleiche galt für den ihrer Zwillingsschwester und die anderen unzähligen Taschen und Täschchen, die aus den Tiefen des Kanus zum Vorschein kamen. Auch Maximilian wirkte etwas konsterniert.

„Wozu braucht man eigentlich so viel Kram?", fragte Oleg genervt, nachdem das letzte Gepäckstück oben war. „Das reicht ja für eine komplette Weltreise."

„Man kann nie wissen, was man braucht!", erklärte Frida, als sie an Deck geklettert kam. „Das ist unsere Devise!"

Sie hatte das leere Kanu mit einem Seil am Heck der Jacht festgebunden.

„Haben Holländer deshalb immer einen Wohnwagen dabei?“, fragte Oleg, woraufhin Maximilian ihn sofort mahnend in die Seite knuffte.

Zu ihrer Überraschung lachte Marijke.

„Selbstverständlich haben unsere Eltern einen Wohnwagen!“, meinte sie. „Als Kinder mussten wir ständig damit in Urlaub fahren. Nie wieder, sag ich euch!“

„Stimmt“, ergänzte ihre Schwester fröhlich, während sie sich über den Gepäckberg hermachte. „Außerdem brauchen wir unsere Badeanzüge. Wenn wir schon auf einer Jacht fahren, dann wollen wir auch sonnenbaden. Schade, dass so viele Leute hier sind! Sonst könnten wir FKK machen!“

Oleg und Maximilian tauschten entgeisterte Blicke.

„Kapierst du jetzt, was ich meine?“, zischte Oleg leise. „Das wird kompliziert!“

„Äh, ja, dann wollen wir mal!“, stammelte Maximilian. Er ließ den Motor anspringen, dann manövrierte er die Jacht vom Steg weg. Sobald sie frei war, steuerte er auf den See hinaus.

„Puh, die Sonne knallt schon ganz schön!“, stöhnte Frida, nachdem sie sich ein Stück weit vom Ufer entfernt hatten. „Dabei ist es nicht einmal Mittag.“

Sie nahm den Hut ab und fächerte sich Luft zu. Dann zupfte sie an ihrer Cargohose.

„Diese Klamotten sind einfach zu warm. Zum Glück müssen wir nicht auch noch den ganzen Tag paddeln. Das ist echt genial, dass ihr uns mitnehmt! “

„Ja“, bestätigte ihre Schwester. „Wir haben nämlich schon Blasen an den Händen. Ihr habt doch nichts dagegen, wenn wir uns umziehen gehen?“

Olegs und Maximilians Köpfe bewegten sich wie bei einer mechanischen Puppe von einer Seite zur anderen und wieder zurück.

„Prima!" Frida klatschte begeistert in die Hände.

Die Schwestern begannen erneut damit, in dem Gepäckhaufen zu kramen, der den Durchgang versperrte. Als sie die gesuchte Tasche endlich gefunden hatten, verschwanden sie mit ihr unter Deck.

„Das fängt ja gut an", meinte Maximilian, während er die Bucht ansteuerte, an deren Ende der alte Industriekanal in den See mündete. „Was machen wir jetzt?"

„Das fragst ausgerechnet du?", murrte Oleg. „*Du* hast uns das schließlich eingebrockt!"

Trotz des Schiffmotors konnte man die Mädchen in der Kajüte quatschen hören.

„Aber die beiden sind nicht übel, was meinst du?" Maximilian sah Oleg an.

„Nicht *übel*?", spottete dieser. „Lernt man so was bei einem Privatlehrer? Die beiden sind rattenscharf, Mann! Das ist ja das Blöde!"

Natürlich konnten sie nicht mit Jana konkurrieren – das konnte keine –, aber unter anderen Umständen wäre so eine Urlaubsbekanntschaft ein unverschämter Glücksfall gewesen, der Jackpot schlechthin. Dumm nur, dass die Umstände alles andere als normal waren und er im Moment andere Sorgen hatte. Die Kanaleinfahrt kam bereits in Sicht, was bedeutete, dass sie schon bald an dem Schleusenhaus vorbeifahren mussten. Wenn in dem Moment jemand in dem ehemaligen Kontrollraum, Diggers „Wohnzimmer", am Fenster stünde, könnte er von oben auf das Boot hinabsehen können. Also musste er sich rechtzeitig verstecken. Am besten unter Deck.

Plötzlich fiel ihm siedend heiß ein, dass Mark und Digger ja den Jungen kannten. Auf die kurze Distanz würden sie ihn hinter dem Steuer der auffälligen Jacht bestimmt erkennen. Als Olegs Blick auf den Safarihut fiel, den Frida auf den Gepäckhaufen geworfen hatte, zögerte er nicht lange. Er nahm den breitkrempigen Hut und stülpte ihn Maximilian ungefragt über den Kopf.

„Ey, was machst du da?", beschwerte der sich.

„Damit dein kostbarer Schädel keinen Sonnenbrand kriegt!", erklärte Oleg nur.

„Aber …"

„Kein Aber! Du bist schließlich der Kapitän und die haben immer was auf dem Kopf. Sieht cooler aus, irgendwie männlicher!"

Maximilian prüfte den Sitz des Safarihutes, ohne das Steuerrad loszulassen.

„Findest du das wirklich, ich meine das mit dem männlich?", fragte er unsicher.

„Yep! Denk an Indiana Jones! Und jetzt guck endlich wieder nach vorn, sonst versenken wir noch den Hampelmann da!"

Unmittelbar vor ihnen kreuzte ein Ruderboot mit mehreren ausgelegten Angeln ihren Weg. Sein Besitzer stand aufrecht in seinem schaukelnden Kahn und fuchtelte wild mit den Armen. Kein Wunder, denn die Jacht hielt genau auf ihn zu.

„Hoppla, wo kommt der denn her?", entfuhr es Maximilian. Er kurbelte so hastig an dem Steuerrad, dass sich die Jacht mit einem Ruck auf die Seite legte. Wie durch ein Wunder gelang es ihnen im letzten Moment, das Ruderboot nicht zu rammen. Allerdings reichte ihre Bugwelle aus, um es gefährlich ins Schwanken zu bringen. Als sich Oleg und Maximilian umdrehten, drohte ihnen der Angler mit der Faust. Was er ihnen hinterherbrüllte, konnten sie nicht mehr verstehen, aber es klang nicht besonders freundlich.

„Das war knapp!“, bemerkte Oleg.

„Ich weiß nicht, warum der Kerl sich so aufführt“, grinste Maximilian. „Er hätte wirklich rechtzeitig ausweichen können.“

„Genau! Was macht der überhaupt hier auf dem See? Unverschämtheit!“

Sie lachten.

„Was ist passiert?“, erkundigte sich Frida erschrocken, als sie an Deck zurückkam. Sie trug einen weißen Bikini und ohne Haargummi fielen ihr die roten Locken bis auf die nackten Schultern.

„Ich habe mir eben den Kopf angestoßen!“, fügte sie hinzu und rieb sich die Schläfe. „Was war denn los?“

„Nichts Besonderes!“, erklärte Maximilian gut gelaunt. „Wir mussten nur einem Seeungeheuer ausweichen.“

Oleg nickte. „In dem See gibt es jede Menge davon!“

„Die nehmen dich auf den Arm!“, sagte Marijke, die nun ebenfalls nach oben gekommen war. Sie trug wie ihre Schwester einen weißen Bikini. „Ich wüsste nicht, was hier größer sein sollte als ein Hecht. Es sei denn, ihr meint die Walrösser, die auf dem Campingplatz-Strand in der Sonne braten.“

„Nicht ganz, aber so ähnlich!“, lachte Oleg.

Mittlerweile hatten sie das Ende der Bucht erreicht, nun hielt Maximilian auf den alten Kanal zu. Auf beiden Seiten der Einmündung steckten noch immer die riesigen Holzpolder im Wasser, die man in den Seegrund gerammt hatte, damit die auf ihre Durchfahrt wartenden Schiffe daran festmachen konnten. Die Witterung hatte die mit Algen überzogenen Baumstämme im Laufe der Jahre schwarz werden lassen.

Oleg stieß Maximilian an: „Pass auf, dass du nirgendwo dagegen knallst! Wir sind viel zu schnell!"

Die Einfahrt zum eigentlichen Kanal kam rasch näher und schien immer enger zu werden.

Maximilian schielte unter der Hutkrempe hervor. „Bin ich der Kapitän oder du?"

„Schon gut! Hauptsache, du versenkst uns nicht jetzt schon! Ertrinken ist nicht mein Ding!"

„Ihr wollt euch versenken?", horchte Frida amüsiert auf, die neben ihnen stand.

„Das war nur ein Scherz!", erklärte Oleg hastig.

„Wir machen lediglich einen, äh, etwas längeren Ausflug", kam ihm Maximilian zu Hilfe. „Zum Meer und zurück. Wir wollen nur mal testen, wie das Boot so ist. Genau genommen ist das eine Jungfernfahrt."

Oleg nickte. „Ja, genau! Wir mussten einfach mal raus. Aus der Stadt, meine ich. Manchmal wird es einem irgendwie zu eng."

„Das verstehe ich gut!", erwiderte Frida zu ihrer Erleichterung. Sie schien nicht weiter über die merkwürdige Bemerkung nachzudenken. „Genau deshalb unternehmen meine Schwester und ich auch jede Ferien etwas anderes", erklärte sie stattdessen. „Letztes Jahr sind wir zum Beispiel mit dem Fahrrad in Italien gewesen, und wenn wir genug Geld gespart haben, wollen wir nach Neuseeland."

„Wir haben da einen Onkel!", fügte Marijke hinzu.

Oleg hörte nur mit einem Ohr hin, denn sie hatten die Einfahrt bereits passiert. Da der Kanal nicht sehr breit war, waren die Ufer bedenklich nahe herangerückt. Von nun an musste sich Maximilian konzentrieren, um die große Jacht in der Mitte der Fahrrinne zu halten.

Mit einem Mal spürte Oleg eine Hand an seinem Arm. Frida zog ihn unauffällig zur Seite. „Kann ich dich mal was fragen?"

„Hm."

„Ist dein Freund, äh, wie soll ich sagen … hat dein Freund vielleicht ein Problem mit seiner Gesundheit?"

„Wie kommst du darauf?", fragte Oleg scheinheilig. „Glaub mir, der ist kerngesund!"

„Na ja, seit wir uns kennengelernt haben, ist er nicht ein einziges Mal von seinem Sitz aufgestanden."

Oleg wandte sich um und rief Maximilian laut zu: „Ey, die Kleine hier will wissen, ob du ein Krüppel bist!"

Frida funkelte Oleg zornig an. Gleichzeitig wurde sie so rot wie ein Krebs, den man in heißes Wasser geworfen hatte.

Maximilian drehte sich ebenfalls über die Schulter.

„Ich befürchte, dem kann ich nicht widersprechen, ohne lügen zu müssen!", erwiderte er laut. Dann konzentrierte er sich wieder darauf, das Schiff in der Mitte des Kanals zu halten.

„Geht dein Freund immer so lässig damit um?", erkundigte sich Frida, nachdem sie sich von dem peinlichen Schreck erholt hatte. „Er ist wirklich gut drauf. Ich meine dafür, dass er behindert ist."

„Ehrlich gesagt kennen wir uns noch nicht so lange." Oleg wurde vorsichtig. „Das war eher ein dummer Zufall. Mehr nicht."

„Aha", meinte Frida, als sei damit alles gesagt.

„Wir kommen gleich an der alten Schleuse vorbei!", rief Maximilian von seinem Platz aus. „Wenn ihr wollt, könnt ihr Fotos machen! Die gesamte Anlage steht seit Jahren unter Denkmalschutz!"

Oleg fuhr der Schreck in die Glieder. Die Schleuse hatte er glatt vergessen! Er kletterte rasch auf das Kabinendach, um einen besseren Ausblick zu haben. Vor ihnen kam bereits das Dach des großen

Backsteingebäudes in Sicht. In ein paar Minuten würden sie im Schneckentempo daran vorbeischleichen. Während die Zwillinge ihre Handtücher ausrollten und es sich auf dem Vorschiff bequem machten, rutschte Oleg wieder vom Dach.

„Geht das nicht schneller?", drängte er Maximilian. „Wir kriechen ja fast! Der Motor hat doch garantiert mehr Power!"

„Natürlich! Aber wir befinden uns hier auf einem Kanal, falls dir das bislang entgangen sein sollte. Wenn wir schneller fahren, erzeugen wir eine Bugwelle, die das Ufer beschädigt. Außerdem wird der Kanal von Freizeitsportlern genutzt, da heißt es aufpassen!"

„Scheiß drauf!"

„Und was ist, wenn so ein Schlauchboot umkippt? Ich habe keine Lust, dass uns im letzten Moment noch jemand anhält. Darum halte ich es für klüger, nicht noch mehr aufzufallen."

Auch wenn es ihm widerstrebte, Oleg musste einsehen, dass Maximilian recht hatte. Zwei Jungs auf einer Luxusjacht ohne Mast, noch dazu mit zwei hübschen und leicht bekleideten Mädchen auf dem Vorschiff – genauso gut hätten sie auf einem weißen Elefanten durch die Gegend reiten können. Nachdem er sich ein letztes Mal vergewissert hatte, dass der Hut Maximilians Gesicht wenigstens halbwegs verdeckte, trat er den längst überfälligen Rückzug an.

„Äh, ich verschwinde mal nach unten", sagte er. „Ich muss mal. Bin gleich wieder da!"

„Pinkel nicht daneben!", rief ihm Maximilian hinterher. „Denk dran: Wir haben keine Putzfrau! Es sei denn, du übernimmst den Job!"

Ohne die Stufen zu benutzen, rutschte Oleg die steile Leiter hinunter. Dann kletterte er auf eine der Kojen und lugte aus dem

Bullauge. Das Ufer befand sich beinahe auf Augenhöhe und war nur wenige Meter entfernt. Wiesen und Felder zogen vorbei, und an manchen Stellen, dort, wo das Ufer der künstlichen Wasserstraße im Laufe der Jahrzehnte erodiert war, wucherte Schilf.

Als sie noch klein waren, waren sein Bruder und er einen Sommer lang fast jeden Tag mit den Fahrrädern hier entlanggeradelt. Er erinnerte sich noch gut daran, dass ihr Vater Mark zu seinem zwölften Geburtstag eine Angelrute geschenkt hatte. Die gesamten Ferien hatten sie damit verbracht, Fische zu angeln, die es offenbar nicht gab, denn gefangen hatten sie nie einen. An einem Wochenende war sogar ihre Mutter mit dabei gewesen. Sie hatten ein richtiges Picknick gemacht. Mit allem Drum und Dran.

Plötzlich tauchte vor dem kleinen runden Fenster ein zerbeultes Schild auf. Es stand halb verdeckt im Schilf und zeigte eine kaum noch lesbare Zahl an: 250 Meter. Oleg wusste, dass damit die Entfernung zur Schleuse gemeint war. Und er wusste ebenso, welches Schild als nächstes kam. 100 Meter. Er biss sich auf die Unterlippe und drückte sein Gesicht an das Bullauge, um besser sehen zu können, aber sein Standpunkt war einfach zu tief, um über die Uferkante hinwegzublicken. Als schließlich das 50-Meter-Schild an ihm vorbeiglitt, hielt er es nicht mehr aus. Er kletterte zurück an Deck.

35

Oleg kroch auf allen vieren an den sonnenbadenden Zwillingen vorbei und verbarg sich hinter den Jachtaufbauten. Nun konnte er zwar mehr sehen, aber was er zu Gesicht bekam, gefiel ihm ganz und gar nicht.

Er hatte gehofft, Digger würde noch schlafen, immerhin war es noch nicht einmal zwölf Uhr, und zu dieser Zeit weilte er für gewöhnlich tief im Reich der Toten. Diesmal war er jedoch schon auf den Beinen. Was wiederum ein eindeutig schlechtes Zeichen war. Ebenso wie das aufgemotzte schwarze Mercedescoupé auf dem Gelände.

Oleg linste vorsichtig über das Kajütendach hinweg und beobachtete Digger. Er stand nicht weit vom Ufer entfernt, zusammen mit Janas Bodybuilderfreund und einem Typen, den er nie zuvor gesehen hatte. Sicher arbeitete er ebenfalls für den Albaner. Auf jeden Fall machte er keinen besonders sympathischen Eindruck, zumal er Digger gerade am Kragen gepackt hatte. Oleg fragte sich bereits, wo der Mastiff abgeblieben war, aber dann entdeckte er auch den angeketteten Hund. Vermutlich hatten die beiden Schläger Digger dazu gezwungen, ihn an den Schuttcontainer zu binden, bevor sie aus dem Wagen gestiegen waren. Jetzt fletschte er hilflos die Zähne, während sein Herrchen in die Mangel genommen wurde.

Als die drei die Jacht auf dem Kanal bemerkten, fielen ihnen förmlich die Augen aus dem Kopf. Sie glotzten, als würden sie soeben Zeuge einer leibhaftigen Fata Morgana. Kein Wunder, denn eine Luxusjacht mit zwei leicht bekleideten Mädchen auf dem Vorschiff, die sich gerade gegenseitig den Rücken eincremten, bekam man auf dem verlassenen Kanal nicht alle Tage zu Gesicht.

„Hallo, ihr Süßen!", brüllte Digger, als die Jacht nur einen Steinwurf entfernt an ihnen vorbeifuhr. Obwohl ihn der andere noch immer am Kragen gepackt hielt, riskierte er mal wieder eine dicke Lippe. „Wohin geht die Reise? Habt ihr vielleicht noch ein Plätzchen frei?"

„Hallo!", winkten die Mädchen zu Olegs Entsetzen zurück. „Wie geht's?"

Der Muskelprotz neben Digger schirmte seine Augen gegen die Sonne ab und starrte in ihre Richtung, während die Jacht im Schneckentempo vorbeikroch. Oleg duckte sich, so tief wie er konnte. Gleichzeitig betete er, dass Digger den Jungen am Steuerruder nicht erkannte. Auf der anderen Seite hatte er unter Garantie nur Augen für die Zwillinge in ihren Bikinis. Insofern waren die Mädchen ein unerwarteter Glücksfall, wie Oleg sich eingestehen musste. Dennoch fühlte er sich mies. Und da war nicht nur die Angst, weil die Kerle, die ihn suchten, lediglich wenige Meter von ihm entfernt waren. Er kam sich wie ein Feigling vor. Während er sich aus dem Staub machte, mussten Digger und sein Bruder den Kopf hinhalten. Dabei brauchte er nur aufzustehen und die Sache hatte ein Ende. Zumindest wären Mark und Digger vorerst aus der Schusslinie. Für ihn selbst würde das dicke Ende allerdings noch kommen.

Mit Schaudern dachte er daran, wie ihn der Albino durch seine schwarze Brille hindurch angestarrt hatte. Er hatte ebenso regungslos dagesessen wie dieses verfluchte Chamäleon. Bei seinem Pech handelte es sich sicher um das letzte einer aussterbenden Art, dachte Oleg. Sein Herz pochte, und er hatte das Gefühl, als würde es ihn zerreißen. Er wollte aufstehen und schreien: *Hier bin ich! Lasst meinen Freund und meinen Bruder in Ruhe!* Aber er schaffte es nicht. Während das Boot unaufhaltsam weiterfuhr, kauerte er wie gelähmt hinter den Aufbauten und zog den Kopf ein.

„Wovor versteckst du dich?"

Oleg zuckte zusammen, als wäre er soeben bei einem Ladendiebstahl ertappt worden. Frida hatte etwas aus dem Gepäckhaufen geholt und ihn dabei entdeckt. Oder war es Marijke, ihre Zwillingsschwester?

„Äh, nichts", log Oleg. „Ich musste nur mal aus der Sonne raus."

Kaum hatte er die Worte ausgesprochen, fiel ihm auf, dass an der Stelle, an der er sich verbarg, überhaupt kein Schatten war. Frida/Marijke stand neben ihm und blickte auf ihn herab, als wisse sie nicht, was sie davon halten sollte. Schließlich schien sie sich eine Meinung gebildet zu haben.

„Vielleicht solltest du einfach deine Jacke ausziehen", schlug sie vor. Anschließend gesellte sie sich wieder zu ihrer Schwester.

„Danke für den Tipp!", warf Oleg ihr mürrisch hinterher. Er erhob sich umständlich und schaute zurück. Die Schleusenanlage lag bereits ein Stück weit hinter ihnen, Digger und die beiden Schläger am Kanalufer schrumpften mehr und mehr zu Spielzeugfiguren. Oleg atmete erleichtert auf. Sie hatten weder ihn noch Maximilian erkannt, insofern war er vorerst in Sicherheit. Auf der anderen Seite wusste er jetzt definitiv, dass der Albino nach ihm suchen ließ. Die Frage war also nur, wer ihn zuerst erwischte: der brutale Gangster oder die Bullen. Oleg entledigte sich seiner Jacke und seiner Schuhe, und nachdem er sich die Hosenbeine hochgekrempelt hatte, schwang er sich zu Maximilian in den Steuerstand.

„Alles klar?", erkundigte er sich.

„Alles im Lot!", erwiderte Maximilian, ohne das Steuerrad loszulassen. Da ihnen auf dem Kanal immer wieder kleinere Boote entgegenkamen, erforderte das Steuern seine ganze Aufmerksamkeit. Und als wäre dies allein nicht schon Herausforderung genug, rekelten sich unmittelbar vor seiner Nase auch noch zwei hübsche Mädchen in der Sonne.

„Tu nicht so, als würde ich es nicht merken", raunte Oleg.

„Was meinst du?" Maximilian machte ein unschuldiges Gesicht.

„Na, was wohl? Die Mädchen natürlich! Du gaffst sie die ganze Zeit an!"

„Du spinnst! Ich muss das Boot steuern – deshalb sehe ich dahin. Schließlich kann ich schlecht nach hinten schauen!"

„Red keinen Bullshit!", winkte Oleg ab. „Die beiden sind megaheiß! Gib es zu!"

Maximilian setzte kurz seine typische pikierte Miene auf, doch dann grinste er plötzlich von einem Ohr zum anderen. „Wenn du das sagst …"

Er drehte an dem Steuer, um einem entgegenkommenden Kajak auszuweichen.

„Wir müssen sie trotzdem loswerden", meinte Oleg nach einer Weile.

„Weshalb? Die beiden stören doch nicht. Außerdem hast du eben selbst gesagt, dass sie, äh, *heiß* sind." Maximilian drehte erneut am Steuerrad. Diesmal wich er einem im Wasser treibenden Baumstamm aus.

„Du bist ein Krüppel, schon vergessen?“

„Was willst du damit andeuten?“, erboste sich Maximilian. Er sah Oleg wütend an.

„Nichts“, beschwichtigte Oleg ihn. „Guck lieber nach vorn, sonst rasieren wir noch das Ufer!“ Er setzte sich auf das erhöhte Armaturenbrett und ließ die nackten Füße baumeln. „Was ich sagen wollte: Die Bullen suchen nach dir, deshalb sind die beiden ein Problem.“

„Wenn die Polizei uns anhält, werde ich den Herren schon klarmachen, dass die Entführung vorbei ist. Dies hier ist mein Boot und ich fahre aus freien Stücke damit herum.“

„Glaubst du ernsthaft, die Bullen lassen dich danach weiterfahren? Einfach so? Ohne Fragen zu stellen?“ Oleg lachte bitter. „Das kannst du knicken!“

„Wollt ihr auch ein Sandwich?“

Eins der Mädchen kam mit einer Plastikbox zu ihnen hinüber. Ihre nackten Füße klatschten auf dem Holzdeck.

„Meine Schwester ist eingeschlafen und wir haben noch was übrig.“

„Gerne!“, erwiderte Maximilian. „Ich komme um vor Hunger. Was ist denn drauf?“

„Erdnussbutter.“ Sie hielt ihm die geöffnete Box hin.

„Schade, keine Fritten!“, brummte Oleg.

„Was hat er gesagt?“

„Achte nicht auf ihn!“, sagte Maximilian, während er sich mit seiner Linken bediente und in das labberige Weißbrot biss.

„Hmm …“, machte er mit vollem Mund.

Elender Lügner!, dachte Oleg. Man konnte ihm ansehen, dass es ihm nicht schmeckte.

„Willst du auch?“ Das Mädchen hielt Oleg die Box unter die Nase.

„Nein, danke!“, wehrte er schroff ab.

„Dann eben nicht!“

Maximilian würgte seinen Bissen herunter. „Lass mich raten: Du bist Frida, habe ich recht?“, sagte er mit einem komischen Lächeln.

Frida strahlte ihn freudig an. „Wie hast du das erraten? Die meisten Leute können uns auch nach Ewigkeiten nicht auseinanderhalten.“

„An den Sommersprossen auf deiner Nase!“, erwiderte Maximilian verlegen. „Bei deiner Schwester sehen sie ein klein wenig anders aus. Da, an dem rechten Nasenflügel. Man muss nur genau hinsehen!“

Jetzt wurde Frida sogar ein bisschen rot.

„Ihr beiden seid wirklich ein seltsames Gespann“, befand sie. „Wo habt ihr euch kennengelernt?“

„Also, das ist …“, setzte Maximilian an, aber Oleg schnitt ihm das Wort ab.

„Das ist eine komplizierte Sache“, erklärte er knapp. „Ziemlich kompliziert sogar. Deshalb lasst uns lieber überlegen, woher wir etwas zu beißen bekommen. Und zwar was Richtiges!“

„Dann ruf doch den Pizzaservice!“, schlug Frida vor und klappte ihre Lunchbox zu.

Oleg überging den beleidigten Ton. Stattdessen kletterte er nach ganz vorn auf die Bugspitze und ließ zu beiden Seiten die Beine baumeln. Er musste unbedingt allein sein und darüber nachdenken, wie es weiterging, wenn das Geld aus dem Safe erst einmal ihm gehörte.

Einhundertsechzigtausend Euro! Damit würde sich das Albanerproblem sicher regeln lassen. Er würde sich und seinen Bruder ganz einfach freikaufen. Das Problem mit dem Jugendamt und den Bullen stand hingegen auf einem ganz anderen Blatt. Wenn der Junge verschwunden blieb, würde man früher oder später auf ihn kommen. Und bei einer Gegenüberstellung würden ihn sowohl der Butler als auch die Aushilfspflegerin sofort identifizieren. Also musste er – wenn es so weit war – einen Weg finden, um unerkannt in die Stadt zurückzukehren und Kontakt mit seinem Bruder aufzunehmen. Bis dahin konnte er nicht viel mehr tun, als weiter zu hoffen, dass Mark durchhielt.

Die Sonne brannte auf seinen nackten Füßen und Oleg schwitzte in seinem T-Shirt und der langen Hose. Er beneidete die beiden Mädchen in ihren Bikinis, und während er auf das Wasser blickte, das unter seinen Füßen vorbeiströmte, verspürte er das unbändige Verlangen, sich kopfüber hineinzustürzen. Aber dann trieb erst eine Plastiktüte an ihm vorbei und kurz darauf ein toter, angenagter Fisch. Das Verlangen nach einer Abkühlung legte sich augenblicklich.

Oleg wischte sich mit dem Handrücken den Schweiß von der Stirn und betrachtete die Landschaft. Der Kanal fraß sich schnurgerade durch die vertrockneten Wiesen und Felder. Bald würden sie das neu gebaute Gewerbegebiet passieren und dahinter musste die *Fummelallee* kommen. So hieß ein uneinsehbares Straßenstück, das unmittelbar am Kanalufer entlangführte und in einer Sackgasse endete. Der Platz war perfekt, um ungestört mit seiner Freundin im Auto zu knutschen. Darum hatte Oleg schon oft davon gehört, obwohl er selbst nie dort gewesen war. Schließlich besaß er nicht einmal einen Führerschein.

Plötzlich vernahm er hinter sich das Klatschen nackter Füße. Als er nach oben über die Schulter sah, stand einer der Zwillinge über ihm. Er tippte auf Marijke, obwohl er sich nicht sicher war. Es war nur so ein Gefühl.

„Störe ich?“

„Ja“, brummte Oleg. „Tust du!“

„Du wirst es schon überleben!“, erwiderte Marijke unbeeindruckt. „Meine Schwester nervt mich und hier muss ich wenigstens ihr Gequatsche nicht ertragen. Du musst dich ja nicht umdrehen!“

Sie setzte sich hinter Oleg auf die schmale Bootsspitze, sodass sie wie in einem Zweierbob hintereinandersaßen. Dann ließ sie ebenfalls ihre Füße baumeln.

„Was ist eigentlich dein Problem?“, wollte sie wissen.

Oleg verdrehte die Augen, ohne dass Marijke es hinter ihm mitbekam. Er hatte gewusst, dass sie ihre Klappe nicht halten würde. Das taten sie nie!

„Frauen auf einem Schiff bringen Unglück“, frotzelte er. „Das ist das Problem. Ganz einfach!“

„So ein Schwachsinn!“, konterte Marijke. Oleg spürte ihren Atem in seinem Nacken. „Es gibt jede Menge weibliche Kapitäne. Sogar auf den größten Containerschiffen.“

„In Holland vielleicht …“

Danach schwiegen sie wieder. Bis Marijke sich erneut zu Wort meldete.

„Darf ich dich mal etwas fragen?“

Ohne auf eine Antwort zu warten, fuhr sie fort.

„Ist Max wirklich gelähmt?“

„Max!?“

„Dein Freund heißt doch Max, oder etwa nicht?“

„Wenn er das sagt …“, erwiderte Oleg, ohne sich umzudrehen. Sieh einer an, dachte er, Maximilian hatte sich hinter seinem Rücken offenbar mächtig rangeschmissen.

„Ich wundere mich nur, weil ich nirgendwo einen Rollstuhl gesehen habe“, sagte Marijke. „Wie kommt er dann auf das Schiff und wieder runter?“

„Dafür bin ich da“, erklärte Oleg mürrisch.

„Du trägst ihn durch die Gegend? Echt?“, staunte Marijke. „Das finde ich super. Das hätte ich nicht von dir gedacht.“

„Und wieso nicht?“

Marijke zögerte. Trotz der Sonne spürte Oleg in seinem Rücken die Hitze ihres nahen Körpers.

„Nun ja, nimm es mir nicht übel“, sagte sie, „aber du wirkst so angespannt. Irgendwie gehetzt, als wäre jemand hinter dir her.“

Oleg war überrascht. Wenn du wüsstest, wie recht du damit hast!, dachte er. Am Ufer zogen die Lagerhallen des neuen Gewerbegebiets vorbei. Das Möbelhaus und den Baumarkt hatten sie bereits passiert.

„Ich hab gerade nur ein paar Schwierigkeiten“, tiefstapelte er. „Aber die krieg ich in den Griff. Alles halb so wild!“

„Schule oder Eltern?“

„Weder noch oder alles zusammen. Je nachdem. Und noch ein bisschen mehr.“

„Aha …“ Marijke irritierte seine Antwort, das konnte Oleg an ihrer Stimme hören.

„Hast du eine Freundin?“, wechselte sie plötzlich das Thema

„Ja“, log er spontan. Warum, das konnte er sich selbst nicht erklären.

„Seid ihr schon lange zusammen?“

„Nein. Genau genommen haben wir uns erst vor ein paar Wochen kennengelernt. Aber es läuft echt super.“

Plötzlich durchzuckte es ihn. Er erkannte den BMW sofort. Er parkte unter den Alleebäumen direkt am Kanalufer, ein Irrtum war ausgeschlossen. Die orange-roten Seitenstreifen waren unverwechselbar.

36

Der BMW seines Bruders parkte mit dem Kühlergrill zum Wasser gewandt. Es war das einzige Auto unter den Bäumen. Olegs erster Gedanke war, sich zu verstecken, aber er war auf der Bootsspitze gefangen. Bevor er von dort wegkam, musste zuerst Marijke aufstehen, die dicht hinter ihm saß, und dafür blieb keine Zeit mehr. Die Jacht fuhr unaufhaltsam weiter, inzwischen konnte er sogar das Nummernschild von seinem Bruder lesen. Das war typisch, dachte Oleg bitter. Während Digger den Kopf hinhielt, vergnügte sich Mark mit irgendeiner Tussi. Plötzlich stieg jemand aus dem Wagen. Es war sein Bruder. Er trat ans Wasser und beschattete die Augen mit seiner Rechten.

Man konnte ihm die Überraschung trotz der großen Entfernung anmerken.

Oleg zog den Kopf zwischen seine Schulterblätter, gleichzeitig betete er, dass ihn sein Bruder nicht erkannte. Oder den Jungen am Steuerruder. Aus dem Augenwinkel heraus beobachtete er, wie Mark aufgeregt etwas über seine Schulter rief, woraufhin noch jemand aus dem Wagen stieg. Oleg traute seinen Augen nicht: Es war Jana!

Während sie ihre Bluse zuknöpfte, trat sie neben Mark ans Kanalufer. Sie schaute ebenfalls angestrengt zu ihnen herüber, schließlich schüttelte sie den Kopf und stieg wieder ein. Sein Bruder blieb hingegen wie angewurzelt am Ufer stehen. Er blickte der Jacht weiter hinterher.

„Was will der von uns?“, rief Maximilian von hinten. „Warum glotzt der so?“

„Ja, kennst du den?“, fragte Marijke neugierig.

„Jetzt nicht mehr!“, grollte Oleg.

Wut, Demütigung und Trauer stürzten gleichzeitig auf ihn ein, aber am schlimmsten war dieses plötzliche Gefühl des Alleinseins. Immerhin war er nur deshalb auf der Flucht, weil er seinem Bruder hatte helfen wollen. Weil er ihren gemeinsamen Traum hatte retten wollen. Und jetzt fiel Mark ihm in den Rücken! Er wusste, was Jana ihm bedeutete! Schließlich war er sein Bruder, der Einzige, der ihn wirklich kannte. Er musste das doch mitbekommen haben! Ab jetzt gab es niemanden mehr, auf den er sich verlassen konnte. Er war auf sich allein gestellt.

„Lass mich aufstehen!“, sagte er. „Sofort!“

Marijke zog ihre Beine aufs Schiff, um auf der schmalen Bugspitze Platz zu machen.

Schlecht gelaunt drückte sich Oleg an ihr vorbei, und da er nicht wusste, wohin auf dem Schiff, gesellte er sich wieder zu Maximilian ans Steuerruder.

„Wer war das vorhin?“, erkundigte sich Maximilian, ohne die enge Fahrrinne aus den Augen zu lassen.

„Keine Ahnung. Irgend so ein Spanner“, nuschelte Oleg. Er konnte den Verrat seines Bruders noch immer nicht begreifen.

„Der Kerl kam mir irgendwie bekannt vor“, meinte Maximilian nachdenklich. „Ich habe das Gefühl, ihn schon einmal gesehen zu haben.“

„Würde mich wundern …“

„Meinst du, er weiß, wer ich bin? Immerhin dürfte man nach mir suchen."

Oleg zuckte mit den Schultern. Das war genau die Frage, die er sich auch stellte.

Wenn sich erst herumsprach, dass sie auf dem Kanal unterwegs waren, würde es ein Leichtes sein, sie an der nächstbesten Stelle abzufangen.

„Lass mich mal ans Steuer!", forderte er Maximilian auf. Marijke hatte sich wieder auf dem Handtuch neben ihrer Schwester ausgestreckt und briet in der Sonne.

„Das geht nicht!", widersprach Maximilian. „Du kannst die Jacht nicht steuern."

„Und warum nicht?"

„Weil du keinen Bootsschein hast. Deshalb."

„Aber du hast einen!", spottete Oleg.

„Nein, habe ich nicht. Ich brauche keinen."

„Ach ja, und warum nicht? Etwa weil dir die Kohle deiner Eltern aus den Ohren quillt?"

„Nein, weil ich mich auskenne", entgegnete Maximilian. „Und lass gefälligst meine Familie aus dem Spiel!"

Plötzlich ging ein heftiger Ruck durch das Schiff. Oleg wurde beinahe von den Füßen gerissen.

„Merde!", fluchte Maximilian.

„Was ist los?", erkundigte sich Oleg besorgt.

Auch die Zwillinge waren von ihren Badetüchern hochgeschreckt.

„Ich weiß es nicht!" Maximilian schaltete den jaulenden Schiffsdiesel in den Leerlauf. „Irgendetwas blockiert die Schiffsschraube. Sieh mal nach!"

Oleg turnte nach hinten und beugte sich, so weit er konnte, über die Reling.

„Da hängt was!", erstattete er den anderen laut Bericht. „Sieht aus wie ein Netz!"

„Merde!", schimpfte Maximilian erneut. „Das ist nur, weil die Leute ihren Müll einfach in die Landschaft werfen! Man sollte diese Ignoranten alle einsperren!"

„Ja, ja … und jetzt?", fragte Oleg.

„Wir müssen irgendwie ans Ufer!"

„Aber da ist nichts!", erwiderte Oleg, während er seinen Blick schweifen ließ. „Das ist die absolute Pampa hier!"

Sie befanden sich inmitten von brachliegenden Äckern und abgeernteten Feldern.

Zudem war die Uferkante an diesem Kanalstück zu beiden Seiten abgebrochen. Eine dichte Wand aus Schilf versperrte den Zugang zum Land.

„Wir haben keine andere Wahl", erklärte Maximilian, als könne er Olegs Gedanken lesen. „Ohne Antrieb lässt sich das Schiff nicht steuern. Früher oder später werden wir etwas rammen oder wir fahren uns fest. Dann lieber jetzt und unter unserer Kontrolle!"

Er drehte das Steuerrad bis zum Anschlag und die Jacht glitt mit Schwung in die Schilfwand hinein.

„Festhalten!", brüllte er den Zwillingen auf dem Vorderdeck zu. Aber das war gar nicht nötig, denn erst knirschte und schmatzte es nur leise unter dem Kiel, dann kam die Jacht auch schon mit einem sanften Ruck zum Stehen.

„Das ging besser als befürchtet", stellte Maximilian erleichtert fest. „Wir haben Glück!"

„Das nennst du Glück?", spottete Oleg.

„Sieh lieber nach, ob du die Schraube freibekommst!", meinte Maximilian. „Umso schneller können wir weiter."

„Mach doch selbst!"

Maximilian setzte ein unschuldiges Gesicht auf. „Ich bin ein Krüppel, schon vergessen?"

„Ich breche gleich in Tränen aus!", murrte Oleg.

Dann kletterte er wieder nach hinten. Da das Boot mit dem vorderen Teil im Uferschlamm festsaß, war das Wasser unter dem Heck nicht sonderlich tief.

Das Netz, das sich in der Schraube verfangen hatte, schwamm zum Teil noch an der Oberfläche.

Frida und Marijke beugten sich neben ihm über die Reling.

„Das sieht nicht gut aus!", stellte Marijke fest.

„Ich will es auch sehen!", rief Maximilian von seinem Sitz aus.

Oleg fluchte. Er kletterte zu ihm und schleppte ihn nach hinten, damit er sich persönlich von ihrem Pech überzeugen konnte.

„Und jetzt?", wollte Frida wissen.

„Jemand muss das Netz losschneiden!", entschied Maximilian.

Und ich weiß auch schon, wer das ist!, dachte Oleg. Tatsächlich sahen ihn sofort alle an.

„In der Kombüse ist bestimmt ein Messer", empfahl ihm Maximilian. „Aber pass auf, dass du es nicht verlierst!"

Oleg biss die Zähne zusammen. Wenn er sein T-Shirt auszog, würden die Mädchen seine hässliche Narbe zu Gesicht bekommen. Außerdem hasste er es, wenn ihm jemand Befehle erteilte.

„Ich habe keine Badehose", versuchte er, dem Unvermeidlichen zu entkommen. „Und nackt gehe ich da nicht rein! No way!"

„Jetzt sei nicht so verklemmt!", kicherte Marijke.

„Ja, wir gucken auch weg!“, feixte ihre Schwester. „Wenn du willst, kannst du auch meinen Bikini haben!“

Oleg wurde rot. Und das hasste er am allermeisten.

„Okay, okay, ich mach's ja!“, schimpfte er. „Aber auf meine Art!“

Was blieb ihm auch anderes übrig? Also suchte er unter Deck nach einem geeigneten Küchenmesser, dann kletterte er in das Kanu der Zwillinge und lehnte sich weit hinaus. Nachdem er das Nylonnetz zu packen bekommen hatte, begann er, unter Wasser daran herumzusäbeln und gleichzeitig zu ziehen. Wie sich schnell herausstellte, eignete sich das Küchenmesser eher zum Gurkenschälen, und so dauerte es bis zum späten Nachmittag, bis er die Schraube endlich befreit hatte. Immerhin war er nun der Held des Tages und besonders die Zwillinge waren plötzlich extranett zu ihm.

Um ihre Fahrt fortzusetzen, war es jedoch zu spät. Deshalb beschlossen sie, die Nacht an Ort und Stelle zu verbringen. Nachdem die Mädchen sich umgezogen hatten und Oleg Maximilian über das Laufbrett an Land geschafft hatte, entzündeten sie auf der Wiese ein Lagerfeuer. Als es hoch genug brannte und sie genügend Holz gesammelt hatten, beschlossen die Zwillinge, etwas zu essen zu organisieren. Sie hatten in der Ferne einen Kirchturm entdeckt, der auf ein kleines Dorf schließen ließ. Also zogen sie trotz der untergehenden Sonne los, während die Jungs es sich am Feuer bequem machten.

Oleg fror noch immer erbärmlich, bis er es nicht mehr länger aushielt.

Er zog sein nasses T-Shirt aus und wrang es aus. Dann legte er es ganz dicht ans Feuer, damit es schneller trocknete. Das Gleiche tat er mit seiner Jeans.

„Was soll das Theater eigentlich?", fragte Maximilian mit einem Mal. „Du führst dich auf wie die Jungfrau von Orleans."

„Wer ist das? Die Tante kenn ich nicht ...", erwiderte er.

„Komm schon: Du tust alles, nur damit niemand deine Brandwunde sieht! Dass ich nicht mehr laufen kann, bedeutet nicht, dass ich blind bin. Außerdem könntest du netter zu den Mädchen sein. Was auch immer dein Problem ist – die beiden haben nichts damit zu tun."

Oleg sah in die lodernden Flammen des Feuers.

„Weißt du, wie das ist", sagte er nach einer Weile, „wenn dir jemand wehtut, den du eigentlich gernhaben willst? Ich meine richtig wehtut, sodass du ins Krankenhaus musst?"

Maximilian dachte darüber nach. „Nein. Diejenigen, die mir nahegestanden haben, haben mir nie etwas angetan. Im Gegenteil."

„Das hast du es! Du weißt nicht, wovon ich rede!"

„Dann klär mich auf! Draußen auf dem Meer gibt es niemanden, dem ich etwas verraten könnte. Ich befürchte, die Fische werden sich nicht dafür interessieren."

Nicht zum ersten Mal imponierten Oleg Maximilians Entschlossenheit und die Selbstverständlichkeit, mit der er sein Ziel verfolgte. Zudem hatte er recht.

Früher oder später würde er sein Wissen mit auf den Meeresgrund nehmen.

„Meine Mutter ist krank", sagte Oleg, erstaunt über sich selbst. „Manchmal sieht sie Dinge, die nicht da sind. Eigentlich war es ein Unfall. Sie wollte mich nur beschützen ..."

„Deine Mutter hat das getan?" Die Bestürzung war Maximilian anzumerken.

„Genau genommen war das Bügeleisen schuld“, korrigierte ihn Oleg.

Maximilian wusste nicht, was er darauf erwidern sollte. Er war schockiert, auch wenn er versuchte, es sich nicht anmerken zu lassen. Stattdessen starrte er ebenfalls in das Feuer.

„War sie, ich meine, war deine Mutter schon immer krank?“, erkundigte er sich, ohne Oleg anzusehen.

„Nein“, sagte Oleg tonlos. „Es fing damit an, dass mein Vater arbeitslos geworden ist. Plötzlich musste sie sich ständig die Hände waschen und ist in die Kirche gerannt. Dabei war es nicht einmal eine richtige Kirche. Eher so eine bescheuerte Sekte. Lauter durchgeknallte Leute, die nur über Gott und vom Weltuntergang reden.“

Er verstummte. Dann, nach einer Pause, fuhr er fort.

„Ich glaube, meine Mutter hat in Wahrheit irgendwann das Handtuch geschmissen. Sie konnte einfach nicht mehr. Wir hatten nie genug Geld und dann hat mein Vater auch noch seinen Job verloren. Da ist bei ihr eine Sicherung durchgebrannt.“

„Und? Bist du böse auf sie?“

Oleg zögerte. „Ich weiß es nicht …“

Er schlang die Arme um seinen Körper. Die Schatten der Flammen tanzten über sein Gesicht.

„Und wo ist deine Mutter jetzt?“

„Im Irrenhaus. Zusammen mit lauter Verrückten.“

„Und dein Vater?“

„Säuft sich tot. Ich glaube, er gibt sich die Schuld an allem.“

Maximilian bohrte nicht weiter.

Das, was er soeben erfahren hatte, schien alle seine Vorstellungen über eine Existenz am Ende der Gesellschaft zu bestätigen. Oleg hingegen plagte in diesem Moment noch etwas ganz anderes: Sein Begleiter ahnte noch immer nicht, in welcher Gefahr er schwebte. Maximilian ging weiterhin davon aus, dass lediglich die Polizei nach ihm suchte, um ihn aus den Händen seiner Entführer zu befreien. Aber was war, wenn Mark sie auf der vorbeifahrenden Jacht erkannt hatte und schnurstracks zu dem Albino rannte, um seine eigene Haut zu retten? Oleg blickte sich verstohlen um. Nirgendwo in der Nähe gab es eine Straße oder ein Haus. Das beruhigte ihn ein wenig. So waren sie vorerst in Sicherheit. Zumindest für die kommende Nacht.

37

Als die Zwillinge endlich von ihrer Beschaffungstour zurückkehrten, war die Sonne bereits hinter dem Horizont verschwunden und die Jungs dem Hungertod nahe. Umso begeisterter stürzten sie sich auf die Äpfel und selbst gemachten Würste, die die Schwestern einem Bauern abgeschwatzt hatten. Wie sie berichteten, hatte es an der Kirche tatsächlich ein Dorf gegeben, aber leider kein Geschäft. Das letzte hatte wohl schon vor Jahren aufgegeben. Maximilian und Oleg interessierte das nicht die Bohne. Sie hielten die rohen, auf Stöcke gespießten Würste bereits ins Feuer, während die Zwillinge noch eine Flasche Rotwein aus ihrem umfangreichen Gepäck hervorzauberten. „Für besondere Anlässe", wie Frida feierlich erklärte, auch wenn Oleg und Maximilian rätselten, worin die Besonderheit des Anlasses bestand. Andererseits gab es endlich was zwischen die Zähne und so stopften sie die halb garen Würste gierig in sich hinein.

„Ihr habt wohl schon länger nichts mehr gegessen", bemerkte Frida, nachdem die letzte Wurst vertilgt und die kreisende Rotweinflasche fast leer war. Mit Einbruch der Dunkelheit war das Zirpen der Grillen verstummt und der Wind hatte merklich aufgefrischt. Es versprach eine sternenklare Nacht zu werden.

„Euer Ausflug scheint mir nicht besonders gut organisiert." Marijke biss in einen Apfel und streckte sich neben dem Feuer aus.

„Organisation ist was für Spießer!", erklärte Oleg mit einer lässigen Geste. Sein voller Bauch verschaffte ihm ein wohliges Gefühl. Hinzu kamen die Wirkung des Rotweins und die Wärme des prasselnden Feuers.

„Wo fahrt ihr eigentlich hin?", wollte Frida wissen, die es sich auf einer Isomatte bequem gemacht hatte. „Man muss doch ein Ziel haben."

„Wie gesagt, wir testen nur das Boot", druckste Maximilian herum. Er lag auf Decken gebettet, die Oleg von der Jacht geholt hatte. „Ein, äh, Ziel haben wir nicht. Genau genommen war die Idee zu dem Ausflug ziemlich spontan."

„Ja, es hat sich einfach so ergeben", sprang ihm Oleg zur Seite. „Wir hatten keine Zeit mehr, um groß was zu planen."

„Das merkt man", stellte Marijke nüchtern fest. Sie klemmte sich eine widerspenstige Locke hinter das Ohr. „Keine Badehose, keine Klamotten zum Wechseln, nicht einmal etwas zu essen. Wenn ihr mich fragt, ist das ein ziemlich merkwürdiger Ausflug."

„Wir sind eben *merkwürdige* Jungs!", witzelte Oleg.

Frida lachte. „Das glaube ich euch sofort! Aus euch wird man einfach nicht schlau!"

Selbst Maximilian musste nun grinsen.

„Für mich sieht es eher so aus, als wärt ihr auf der Flucht", sagte ihre Schwester, ohne mit der Wimper zu zucken.

Peng! Das hatte gesessen! Oleg und Maximilian tauschten entgeisterte Blicke. Was wussten die Zwillinge? Immerhin waren sie den ganzen Nachmittag unterwegs gewesen. Sicher gab es in dem Dorf oder bei dem Bauern, der ihnen die Würste und die Äpfel gegeben hatten, auch Internet und Fernsehen. Oder eine Zeitung.

„*Flucht!?*“, sagte Maximilian scheinheilig. „Wovor sollten *wir* denn fliehen?“

„Ja, wie kommst du darauf?“ Oleg musste sich zusammenreißen, um nicht zu misstrauisch zu klingen.

„Ach, nur so!“, fiel Frida ihrer Schwester ins Wort, bevor sie antworten konnte. „War nur so eine Idee! Lasst uns lieber überlegen, wie wir das heute Nacht regeln. Also meine Schwester und ich werden in unserem Zelt schlafen.“

„Auf dem Schiff ist genug Platz, ihr …“, setzte Maximilian an.

„Nein, nein!“, unterbrach ihn Frida schnell. „Wir sind unser Zelt gewohnt! Schließlich schlafen wir schon seit drei Wochen darin. Aber es wäre wirklich super, wenn ihr uns beim Zeltaufbau helfen würdet.“

„Ich denke, mein Freund hier geht euch sicher gern zur Hand“, erklärte Maximilian großspurig. Er nickte Oleg auffordernd zu.

Einmal Sklave, immer Sklave!, schimpfte dieser im Stillen. Aber er fügte sich erneut. Als das Feuer heruntergebrannt war und die Kälte immer unangenehmer wurde, die vom Wasser her an Land kroch, half Oleg den Mädchen beim Aufbau ihres Zeltes. Danach verfrachtete er Maximilian in eine der Kojen auf dem Schiff. Er selbst legte sich in die gegenüberliegende, dann knipste er das Licht aus. Er war total erledigt und wollte endlich schlafen, aber die Bilder in seinem Kopf ließen ihm keine Ruhe. Ein einziger Tag hatte sein Leben komplett über den Haufen geworfen.

„Soll ich dir etwas verraten?“, fragte Maximilian plötzlich in die Dunkelheit hinein. „Das war der beste Tag seit Langem! Ich kann mich gar nicht mehr daran erinnern, wann ich mich das letzte Mal so … so lebendig gefühlt habe. Vielleicht hätte ich nicht erst warten sollen, bis das Schiff fertig ist.“

„Du meinst, du hättest dir schon vorher eine Kugel in den Kopf ballern sollen?“ Oleg lag auf dem Rücken und starrte in die Finsternis.

„Nein, das meine ich nicht. Es ist eher das Gefühl, seit langer Zeit wieder Luft zu bekommen. In Krankenhäusern bekommt man nämlich keine Luft. Dort ist es schlimmer als im Gefängnis. Es gibt keine Gitter und man kann trotzdem nicht weg. Warst du eigentlich schon mal im Gefängnis?“

Der Ton verriet echte Neugier.

„Nur Jugendarrest. Aber das ist nicht viel anders. Warum interessiert dich das?“

„Nur so.“

Sie schwiegen und lauschten dem Quaken der Frösche draußen im Schilf.

„Kannst du dir vorstellen, dass eine Sekunde ausreicht, um dir alles zu nehmen?“, begann Maximilian erneut. „Wenn plötzlich nichts mehr ist, wie es zuvor war?“

Oleg ahnte, worauf Maximilian hinauswollte.

„Weshalb ist das Flugzeug deines Onkels denn abgestürzt?“, fragte er.

„Wegen eines blöden Zufalls. Ein Ölschlauch ist gerissen. Höhere Gewalt hat der Gutachter im Nachhinein festgestellt.“

„Glaubst du an so etwas? Ich meine, an Gott oder so?“

„Nein. Vermutlich war der Schlauch einfach alt. Auf jeden Fall war er von minderer Qualität, wie die Untersuchung ergeben hat. Wenn es wirklich so etwas wie eine höhere Gewalt gäbe, könnte ich laufen und meine Eltern wären noch am Leben.“ Maximilian machte eine Pause, dann fügte er leise hinzu: „Und genau deshalb kann es keinen Gott geben.“

„Etwa weil deine Familie so verdammt wichtig ist?“, ärgerte sich Oleg.

„Nein, weil es ungerecht ist!“, erklärte Maximilian. „Meine Familie hat nie etwas Schlechtes getan.“

„Bist du dir da sicher?“, konterte Oleg. „Wer im eigenen Flugzeug rumfliegt und so viel Kohle beiseitegeschafft hat, dass es für eine eigene Bank reicht, hat das bestimmt nicht mit Nettsein geschafft!“

„Wenn, dann trifft das höchstens auf meinen Großvater zu!“, erregte sich Maximilian im Dunkeln. „Mein Vater war immer fair, er hat seine Untergebenen immer gut behandelt! Da kannst du jeden in der Bank fragen!“

„Vielleicht bezahlst du ja für deinen Großvater“, sagte Oleg. Er wusste, dass das gemein war, denn er glaubte selbst nicht daran. Seine bisherige Erfahrung hatte ihn gelehrt, dass Maximilian recht hatte. So etwas wie ausgleichende Gerechtigkeit existierte nicht. In dieser Welt besaßen einige wenige alles und der große Rest schaute in die Röhre. War das vielleicht gerecht?

„Was hast du eigentlich gegen meine Familie?“, fragte Maximilian genervt. „Du hast sie nie kennengelernt. Also hör damit auf, sie ständig schlechtzumachen!“

„Ich kann stinkreiche Bonzen nun mal nicht ausstehen. Für euch sind Menschen wie ich doch auch nur ‚Asoziale‘! So eine Art gefährliche Tiere!“

„Vielleicht sind Leute wie du ja selbst schuld daran!“, gab Maximilian zurück. „Schon mal darüber nachgedacht? Jeder ist bekanntlich seines eigenen Glückes Schmied!“

„Verschon mich bloß mit solchen Klugscheißersprüchen! Wo nichts ist, kann man auch nichts schmieden! Und jetzt hör auf zu quatschen! Ich bin müde!“

Sie schwiegen erneut die Dunkelheit an. Das Froschkonzert hatte so plötzlich aufgehört, wie es begonnen hatte. Jetzt war nur noch das leise Plätschern zu hören, mit dem das Wasser gegen die Außenwand der Jacht schwappte. „Ich mag Frida", sagte Maximilian plötzlich in die Stille hinein. „Es ist wirklich jammerschade, dass ich sie jetzt erst kennengelernt habe. Sie tut als Einzige so, als wäre ich nicht behindert. Als wäre ich ein normaler Mensch."

„Wer von beiden ist denn Frida?", fragte Oleg überflüssigerweise. Er ärgerte sich noch immer.

„Die mit den großen Sommersprossen. Die Lustige."

„Die andere ist auch scharf und jetzt sei endlich still! Wir haben morgen 'ne Menge vor!"

Aber Maximilian ließ nicht locker. „Da sieh mal einer an!", zog er Oleg im Dunkeln auf. „Dir gefällt also Marijke! Gib es zu!"

„Das habe ich nicht gesagt!", zischte Oleg.

„Mich würde interessieren, was deine Freundin dazu sagt ..."

„Wenn du nicht sofort die Klappe hältst, ziehe ich dir wieder den Sack über den Kopf!"

„Das sähe dir ähnlich! Wenn's mit Worten nicht weitergeht, immer schön draufhauen", erwiderte Maximilian.

Er klang eher belustigt, aber er verstummte tatsächlich. Kurz darauf erfüllte heftiges Schnarchen die Kajüte. Auch Oleg verfiel in einen unruhigen Schlaf. Er träumte von riesigen Ratten, die ihn durch einen gläsernen Irrgarten verfolgten. Auf seiner Flucht vor den Bestien konnte er die rettende Welt jenseits der Scheiben die ganze Zeit über sehen. Es war eine Welt voller bunter Jahrmarktslichter. Aber welchen Weg er auch einschlug, sie blieb unerreichbar für ihn. Am Ende knallte er nur wieder vor eine weitere Wand aus Glas. So lange, bis seine Nase blutig war.

38

„Hey, wach auf! Da ist jemand!"

Das Kissen traf Oleg ins Gesicht. Er schreckte aus seinem Traum hoch. Für ein paar Sekunden wusste er nicht, wo er sich befand.

Maximilian stützte sich im Halbdunkeln auf seinen Ellbogen. „Wach endlich auf!", flüsterte er. „Ich habe Geräusche gehört!"

Oleg rieb sich schlaftrunken die Augen. Sein Schädel dröhnte noch vom Rotwein.

„Da waren Schritte!", sagte Maximilian leise. Obwohl sein Gesicht nur schemenhaft zu erkennen war, spürte man seine Unruhe.

„Das war nur ein Tier!", stöhnte Oleg und ließ sich wieder zurück auf seine Koje fallen.

„Nein, oben an Deck ist jemand! Ganz sicher! Das sind bestimmt die Kidnapper!"

Jetzt war Oleg hellwach.

„Du hast dich sicher getäuscht!", flüsterte er.

„Du musst nachsehen!", zischte Maximilian. „Vielleicht sind es die Gangster, die mich entführt haben!"

Oleg brauchte keine erneute Aufforderung, denn er war bereits aus der Koje geglitten. Nachdem er sich mit dem großen Kochmesser bewaffnet hatte, mit dem er die Schiffsschraube von dem Netz befreit hatte, schlich er nach oben an Deck. Er war auf alles gefasst, aber als er seinen Kopf vorsichtig aus der Luke streckte, wurde er weder verprügelt noch erschossen. Da war niemand. Auch kein Zelt am Ufer und kein Kanu. So wie es aussah, hatten die Zwillinge ihre Sachen gepackt und waren noch vor Sonnenaufgang abgehauen. Als er wieder in die Kajüte hinabsteigen wollte, entdeckte er den Zettel. Er war mit einem Stück Klebeband an dem Steuerrad befestigt. Oleg löste den Klebestreifen und kehrte zu Maximilian zurück.

„Was war da oben los?", wollte dieser sofort wissen. „Hast du etwas gesehen?"

„Die Mädchen haben sich aus dem Staub gemacht. Das war los."

Oleg reichte ihm den Zettel. Maximilian hielt ihn in das spärliche Morgenlicht, das durch das Bullauge fiel:

Vielen Dank für den schönen Abend!
Es war lustig mit euch, aber wir wollen keine Schwierigkeiten mit der Polizei.

Viel Glück!

Frida & Marijke

Maximilian ließ den Zettel sinken. „So wie es aussieht, haben die beiden etwas spitzbekommen."

„Auf dem Bauernhof gab es garantiert eine Zeitung oder was anderes!", fluchte Oleg. „Ich habe dir ja gesagt, dass sie was rauskriegen!"

„Ah, ich habe ganz vergessen, wie gut du dich mit Mädchen auskennst!", spöttelte Maximilian. „Lass uns lieber überlegen, was wir jetzt machen. Denkst du, sie schwärzen uns bei der Polizei an?"

Was noch das kleinere Übel wäre, dachte Oleg, aber das behielt er für sich.

„Keine Ahnung, ob die beiden uns verpfeifen oder nicht", grollte er. „Trotzdem sollten wir so schnell wie möglich von hier verschwinden. Bevor jemand auftaucht und Fragen stellt."

„Du hast recht", befand Maximilian. „Wir sollten keine Zeit verlieren. Immerhin haben wir noch eine lange Reise vor uns. Also, hilf mir hoch!"

Nachdem Oleg ihm in das winzige Bad und auf die Toilette geholfen hatte, verfrachtete er Maximilian wieder auf seinen Sitz hinter dem Steuerrad. Entgegen seiner Befürchtung gelang es ihnen nach einigen vergeblichen Anläufen tatsächlich, die festgefahrene Jacht im Rückwärtsgang aus dem Schilf zu befreien. Auch Maximilian war die Erleichterung darüber deutlich anzumerken. Von nun an war seine Laune wieder blendend.

„Eigentlich schade!", sinnierte er.

„Was meinst du?"

„Das mit den Mädchen."

„Glaub mir, es ist besser so!", befand Oleg. „Oder willst du dich jetzt noch verknallen?"

„Warum nicht? Besser jetzt als nie!"

„Sag das deinen Fischen. Oder hast du es dir etwa anders überlegt?"

„Nein, ich habe mir etwas geschworen. Und wir von Steinbergs …"

„… halten uns daran!", vollendete Oleg den Satz. „Verschon mich bloß mit deinen Familien-Weisheiten! Die kenne ich inzwischen schon!"

„Dann ist es ja gut!", erwiderte Maximilian. Er klang eingeschnappt, aber seine gute Laune ließ er sich dennoch nicht verderben. Vielleicht lag es auch daran, dass sie mittlerweile durch ein Naturparadies fuhren. Zum ersten Mal waren sie allein auf dem Kanal und die Wiesen und Äcker am Ufer wichen mehr und mehr einer verwunschenen Moorlandschaft. Nirgendwo gab es ein Anzeichen von menschlicher Zivilisation, und das Einzige, das die einsame Idylle störte, war das dezente Tuckern des Jachtmotors.

„Demnächst müsste die Eisenbahnbrücke kommen", bemerkte Maximilian. Dann drehte er sich mit einem Mal zur Seite. „Weißt du, was ich an dir bewundere?"

Oleg zuckte mit den Schultern.

„Deine Skrupellosigkeit!", erklärte Maximilian. „Du weißt genau, was ich vorhabe, aber es ist dir gleichgültig. Du tust so, als ginge dich das alles nichts an."

„Warum sollte es mich etwas angehen? Du tust es doch so oder so – oder nicht?", konterte Oleg.

„Bei dir weiß man immerhin, woran man ist …"

„Jeder kümmert sich um sich selbst!", sagte Oleg. „Das ist mein Motto. Alles andere funktioniert nicht. Und deshalb interessiert mich nur die Safekombi. Der Rest ist deine private Sache!"

„Gut gesagt! Genau deshalb habe ich dich ausgesucht: keine Spur von Mitleid!"

Oleg nickte. „Nicht die geringste!"

Maximilian drehte am Steuerrad, um einem Haufen Treibgut auszuweichen. Seitdem sich das Netz in ihrer Schiffsschraube verfangen hatte, wich er den undefinierbaren Sachen, die im Wasser schwammen, vorsichtshalber aus.

„Weißt du, was ich glaube?", sagte er, während er wieder in die Mitte der Fahrrinne steuerte.

„Deine Fragerei geht mir langsam auf die Eier", knurrte Oleg.

Maximilian zeigte sich unbeeindruckt. „Ich glaube, dass du in Wirklichkeit gar nicht so ‚hart' bist, wie du ständig tust. Das ist nur Show. Harte Schale, weicher Kern!"

„Nur, weil ich dich aufs Klo setze, bin ich noch lange nicht so ein Weichei wie du!", stellte Oleg energisch klar. „Ich mach das wegen der Kohle und weil mir nichts anderes übrig bleibt! Wir haben einen Deal – mehr nicht!"

„Mehr nicht", bestätigte Maximilian.

Der künstliche Kanal durchschnitt die Moorlandschaft weiterhin auf einer schnurgeraden Linie. Zu beiden Seiten säumten Trauerweiden die Ufer, deren Äste so weit herabhingen, dass ihre Spitzen die Wasseroberfläche berührten. Nur wenige Sonnenstrahlen fanden ihren Weg durch das dichte Blätterwerk. Fasziniert verfolgte Oleg ihren glitzernden Tanz auf dem Wasser.

„Wie ist das eigentlich, wenn man einen Bruder hat?", fragte Maximilian.

„Wie soll das schon sein?" Oleg beobachtete einen Fisch, der im Halbschatten der herabhängenden Äste nach Fliegen schnappte. „Außerdem ist Bruder nicht gleich Bruder. Es gibt auch Arschlöcher."

„Ich habe mir immer Geschwister gewünscht", fuhr Maximilian vergnügt fort. „Wer weiß, wenn ich einen Bruder oder eine Schwester hätte, hätte ich vielleicht einen Grund zu bleiben."

„Ich kann dir nur davon abraten", erwiderte Oleg. „Geschwister vergrößern die Probleme nur. Definitiv!"

Ihm behagte das Thema nicht, deshalb lenkte er das Gespräch in eine andere Richtung.

„Was hast du eigentlich vorher gemacht?", wollte er wissen. „Ich meine vor dem Flugzeugabsturz, als du noch kein Krüppel warst."

„Du wirst lachen“, erwiderte Maximilian. „Ich wollte Tennisprofi werden.“

„Im Ernst?“

„Im Ernst!“, versicherte Maximilian. „Ich war sogar richtig gut. Mehrfacher Jugendmeister in meiner Altersklasse. Seitdem ich denken kann, habe ich davon geträumt, Tennisprofi zu werden. Dafür habe ich jeden Tag trainiert. Auch am Wochenende.“

„Wimbledon kannst du jetzt wohl vergessen …“

„Stimmt.“

Oleg staunte erneut über die Coolness, die Maximilian an den Tag legte. Vermutlich hatte man ihm in seiner piekfeinen Familie beigebracht, seine Gefühle zu verbergen. Auf der anderen Seite traute er dem Braten nicht so recht.

„Für mich bist du trotzdem total bescheuert“, sagte er. „Wenn du achtzehn bist, gehört dir eine ganze Bank. Von dem ganzen anderen Kram mal abgesehen. Und dir fällt trotzdem nichts Besseres ein, als dich zu ertränken. Ich finde, das ist unfair.“

„Wem gegenüber?“, fragte Maximilian spitz. „Etwa dir?“

„Gegenüber allen!“, erregte sich Oleg. „Ich kenne genug Menschen, die sich krummmachen, um ein bisschen Geld zum Leben zusammenzukriegen. Und du sitzt auf einem Riesenhaufen und machst nichts damit! Außer rumjammern und andere hinters Licht führen!“

Maximilian versteifte sich auf seinem Steuersitz. „Vielleicht beruhigt es dein Gewissen, wenn ich dir sage, dass ich den allergrößten Teil des Familienvermögens spenden werde. Ich habe das in einem Testament so festgeschrieben.“

„Und was passiert mit dem Rest?“

„Den erhält Maurice.“

„Wie geht es dem alten Knacker überhaupt?"

„Woher soll ich das wissen? Ich hatte dank dir und deinen Gangster-Freunden in letzter Zeit nicht so viel Kontakt zur Außenwelt." Maximilians Ärger schien mit einem Mal zu verfliegen. Er wurde nachdenklich. „Seitdem ich denken kann, war Maurice Teil der Familie", sagte er langsam. „Er war eigentlich immer da. Und nachher, im Krankenhaus, hat er mich jeden Tag besucht. Er ist eine treue Seele …" Plötzlich deutete er nach vorn über den Bug: „Da, sieh! Dahinten ist die Brücke!"

Inmitten der Natur wirkte die Eisenbahnbrücke wie ein monströser Fremdkörper. Die graue Stahlkonstruktion war schon von Weitem zu sehen, und als sie näher kamen, bemerkten sie, dass jemand mit einem Fernglas auf der Brücke stand. Plötzlich nahm er das Glas herunter und begann, aufgeregt zu winken. Oleg stockte der Atem.

Es war Mark, sein Bruder!

39

Oleg blickte sich sofort nach einem Versteck um. Doch als er bereits auf dem Weg nach unten in die Kajüte war, hielt er mit einem Mal inne.

Wenn sein Bruder nicht wüsste, dass er auf dem Schiff war, würde er wohl kaum mit einem Fernglas auf dieser Brücke stehen. Also war das Versteckspiel sinnlos. Offenbar hatte er einen von ihnen am Tag zuvor erkannt, und wo sein Bruder war, konnte sein Kumpel Digger nicht weit sein. Wie zur Bestätigung hörte Oleg in diesem Moment jemanden vom Ufer aus rufen. Die krächzende Stimme war unverwechselbar.

„Hey, wo willst du hin?", brüllte Digger, während er sich durch die Büsche entlang des Kanals kämpfte. „Scheiße, Mann! Du reitest uns alle noch tiefer rein!"

Er trat ans Wasser und fuchtelte mit seinen dürren Armen, wobei er beinahe in den Kanal rutschte. Er musste mit Mark die ganze Nacht über auf der Lauer gelegen haben, denn er machte einen noch müderen Eindruck als sonst.

„Halt sofort an!", brüllte er, als die Jacht nur wenige Meter von ihm entfernt vorbeiglitt. „Dein Bruder bringt dich sonst um!"

Das glaubte ihm Oleg aufs Wort.

„Wer ist das?", erkundigte sich Maximilian, während er tunlichst Abstand zum Ufer hielt.

„Nur ein Verrückter! Fahr weiter! Wahrscheinlich lebt er hier im Wald."

„Und der da drüben?"

Inzwischen war Mark von der Brücke geklettert. Jetzt stand er im Schatten der Stahlkonstruktion am Ufer und wartete darauf, dass das Schiff näher kam.

„Noch ein Irrer", brummte Oleg. „Hier scheint es davon zu wimmeln …"

„Stopp!", schrie Mark, als sie in Rufweite kamen. „Hat dir diese kleine Made ins Gehirn geschissen oder was? Halt sofort an!"

„Du kannst mich mal!", rief Oleg über das Tuckern des Motors hinweg.

„Oleg, du bist mein Bruder!", brüllte Mark. „Du kannst mich nicht im Stich lassen!"

„Scheiß drauf, kann ich doch!"

„Du Verräter!", brüllte Mark voller Zorn, während er das Ufer entlangstolperte.

Das war zu viel! Oleg turnte aufs Heck und schrie zurück: „Ach ja, und was bist du!? Wenn einer ein Verräter ist, dann bist du das!"

Danach kehrte er an Maximilians Seite zurück. Die Sache mit Jana würde er Mark nie verzeihen!

„Was sollte das? War das wirklich dein Bruder?", erkundigte sich Maximilian mit einer Mischung aus Neugier und Abscheu.

„Er macht den Eindruck, als sei er ganz schön sauer auf dich."

„Du nervst! Fahr lieber schneller!"

Maximilian sah Oleg schief von der Seite an, aber dann konzentrierte er sich wieder auf das Steuern des Schiffs. Oleg blickte indessen voller Sorge zurück. Mark war ihnen noch ein Stück weit am Ufer nachgelaufen, jetzt beugte er sich mit Digger zusammen über ein Handy. Sicher suchten sie auf dem Navi nach der nächsten Möglichkeit, um das Boot abzufangen.

„Kannst du nicht endlich mehr Stoff geben?", drängte er Maximilian. „Dieser lahme Kahn kommt ja kaum vom Fleck!"

Maximilian rümpfte die Nase. „Auch wenn wir keinen Mast besitzen – das ist kein Rennboot, sondern eine Segeljacht, falls ich dich daran erinnern darf! Außerdem kriegen wir Ärger. Wenn ich schneller fahre, wird die Bugwelle zu hoch."

„Komm schon, wer soll uns hier draußen verpfeifen? Hier ist niemand!"

„Ein Wanderer mit Handy reicht, um uns anzuschwärzen. Übrigens: Der Typ vorhin an der Brücke hat komischerweise das gleiche Wort wie einer der Entführer benutzt. ‚Made' oder so ähnlich."

„Das hat nichts zu bedeuten!", erklärte Oleg schnell. „In meinem Viertel heißen alle kleinen Geldsäcke ‚Made'. Das sagt praktisch jeder!"

„Aber die Stimme", wandte Maximilian ein. „Kann sein, dass ich mir das einbilde, aber sie kam mir irgendwie bekannt vor."

„Haben die Kidnapper etwa rumgeschrien, als sie dich hopsgenommen haben?"

„Nein."

„Na, siehste! Dann hast du auch keinen Vergleich. Außerdem hattest du einen Sack über dem Kopf, vergiss das nicht."

Maximilian geriet ins Grübeln.

„Sag mir lieber, wie lange wir noch bis zur Küste brauchen", versuchte Oleg, vom Thema abzulenken. „Ich hab nicht ewig Zeit."

Maximilian horchte auf. „Was hast du vor?"

Das wusste Oleg selbst nicht. Noch nicht. Wenn er das Geld aus dem Safe hatte, würde er weitersehen.

„*Guten Morgen!*"

Oleg und Maximilian sahen überrascht ans Ufer. Dort standen die Zwillinge und winkten ihnen zu. Sie hatten ihr vollgepacktes Kanu an Land gezogen. Offenbar machten sie eine Rast.

„Hätte nicht gedacht, dass die beiden schon so weit sind", bemerkte Oleg.

„Ja, ganz schön fit!", schmunzelte Maximilian. Er ließ das Steuerrad los und formte mit den Händen einen Trichter vor seinem Mund: „Wollt ihr nicht doch mitfahren?"

„Nein, danke!", winkte Frida zurück. „Wir kommen schon klar!"

Marijke trat neben ihre Schwester und rief: „Passt auf euch auf! Die Leute fragen überall nach euch!"

Welche Leute? Oleg war alarmiert. Meinte Marijke seinen Bruder oder die Schläger des Albaners? Oder die Polizei? Er hätte zu gern mehr gewusst, aber sie waren längst an den Mädchen vorbei. Er schob den Gashebel bis zum Anschlag nach vorn. Die Jacht hob sich mit dem Bug aus dem Wasser und schoss los.

„Hey, lass das!" Maximilian wollte Olegs Finger von dem Hebel lösen, aber der hielt ihn eisern fest. Also blieb ihm nichts anderes übrig, als sich auf das Steuern zu konzentrieren, um bei dem rasenden Tempo auf dem engen Kanal nicht das Ufer zu rammen.

„Du bist wahnsinnig!", schrie er gegen den Fahrtwind an.

„Wieso? Macht doch Spaß!" Oleg grinste.

„Stimmt!", erwiderte Maximilian. Auf seinem blassen Gesicht machte sich ein Lächeln breit.

Die Jacht pflügte durch die menschenleere Landschaft. Die wenigen Bäume zu beiden Seiten flogen nur so vorbei, während ihre Bugwelle die Uferböschung entlangrollte und die Vögel aus dem Schilf scheuchte. Oleg und Maximilian genossen den Rausch der Geschwindigkeit. Sie wechselten keine Worte, aber es war so, als wären sie trotz aller Gegensätze für einen Moment in ihrem Vergnügen vereint.

„Ich dachte, das sei kein Rennboot!“, bemerkte Oleg laut.

„Das dachte ich auch!“, lachte Maxmilian. „Ich wusste gar nicht, dass der Motor so viel Power hat! Schade, dass mein Vater das nicht mehr erlebt! Das macht einen Heidenspaß!“

„Warum überlegst du es dir dann nicht anders?“, sagte Oleg. „Niemand zwingt dich.“

„Warum sollte ich?“

„Weil es nichts bringt!“, rief Oleg über das Motorengeräusch hinweg. „Du kannst dir doch jeden Tag so einen Spaß kaufen!“

„Aber keine Beine und keine Eltern!“, erwiderte Maximilian laut. „Außerdem ist Geld nicht zum Spaßhaben da. Hat mein Großvater immer gesagt!“

„Weißt du was: Verpass deinem Großvater mal einen Tritt!“, schlug Oleg vor.

Maximilian sah ihn an, dann lachte er in den Wind: „Ja, vielleicht hast du recht! Vielleicht sollte ich das!“

„Was schätzt du? Wie lange brauchen wir noch?“

„Bei dem Tempo haben wir den Kanal bis zum Mittag hinter uns“, erklärte Maximilian. „Wenn wir erst einmal auf dem Fluss sind, kann uns niemand mehr aufhalten.“

Endlich einmal eine gute Nachricht, dachte Oleg, während sie weiter den Kanal entlangpflügten. Der warme Sommerwind blies ihnen ins Gesicht und nichts auf dieser Welt schien sie stoppen zu können – bis auf das Hausboot, das quer im Kanal stand und die Fahrrinne blockierte.

„Ist der völlig übergeschnappt!“, schrie Maximilian, als das Hindernis in Sicht kam.

„Tu was!“, forderte Oleg erschrocken. „Sonst rammen wir den Kahn!“

Maximilian riss den Gashebel nach hinten, gleichzeitig kurbelte er fieberhaft an dem Steuerrad. Die Jacht verlor rapide an Fahrt und legte sich im letzten Moment auf die Seite. Allerdings war der Schwung bereits zu groß. Es krachte, dann kratzte das Hausboot mit einem hässlichen Knirschen die Seite der Jacht entlang.

„Mein Boot!“, erregte sich Maximilian lautstark, obwohl er von seinem Sitz aus weder das niedrige Hausboot noch seinen Kapitän sehen konnte. „Was steht dieser Vollidiot da einfach quer im Wasser. Den verklag ich!“

Oleg ließ die Stange los, an die er sich angesichts der drohenden Kollision geklammert hatte. Als er sich über die Reling beugte, um nachzusehen, ob es auf dem tiefer liegenden Hausboot Verletzte gab, flog etwas auf ihn zu. Es war eine Faust und sie traf ihn mitten ins Gesicht.

40

Der Faustschlag ließ Oleg rückwärtstaumeln. Noch bevor er sich von dem heimtückischen Schlag erholen konnte, kletterten der Bodybuilder und ein weiterer Handlanger des Albaners an Bord der Jacht.

Über seine unrasierte Wange zog sich eine rötliche, schlecht verheilte Narbe. Es war derjenige, der sich Digger vorgeknöpft hatte, und auch diesmal fackelte er nicht lange. Er packte Oleg und riss ihn auf die Beine. Dann zog er ihn so nah an sich heran, dass sich ihre Nasenspitzen fast berührten.

„Haben wir dich endlich!“, zischte er. „Wegen dir kleinem Penner sind wir seit vierundzwanzig Stunden auf den Beinen! Kannst du dir vorstellen, wie gut meine Laune ist?“

Oleg befühlte mit der Zungenspitze seine anschwellende Lippe. Er schmeckte Blut. Plötzlich holte sein Gegenüber ohne Vorwarnung aus und rammte ihm die Faust in die Magengrube. Oleg stöhnte laut auf, danach klappte er wie ein Taschenmesser zusammen. Als das Narbengesicht erneut ausholte, um ihm einen Tritt in die Rippen zu verpassen, ging sein Kumpel dazwischen. „Hör auf! Du weißt, was der Boss gesagt hat: unbeschädigt! Oder willst du ihm den Spaß verderben?“

Das Narbengesicht zögerte, aber dann ließ er von Oleg ab. Stattdessen schleifte er ihn grob an die Reling, um ihn auf das Hausboot zu verfrachten. Jetzt endlich erwachte Maximilian zum

Leben. Das Ganze war so schnell gegangen, dass er erst jetzt zu begreifen schien, was geschah.

„Was fällt Ihnen ein!“, schrie er die beiden Schläger an. „Ich rufe die Polizei!“

„Halt du dich da raus!“, beschied ihm der Muskelberg kalt. Statt seiner weißen Sneakers trug er schwere Arbeitsstiefel, in die er seine gebügelte Hose gestopft hatte. „Du interessierst uns nicht mehr! Du bist verbrannt!“

„*Verbrannt*!? Was soll das bedeuten? Verschwinden Sie von meinem Schiff! Das ist Piraterie!“

„Halt's Maul, du Missgeburt!“, herrschte ihn der Muskelberg an. „Sonst überlege ich es mir noch anders!“ Er gab seinem Begleiter, der Oleg gepackt hatte, ein Zeichen. „Los! Nimm ihn mit!“

„Halt!“, schnappte Maximilian. „Das erlaube ich nicht! Das ist mein Schiff, ich werde Sie anzeigen!“

Oleg versuchte, sich aus dem Würgegriff des größeren Mannes zu befreien. Er schlug um sich, ohne etwas zu treffen.

„Der Kleine ist aus dem gleichen Holz geschnitzt wie sein Bruder!“, warf das Narbengesicht seinem Kumpel mit einem gehässigen Lachen zu. „Der hat auch gekämpft wie ein Blöder und wollte uns nicht verraten, wo wir die kleine Kröte hier finden!“ Er drehte Oleg den Arm so fest auf den Rücken, dass er vor Schmerz laut aufschrie. „Hör zu: Je weniger Schwierigkeiten du uns machst, desto weniger weh tut es! Kapiert?“

„Mein Freund bleibt hier!“, warf Maximilian dazwischen. „Sonst müssen Sie mich auch mitnehmen! Entweder beide oder keinen!“

Der Muskelberg trat neben seinen Sitz und schaute belustigt auf ihn herab: „Das Risiko ist meinem Boss zu groß. Dein Bild hängt an jeder Ecke. Du hast Glück, also verpiss dich!“

„In dem Fall sollten Sie sich schon einmal eine Ausrede einfallen lassen!“ Maximilian reckte herausfordernd sein Kinn. „Ihren Boss dürfte sicher interessieren, warum Sie die Diamanten nicht mitgenommen haben.“

„Welche Diamanten?“

„Unsere Reisekasse selbstverständlich.“ Maximilian verzog das Gesicht. „Sie befindet sich unten in der Kajüte.“

Die beiden Schläger wechselten verständnislose Blicke, und als Oleg spürte, dass der Druck nachließ, wand er sich aus dem brutalen Griff. Endlich war er wieder frei.

„Was für Diamanten?“, wollte der Muskelberg wissen. Er trat erneut an Maximilian heran, der auf seinem Sitz gefangen war. „Und erzähl ja keinen Mist! Sonst testen wir mal, ob so eine Missgeburt wie du schwimmen kann!“

„Ach ja, und was ist dann mit denen, die mich suchen?“, konterte Maximilian. „Sie haben selbst gesagt, dass die Polizei nach mir sucht! Wie wollen Sie denen mein Verschwinden erklären? Immerhin wären Sie beide die Letzten, die mich lebend gesehen haben, oder täusche ich mich da?“

Der Schläger packte ihn am Kragen: „Ich warne dich: Wenn du irgendwelche Spielchen mit uns spielst, dann wird eben dein ‚Freund‘ dafür büßen!“

Er nickte ihn Olegs Richtung.

„Ich spiele keine Spielchen!“, versicherte Maximilian eilig. „Ich dachte mir lediglich, Ihr Auftraggeber dürfte wenig erfreut sein, wenn er erfährt, dass Sie die Diamanten nicht beachtet haben.“

Er zwinkerte Oleg unauffällig zu.

„Was redet der so geschwollen?“, beschwerte sich das Narbengesicht. „Was für Diamanten? Ich sag dir, der nimmt uns auf den Arm!“

„Aber vielleicht ist was dran“, erwiderte sein muskelbepackter Kompagnon. „Besser, ich gehe zur Sicherheit mal nachsehen.“

„Aber beeil dich! Der Hausboot-Verleiher wird nicht ewig stillhalten. Irgendwann befreit er sich. Dann haben wir die Bullen am Hals!“

„Keine Sorge, den findet so schnell niemand!“, beruhigte ihn sein Komplize.

Als er sich daranmachte, die Treppe in die Kajüte hinabzusteigen, gab Maximilian Oleg ein heimliches Zeichen. Gleichzeitig stieß er den Gashebel nach vorn und sofort wieder zurück. Die Schrauben wirbelten das Wasser auf, und durch die Jacht ging ein Ruck, der den Muskelprotz auf der Treppe aus dem Gleichgewicht brachte. Er stürzte polternd in die Kajüte. Oleg reagierte sofort. Ehe das Narbengesicht an seiner Seite realisierte, was geschehen war, versetzte er ihm einen derart heftigen Stoß, dass er rücklings über Bord kippte und ins Wasser fiel. Danach hastete er zum Kajüteneingang, um nach dem zweiten Schläger zu sehen.

„Warte!“, hielt ihn Maximilian zurück. Er löste eine Leuchtpistole aus der Halterung unter der Steuerkonsole und warf sie Oleg zu.

„Für Notfälle!“, sagte er. „Ich glaube, das ist einer!“

Oleg nahm die unförmige Pistole und beugte sich vorsichtig in die Kajüte hinab. Der Muskelprotz schien bei seinem Sturz einiges abbekommen zu haben, denn er lag auf dem Boden und hielt sich stöhnend seine Schulter. Vermutlich war sie ausgerenkt oder gebrochen.

„Ey, komm da raus!“, forderte Oleg ihn aus sicherer Entfernung auf. Als er keine Antwort erhielt, richtete er die Leuchtpistole auf ihn. „Ich zähle bis drei! Wenn du bis dahin nicht rauskommst, ballere ich dir das Hirn weg! Also ich zähle jetzt: Eins … zwei …“

Endlich reagierte der Muskelberg. Er rappelte sich mit schmerzverzerrtem Gesicht hoch.

„Und jetzt die Treppe!“, befahl Oleg. „Und zwar ganz langsam!“

Der Schläger funkelte ihn böse an, aber angesichts der seltsamen Pistole mit der bedrohlich großen Mündung quälte er sich schließlich einhändig die Stufen hinauf. Als er oben war, machte er einen drohenden Schritt auf Oleg zu, aber der wich sofort zurück. „Denk nicht mal dran!“, warnte er ihn mit vorgehaltener Waffe. „Und jetzt steig über das Geländer da! Na los!“

Der Muskelberg hielt sich seine verletzte Schulter und beugte sich über die Reling. Unter ihm zog sich sein Komplize soeben prustend auf das Hausboot.

„Na los!“, wiederholte Oleg seine Aufforderung.

Der Muskelberg zögerte, aber dann stieg er über die Reling.

„Dafür bringe ich dich um!“, knurrte er. „Ich werde …“

Weiter kam er nicht, denn Oleg versetzte ihm einen Stoß in den Rücken, sodass er kopfüber ins Wasser stürzte. Als er aufschlug, spritzte es bis hoch an Deck.

„Der macht uns vorerst keine Probleme mehr“, stellte Oleg mit Genugtuung fest.

„Respekt!“, meinte Maximilian. „Man könnte meinen, du hast zu viele Actionfilme gesehen: ‚Raus da! – sonst ballere ich dir das Hirn weg!‘ …“

„Du warst aber auch nicht schlecht!“, grinste Oleg. „Aber wieso Diamanten?“

„Weil mir auf die Schnelle nichts Besseres eingefallen ist!“

Sie lachten.

„Lass uns abhauen, bevor diese Volltrottel es sich anders überlegen!", schlug Oleg vor, während er die Leuchtpistole in die Halterung zurücksteckte. Seine geschwollene Lippe pochte und das Adrenalin rauschte noch immer durch seine Adern.

Maximilian hatte den Rückwärtsgang bereits eingelegt, um die Jacht von dem Hausboot freizubekommen. Jetzt schob er das Hindernis kurzerhand mit dem größeren Schiff aus dem Weg. Dabei plumpste das Narbengesicht, das seinem verletzten Kumpel auf das Hausboot helfen wollte, erneut ins Wasser.

„Wir sind gar kein schlechtes Team!", bemerkte Maximilian, während Oleg den Schlägern zum Abschied den Stinkefinger zeigte. „Ich muss gestehen, dass ich mich vielleicht in dir getäuscht habe. Leute wie dich habe ich mir immer anders vorgestellt."

„Meinst du damit etwa Kriminelle wie mich?", entgegnete Oleg spöttisch.

Dabei musste er zugeben, dass es ihm ähnlich erging. Sein neuer Partner hatte tatsächlich mehr auf dem Kasten, als er gedacht hatte. Abgesehen davon hätte er es niemals für möglich gehalten, dass man mit einem derartigen Angeber Spaß haben konnte.

„Woran denkst du?", wollte Maximilian wissen.

„Ich denke nie!", feixte Oleg. „Das behauptet zumindest mein Bruder."

„War er das? Ich meine, der uns an diese brutalen Typen verraten hat?"

Oleg schüttelte heftig den Kopf. „Auf keinen Fall! Du hast den Wichser ja gehört: Mein Bruder hat uns nicht verpfiffen!"

Er versuchte, nicht daran zu denken, was die beiden Schläger Mark auf der Suche nach ihm angetan haben könnten. Der Fahrtwind trieb ihm die Tränen in die Augen und er befühlte erneut seine aufgeplatzte Lippe. Am rechten Ufer kam eine verfallene Ziegelei in Sicht. Der noch intakte Schornstein kratzte wie ein toter Finger am Blau des Himmels.

„Was wollen diese Kerle von dir?“, erkundigte sich Maximilian, während sie weiter in hohem Tempo den Kanal entlangfuhren. „Ich finde, die betreiben einen ziemlichen Aufwand, nur um einen kleinkriminellen Jugendlichen wie dich zu fangen.“

„Du bist der Grund“, entgegnete Oleg düster. „Ich habe ihnen die Tour vermasselt und jetzt wollen sie sich an mir rächen.“

„Dann waren das die Gangster, die mich entführt haben?“

„Sieht ganz so aus …“

„Aber warum hast du das getan? Ich meine, warum hast du mich befreit?“

Oleg hob erneut die Schultern. „Vielleicht, weil die Bullen mich so oder so verantwortlich machen werden, wenn dir was passiert. Außerdem hätte ich nicht einmal etwas von dem Lösegeld gehabt.“

Maximilian schien darüber nachzudenken, denn er sagte keinen Ton.

„Was wirst du mit dem Geld aus meinem Safe machen?“, fragte er schließlich.

„Untertauchen, schätze ich. Und zwar dahin, wo mich keiner findet. Zurück kann ich auf jeden Fall nicht mehr.“

„Und was wird dann aus deiner Mutter?“

„Irgendjemand wird sich schon um sie kümmern. Sie ist in der Klinik gut aufgehoben.“

Oleg spürte einen Knoten im Bauch. Er hoffte sehr, dass er sich nicht selbst belog.

„Und dein Bruder?“, bohrte Maximilian weiter.

„Der kommt auch ohne mich klar. Ist er sowieso immer. Vielleicht ist er sogar froh, wenn ich weg bin."

Maximilian verstummte erneut, während sie an der verfallenen Ziegelei vorbeifuhren. Die Hallen waren eingestürzt und auf den zerbröckelten Mauerresten wucherte das Unkraut. Lediglich der Schornstein hatte dem Zahn der Zeit widerstanden.

Nachdem sie den gespenstischen Ort hinter sich gelassen hatten, nahm Maximilian den Faden wieder auf. Er wirkte nachdenklich.

„Du musst mir einen Gefallen tun", sagte er. „Es ist sehr wichtig für mich."

Das Wort ‚Gefallen' hatte Oleg noch nie gemocht.

„Ich mache keine einseitigen Geschäfte", stellte er klar.

„Dann nenne es eben eine Bitte!", erwiderte Maximilian. „Du musst Maurice einen Brief von mir bringen. Nachdem sich unsere Wege getrennt haben, meine ich. Mehr nicht."

„Einen Brief? Davon war nie die Rede. Ich bin kein Postbote. Außerdem schnappen sie mich dann!"

„Bitte! Ich kann nicht fortgehen, ohne Maurice meinen Entschluss zu erklären. Zumindest muss ich es versuchen. Das bin ich ihm einfach schuldig. Abgesehen davon will ich mich bei ihm bedanken."

„Wofür? Gib ihm was von deiner Kohle und er ist glücklich!"

„Darum geht es nicht." Maximilian sah Oleg an: „Tust du es?"

Als Oleg den Mund öffnete, um etwas zu erwidern, donnerte plötzlich ein Hubschrauber im Tiefflug über ihre Köpfe hinweg. Seine Antwort erstarb im Lärm der Rotoren.

41

Der Hubschrauber stieg in die Höhe, flog eine enge Schleife und kehrte wieder zurück. Dann donnerte er erneut über ihre Köpfe hinweg, bevor er hinter dem Horizont verschwand. Als er außer Sicht war, erwachte Oleg aus seiner Schockstarre. Er fluchte.

„Denkst du, der hat nach uns gesucht?", erkundigte sich Maximilian besorgt.

„Kann sein. Oder auch nicht."

Eine Luxusjacht auf dem alten Kanal, auf dem sich sonst allenfalls Hausboote und andere Freizeitgefährte tummelten, war natürlich ein echter Hingucker.

Vielleicht war der Pilot lediglich neugierig gewesen und hatte daher eine Extrarunde gedreht. Oleg ließ den Blick über die Kuhweiden zu beiden Seiten schweifen. In der Ferne drehten sich Dutzende Windräder.

„Wie lange sitzen wir noch hier fest?", wollte er wissen.

„Schwer zu sagen", erwiderte Maximilian. „Ich schätze mal, bis zum Fluss sind es noch circa fünf Kilometer. Unten in der Kajüte findest du bestimmt eine Karte. Aber jetzt brauche ich erst einmal eine Pause."

„Wir können uns jetzt keine Pause leisten!", widersprach Oleg. „Also, beiß die Zähne zusammen!"

„Ich muss aber auf Toilette! Die ganze Aufregung schlägt mir allmählich auf den Magen, wenn du verstehst, was ich meine."

„Dann fahr ich so lange!"

„Und wie soll ich allein aufs Klo kommen?"

Oleg raufte sich die Haare, denn ihm blieb wieder einmal nichts anderes übrig, als vor der Hilflosigkeit seines Begleiters zu kapitulieren. Also steuerten sie das Ufer an, schmissen den Anker, anschließend beförderte er Maximilian in einer Huckepackaktion auf die Toilette. Als er vor der Tür wartete, fiel sein Blick auf den Computer. Wegen des Seegangs war er unter dem Kartentisch angeschraubt. Oleg schaltete den Rechner ein und schon nach wenigen Sekunden erschien auf dem Monitor eine Maske mit blinkendem Cursor.

„Wie lautet dein Passwort?", rief er über die Schulter.

„Welches Passwort?", fragte Maximilian durch die geschlossene Toilettentür.

„Für den Compi hier!"

„SUPERMAX."

„Das ist nicht dein Ernst!"

„Blödmann!"

Oleg gab das Passwort ein und startete den Browser. Dann tippte er spontan die Wörter ENTFÜHRUNG und BEHINDERT in das Fenster der Suchmaschine. Als er die *Enter*-Taste drückte, haute es ihn um: Egal welche Nachrichten-Seite er auch anklickte, überall im Netz war die Entführung des schwerreichen Bankerben Thema Nummer eins. Es gab Fotos von Maximilian, von seinen Eltern, sogar von seinem Großvater und dem ausgebrannten Flugzeug.

„Hör dir das an!" Oleg las vom Bildschirm ab: „*Trotz intensiver Suche nach den Entführern fehlt von dem jugendlichen Opfer bislang jede Spur. Wie ein Polizeisprecher mitteilte, ist Maximilian von Stein-*

berg schwerbehindert und es besteht die Gefahr weiterer gesundheitlicher Schäden …"

„Was für ein Gesülze!", warf Oleg über die Schulter und klickte weiter. „Das hier ist noch besser: ‚*Nachdem seine Eltern bei einem tragischen Unfall ums Leben kamen und er selbst nur schwer verletzt überlebte, muss der junge Alleinerbe des Bankhauses Steinberg erneut einen harten Schicksalsschlag erleiden …* "

„Jetzt verstehst du vielleicht, was ich meine!", sagte Maximilian durch die Klotür. „Jeder sieht nur den bedauernswerten Krüppel in mir!"

„Krüppel ja – bedauernswert nein!", rief Oleg zurück, während er einen weiteren Online-Artikel überflog. Maximilians Großvater schien wirklich berühmt gewesen zu sein. Auf einem der alten Schwarz-Weiß-Fotos schüttelte er dem König von Schweden die Hand.

„Und noch unerträglicher ist dieses Schicksalsgeschwafel!", erregte sich Maximilian unterdessen auf der Toilette. „Was bilden sich diese Schmierfinken eigentlich ein? Weißt *du* vielleicht, was Schicksal ist?"

„Wenn man dort geboren wird, wo alle kämpfen müssen!", gab Oleg zurück. „Das ist Schicksal. Oder Pech!"

Er konzentrierte sich wieder auf die Artikel. Bislang hatte er nirgendwo einen Hinweis auf sich und seinen Bruder entdeckt. Oder auf diesen gemeingefährlichen Albino. Aber das konnte natürlich eine Finte der Bullen sein.

„Wusstest du, was die Germanen geglaubt haben?", fragte Maximilian durch die Tür hindurch. „Sie haben sich vorgestellt, dass drei alte Frauen unter einem Weltenbaum sitzen und den Schicksalsfaden von jedem Einzelnen von uns spinnen."

„Das können nur drei hinterhältige Hexen sein!", rief Oleg.

„Stimmt!", hörte er Maximilian lachen. „Und das Beste ist: Irgendwann schneiden die alten Hexen den Faden durch. Schnipp! Einfach so!"

Auf der Vakuum-Toilette wurde der Abzug betätigt.

„Ich bin übrigens fertig!", verkündete Maximilian. „Wir können weiter!"

Oleg klickte die Nachrichten-Seiten weg, dann fuhr er den PC runter und beförderte Maximilian zurück auf seinen Platz hinter dem Steuerrad. Wenig später waren sie wieder unterwegs.

„Deine Familie ist wirklich berühmt", platzte es mit einem Mal aus Oleg heraus, während er den Himmel nach dem Hubschrauber absuchte.

„Ohne das wäre es leichter", erklärte Maximilian. Er klang verbittert. „Kannst du dir vorstellen, dass jemand, der nicht gehen kann, jemals in die ‚Fußstapfen' von einem so bedeutenden Mann wie meinem Großvater tritt? Oder wie von meinem Vater? Niemand würde mich jemals ernst nehmen. Jeder würde nur den unnützen, bemitleidenswerten Erben in mir sehen, der nicht einmal allein auf die Toilette gehen kann."

„Du bist der Boss!", meinte Oleg achselzuckend. „Was andere denken, kann dir doch egal sein."

Er schlug nach einer Mücke auf seiner Wange.

„Nein, mit mir endet alles!", fuhr Maximilian grimmig fort. „Aus und vorbei! Ich schneide den Faden durch – und zwar eigenhändig! Das ist wenigstens eine saubere Sache!"

„Weißt du, was ich glaube?", erwiderte Oleg. „Dein Problem ist nicht, dass du ein Krüppel bist – dein Problem ist, dass du keiner sein willst."

Maximilian sah ihn verblüfft von der Seite an. Dann schob er den Gashebel energisch nach vorn und schwieg. Die Felder und Äcker waren inzwischen spärlicher geworden, dafür tauchten zu beiden Seiten des Kanals die ersten Häuser auf. Zuerst waren es nur vereinzelte Höfe, kurz darauf fuhren sie an einem kleinen Ort vorbei, dessen Namen sie wahrscheinlich nie erfahren würden. Dann kamen erneut Wiesen und Kuhweiden, so weit das Auge reichte. Als eine der grasenden Kühe den Kopf hob und neugierig glotzte, musste Oleg unweigerlich an den Job in der Fleischfabrik denken.

„Was hast du?", erkundigte sich Maximilian an seiner Seite. „Du siehst blass aus."

„Nichts. Mir ist nur gerade was eingefallen."

„Scheint nicht besonders erfreulich gewesen zu sein …"

„Nein, war es nicht", bestätigte Oleg. „Wie lange dauert es denn noch, bis wir diesen beknackten Schleichweg hinter uns haben?"

„Ich schätze, weniger als eine halbe Stunde. Dann sind wir an der Schleuse in den Rhein."

„Vorher kommt noch eine Schleuse?", horchte Oleg alarmiert auf. „So wie am anderen Ende?"

„Ja, aber die ist ebenfalls nicht mehr in Betrieb. Soweit ich weiß, ist sie in ein Ausflugslokal umfunktioniert worden."

Noch mehr Zeugen, die zwei Jugendliche auf einer Luxusjacht vorbeischippern sahen!, schoss es Oleg durch den Kopf. Und er sollte recht behalten: Als sie die ehemalige Schleuse passierten, sprangen die Cafégäste von ihren Stühlen auf und begannen, wie wild Fotos zu schießen. Mit allem, was ihnen zur Verfügung stand.

„Hör sofort mit der Winkerei auf!", zischte Oleg.

„Aber warum denn? Das sind doch nette Leute!" Maximilian winkte einer Familie, die staunend am Ufer stand.

„Aber nicht *alle* Leute sind nett!“, schimpfte Oleg. „Schon vergessen, was vorhin passiert ist?“

„Meinst du, die beiden Gangster haben noch nicht aufgegeben?“

„Die geben nie auf! Können die gar nicht! Also halt dich verdammt noch mal bedeckt!“

Oleg musterte beunruhigt die schaulustigen Gaffer.

„Okay, okay!“, besänftigte ihn Maximilian. „Nur keine Panik! Wir haben die Schleuse schon hinter uns. Schau, da vorn ist der Fluss!“

Oleg blickte über die Bugspitze hinweg. Vor ihnen wurde die Wasserstraße tatsächlich breiter, die Ufer traten zurück und nach wenigen Hundert Metern befanden sie sich plötzlich mitten auf dem Rhein. Obwohl Oleg ihn nicht zum ersten Mal sah, war er schier überwältigt. Nach der Enge auf dem Kanal empfand er die Größe und Weite des mächtigen Stromes als ebenso einschüchternd wie befreiend. Und sie waren nicht länger allein. Anders als auf dem vergessenen Kanal, auf dem ihnen allenfalls Kühe und ein paar Freizeitsportler begegnet waren, kreuzten nun Schiffe ihren Weg, die weit größer als ihre Jacht waren. Schwer beladene Lastkähne, die so tief im Wasser hingen, als würden sie gleich untergehen, doppelstöckige Vergnügungsdampfer, vollgepackte Autofähren, dazu Boote jeder Größe – verglichen mit dem Kanal ging es zu wie auf einer mehrspurigen Autobahn.

Paradoxerweise fühlte sich Oleg zum ersten Mal seit seiner Flucht ein wenig sicher. Er sog die Luft ein. Sie roch ein klein wenig nach Freiheit.

„Ich mag diesen Fluss nicht!“, bemerkte Maximilian, während er Kurs flussabwärts nahm. „Das habe ich nie. Viel zu viel los!“

„Immerhin haben wir es bis hierhin geschafft“, fand Oleg. „Das ist schon mal nicht schlecht.“

„Das stimmt auch wieder!“, grinste Maximilian. „Von jetzt an kann nichts mehr schiefgehen. Spätestens heute Abend sind wir am Meer!“

„Und ich bekomme die Safekombi!“, erinnerte ihn Oleg.

„Wie vereinbart“, nickte Maximilian gut gelaunt. „Du weißt, ich stehe zu meinem Wort!“

Er warf das Steuerrad herum, um Abstand zu einer Fähre zu gewinnen, die zwischen den Flussufern hin und her pendelte und ihren Weg zu kreuzen drohte. Kaum waren sie erfolgreich ausgewichen, ließ sie eine dröhnende Lautsprecherstimme zusammenfahren. Sie war so laut, dass sie in den Ohren schmerzte: *„Achtung, Achtung! Hier spricht die Polizei! Stoppen Sie die Maschine!“*

42

Das blau-weiß gestrichene Motorboot fuhr direkt neben ihnen. Es schob eine beeindruckende Bugwelle vor sich her. Ein uniformierter Polizist stand an der Reling und hielt ein Megafon an seinen Mund.

„Hier spricht die Polizei! Drehen Sie sofort bei!“

Oleg und Maximilian wechselten panische Blicke. Keiner von ihnen hatte die Barkasse der Wasserschutzpolizei bemerkt.

„Was machen wir jetzt?“, rief Maximilian gehetzt.

„Frag mich was Besseres!“

Das Polizeiboot fuhr stur neben ihnen her. *„Ich fordere Sie ein letztes Mal auf, die Maschine zu stoppen!“*

Olegs Gedanken überschlugen sich. Er suchte fieberhaft nach einem Ausweg.

Das Dumme war nur – es schien keinen zu geben. Die Bullen würden sich von nun an nicht mehr abhängen lassen. So schnell war keine Jacht der Welt. Mit anderen Worten: Er würde sein Geld nicht bekommen, was wiederum bedeutete, dass er nicht vor der Rache des Albaners nach Australien fliehen konnte. Eine große Leere und Erschöpfung überschwemmte Oleg. Es war vorbei. Ihre Fahrt war zu Ende. Er griff an Maximilian vorbei nach dem Gashebel und zog ihn zurück auf die Nullposition. Die Jacht verlor sofort an Fahrt.

„Spinnst du?“, fuhr Maximilian ihn an. Er schob den Hebel sofort wieder nach vorn.

„Wir müssen anhalten!“

„Kommt nicht infrage!“, widersprach Maximilian. „So kurz vorm Ziel gebe ich doch nicht einfach auf!“

„Wir haben keine Chance. Vergiss es!“

„Man hat immer eine Chance!“, erregte sich Maximilian.

Auf seiner Stirn erschien die gleiche energische Falte, die Oleg bereits auf dem Ölgemälde seines Großvaters aufgefallen war.

„Die wollen mir sowieso nur wieder so einen Quacksalber von Psychiater auf den Hals hetzen!“, schimpfte er. „Das mache ich nicht noch einmal mit! Nicht mit mir! Da lasse ich mich lieber erschießen!“

Obwohl er auf dem Sitz hinter dem Steuerrad gefangen war, stand er plötzlich bedenklich unter Strom. Er meinte es ernst.

„Komm runter, Mann!“, versuchte Oleg ihn zu beruhigen. Er nickte zu dem Polizeiboot hinüber. „Wir sollten denen einfach erklären, dass die Entführung nur ein Missverständnis war. Dann lassen die uns vielleicht weiterfahren!“

Eine ziemlich bescheidene Hoffnung, denn der klein gewachsene Kommissar und seine Kollegen hatten garantiert jede Menge Fragen an sie.

Man würde sie tagelang durch den Wolf drehen. Allein schon wegen der Presse.

„Ich habe eine Idee!“, sagte Maximilian, während er vergeblich versuchte, das Polizeiboot irgendwie abzuhängen, ohne den vielen anderen Schiffen zu nahe zu kommen. „Genau das ist es: Wir machen ganz einfach eine echte Entführung daraus!“

Er zog die Leuchtpistole aus der Halterung.

„Hier, bedroh mich damit! Schnell! Dann müssen sie uns in Ruhe lassen!"

„Hast du sie noch alle?", wehrte Oleg entgeistert ab. „Dann kann ich mich gleich für den Rest meines Lebens einbuchten lassen!"

„Dann entführe ich dich!", schlug Maximilian vor. „Wir drehen den Spieß einfach um!"

„Du bist verrückt!"

„Warum nicht? Wir tun ja nur so! Also, stell dich da hin! Beeil dich!"

Mittlerweile war ein weiterer Uniformierter an Deck des Polizeibootes herausgetreten. Er trug eine weiße Schirmmütze und unterhielt sich mit dem Polizisten an der Reling. Offenbar berieten sie ihr weiteres Vorgehen.

Schließlich nahm er seinem Kollegen mit einem Ruck das Megafon aus der Hand.

„Achtung, hier spricht der Kapitän! Wenn Sie nicht unverzüglich Ihre Maschine stoppen, droht Ihnen eine Anzeige wegen grober Missachtung polizeilicher Anweisungen!"

‚Anzeige' hörte sich wirklich nett an, dachte Oleg grimmig.

„Nun mach schon!", drängte ihn Maximilian. „Oder hast du eine bessere Idee?"

Oleg blickte hinüber zu dem Polizeiboot, das wie eine Klette an ihnen klebte. Danach sah er Maximilian an, und als er die wilde Entschlossenheit in dessen Augen erkannte, fällte er eine Entscheidung.

„Warum nicht?", sagte er achselzuckend. „Ist sowieso alles vorbei!"

„Meine Rede!", drängte Maximilian. „Los jetzt!"

Nachdem Oleg sich richtig positioniert hatte und ein wenig in die Knie gegangen war, hielt Maximilian ihm die Leuchtpistole an die Schläfe. Mit der anderen Hand steuerte er weiterhin die Jacht.

„Und was soll ich jetzt tun?", wollte Oleg wissen.

Maximilian verdrehte gestresst die Augen. „Mann, du bist doch der Kriminelle! Tu einfach das, was Entführte immer tun!"

Oleg holte Luft und rief: „Hilfe!"

„Dramatischer!", raunte ihm Maximilian zu. „Das muss echter klingen!"

Oleg formte mit den Händen einen Trichter vor dem Mund, dann nahm er einen erneuten Anlauf. Diesmal schrie er aus Leibeskräften: „Hiiilfe! Der Verrückte will mich umbringen!"

Auf der Polizeibarkasse brach daraufhin für einen Moment Verwirrung aus.

Offenbar wussten die Beamten bislang nicht, wem die Segeljacht ohne Mastbaum gehörte. Sie waren von einer Routinekontrolle ausgegangen.

„Wenn Sie uns aufhalten, knallt er mich ab!", fügte Oleg brüllend hinzu. „Der Typ ist total größenwahnsinnig! Er nennt sich selbst *Supermax*!"

„Das war unnötig!", zischte Maximilian neben ihm.

„Egal! Hauptsache, es funktioniert!"

Oleg deutete mit einer Kopfbewegung zu dem Polizeiboot hinüber. Dort war der Moment der Ratlosigkeit vorüber, jetzt herrschte hektische Betriebsamkeit. Der Kapitän hob erneut das Megafon. *„Bewahren Sie Ruhe! Wer sind Sie?"*

„Ich will, dass Sie uns in Ruhe lassen!", schrie Maximilian. „Wir tun niemandem etwas zuleide!"

Oleg war verblüfft. Maximilian machte seine Sache erstaunlich gut. So wie er mit hochrotem Kopf auf seinem Sitz herumrutschte und gleichzeitig mit der Leuchtpistole herumfuchtelte, konnte man ihm den unberechenbaren Entführer jederzeit abkaufen. Der Kapitän auf dem anderen Boot tat es offenbar, denn er ließ das Megafon sinken und gab seinem Steuermann ein Zeichen. Die Polizeibarkasse vergrößerte daraufhin den Abstand, ohne jedoch den parallelen Kurs aufzugeben.

Dann verschwand der Kapitän, vermutlich um sich mit seiner Einsatzleitstelle in Verbindung zu setzen.

„Ich würde mich besser fühlen, wenn du das Ding wieder wegsteckst“, sagte Oleg und deutete auf die Leuchtpistole.

Maximilian schob sie zurück in die Halterung an seinem Sitz und wischte sich über das Gesicht.

„So wie es aussieht, lassen sie uns in Ruhe“, stellte er erleichtert fest.

„Die Bullen werden nicht lockerlassen!“, korrigierte Oleg ihn. „Und wenn die erst einmal rauskriegen, wer du bist, ist die Hölle los. Jede Wette!“

„Und wenn schon!“, erklärte Maximilian. „Ich lasse mir keine Angst einjagen!“

Ich schon!, dachte Oleg, aber da er nicht wie ein Feigling dastehen wollte, erwiderte er nichts. Voller Sorge blickte er zu dem Polizeiboot hinüber, das in einem gewissen Abstand stur neben ihnen herfuhr. Zusammen überholten sie gerade einen schwer beladenen Kohlefrachter, der im Schneckentempo flussabwärts kroch. An einer Leine flatterte frisch gewaschene Wäsche. In der Gegenrichtung kamen ihnen weitere Frachtkähne entgegen. Einer von ihnen schob riesige schwimmende Behälter vor sich her.

„Hier geht es zu wie auf der Autobahn!“, bemerkte Oleg mehr zu sich selbst.

„Stimmt, allein ist man hier nicht gerade!“ Maximilian drehte am Steuerrad, um dem Kohleschiff nicht zu nahe zu kommen. „Bei dem Thema Autobahn muss ich immer an meinen Vater denken. Er hat Autobahnfahren gehasst. Lauter lebensmüde Verrückte, hat er immer geschimpft. Darüber hat sich meine Mutter jedes Mal furchtbar aufgeregt.“

Er verstummte, dann sah er Oleg plötzlich an. „Hast du dich jemals allein gefühlt? So richtig einsam, meine ich?“

Oleg zog die Nase hoch. „Wirst du jetzt etwa romantisch?“

„Nein, im Ernst. Kennst du das Gefühl?“

„Kann schon sein …“

„Ist kein besonders schönes Gefühl“, stellte Maximilian fest. „Und weißt du, was wirklich komisch ist? Zum ersten Mal fühle ich mich nicht mehr allein!“

„Kein Wunder, unsere neuen Freunde da drüben werden dich von nun an nicht aus den Augen lassen.“

Oleg nickte in Richtung der Polizeibarkasse, die weiter neben ihnen fuhr.

„Und abgesehen davon – guck mal zurück!“, fügte er hinzu.

Maximilian drehte sich über die Schulter. Zwei offene Sportboote mit Neugierigen hatten sich an sie gehängt und fuhren im Kielwasser hinter ihnen her. Plötzlich gab das erste Boot Gas und schloss zu ihnen auf. Als es ganz dicht an ihnen vorbeifuhr, winkte ihnen der sonnenverbrannte Besitzer zu, während eine Frau in einem Bikini Fotos mit ihrem Handy machte.

„Was denkst du, was Frida und Marijke gerade machen?“, fragte

Maximilian, während er die Frau im Bikini mit den Augen verschlang. Ihre Figur war atemberaubend.

„Keine Ahnung, was die beiden gerade machen", erwiderte Oleg. „Wahrscheinlich werden sie froh sein, dass sie nicht mit uns gefahren sind. Also vergiss Frida endlich! Du wirst sie nie wiedersehen!"

Ebenso wenig, wie ich Jana wiedersehen werde, fügte er im Stillen hinzu. Aber wer brauchte die schon? Oleg versuchte, Janas Bild ein für alle Mal aus seinem Gehirn zu vertreiben. Es verblasste ohnehin immer stärker, weil er ständig an Marijke denken musste. Wie sie ihn angesehen hatte, als sie sich am Lagerfeuer unterhalten hatten. Sie war mit Abstand das coolste Mädchen, das ihm bislang begegnet war. Aber das alles spielte jetzt keine Rolle mehr. Vorbei war vorbei.

„Was bilden die sich eigentlich ein!", erregte sich Maximilian, als auch das zweite Boot mit Gaffern sie langsam überholte. Diesmal befand sich eine Gruppe grölender Jugendlicher an Bord, die augenscheinlich getrunken hatte. Einige zogen ihre Badehose herunter und streckten ihnen johlend den nackten Hintern entgegen. Warum sie das taten, war nicht ersichtlich.

„Am liebsten würde ich diese schamlosen Idioten versenken!", ärgerte sich Maximilian, während die Gesäßparade an ihnen vorbeizog.

„Tu es lieber nicht!", riet ihm Oleg. „Wir haben schon genug Ärger!"

Er deutete nach vorn. Etwa einen Kilometer vor ihnen kam eine Autobahnbrücke in Sicht. Sie spannte sich in einem gewaltigen Bogen über den Strom und an ihren mächtigen Betonpfeilern brachen sich die Wassermassen. Was allerdings nicht ins Bild passte, waren die vielen Blaulichter auf der Brücke. Sie glichen einer Lightshow am helllichten Tag.

43

Auf der für den Autoverkehr gesperrten Brücke herrschte Hochbetrieb. Soweit Oleg und Max aus ihrer Froschperspektive erkennen konnten, waren neben etlichen Polizeiwagen auch Feuerwehren und Ambulanzen aufgefahren. Hinzu kamen Fahrzeuge mit Satellitenschüsseln auf dem Dach, offenbar Übertragungswagen verschiedener Fernsehsender.

„Ich finde, jetzt übertreiben sie aber!", bemerkte Maximilian trocken.

„Fahr einfach weiter!", drängte Oleg. Die Brücke wuchs mit jedem Meter, den sie näher kamen, in geradezu schwindelerregende Höhe.

„Die da oben können uns allenfalls eine Runde auf den Kopf spucken. Mehr nicht!"

„Keine angenehme Vorstellung", erwiderte Maximilian, während er die Durchfahrt ansteuerte.

Das Polizeiboot, das stur neben ihnen fuhr, vergrößerte daraufhin den Abstand. Entweder wollte es dem Brückenpfeiler nicht zu nahe kommen oder der Kapitän hatte entsprechende Anweisungen erhalten.

„Na also, was habe ich gesagt!", jubelte Maximilian. „Sie lassen uns in Frieden! Vielleicht sollten wir eine Schauspielerkarriere starten, was meinst du?"

Vor ihnen wuchs die Autobahnbrücke wie ein Gebirge aus grauem Beton in den Himmel. Als sie den Kopf in den Nacken legten, konnten sie ganz weit oben Menschen erkennen, die sich über die Brüstung lehnten und herabblickten. Auch Kameras waren darunter. Oleg wurde allmählich misstrauisch. Wenn die Bullen die Jacht stoppen wollten, dann waren sie da oben definitiv fehl am Platz. Sekunden später schob sich eine rissige Betonfläche in sein Blickfeld und unter der Brücke wurde es mit einem Schlag kühl. Danach tauchten sie wieder in das gleißende Sonnenlicht ein. Oleg blinzelte gegen die abrupte Helligkeit an, und was er erkennen konnte, trug nicht gerade zu seiner Beruhigung bei: Hinter der Brücke machte der Fluss eine leichte Biegung und genau dort warteten zwei weitere Polizeiboote.

„Das sieht nicht gut aus!“, bemerkte Maximilian mit ernster Miene.

„Vielleicht sollten wir doch aufgeben“, erwiderte Oleg resigniert. Er sah seine Felle endgültig davonschwimmen.

„Vergiss es!“, widersprach Maximilian. Er hatte wieder diese Falte zwischen den Augen. „Ich habe mich nicht jahrelang gequält, um ‚gesund‘ zu werden und es bis hierhin zu schaffen, nur damit ich jetzt umdrehe!“

„Und was willst du stattdessen machen?“

„Einfach durchfahren!“

„Nicht mit mir!“

„Dann spring über Bord!“

Maximilian drehte entschlossen am Steuerrad und hielt genau auf die Lücke zwischen den beiden Polizeibooten zu. Oleg versuchte erst gar nicht, ihm sein Vorhaben auszureden. Inzwischen hatte er begriffen, dass sein Partner nur schwer von etwas abzubringen war, wenn er sich erst einmal etwas in den Kopf gesetzt hatte.

Also suchte er sich einen festen Halt, dann wartete er darauf, dass die ganze Sache schiefging und sie einen Zusammenstoß verursachten. Sie rasten auf die Lücke zu, und die Polizeibarkassen machten nicht den Eindruck, als würden sie ausweichen. Erst im allerletzten Moment gaben sie hektisch den Weg frei und die Segeljacht schoss durch die Lücke.

„Feiglinge!", schrie Maximilian zurück.

Als sich Oleg umdrehte, konnte er sehen, wie die beiden Polizeiboote wendeten und sich ebenfalls an ihre Fersen hängten. Nun waren sie schon zu dritt. Auch auf der Brücke war Hektik ausgebrochen. Personen rannten aufgeregt durcheinander, Fahrzeuge setzten sich in Bewegung. Ansonsten passierte erst einmal nicht viel. Man ließ sie tatsächlich ungehindert weiterfahren.

Allerdings zogen sie schon bald einen ganzen Rattenschwanz verschiedenster Boote hinter sich her. Und mit jedem Flusskilometer wurden es mehr, denn je größer die Armada der Freizeitkapitäne wurde, die sie Richtung Meer eskortierte, desto mehr Schiffe schlossen sich ihnen an.

Plötzlich scherte eines der Polizeiboote aus der Begleitflotte aus. Es holte zügig auf, und als es auf gleicher Höhe war, drosselte es die Geschwindigkeit und fuhr neben ihnen her. An Deck stand eine Frau in Zivil. Sie trug hochhackige Schuhe und ein unpassend schickes Kostüm, was vermuten ließ, dass man ihr keine Zeit zum Umziehen gelassen hatte. Die Frau klammerte sich mit einer Hand an das Schiffsgeländer, mit der anderen hielt sie das Megafon.

„Hallo! Ich bin Dr. Franke! Ich will mit euch reden!"

„Wir aber nicht!", brüllte Maximilian zurück. „Lassen Sie uns in Frieden!" Dann wandte er sich an Oleg: „Das ist garantiert eine Psycho-Tante. Die erkenne ich auf hundert Meter!"

Die Frau in dem Kostüm hob erneut das Megafon. *„Ich bin Kinder- und Jugendpsychologin, keine Polizistin! Ich würde gerne mit euch reden!“*

„Na, was habe ich gesagt?“, zwinkerte Maximilian Oleg zu. Danach rief er laut zu dem anderen Schiff hinüber: „Wenn Sie etwas für uns tun wollen, sorgen Sie dafür, dass man uns weiterfahren lässt!“

„Das kann ich nicht! Wir müssen sichergehen, dass es euch gut geht!“

„Wer's glaubt, wird selig!“, brummte Oleg.

Die Frau schien sich auf dem schwankenden Schiff nicht sonderlich wohlzufühlen, denn während sie in voller Fahrt nebeneinander herfuhren, krallte sie sich verbissen an das Geländer.

„Darf ich fragen, wie ihr heißt? Wie sind eure Namen?“

So eine Heuchlerin!, dachte Oleg. Die Bullen mussten längst wissen, wer sie waren.

Die Bestätigung folgte prompt, als die Frau erneut das Megafon hob. *„Oleg, wir haben deinen Bruder hergeflogen! Er möchte mit dir reden!“*

Damit hatte Oleg nicht gerechnet. Nicht einmal ansatzweise.

„Dein Bruder?“ Maximilian machte ein erstauntes Gesicht. „Was zum Kuckuck will der denn hier?“

„Keine Ahnung.“ Oleg war wie vor den Kopf geschlagen. Offenbar hatten die Bullen seinen Bruder und Digger geschnappt. Jedenfalls erschien Mark an Deck des Boots und die Psychologin übergab ihm die Flüstertüte. Zuerst ließ ein ohrenzerfetzendes Quietschen alle zusammenzucken, dann hatte er endlich den Bogen raus. Er hielt sich das Megafon vor den Mund: *„Ey, hast du ein Rad ab!? Was soll das? Halt sofort an!“*

Die Psychologin riss sofort Marks Arm herunter. Anschließend redete sie minutenlang energisch auf ihn ein, dann nahm er einen erneuten Anlauf: *„Äh, ich bin's, Mark! Alles klar bei euch? Die wollen, dass ich mit dir rede!"*

Oleg war hin- und hergerissen. Am liebsten hätte er seinen Bruder einfach ignoriert, aber er konnte es sich nicht verkneifen.

„Worüber?", rief er zu dem neben ihnen fahrenden Schiff hinüber. „Es gibt nichts zu reden!"

„Die wissen nicht, was los ist!"

„Ist nicht mein Problem!"

Die Psychologin stellte sich auf die Zehenspitzen und flüsterte Mark etwas ins Ohr. Der hob erneut das Megafon. *„Sie fragen, ob sie an Bord kommen können!"*

„Geht nicht!", rief Oleg zurück. „Der Irre bringt mich sonst um!"

Er stieß Maxmilian unauffällig in die Seite. „Tu was, Mann!"

Maximilian, der zwar interessiert zugehört, aber sich bislang rausgehalten hatte, begriff sofort, was von ihm erwartet wurde.

„Das stimmt!", schrie er zu dem anderen Schiff hinüber. „Wenn mich jemand aufzuhalten versucht, mache ich rücksichtslos von der Schusswaffe Gebrauch!" Er zwinkerte Oleg zu. „Und? Wie hörte sich das an?"

„Extrem gefährlich ...", erwiderte Oleg.

Dennoch, zumindest auf seinen Bruder schien die Drohung Wirkung zu zeigen. Trotz der Distanz konnte man ihm seine Verwirrung anmerken. Er nahm das Megafon herunter und redete nun seinerseits auf die Psychologin ein. Und je länger sie sich unterhielten, desto wütender wurden seine Gesten. Am Ende riss er das Megafon wieder hoch. *„Egal, was du da treibst – hör auf, mich zu verarschen! Du machst alles nur noch schlimmer! Also komm endlich da runter!"*

„No way!“, erwiderte Oleg über den Lärm der Schiffsmotoren hinweg. Allmählich machte ihn diese Schreierei heiser.

„Ihr könnt nicht ewig weiterfahren! Ihr habt keine Chance!“

„Doch, haben wir! Sag das deinen neuen Freunden da drüben!“, rief Oleg. „Und bestell Jana schöne Grüße von mir!“

„Jana!? Was hat Jana damit zu tun?“

Obwohl seine Stimme verzerrt war, konnte man Marks Verblüffung heraushören.

„Tu nicht so scheinheilig!“, brüllte Oleg, denn nun platzte ihm der Kragen: „Ich habe euch gestern zusammen gesehen! Am Kanal!“

Mark stutzte kurz, dann hob er erneut das Megafon. *„Ach, das meinst du! Das war nicht ernst! Ehrlich!“*

Das machte es nur noch unerträglicher. Oleg ballte die Fäuste und spürte einen Stich im Herzen. Mark hatte alles versaut – für nichts und wieder nichts.

Oleg atmete tief durch, dann schrie er: „Versprich mir, dass du dich um Mama kümmerst! Tust du das?“

„Lass Mama aus dem Spiel!“

Während die Psychologin seinem Bruder das Megafon wieder wegnahm, griff Oleg an Maximilian vorbei und schob den Gashebel ohne Vorwarnung nach vorn. Die Jacht beschleunigte sofort und ließ das Polizeiboot samt seinem Bruder hinter sich. Abhängen ließ es sich jedoch nicht. Ebenso wenig wie die vielen anderen Schiffe, die ihnen in sicherem Abstand folgten.

„Wer ist Jana?“, erkundigte sich Maximilian neugierig, nachdem er die Geschwindigkeit wieder etwas gedrosselt hatte. „Ist das deine Freundin? Die, von der du mir erzählt hast?“

„Das geht dich nichts an!“, schnaufte Oleg wütend. „Das ist eine Sache zwischen meinem Bruder und mir!“

Maximilian zuckte mit den Schultern. Er konzentrierte sich wieder auf seine Aufgabe als Steuermann.

„Hör mal, ich habe es mir überlegt“, sagte er plötzlich. „Ich will nicht, dass du länger mitfährst. Die Verantwortung kann und will ich nicht übernehmen.“

„Ach, nee!“ spottete Oleg. „Ich dachte immer, du wolltest mir einen Denkzettel verpassen!“

„Jetzt ist es eben anders!“, verteidigte sich Maximilian. „Damals … damals kannten wir uns ja noch nicht! Nicht wirklich zumindest!“

Oleg starrte ihn an. Zu seiner eigenen Überraschung ließ ihn die Tatsache, dass Maximilian ihn reinlegen und in den Knast bringen wollte, seltsam kalt. Nicht einmal seine Narbe juckte. Irgendwie spielte es keine Rolle. Jetzt nicht mehr.

44

Die Flotte an Schiffen, die sie in Richtung Meer begleitete, wuchs weiter. Zu den vielen Neugierigen hatte sich mittlerweile auch die Presse gesellt.

Ihre gemieteten Boote waren leicht zu erkennen, weil sie auf der Jagd nach Fotos ständig versuchten, noch näher an die Jacht heranzukommen, bevor sie erneut von einem Polizeiboot abgedrängt wurden.

„Im Nachhinein tut es mir leid", nahm Maximilian den Faden wieder auf. „Vielleicht war ich einfach zu egoistisch."

„*Egoistisch*? Du machst Witze! Deine heimlichen Spielchen hätten mich ziemlich sicher in den Knast gebracht!"

„Ich gebe zu, das war nicht fair", konterte Maximilian. „Ich hätte dir von meinem Vorhaben erzählen sollen. Aber vielleicht reden wir einmal darüber, was du mit meiner Entführung zu tun hattest. Ich bin nicht so blöd, wie du vielleicht denkst. Du hast mich die ganze Zeit über belogen, gib es zu!"

„Und wenn schon!", wich Oleg aus. „Was war, spielt ohnehin keine Rolle mehr. Wir sitzen in der Scheiße!"

„Genau aus diesem Grund will ich, dass du aussteigst. Ich fahre nahe ans Ufer, dann kannst du an Land schwimmen. Ich komme schon allein zurecht!"

„Bullshit! Du kannst ja nicht mal allein pinkeln!"

„Danke für dein Feingefühl!“, entgegnete Maximilian. Er nagte an seiner Unterlippe. „Nein, im Ernst: Ich gebe dir auch die Kombination von meinem Safe. Das wolltest du doch. Er ist in meinem Schlafzimmerschrank versteckt.“

„Zum Aussteigen ist es längst zu spät“, grummelte Oleg, „Außerdem weiß ich, wo dein verdammter Safe ist …“

Maximilian öffnete entrüstet den Mund, als wolle er fragen, woher Oleg das Versteck kannte, aber dann schwieg er doch.

„Also gut, es ist deine Entscheidung“, befand er stattdessen. „Aber ich bin nicht verantwortlich für das, was passiert. Also gibt mir nicht die Schuld!“

„Keine Sorge“, winkte Oleg ab. „Schuld bin ich selbst. Pass lieber auf, dass wir diesem Idioten da nicht in die Quere kommen!“

Unmittelbar vor ihnen pendelte eine Fähre über den breiten Strom.

Und wenn der Kapitän nicht bald seine Geschwindigkeit drosselte, würden sie in wenigen Minuten zusammenkrachen. Maximilian ging vorsichtshalber auf halbe Kraft.

„Ich verstehe dich trotzdem nicht“, gestand er. „Warum hast du solche Angst vor der Polizei? Du brauchst doch nur zu sagen, ich hätte dich gezwungen mitzufahren. Was ja in gewisser Weise auch zutrifft. Zeugen dafür gab es vorhin genug.“

Er nickte in Richtung des Polizeiboots, das die Führung der Begleitarmada übernommen hatte.

„Darum geht es nicht“, erklärte Oleg. „Die Bullen sind nur ein Teil des Problems.“

„Und der andere Teil?“

„Das ist kompliziert. Eine lange Geschichte. Abgesehen davon würden mir die Bullen niemals glauben. Du bist ein stinkreicher

Bankerbe, schon vergessen? Aus dieser Nummer komme ich nicht mehr raus!“

Wenn man ihn erst einmal einsperrte, und das würde man unter Garantie tun, war er geliefert. Dann konnten sie ihn ebenso gut direkt bei dem Albino abliefern, denn der hatte seine Leute natürlich auch im Knast. Abgesehen davon kam er nicht mehr an den Safe, um sich vielleicht freikaufen zu können. Obwohl er selbst nicht mehr daran glaubte. Nicht, nachdem sie seine beiden Gorillas abserviert hatten. Der Albaner konnte ihn gar nicht laufen lassen, denn sonst riskierte er, seine wichtigste Waffe zu verlieren: die Angst der Menschen. Für den Ruf eines Gangsterbosses war es nicht gerade förderlich, von einem Sechzehnjährigen aufs Kreuz gelegt zu werden.

Oleg musste sich eingestehen, dass er sich von Anfang an etwas vorgemacht hatte. Zerknirscht versuchte er, seinen Bruder auf dem Polizeischiff auszumachen, das ihnen am nächsten war. Er konnte ihn nirgends entdecken. Auch die Psychologin stand nicht mehr an Deck.

Er ahnte, dass das nichts Gutes verhieß. Die Bullen hatten die Verhandlungen vorerst eingestellt, andererseits würden sie bestimmt nicht ewig tatenlos hinter ihnen herfahren.

„Kommen wir eigentlich am Kölner Dom vorbei?“, fragte er Maximilian.

„Nein, Köln liegt weiter flussabwärts. Theoretisch müssten wir bald die Grenze zu den Niederlanden überqueren.“

Plötzlich ließ ein kräftiger Rums die Jacht erzittern. Zu ihrem Erstaunen bemerkten Maximilian und Oleg, dass eines der Presseboote ihre Schiffsseite gerammt hatte. Während ein Mann mit Kamera auf der Schulter versuchte, trotz des schwankenden

Untergrunds das Gleichgewicht nicht zu verlieren, bediente der Reporter das Steuer des Elektroboots.

„Sind Sie Maximilian von Steinberg?“, rief er zu ihnen hinauf. „Der verschwundene Millionenerbe?“

Das Boot knallte erneut gegen den Rumpf der Jacht.

„Sie beschädigen mein Schiff!“, schimpfte Maximilian. „Gehen Sie weg!“

Der Reporter kämpfte todesmutig mit den Wellen. „Sind Sie Maximilian von Steinberg oder nicht?“

„Ich finde, diese Schmeißfliege wird langsam lästig!“, bemerkte Oleg.

„Ganz meine Meinung!“, erwiderte Maximilian.

Er riss das Ruder herum. Die schwere Jacht legte sich augenblicklich auf die Seite. Während sie ausscherte, touchierte sie das kleine Mietboot der Presseleute und drohte es unter Wasser zu drücken.

Das Resultat war, dass der Kameramann seine Kamera verlor und sein Kollege hastig versuchte, außer Reichweite zu kommen.

„Die sind wir los“, lautete Maximilians trockener Kommentar. „Das war ihnen hoffentlich Warnung genug!“

„Ich fürchte nein“, widersprach ihm Oleg. „Da braut sich was zusammen!“

Das Polizeiboot, das die Begleitflotte anführte, hatte sie in hohem Tempo überholt und sich genau vor sie gesetzt. Maximilian und Oleg beobachteten, wie eine Drohne von dem Schiff aufstieg. Der Flugkörper verharrte einige Sekunden regungslos in der Luft, dann kam er zu ihnen herübergeflogen. Oleg und Maximilian legten ihre Köpfe in den Nacken. Die Drohne stand genau über ihnen und bewegte sich nicht mehr von der Stelle. Man konnte deutlich sehen, wie die an ihr montierten Kameras nervös hin und her surrten. Maximilian bückte sich, nahm die Leuchtpistole aus der Halterung und zielte. Dann drückte er ab. Die zischende Leuchtkugel fegte die Drohne zur Seite und stieg hoch in den Sommerhimmel auf, und nachdem sie den Scheitelpunkt überschritten hatte, sank sie wie eine brennende Sonne langsam zur Erde hinab.

„Guter Schuss!", stellte Oleg anerkennend fest. Als er zurückblickte, sah er angeschmorte Plastikteile in ihrem Kielwasser schwimmen. „Du hast eben gesagt, dass wir bald in Holland sind. Wie lange dauert das noch?"

Am rechten Ufer zog eine kleine Stadt vorbei und vor ihnen spannte sich eine weitere Autobahnbrücke über den Fluss.

„Weshalb bist du so ungeduldig?", beschwerte sich Maximilian. „Läuft doch prima! Von mir aus können die uns bis zum Nordpol hinterherfahren! Abgesehen davon steht mein Angebot noch: Wenn du willst, finden wir einen Weg, damit du aussteigen kannst."

Oleg schüttelte den Kopf. „Aussteigen ist nicht mehr drin. Also finde dich endlich damit ab. Ich bleibe! Außerdem lasse ich niemanden im Stich."

„Ah, das ist dann wohl die viel besungene Ganovenehre!", zog Maximilian ihn auf.

„Mir egal, wie du das nennst. Jedenfalls bin ich kein Feigling!"

„Das habe ich nie behauptet", beschwichtigte Maximilian ihn. „Ich befürchte nur, die Herren auf dem Boot vor uns werden sicher etwas unternehmen wollen, bevor wir die Grenze überqueren."

„Yeah", stimmte ihm Oleg zu. „Bleibt nur die Frage, was."

Wie zur Bestätigung donnerte ein Hubschrauber im Tiefflug über sie hinweg. Danach unterquerten sie die Brücke, ohne dass etwas geschah. Kurz darauf machte der Fluss erneut eine Biegung und rechter Hand tauchte ein riesiger Freizeitpark auf.

„Das ist Kalkar", erklärte Maximilian. „Ein ehemaliges Kernkraftwerk. Unsere Bank hat damals …"

Er stockte, weil plötzlich zwei weitere der Polizeiboote zu ihnen aufschlossen und sich rechts und links neben sie setzten. Da bereits ein Schiff vor ihnen fuhr, hatte man sie jetzt in die Zange genommen.

„Was denkst du?", argwöhnte Maximilian, während er sich bemühte, niemanden zu rammen. „Wen werden die einsetzen? GSG9 oder SEK?"

„Du kennst dich aber aus!", spottete Oleg.

„Ich lese viel. Gezwungenermaßen."

„Weder GSG9 noch SEK", klärte ihn Oleg auf, während die Polizeischiffe immer näher rückten. „Nicht wegen zwei Jugendlichen. So viel Mühe machen die sich nicht!"

„Und wenn einer von den Jugendlichen offensichtlich nicht mehr bei Verstand ist?", meinte Maximilian mit einem breiten Grinsen im Gesicht.

„Fragt sich nur, wer von beiden das ist!", erwiderte Oleg.

Sie lachten.

Nicht zum ersten Mal musste sich Oleg eingestehen, dass er sich getäuscht hatte. Abgesehen davon, dass Maximilian unentwegt so tat, als gehöre ihm die Welt, war er tatsächlich kein übler Kerl. Jedenfalls besaß er jede Menge Mumm, und der eiserne Wille, mit dem er sein Ziel verfolgte, imponierte Oleg mehr denn je. Obwohl es ihn im gleichen Atemzug auch ärgerte: Eltern und Beine zu verlieren war hart, keine Frage, aber alles wegzuwerfen, wenn man so viel besaß, das war einfach nicht fair. Viele würden ihre rechte

Hand dafür geben, nur um ein kleines Stück von diesem Glück zu ergattern. Schaffen würden sie es nie.

„Woran denkst du?", erkundigte sich Maximilian, dem Olegs finstere Miene nicht verborgen geblieben war.

„Daran, wie wir aus dieser Sache wieder rauskommen sollen", log Oleg.

„Warum?", erwiderte Maximilian gut gelaunt. „Ich habe eine Menge Spaß!"

„Ich fürchte, mit dem Spaß ist es gleich vorbei!" Olegs besorgter Blick wanderte hinüber zu den Polizeibooten, die ihnen noch näher auf die Pelle gerückt waren. Nur noch wenige Meter und die Schiffe würden sich berühren.

Offenbar wollten sie die Jacht auf diese Weise stoppen. An Deck der Boote stand jeweils ein Mann mit einem Tau in der Hand, mehr war nicht zu sehen. Aber vielleicht hatte Maximilian ja recht, und hinter den Kulissen lauerte ein Kommando vermummter Superhelden, die nur darauf warteten, die Jacht zu stürmen und ihnen das Knie ins Kreuz zu rammen.

„Hast du vielleicht einen Vorschlag?", fragte Maximilian. Er klang nervös.

„Du bist der Kapitän!", entgegnete Oleg, während er sich nach einem Halt umsah, denn gleich würden die Schiffe zusammenstoßen. „Außerdem bist du doch der Schlaukopf. Also denk dir was aus! Aber beeil dich!"

„Wie du willst!" Maximilian ruckte sich in seinem Spezialsitz zurecht. „Alle Mann festhalten!"

Mit angehaltenem Atem verfolgten sie, wie die Polizeiboote rechts und links von ihnen zentimeterweise näher heranrückten, während ihnen das vorausfahrende Schiff jede Fluchtmöglichkeit versperrte. In dem Moment, in dem die Boote so dicht herangekommen waren, dass sich ihre Seiten fast berührten, legte Maximilian die Stirn in Falten. Gleichzeitig riss er den Gashebel zurück, sodass die Schiffsschraube rückwärtsdrehte und die Jacht abrupt langsamer wurde. Die Polizeiboote, für die das Manöver völlig überraschend kam, reagierten zu spät. Da sich plötzlich nichts mehr zwischen ihnen befand, kamen sie sich unweigerlich bedrohlich nahe.

Maximilian schob indessen den Gashebel wieder auf die Vollgasposition, dann warf er das Steuerrad bis zum Anschlag herum. Die Jacht legte sich auf ihre Backbordseite und zog mit einem eleganten Schwung an den sich verkeilenden Polizeibooten vorbei.

„Yeaaah!“ Oleg ballte die Faust in Richtung der zurückbleibenden Polizeiboote, die große Mühe hatten, wieder Abstand zueinander zu bekommen. Für einen kurzen Moment bildete er sich sogar ein, er könne die Gaffer auf den nachfolgenden Booten johlen hören.

„Das sollte ihnen eine Lehre sein!“, grinste Maximilian und hielt wieder mehr auf das Ufer zu.

„Bullen lernen nie!“, wandte Oleg ein. „Darum sind es schließlich Bullen. Sieh dich um: Sie kommen schon zurück!“

Maximilian drehte sich kurz mit seinem Sitz. Die Polizeiboote, die vergeblich versucht hatten, sie in die Zange zu nehmen, holten bereits in rasendem Tempo auf. Eines der blau-weißen Boote preschte an ihnen vorbei und setzte sich erneut vor ihre Nase. Dann wurde es abrupt langsamer.

„Pass auf!“, schrie Oleg.

Maximilian warf blitzschnell das Steuerrad herum, um einer Kollision zu entgehen, was ihnen nur um Haaresbreite gelang.

„Der Kapitän ist kriminell!“, beschwerte er sich lautstark.

„Sag ich doch! Bullen eben! Das lassen die nicht so auf sich sitzen. – *Fuck, was ist das?!*“

Unmittelbar hinter der Flussbiegung versperrte ihnen ein Baggerschiff den Weg. Das schwimmende Ungetüm baggerte Schlick vom Grund des Flusses und entlud ihn in den Bauch eines offenen Transportschiffs, das neben ihm ankerte. Zusammen bildeten sie ein Hindernis, das beinahe die gesamte Flusshälfte einnahm. Wenn sie nicht abbremsen wollten, mussten sie unweigerlich auf die andere Flussseite wechseln, wo sie wiederum Gefahr liefen, mit einem der entgegenkommenden Frachtschiffe zusammenzustoßen. Und natürlich waren in diesem Moment gleich mehrere schwer beladene Kähne in der Gegenrichtung unterwegs.

„Meinst du, du kriegst das hin?“, fragte Oleg besorgt.

„Wir werden sehen! Bete schon mal!“

Maximilian peilte eine Lücke zwischen den Lastkähnen an und legte die Jacht auf die Seite.

Aber er hatte sich verschätzt. Da sie mit voller Kraft unterwegs waren, bekamen sie zu viel Schwung, und so wurden sie immer weiter nach außen getragen, direkt auf einen der entgegenkommenden Lastkähne zu.

„Mach was!“, brüllte Oleg, als das tief liegende Schiff auf sie zupflügte.

Neben ihm kurbelte Maximilian längst wie wild an dem Steuerrad, um das Unvermeidliche doch noch zu verhindern. Es gelang ihm gerade noch, dem Lastschiff auszuweichen, aber dafür hielten sie jetzt genau auf den Schwimmbagger zu.

„Scheiße!“ Diesmal war es Maximilian, der fluchte.

„Halt dich fest!“, brüllte Oleg noch.

Sekunden später krachte es so laut, als würde die Welt untergehen. Der Rumpf der Jacht wurde wie ein Spielzeug eingedrückt und Oleg im hohen Bogen von Bord geschleudert. Es kam ihm vor, als würde er gegen eine Betonmauer geschmettert. Das kalte Wasser schlug über ihm zusammen, und für ein paar Sekunden wusste er nicht mehr, wo oben und unten war. Wasser drang in seine Nase, er strampelte und ruderte und stieß schließlich durch die Wasseroberfläche.

Als er sich umblickte, schwamm um ihn herum das Baumaterial, das auf dem Bagger gestapelt gewesen war. Instinktiv krallte er sich an einen der dicken Holzbalken, dann schob er ihn unter seinen Oberkörper. Gleichzeitig blickte er sich panisch um. Wo war Maximilian? Nur wenige Meter von ihm entfernt kippte die leckgeschlagene Jacht langsam auf die Seite. Über sich hörte er Stimmen, die offenbar von den Arbeitern auf dem gerammten Baggerschiff stammten. Plötzlich bemerkte er Luftblasen zwischen seinen Füßen. Er griff in die Tiefe und packte zu. Dann zog er Maximilian an die Oberfläche.

„Lass mich los!“, röchelte Maximilian. Er wirkte benommen und blutete an der Schläfe.

„Vergiss es!“, keuchte Oleg. „Wegen dir gehe ich nicht ins Gefängnis! Die geben mir die Schuld!“

Der kantige Balken lag so tief im Wasser, dass ihm fortwährend die Wellen ins Gesicht schwappten.

„Ich gebe dir den Safecode!“, hustete Maximilian. „22-64-01. Die Geburtsjahre von Großvater, Vater und mir. Jetzt lass los! Bitte!“

Er spuckte erneut Wasser. Der eiskalte Fluss ließ seine Lippen bereits blau werden.

Nur wenige Meter von ihnen entfernt sank die stolze Jacht,

während die Verfolgerflotte inzwischen beigedreht hatte und Beiboote aussetzte.

„Im Knast nützt mir deine Kohle nichts!", ächzte Oleg, während er sich mit einer Hand an das glitschige Holz klammerte und mit der anderen Maximilian gepackt hielt. „Du bleibst hier! Außerdem kann ich nicht schwimmen, Mann!"

„*Du kannst nicht schwimmen!?*", keuchte Maximilian. „Das sagst du erst *jetzt*!?"

„Wenn ich loslasse, saufe ich ab!", presste Oleg hervor. „Willst du das etwa auf deine Kappe nehmen?"

„Das ist Erpressung!", schnaufte Maximilian.

„Mir egal: Gib mir dein Scheiß-Familienehrenwort, dass du am Leben bleibst!"

„Niemals!"

„Dann gehen wir eben gemeinsam …"

Oleg machte Anstalten, den Balken loszulassen.

„Nein, warte!", japste Maximilian entgeistert. Seine nassen Haare klebten ihm auf der blutigen Stirn. „Ich gebe dir mein Wort! Und jetzt halte dich wieder fest! Dahinten kommt Rettung!"

45

Oleg und Maximilian schlotterten am ganzen Körper. Sie saßen in warme Decken gehüllt auf dem Polizeiboot, dessen Schlauchboot sie aus dem Wasser gefischt hatte. Sie waren allein, jemand hatte ihnen trockene Kleidung und etwas Heißes zu trinken gebracht.

„Du elender Lügner!", maulte Maximilian. „Gib's zu: Du kannst schwimmen!"

„Und wenn schon!" Oleg zog sich die Decke enger um die Schultern. „Ich will mit deinem Scheiß nichts zu tun haben!"

„Ich hätte es beinahe geschafft! Du bist ein verdammter Erpresser!"

„Und du bist wahnsinnig!", konterte Oleg.

Maximilian setzte an, um etwas zu erwidern, aber dann sagte er doch nichts mehr. Also zitterten sie weiter vor sich hin. Bis Maximilian plötzlich nach der vor ihm stehenden Porzellantasse griff.

„Der Tee schmeckt nicht mal übel", stellte er fest. „Allerdings hat er zu lange gezogen. Vielleicht sollte man den Verantwortlichen bei Gelegenheit einmal darauf hinweisen!"

Er stellte die Tasse zurück auf den festgeschraubten Tisch.

„Hör endlich mit diesem Gesülze auf! Wir haben jetzt echt andere Probleme!" Oleg deutete auf ein Schild, das ihnen gegenüber zwischen zwei Bullaugen hing. „Weißt du, was das da heißt?"

Verboden te roken!

„Wahrscheinlich ‚Rauchen verboten!'", mutmaßte Maximilian. „Schätze, wir befinden uns auf einem Schiff der niederländischen Wasserschutzpolizei."

Er schlürfte erneut an seinem heißen Tee.

„Mann, wie kannst du nur so cool bleiben!", erregte sich Oleg. Gleichzeitig verfiel er in einen Flüsterton. „Die reißen uns den Kopf ab! Vor allem mir!"

„Immer mit der Ruhe! Bekanntlich wird nichts so heiß gegessen, wie es gekocht wird. Das hat mein Vater immer gesagt!"

Maximilian stellte seine Tasse seelenruhig auf dem Plastiktisch ab, dann zog er die Wolldecke enger um seine schmalen Schultern. Oleg hätte wahnsinnig werden können.

„Du hast gut reden!", flüsterte er. „Ich habe keine superteuren Anwälte, die alles zurechtbiegen können! Abgesehen davon: Jeder hat gesehen, dass du mich mit der Leuchtpistole bedroht hast. Die werden dir was anhängen, glaub mir!"

Maximilian beugte sich zu ihm. „Keine Sorge, ich habe mir was ausgedacht", raunte er verschwörerisch. „Ich weiß, wie wir uns beide aus der Affäre ziehen können."

Was sollte der Quatsch?, dachte Oleg.

„Hast du sie noch alle?!", zischte er. „Das hier ist kein Spiel, Mann! Wach auf! Das ist die richtige, die böse Welt!"

Maximilian zeigte sich wenig beeindruckt. Stattdessen beugte er sich noch näher an Olegs Ohr: „Mir ist der Ernst der Lage durchaus bewusst. Vertrau mir einfach, ich weiß, was ich tue. Also, hör genau zu …"

Kaum hatte Maximilian mit seinen Ausführungen geendet, erschienen ein Mann und eine blonde Frau in der Kajüte. Die Frau trug eine holländische Polizeiuniform und war offenbar die Kapitänin des Schiffes, auf dem sie sich befanden. Ihren Begleiter erkannte Oleg hingegen sofort wieder. Es war der kurzbeinige Kommissar, den er nach der Entführung in der Küche der Villa belauscht hatte.

Die Polizistin sah ihren deutschen Kollegen fragend an. „Und? Ist er das?"

Der Kommissar musterte Maximilian und nickte schlecht gelaunt. „Das ist er. Wir suchen den Burschen schon seit Tagen."

„Und der andere?"

„Ein kleiner Krimineller", erläuterte der Kommissar, während er Oleg kalt fixierte. „Das Übliche. Beim Jugendamt liegt eine Akte über ihn. Soweit wir im Moment wissen, hat er für den Jungen gearbeitet, um ihn dann mithilfe seiner Komplizen zu entführen."

„Augenblick mal!", schaltete sich Maximilian ein. „Ich glaube, da liegt ein Missverständnis vor. Von welcher Entführung reden Sie?"

Der Kommissar und die holländische Polizeibeamtin tauschten irritierte Blicke aus.

„Was willst du damit sagen?", fragte der Deutsche.

„Mich hat niemand gekidnappt. Ganz einfach. Ich habe meinen Freund hier lediglich gebeten, mich auf einer kleinen Spritztour zu begleiten. Allerdings muss ich gestehen, dass dazu ein wenig Nachdruck nötig war. Wenn hier also einer ein Kidnapper ist, dann bin ich das."

„Glauben Sie dem Spinner kein Wort!", widersprach Oleg daraufhin. „Er ist nicht mehr ganz dicht. Bei dem Flugzeugabsturz haben nicht nur seine Beine was abgekriegt. Ich bin der Entführer!"

„Er lügt!", widersprach Maximilian empört. „Ich habe ihn sogar mit einer Waffe bedroht! Dafür gibt es Zeugen!"

„Am besten, Sie hören einfach nicht hin!“, winkte Oleg ab. „Der ist nichts weiter als ein mieser kleiner Angeber, der glaubt, er könne die ganze Welt bescheißen!“

„Du bist doch nur auf Geld aus!“, giftete ihn Maximilian an. „Etwas anderes interessiert dich nicht!“

Er warf die Decke von seiner Schulter und packte Oleg am Kragen des geliehenen, viel zu großen Polizeipullovers.

„Stopp! Hört sofort auf damit!“, ging die Kapitänin dazwischen. „Also, noch einmal von Anfang an: Wer ist denn nun der Entführer und wer der Entführte?“

Oleg und Maximilian zeigten aufeinander: „Der da!“

Nun war die Verwirrung perfekt.

„Die nehmen uns auf den Arm, glauben Sie mir!“, sagte der Kommissar, nachdem er seine Sprache wiedergefunden hatte. „Am besten, Sie überlassen das einfach mir. Ich bekomme die Wahrheit schon aus den beiden heraus! Verlassen Sie sich darauf!“

Er klang gestresst. Als er Anstalten machte, Oleg zum Aufstehen zu bewegen, hielt ihn die Kapitänin zu seiner Überraschung zurück.

„Augenblick mal!“, sagte sie in einem strengen, professionellen Ton. „Und mit welcher Begründung wollen Sie die beiden Jugendlichen hier mitnehmen? Sie befinden sich auf einem niederländischen Schiff auf niederländischem Hoheitsgebiet. Außerdem liegt – von dem fahrlässigen Unfall auf dem Fluss einmal abgesehen – augenscheinlich kein Kapitalverbrechen vor. Dies gilt zumindest für unser Land.“

Man konnte fast hören, wie der klein gewachsene Kommissar mit den Zähnen knirschte. „Das können Sie nicht machen!“, sagte er. „Wissen Sie, wie viel Aufsehen der Fall in den letzten achtundvierzig Stunden bei uns erregt hat? Mir sitzen nicht nur meine Vorgesetzten, sondern auch die Presse im Nacken!"

„Das tut mir aufrichtig leid." Die holländische Beamtin zeigte sich unbeeindruckt. „Solange weder ein internationaler Haftbefehl noch ein offizielles Auslieferungsgesuch vorliegt, bleiben diese beiden Jugendlichen in meinem Gewahrsam. Vielleicht übernehmen Sie es, die Eltern zu informieren."

„Ich werde mich über Sie bei Ihrem Chef beschweren!", empörte sich der Kommissar.

„Tun Sie das! Bis dahin nehmen wir den Unfall erst einmal zu Protokoll. Wenn Sie möchten, dürfen Sie mich natürlich gerne in den Hafen begleiten. Allerdings muss ich Sie noch einmal darauf hinweisen, dass Sie in diesem Land keinerlei amtliche Befugnisse besitzen. Wollen wir?"

Sie bedeutete ihrem deutschen Kollegen mit einem dünnen Lächeln, dass es an der Zeit war zu gehen. Als der Kommissar der unmissverständlichen Aufforderung widerstrebend gefolgt war, rief Maximilian ihr hinterher: „Und was wird jetzt mit uns?"

Die Polizistin kehrte noch einmal zurück.

„Als Erstes wird der Arzt euch untersuchen, danach werdet ihr eine Menge Fragen zu beantworten haben!", erklärte sie streng. „Rowdytum auf dem Wasser ist kein Kavaliersdelikt – auch bei uns nicht! Ihr solltet wirklich froh sein, dass bei der Kollision niemand verletzt wurde!"

Nachdem sie die Tür hinter sich verriegelt hatte, herrschte für einen kurzen Moment Stille. Dann klatschten sich Oleg und Maximilian gegenseitig ab.

„Ich habe doch gesagt, dass es funktioniert!", triumphierte Maximilian. „Wo kein Entführter ist, gibt es auch keinen Entführer!

Und dafür, dass wir nicht angehalten haben, liefert uns niemand aus. Hast du das dumme Gesicht des deutschen Polizisten gesehen?"

„Du bist und bleibst ein Klugscheißer! Ehrlich!" Auch Oleg fiel ein Stein vom Herzen. Es war wirklich Glück, dass sie sich bereits auf holländischem Gebiet befunden hatten, als sie mit der Jacht abgesoffen waren.

„Wegen des Unfalls dürften uns die Holländer kaum einsperren", erklärte Maximilian vergnügt. „Immerhin war es mein Boot, das untergegangen ist. Vermutlich bekommen wir eine Anzeige für irgendwas. Aber das können meine Anwälte regeln. Das wird eine Kleinigkeit!"

Plötzlich wurde er ernst. Er drohte Oleg mit erhobenem Zeigefinger: „Aber die Erpressung vergesse ich dir nie! Merk dir das!"

„Ehrenwort ist Ehrenwort!", wich Oleg aus. „Das hast du selbst gesagt."

Auf Maximilians Stirn erschien die düstere Falte, aber dann hellte sich sein Gesicht wieder auf.

„Du bist wirklich ein durchtriebener Halunke!", stellte er fest.

„Danke, gleichfalls!"

„Was hast du eigentlich vor? Ich meine, wenn sie uns gehen lassen?"

„Weiß nicht. Nach Hause kann ich nicht. Vorerst jedenfalls. Mal sehen …"

In Wahrheit hatte er keinen blassen Schimmer, was er machen sollte, wenn man sie tatsächlich laufen ließ. Zu Hause suchte sicher noch immer dieser gemeingefährliche Gangster nach ihm, und er war nicht sonderlich erpicht darauf, seinen Schlägern über den Weg zu laufen. Also war es besser, erst einmal den Kopf einzuziehen und Gras über die Sache wachsen zu lassen.

„Was wird aus deinem Bruder und deinen Eltern?“ Maximilian putzte sich laut schnäuzend die Nase. „Willst du ihnen nicht Bescheid geben, dass es dir gut geht?“

Oleg zuckte mit den Schultern. „Irgendwann vielleicht. Bis dahin werden sie schon ohne mich klarkommen. Vielleicht kann ich ja irgendwann zurück.“

„Wenn das so ist“, sagte Maximilian, „würde ich dir gerne einen Vorschlag machen.“

„Wieder so was Verrücktes wie unser Trip ans Meer?“, winkte Oleg ab. „Nein, danke! Mein Bedarf ist gedeckt!“

„Du weißt doch gar nicht, was ich dir vorschlagen will!“, beschwerte sich Maximilian. „Meine letzte Idee war immerhin nicht übel. Das hast du selbst zugeben müssen. Also hör mir erst einmal zu!“

46

Drei Tage später

Entlang der Uferstraße flatterten bunte Fahnen im Wind, während sich gegenüber Ferienhäuser wie Perlen auf einer Schnur aneinanderreihten. Die kleinen, schmucken Häuschen waren mit Reet gedeckt, ihre Fenster- und Türrahmen weiß gestrichen und jedes besaß den gleichen handtuchgroßen, von kniehohen Hecken umsäumten Vorgarten.

„Australien habe ich mir anders vorgestellt …“, grummelte Oleg. „Das ist wie in einem Schrebergarten hier.“

„Jetzt hör auf, ständig zu nörgeln!“, schalt ihn Maximilian, der in seinem neuen Rollstuhl neben ihm hersurrte. „Immerhin gibt es hier Sand und ein richtiges Meer!“

Er nickte zum Strand hinunter, wo es von Badegästen nur so wimmelte.

„Diese ewige Latscherei geht mir trotzdem auf den Senkel!“, stöhnte Oleg. „Wird Zeit, dass wir mal tauschen. Wo ist es denn jetzt?“

„Laut der Map im Internet müssen wir erst an der Strandpromenade entlang und dann nach der Touristeninformation die zweite Straße rechts. Dort sind dann der alte Dorfkern und die Zwaanstraat.“

„Mann, wir hätten uns ein Taxi nehmen sollen! Ich sehe keine Kreuzung. Nicht einmal eine anständige Pommesbude!“

„Fängst du schon wieder an?“

„Ich hab eben Hunger“, brummte Oleg.

Wenigstens sprangen ihnen die mit Strandutensilien bepackten Touristen aus dem Weg, wenn sie den Rollstuhl auf sich zurollen sahen.

„Dahinten ist die Kreuzung!“, rief Maximilian plötzlich aus und beschleunigte. „Na, was habe ich gesagt?“

„Das Ganze ist trotzdem eine Schnapsidee!“

„Wieso?“, warf Maximilian über die Schulter. „Wenn wir schon hier festsitzen, können wir uns auch ein bisschen das Land anschauen, findest du nicht?“

„Ach, nee!“, sagte Oleg mit gespielter Überraschung. „Ich wusste gar nicht, dass Länder jetzt rote Locken haben!“

Maximilian tat so, als habe er den Kommentar nicht gehört. „Außerdem haben wir noch genügend Zeit“, fuhr er fort. „In der Werft meinten sie, bis die Jacht gehoben und wieder seetüchtig gemacht ist, dauert es mindestens sechs Wochen. Allein dass sie den Auftrag vorziehen, kostet mich ein Vermögen!“

„Du wirst es verkraften“, knurrte Oleg gelangweilt, während er versuchte, mit dem Rollstuhl Schritt zu halten. „Mein Magen nicht!“

Je näher sie dem Touristenzentrum mit den Geschäften und Restaurants kamen, desto wuseliger wurde es. Lauter spärlich bekleidete Familien im Stressmodus und Rentner, die aussahen, als kämen sie gerade frisch vom Grill. Zu allem Überfluss schepperte irgendwo auch noch eine Gute-Laune-Blaskapelle. Oleg und Maximilian bahnten sich einen Weg durch den Ferientrubel, bis Oleg mit einem Mal ein unverwechselbarer Duft in die Nase stieg. Ihm lief das Wasser im Mund zusammen.

„Bin gleich wieder da!", beschied er Maximilian.

Dann drängte er sich durch die Passanten. Kurz darauf kehrte er mit einer XXL-Pommestüte zurück.

„Ist die für die ganze Runde?", meinte Maximilian. „Da hättest du vielleicht besser einen guten Rotwein als Mitbringsel besorgt."

„Größer ging nicht!", nuschelte Oleg mit vollem Mund. Er hielt Maximilian die Tüte unter die Nase: „Willst du was?"

„Hey, pass auf! Du kleckerst mein neues Hemd voll!"

„Oh, ich vergaß! Der Herr möchte einen guten Eindruck machen!" Oleg schaufelte sich mit dem Holzgäbelchen die nächste Portion in den Mund.

Maximilian verzog pikiert das Gesicht. „Was ist das überhaupt für ein Zeug?"

„Nennt sich Fritte Spezial", sagte Oleg mit vollem Mund. „Pommes mit Mayo, Ketchup und frischen Zwiebeln. Schmeckt genial!"

„Sei bloß froh, dass Maurice das nicht sieht! Er würde dir einen Vortrag über gesunde Ernährung halten."

„Wie geht es dem alten Knacker überhaupt?" Oleg wischte sich mit dem Jackenärmel über den Mund.

„Besser. Sie haben ihn aus dem Krankenhaus entlassen. Allerdings hat er am Telefon einen derartigen Aufstand gemacht, dass ich schon befürchtet habe, dass sein neuer Herzschrittmacher gleich wieder durchbrennt."

„Was wird jetzt mit ihm? Ich meine, ohne seinen Sklaventreiber?"

„Er passt während meiner Abwesenheit auf das Haus auf." Maximilian bedachte Oleg mit einem vorwurfsvollen Seitenblick: „Es soll ja Leute geben, die nachts in fremde Häuser einsteigen ..."

Oleg grinste, spießte so viele Pommes auf die Gabel, wie es ging, und biss genüsslich zu. Seine Laune hatte sich schon jetzt rapide gebessert. Nachdem er die letzten Fritten aus den Tiefen der Tüte gefischt hatte, zerknüllte er das Papier und schmiss es fort.

„Können wir jetzt endlich weiter?", drängelte Maximilian. „Die Leute gucken schon!"

„Sollen sie ruhig!" Oleg wischte sich die Finger mit der Serviette sauber und entsorgte sie ebenfalls. Jetzt war er bereit. „Worauf wartest du? Ich habe keine Lust, hier Wurzeln zu schlagen!"

Maximilian verzog das Gesicht und ließ seinen Rollstuhl anrollen. Als sie nach wenigen Metern an einem Zeitschriftenladen vorbeikamen, blieb Oleg erneut stehen.

„Warte, ich muss was erledigen!", sagte er und verschwand in dem Geschäft. Ein paar Minuten später tauchte er wieder auf. „Okay, alles klar! Wir können weiter!"

Maximilian setzte an, um etwas zu sagen, aber dann fuhr er ohne ein weiteres Wort weiter. Nachdem sie die Uferpromenade und den Touristenrummel hinter sich gelassen hatten, wurde es mit einem Mal ländlich. Zwar gab es auch hier überall Schilder vor den Häusern, auf denen Ferienwohnungen angepriesen wurden, aber offenbar wohnten hier auch die wenigen Einheimischen. Der ganze Ort war sehr überschaubar, und so dauerte es nicht lange, bis sie die richtige Straße gefunden hatten. Es war eine Sackgasse.

„Was ist los?", erkundigte sich Oleg, als er merkte, dass sein Begleiter immer langsamer fuhr. „Geht dir der Saft aus?"

Maximilian stoppte.

„Wie sehe ich aus?", wollte er wissen.

„So wie immer."

„Das meine ich nicht! Steht mir mein neues Hemd wirklich?"

Maximilian rutschte nervös in seinem Rollstuhl herum, während Oleg das farbenfrohe Hawaiihemd musterte und sich mit seiner Antwort Zeit ließ.

„Nun sag schon!", drängelte Maximilian. „Wie findest du es?"

„Ehrlich gesagt ist es ein bisschen knallig."

„Aber es war teuer!"

„Das macht es nicht weniger bunt …"

Maximilian blickte an sich herunter und öffnete die obersten beiden Hemdknöpfe. „Besser so?"

„Besser."

Maximilian ließ seinen Rollstuhl wieder anfahren, nur um nach wenigen Metern erneut langsamer zu werden. „Vielleicht war die Idee doch nicht so gut", sagte er, während er ein unglückliches Gesicht machte.

„Ach, nee! Auf einmal!", schimpfte Oleg. „Das hättest du dir früher überlegen sollen! Zum Kneifen ist es jetzt zu spät!"

„Und wenn Frida mich nicht sehen will? Vielleicht hält sie mich ja für einen Psychopathen oder einen Gangster. Wir waren schließlich überall im Fernsehen!"

„Bestimmt knallt sie uns die Tür vor der Nase zu!", zog Oleg ihn auf. „Oder sie schreit nach Hilfe. Also los, komm endlich weiter!"

Maximilian rührte sich nicht von der Stelle, sondern knetete nur seine Finger. „Meinst du, sie mag mich?"

„Warum sollte sie dich nicht *mögen*?", entgegnete Oleg.

„Weil ich ein Krüppel bin!", platzte es aus Maximilian heraus. „Sieh mich doch an!"

„Es gibt Schlimmeres", winkte Oleg ab. „Nimm endlich den Stock aus dem Hintern, dann wird sie der Rest auch nicht stören."

„Welchen Stock?"

„Sei mal locker, Mann! Du bist zu verkrampft! Darauf stehen die Frauen nicht."

„Ach, und ausgerechnet du kennst dich aus?"

„Ich bin Spezialist!", erwiderte Oleg. „Und jetzt setz dich endlich in Bewegung. Welche Hausnummer?"

„Ich glaube, es war die Zwölf."

„Ich dachte, sie hätte dir am Lagerfeuer ihre Adresse gesagt!", stöhnte Oleg.

„Hat sie auch!", wehrte sich Maximilian. „Ich bin mir nur nicht mehr ganz sicher. Der Rotwein, du weißt schon …"

„Dann klingeln wir einfach irgendwo!", beschloss Oleg, dem es allmählich zu bunt wurde. „So viele Zwillinge mit roten Haaren wird es in diesem Kaff nicht geben!"

Als er sich dem nächstbesten Haus zuwandte, hielt ihn Maximilian entgeistert zurück.

„Halt! Warte! Es war die Vierzehn!"

„Bist du sicher?"

„Ja! Ganz sicher!"

„Okay, dann los!"

Die Hausnummer vierzehn entpuppte sich als ein Backsteinhaus am Ende der Sackgasse. Es besaß einen ausladenden Holzbalkon und war weitaus größer als die Ferienhäuschen entlang der Uferpromenade. Die Vorderseite war beinahe vollständig mit kurz geschnittenem Efeu bewachsen, während sich an der Rückseite ein moderner Wintergarten aus Glas anschloss. Vor dem Haus, direkt neben der blitzenden Doppelgarage, erhob sich ein Fahnenmast, an dem die niederländische Flagge flatterte.

„Du zuerst!", sagte Oleg.

„Nein, du!"

„Es war deine Idee!"

„Aber du arbeitest für mich! Wir haben einen Vertrag!"

„Der gilt nicht für so was. Also mach schon! Oder soll ich dich schieben?"

Oleg trat hinter den Rollstuhl.

„Nein, bloß nicht!", wehrte Maximilian hastig ab. „Nimm sofort deine Finger da weg!"

Oleg öffnete das kleine Gartentor und ließ Maximilian die Vorfahrt. An der Tür angekommen, läutete er und trat blitzschnell zur Seite.

„Feigling!", zischte Maximilian.

Zu mehr blieb keine Zeit, denn in der gleichen Sekunde wurde die Tür aufgerissen und Frida stand vor ihm. Sie hatte einen kleinen Rucksack über die Schulter geworfen. Die Überraschung war ihr deutlich anzumerken.

„Was macht ihr denn hier!?"

„Äh, wir, äh …", setzte Maximilian an.

„Wer ist denn da?", kam eine Stimme aus dem Haus.

Marijke erschien in der Tür. Sie hatte ebenfalls einen Rucksack unter dem Arm.

„Ich glaub's nicht!", stöhnte sie, als sie Oleg und Maximilian erblickte. „Wir haben euch in den Nachrichten gesehen. Seid ihr etwa wieder auf der Flucht?"

„Ja, äh, nein …", druckste Maximilian herum, während er Frida verlegen ansah. „Wir wollten nur …"

Frida strahlte ihn an.

„Wir wollten nur mal vorbeigucken und Hallo sagen!", kam ihm Oleg zur Hilfe. „Wir sind nämlich auf dem Weg nach Australien."

„Da seid ihr aber ein bisschen vom Weg abgekommen!", bemerkte Marijke trocken. „Australien liegt meines Wissens weiter unten, im Süden."

Plötzlich dröhnte hinter ihnen im Haus eine tiefe Männerstimme. „Mit wem redet ihr denn da?"

„Oje, mein Vater! Wenn meine Eltern euch sehen, kriegen die 'ne Krise!"

„Unter Garantie!", versicherte Marijke. „Unsere Eltern haben eure Show in den Nachrichten ebenfalls verfolgt. Die Verfolgungsjagd war übrigens echt cool! Wir haben sie nachträglich auf YouTube gesehen und uns schlappgelacht, was meinen Vater furchtbar aufgeregt hat."

Sie zwinkerte Oleg verschwörerisch zu, und in ihren Augen lag ein Funkeln, das ihn elektrisierte. Für einen winzigen Moment setzte sein Herz aus, gleichzeitig begannen seine Ohren zu glühen.

Marijke zeigte Mitleid. „Besser, wir treffen uns drüben am Leuchtturm", schlug sie schnell vor.

„Ja, in einer halben Stunde!", flüsterte Frida. „Abgemacht? Wir müssen nur noch etwas erledigen. Das haben wir unserer Mutter versprochen."

Oleg und Maximilian bewegten ihre Köpfe im Gleichtakt.

„Wer ist denn da?", dröhnte es aus dem Haus.

„Niemand!", rief Frida über die Schulter. „Wir sind schon weg!"

Sie schloss hastig die Tür hinter sich, und nachdem die Zwillinge ihnen den Weg zum Leuchtturm beschrieben hatten, trennten sich ihre Wege.

Wie sich schnell herausstellte, war die Wegbeschreibung überflüssig. Der rot-weiß verputzte Turm war vermutlich das höchste Gebäude im

Umkreis von hundert Kilometern. Er erhob sich inmitten der Dünen auf einer kleinen Landzunge und war nur über eine steile Deichtreppe zu erreichen. Oleg fluchte, denn für den Rollstuhl war am Fuß der Treppe Endstation und er musste Maximilian die Stufen hinauftragen. Nachdem er ihn auf dem niedrigen Betonring unter dem Leuchtturm platziert hatte, hockte er sich neben ihn und zog die Beine an.

Nur wenige Meter unter ihnen schwappte das Meer über den glitzernden Sand, während weit oben am Himmel die Möwen ihre Kunststücke vollführten.

„Ganz schön idyllisch", sagte Maximilian nach einer Weile. Er genoss den kühlen Wind und die Weite der Dünenlandschaft ebenso wie Oleg.

„Komisch, dass keiner hier ist", wunderte sich Oleg. „Zwei Kilometer weiter ist die totale Fußgänger-Autobahn."

„Die meisten Menschen haben eben keinen Blick für das Wesentliche. Für das, worauf es wirklich ankommt!"

„Und ausgerechnet *du* hast diesen Blick?", lästerte Oleg.

„Jetzt vielleicht schon", widersprach Maximilian. Er klang ernst. „Zumindest sehe ich einige Dinge mittlerweile anders. Dank dir übrigens."

Oleg zuckte mit den Schultern. „Zahl mir einfach das Gehalt, das wir vereinbart haben. Dafür, dass ich dich durch die Gegend schleppe. Dann sind wir quitt."

Er beobachtete Maximilian aus den Augenwinkeln, aber der zog nicht mehr seine verkniffene Miene. Er lächelte sogar. „Was hast du vor?", fragte er nach einer Weile. „Wenn wir erst einmal auf See sind, brauchst du kein Geld mehr."

„Ich brauche es für meinen Bruder", erklärte Oleg. „Er war so blöd, Schulden bei dem Falschen zu machen."

Plötzlich klingelte sein neues Smartphone. Es war Mark. Wenn man vom Teufel spricht!, schoss es Oleg durch den Kopf. Schon bereute er, ihm die Nummer gegeben zu haben.

„Hey, ich bin's, Mark! Wo steckst du?"

„Was willst du jetzt wieder?"

„Ich hab Neuigkeiten! Sie haben den Albaner verhaftet! Wegen irgendeinem geplatzten Drogendeal. Alle sagen, dass er so schnell nicht wieder rauskommt!"

„Glück für dich … "

„… und für dich!"

Blödmann!, dachte Oleg. Schließlich hatte er den Stress mit dem Gangster nur seinem Bruder zu verdanken.

„Noch was?"

„Wann kommst du nach Hause?"

„Weiß nicht. Irgendwann vielleicht."

„Und was ist mit Mutter?"

„Ab jetzt musst du dich um sie kümmern. So lange, bis ich zurück bin."

„Aber … "

„Ich muss jetzt Schluss machen! Ich melde mich, okay!?"

Oleg drückte das Gespräch weg. Dann lehnte er sich zurück und blickte wieder auf das Meer hinaus. Eine Woge der Erleichterung durchflutete ihn. Wenn der Albaner im Knast saß, musste er sich keine Sorgen mehr um Mark und Digger machen. Und er selbst brauchte sich nicht länger zu verstecken!

„Gesprächig warst du ja nicht gerade", bemerkte Maximilian, der neben ihm saß und mitgehört hatte. „Weißt du, was ich mich frage?"

„Nein, was?"

„Warum hast du deinem Bruder nicht die Kombination für meinen Safe verraten? Das hättest du doch längst tun können."

„Ja, hätte ich", brummte Oleg. „Hab ich aber nicht!"

„Und warum nicht?"

„Weil ich sauer auf ihn bin!"

„Ist das etwa der einzige Grund?"

Oleg zögerte. Er wirkte verlegen.

„Ich verrate meine Freunde nicht", sagte er schließlich. Dann zog er die Postkarte hervor, die er in dem Schreibwarenladen gekauft hatte.

„Hast du einen Stift?"

„Wem willst du schreiben?"

„Meiner Mutter. Mit SMS und solchen Sachen kann sie nichts anfangen."

Maximilian schüttelte den Kopf. „Vielleicht haben die Zwillinge etwas zum Schreiben dabei, wenn sie kommen. Ich habe übrigens mit der Kanzlei gesprochen. Sie werden sich um dein Problem kümmern."

„Dann drück mal die Daumen. Die vom Jugendamt sind nämlich knallhart."

„Keine Sorge!", erwiderte Maximilian amüsiert. „Du kennst meine Anwälte nicht. Das sind echte Killer! Außerdem kennen sie sich mit Sorgerechtsfällen aus, schließlich hatte ich nach dem Tod meiner Eltern ein ähnliches Problem. Die werden diese Bürokraten in der Luft zerfetzen, das garantiere ich dir! Am Ende bezahlen sie uns sogar noch unseren kleinen Trip. Aus pädagogischen Gründen – du wirst sehen!"

Plötzlich begann er damit, umständlich in seiner Hosentasche zu kramen.

„Übrigens habe ich was für dich“, sagte er. „Hilf mir mal hoch!“

Nachdem Oleg ihn kurz angehoben hatte, zog Maximilian zwei Karten aus der Tasche.

„Was ist das?“, fragte Oleg, während er die Computerausdrucke neugierig in die Hand nahm.

„Karten für die Oper in Sydney natürlich!“, erklärte Maximilian feierlich.

Sydney! Oleg kniff die Augen zusammen und versuchte, den Horizont zu erkennen, aber in dem grellen Sonnenlicht verschwamm er zu einem Bogen aus Licht und Wasser. Was immer sich dahinter verbarg, es ließ sich nicht einmal erahnen.

„Was geht dir gerade durch den Kopf?“, erkundigte sich Maximilian.

„Ich denke an Schafsköpfe und Hühnerdärme“, erwiderte Oleg.

Maximilian schielte ihn verunsichert an.

„Ach, vergiss es!“ Oleg machte eine wegwerfende Handbewegung. „Das war nur so ein Sklavenjob, den ich mal machen musste.“

Schweigend beobachteten sie eine Möwe, die im Sturzflug auf das Wasser zuraste, nur um sich im letzten Moment mit einem gewagten Manöver wieder in die Höhe zu schrauben.

„Meinst du, Marijke hat einen Freund?“, fragte Oleg plötzlich.

„Ahhh, sie gefällt dir also doch!“, stellte Maximilian mit Genugtuung fest. „Ich wusste es! In dem Fall brauchen wir wohl noch eine Opernkarte. Sie spielen übrigens Romeo und Julia. Das würde doch passen!“

„Lass den Quatsch! Ich … ich finde sie einfach nur ziemlich cool“, gestand Oleg.

„Ich dachte, du hättest eine Freundin?“

„Manchmal ist es eben Zeit für einen Neuanfang, findest du nicht?“ Oleg lächelte schief und ließ seinen Blick über die Wellen schweifen. Nach einer Pause fügte er leise hinzu: *„Man kann sich sein Leben nicht aussuchen, aber man kann das Beste daraus machen –* das hat mal jemand behauptet, der sich auskennt.“

„Glaubst du daran?“ Maximilian warf ihm erneut einen Seitenblick zu. Diesmal war er erstaunt.

Oleg schlang die Arme um seine angezogenen Knie. Er wusste es nicht.

„Vielleicht hast du recht“, sagte Maximilian nach einer Weile. Er wirkte nachdenklich. „Vielleicht muss man bestimmte Dinge irgendwann hinter sich lassen und neu anfangen. Mit dem, was man hat. Vielleicht braucht man einfach nur genug Mut.“

„So wie eben an der Haustür der Zwillinge?“, feixte Oleg.

„Idiot!“ Maximilian stieß ihm den Ellbogen in die Seite. „Pass bloß auf!“

„Aua, das tat weh!“, beschwerte sich Oleg und rieb seine Narbe.

„Das sollte es auch!“

Sie grinsten sich an. Dann trug der Wind ihr Lachen auf das Meer hinaus.

Ortwin Ramadan hat deutsch-ägyptische Wurzeln und wurde in Aachen geboren. Nach seinem Politik- und Ethnologiestudium arbeitete er zunächst als Journalist und Redakteur, bevor er als Drehbuchautor die Lust am Bücherschreiben entdeckte. Er lebt mit seiner Familie südlich von München.